网络文学名家名作导读丛书

希行
《诛砂》
与

第二辑

肖惊鸿
薛静

著

肖惊鸿

主编

作家出版社

网络文学名家名作导读丛书

主　　编：肖惊鸿

第二辑编委：马文运　杪椤　庄　庸　周志雄
　　　　　　薛　静　林庭锋　侯庆辰　杨　晨
　　　　　　杨　沾　翟笑叶

序

　　20世纪90年代以来，文学与这个伟大的时代一道，经历了巨大的发展变化，其中一个标志性的现象，就是网络文学的兴起。以通俗大众文学之魂，托互联网与媒介新革命之体，网络文学如同一个婴儿，转眼已成为青年。网络作家们朝气勃发，具有汪洋恣肆的创造力，架构了种种可能的和不可能的世界。科技与商业裹挟着巨大变革中释放的青春、激情和梦想奔腾向前。时至今日，作者是有的，作者群体大到过千万人；作品是有的，作品总量已逾两千万部；读者就更多了，读者群体数以亿计。

　　网络文学是新生事物，也是一片充满活力的文化热土，是中国特色社会主义文学生机勃勃的组成部分。习近平总书记高度重视包括网络文学在内的网络文艺的发展，勉励广大网络作家加强精品创作，以充沛的正能量满足人民群众特别是青年一代对美好精神文化生活的新期待。

　　所以，这套《网络文学名家名作导读丛书》生逢其时，它将有助于探索网络文学艺术规律，凸显网络文学的艺术价值和社会价值，推动网络文学的主流化、精品化；同时，它也是精确的导航，通过这套丛书，我们将能够比较清晰地认识网络文学的重要作家和重要作品，比较准确地把握网络文学的发展历程和发展前景。

　　这套书的入选作者是目前公认的网络文学名家，入选作品是经过一段时间检验的代表作，而导读部分由目前活跃的网络文学青年评论家群体担纲。预计这套丛书的体量将达到 10 辑至 20 辑、全套 50 册至 100 册。无疑，这是一项浩大的工程，但也是值得耐心地、持续地做下去的工作。网络文学必须证明自己不是即时的快消品，它需要沉淀、甄别、整理，需要积累经验，逐步形成自身的传统谱系，需要展开自身的经典化过程。这套丛书就是向着经典化做出的努力。

这套丛书的主编肖惊鸿长期从事网络文学相关的研究和组织工作，她的眼光和能力值得信赖。尽管网络文学的理论建设近年来已经取得重大进展，但是，将理论落实为面对作品的、具体的分析和判断，实际上仍然是艰巨的课题，也是网络文学理论评论工作的薄弱环节。希望肖惊鸿和其他评论家们深入学习贯彻习近平新时代中国特色社会主义思想，以习近平总书记关于文艺工作和网络文艺的重要论述为指导，自觉运用历史的、人民的、艺术的、美学的观点评判和鉴赏作品，向现在的读者，也向未来的读者交出一份令人信服的答卷。

李敬泽

2019 年 3 月 7 日

于北京

目录

导读

选文

第一卷　重生

导读

第一章

创作历程：勇敢执着的女频大神

　　《诛砂》，写到这第 8 部作品，起点中文网白金作家希行有了些许不一样的想法。粉丝读者也敏锐地捕捉到了这一点。在此前，希行已凭借《名门医女》的纯熟流畅、引人入胜而一作封神，紧接着又依靠《娇娘医经》的酣畅淋漓、别出心裁而吸粉无数。《诛砂》刚刚上架连载，就引发了众多关注。无论是粉丝读者、同行作家还是网文行业的研究者、观察者，都想从这部新作中了解，希行的潜力还有多大？在网络文学这片原野上，她，还能开拓怎样的天地？

　　希行的写作功力是毋庸置疑的。《诛砂》自 2015 年 3 月 1 日开始连载，当月即登上了起点女生频道月 PK 榜第一名。连载期间，在女频月票榜连续五个月名列第二，10—11 月位居第一，热度可见一斑。2015 年 11 月 28 日连载结束，全书完本 164 万字，总计获得 250 余万点击，近 60 万推荐，10 万收藏。同时，作品荣获 2015 年度阅文集团"福布斯·中国原创文学风云榜之女生作品 TOP10"第六名。这些成绩是耀眼的。希行经过 6 年潜心修炼，对网络文学的创作规则驾轻就熟，正形成自己的风格和特色，也培育了一批忠实读者。

　　不过熟悉希行的人们也会发现，《诛砂》的创作，并非是对《名门医女》《娇娘医经》的简单重复，而是在网络文学的"规则"和"套路"中，寻求新的突破，加入新的思考，让网络小说不仅仅是简单求爽，而是带来对社会历史和现实世界的反思。凡是创新，总有代价。在《诛砂》连载的前半部中，层层铺陈的设计，绵密细致的勾勒，却让从《娇娘医经》一路追来的读者感到困惑：这部作品怎么跟上部作品不太一样？在充满了"鸽子"和"太监"的网文界，作者大大们靠前半部连载就能赚得盆满钵满，而希行的这一部会不会虎头蛇尾、草草结束？那些纷繁复杂的铺陈和线索，后面会不会用得上？换句话说，值不值得我们真情实感、真金白银地追文？还是先观望一阵、"养肥再看"？

勇往直前、不拘小节的希行，在《诛砂》中展现了她对写作技巧的钻研。当小说进入中后部，此前所有的谜团——拨云见日，所有的线索纷纷编织成网。不但作品读起来高潮迭起、激动人心，而且每一小节过后，掩卷沉思，都能感受到希行为我们留下的那些值得思考的庞大命题：关于现代、关于自然、关于权力、关于女性……对于希行来讲，写作，已经不是简简单单的码字赚钱、说书取乐。她的创作，是希望让网络文学拥有更多的读者、走得更广，也是希望让网络文学更有深度、拥有更长的生命力。这些勇敢的尝试，不但体现了希行作为白金大神的创作力，更体现了作为年轻大神的创新力。

希行如何从初出茅庐的写手，成长为今天具有眼光和格局的大神？她的创作与思考怎样一步一步成就了今天？

一、初出茅庐:《有女不凡》《古代地主婆》

希行，本名裴云，祖籍黑龙江省，1981 年生于河北，这奠定了她骨子里的北方基因。童年的希行，生活在一个小镇中。她出生的那一年，她的父亲参加了高考，成为了一名大学生，自此，改变了家族面朝黄土背朝天的命运。与金榜题名同期而至的这个女儿，自然也被父亲视为幸福的象征、命运的恩赐，因此也特别重视对希行的教育。

20 世纪 80 年代，文学是社会文化思潮的一脉洪流。通常，一篇文章就能引发轰动效应，成为全社会都来讨论的话题。而各类新闻政策、趋势潮流，也都会很快被作家纳入笔下，成为创作素材。希行的父亲进入大学的中文系学习深造，家中积累了大量的文艺理论和文学作品。希行上中小学时，就读完了很多中文系的入门教材。虽然当时还是少年，一知半解，看过之后好似也忘了，但是多少还是在脑海中埋下了种子、刻下了痕迹，只待时机成熟，就能破土而出。

此后，希行的阅读范围不断扩大，除了文学史中提及的各种文学名著，当时极为流行的通俗小说也进入了她的视野。希行回想，她的叔叔有一套金庸的《倚天屠龙记》，她打开书，看到插图里的张无忌站在屋子中间，任几条狗扑在身上。第一次读到武侠小说的希行，看得如痴如醉，世间竟然还有这样的故事！于是小学期间，她看完了所有的金庸小说，然后又扫荡了当时有名无名的几乎所有武侠小说。最后，在她的自觉意识中，融汇经典与通俗、贯穿中国与西方，文学的养分源源不断地进入她的写作储备库。希行说："那种阅读的美好，畅游在故事里的神奇感觉，是我喜欢的，也是我想要传达给读者的。我迫切地想要讲故事，因为世上没有比这个更有趣的事了。"[1]

自小接受文学熏陶的希行，在小学六年级就开始编故事了。看到她的笔名，很多人会有各种联想，有的会想到"带着希望前行"，如同她的作品，在惩奸除恶中带给人前行的力量和勇气；有的会想到"大音希声，大象无形"，如同她本人，行事低调，只用作品与读者交流。其实，这个名字源于那个自己给自己讲故事的六年级小女孩。

> 那时候正在播放《希瑞公主》这部动画片，所以我就幻想了一个女主角叫希行公主。在我的脑海里她陪伴了我整个童年，所以当我真正开始创作以后，就自然而然地以她为名。[2]

虽然这个带着年少稚拙的小故事只有几位好友知道，但是少年时代里，经典文学解析的点拨、武侠小说阅读的醋畅、自己创编故事的初心，却始终贯穿着她的创作历程。

希行正式的写作生涯，却是从28岁才徐徐展开。工作稳定、有夫有女、生活安宁，一切逐渐步入轨道，而希行内心渴望创作的泡泡却慢慢上升。2009年3月9日，希行在起点中文网上开始了自己第一部网络小说《有女不凡》的连载。每天白天上班工作、照顾孩子，到了

---

[1][2] 周珺：《希行：最想做的是把残酷的等级关系、丛林法则彻底打碎》，《北京青年报》，2018年2月1日第B07版。

晚上夜深人静之时，就开始投入创作之中，次日早上准时更新 3000 字左右的一章，虽然是新手作者，但是几乎未曾断更。在希行的勤奋创作中，作品迅速聚集起人气，也被起点的编辑相中，连载不到 20 万字，就收到了上架邀约，也就是说，网站的各项数据表明，这部作品的后续章节可以进入 VIP 章节，对订阅追更的读者收费了，作者也能够获得相应的收益，而不是只拿低廉的保底劳务。这对于新手作者来说，是很大的鼓励。

> 这本书（《有女不凡》）是我很早构思的一个异世大陆的故事，女主呢，也不是穿越的，而是一个生来因为预言而差点儿命丧父手的公主，经历种种历险建立新世纪的故事，有点类似《蔷薇天下》，也是因为有了《蔷薇天下》在先，所以我就改了，改成眼下最流行的穿越，建立新世纪的使命也交给世人比较能接受的男人来完成，当然，女主是作为幕后推手的。①

希行的首次创作经历，以及这段创作自述，都说明她进入网络文学写作，不只是一时手痒，而是对网文领域有过长期观察之后才开始提笔。首先，她在构思故事时，将自己想写的故事框架与已有的网文作品进行对比，尽量避免无意的相似带来的借鉴、抄袭争议。第二，她对网络文学的流行类型有自己的观察和把握，为了赢得最广大的读者，会自觉靠近流行风格和读者趣味，而不是闭门造车。第三，在主题立意上，虽然是女性向作品，但是为了照顾一般读者的接受程度，还是选择了男主当前、女主辅助。第四，希行对网络文学的行业规则比较熟悉，也乐于遵循。虽然是新人，但发文前做足准备，可以每天按时更新、基本全勤，这都是她很快进入正轨、被行业接纳的必要条件。

不过，随着作品的连载，在海量作品中培养了自己品鉴力的网文读者，对希行的这部处女作提出了很多建议和意见：觉得文笔有些小白，故事主线还不够清晰，女主的性格、选择、金手指，时常会有失

---

① 希行：《有女不凡·上架公告》，起点女生网，2009 年 6 月 1 日。

衡和矛盾的地方。作为新人作者，一下子收到这么多的关注，希行也和大家相互讨论，开篇阐明自己的创作思路，但是这些与读者的交流，有时又会被个别读者认为是态度不好，让刚刚开始写作的希行，也感受到一些烦恼。

2010年1月12日，希行的第二部小说《古代地主婆》与读者见面了。经过第一部作品的历练，希行已经对穿越类型驾轻就熟，在此基础上，她同样保持着对流行类型的敏感，并加入了当时正兴起的种田元素。《古代地主婆》的篇幅与前一部作品相差不大，结构和文笔上也更加成熟流畅。作品连载两个月就上架入V，三个月进入月票榜前列。对于新人作者来说，希行的创作得到了广泛认可。

不过另一方面，作者主观创作意愿与客观接受环境的矛盾，已经体现在文本中，原本是大女主的故事设定，为顺应"男性崇拜"的潜在观念，而刻意削弱女主、突显男主，想要达成中国传统文化中家庭圆满的结局，但是读者却敏锐地发现了其中的错位。到了《古代地主婆》，这种错位更加明显，前期与女主人公林赛玉相伴的，是她的原配丈夫刘晓虎，但是随着夫妻两人离开田园、进入庙堂，林赛玉的现代观念已经和刘小虎产生了巨大矛盾。伴随着刘小虎要另娶她人，两人终于分道扬镳，而另一男主苏锦南与林赛玉走到一起。主人公情感的变化，引发了读者的激烈讨论，站错CP的粉丝情绪激动。希行在创作感言中承认，后半部创作只有粗线条的提纲，通常都是坐下来的那一刻边写边想，因此也产生了删帖改文的冲动。

初出茅庐，面对读者激烈的评论，希行从《有女不凡》时的晕头转向、尝试辩驳，到了《古代地主婆》，她逐渐变得谦虚谨慎、认真梳理。在《古代地主婆》完结后，希行专门另开了一卷免费栏目，整理并收录了读者们的精华长评两万多字，每篇评论之后，还加入了自己的体会和点评。这一现象在网文作者中比较少见。希行的谦虚学习，让她的写作不断进步，也鼓励了读者继续贡献宝贵的意见和建议，增强了粉丝的凝聚力。

二、形成风格:《回到古代当兽医》
《重生之药香》《药结同心》

经过前两部的试笔,希行的作品得到很多读者的喜爱,对于穿越类型她也得心应手。不过,在竞争激烈的网络文学领域,这只能算是站稳了脚跟。如何才能开拓出属于自己的一片天地,写文进入第三年的希行,开始了认真的思考。

学中文的父亲,给希行带来了文学的滋养,促使她走上了创作的道路,而母亲的中医身份,让希行在耳濡目染之中,对医学也有所涉猎。在一部又一部的穿越小说阅读、创作中,女主人公从现代回到古代,带着希行为她们安排的金手指行走四方。希行常常也会将自己代入其中。她自述:

> 看了很多穿越文,心里除了对那些故事里女主角的美好生活羡慕外,还有一丝的危机感。我在想,如果我穿越了,会怎么样?资质平平、才艺欠缺,谁会看上我呢?想必还没等找到一个可以相伴的人,就已经饿死了吧。
>
> 这种恐惧让我觉得,如果我穿越了,一定要有一技傍身,只有这样才有安全感,就算没人爱,就算没人疼,至少自己还能靠着自己活下去。[1]

这种危机感促使希行开始为笔下的女主角添加可以安身立命的技能。俗话说,乱世饿不死学医的。无论是古代还是现代,医生总是必不可少的。她觉得,自己的职业技能和人生信仰,很大程度上能够兼顾,而家庭中的医学熏陶,又让希行具有一定医学知识,目睹过身为医生的酸甜苦辣,愿意将这一行业的情怀与困惑和更多的人分享。于是,在穿越类型的基础上,希行将"医学"也加入其中,尝试创作"医女"标签的作品。

---

[1] 希水云:《神医慧娘·后记》,台湾:蓝海制作,2012年7月版。《神医慧娘》为《回到古代当兽医》台湾繁体版书名,"希水云"为此版本的笔名。

可能是由于初涉医学，希行不太自信，最开始"下刀"，选择了"兽医"。《回到古代当兽医》（2010—2011）的题材新颖，和《有女不凡》《古代地主婆》的中规中矩相比，的确令人耳目一新。

女主人公秋叶红是个普通人，穿回过去，在懂得人心难测之后，更愿意和动物打交道，因为"动物不会说话，但是从来不骗人"。处于农耕文明的古代中国，能够与动物相通、会给牲畜治病，就相当于为家庭最贵重的财产保驾护航，因而获得了人们的倚重和尊敬。回到古代当兽医，看起来与动物相处，保留内心的纯净与天真，是在出世，但是凭借这一技能不断走向更大的世界，看到更多的人与规则，为社会不公发出自己的声音，又是入世。秋叶红以出世的方式入世，这种富有留白的故事结构，在注重密集爽感、打怪升级的网络小说中，给人清新和独特的感受。

在颠覆古今的穿越之中，"医学"这一不衰的技能，成为那根定海神针，同时也为主人公的诸多现代意识找到了依据：

> 身份地位对她来说不算什么，靠着打杂谋生对她来说也不算什么，对一个已经习惯顶起半边天并同男子一样在社会上打拼的女子来说，劳作不是低贱的，而是快乐的，还有什么比流自己的汗吃自己的饭更让人心安的事呢？不需要看人眼色，不需要担心会被谁夺走拥有的一切，因为所有的一切都掌握在她自己的手中，那是她的技艺，没人能抢走。[1]

凭借"医女"标志，原本计划与前两部作品保持同样篇幅，这部《回到古代当兽医》，写到最后突破了72万字。对希行而言，犹如脱胎换骨，形成了题材的个人特色，完成了篇幅的自我突破，理顺了人物的基本关系。而读者的热烈反馈，说明不但她写作水平的提升有目共睹，而且填补了女性向网络文学中的一个重要空缺。

《回到古代当兽医》之后，两部同样"医女"标签、聚焦中医药

---

① 希水云：《神医慧娘·后记》，台湾：蓝海制作，2012年7月版。

材的作品《重生之药香》（2011—2012）、《药结同心》（2012）先后发表。希行的个人风格逐渐形成，具有了高度的稀缺性和辨识度。

在《重生之药香》与《药结同心》中，围绕个人风格的形成，希行进一步小规模尝试了各种不同的创作思路。《重生之药香》从"穿越"变为"重生"，暂时减弱了现代元素，而去思考人的生命和责任。它讲的是重生，是再活一遍，但却不是复仇打脸、修正错误，让生活如何没有遗憾、完美无缺，恰恰相反，它讲述的是，顾十八娘如何从复仇的深渊中逐渐走出，将愤恨的利刃变为平和的涓流，从"弃妇"活成"宠妃"不是真正的胜利，活成自己想要的样子、过上自己舒服的生活，不为他人的目光、世俗的评判所左右，才是真正的重生。

《药结同心》则摒弃了此前的多位男性角色的模式，书名就明确告诉了大家官配CP。《古代地主婆》中，少年夫妻不能白头到老的争议，对于希行而言亦是一种遗憾。于是在这部书中，平常人家、擅长药学的女主人公梅宝，与平民出身、憨直英勇的男主人公卢岩，并肩携手，共同成长，完成了作者的初衷："我只是想写一个少年夫妻老来伴的故事，写一个全心全意你疼我我疼你，虽然有波折有磨难但是依旧携手走下去的故事。"[①] 结局圆满一偿夙愿的同时，希行也再次表明立场："我一直认为，戏份儿多的那个是男主，而不是最后跟女主在一起的那个。"[②] 在希行看来，人与人之间相处的方式有很多种，命运也变幻无常，但两个人并肩携手走过的岁月、在彼此身上学到的东西、留在彼此生命中的印记，是无法消退的，这才是真正的故事与人生的"主角"。

三、登顶大神：《名门医女》《娇娘医经》

经过五部作品的积累和历练，2013年1月8日，希行上线了新作《名门医女》。这部作品篇幅长达142万字，但是作品结构得宜，形成风格的医学知识植入和女频喜爱的言情故事相互交织，独立自强获得

---

①② 希行：《药结同心·访谈感言》，起点女生网，2012年9月21日。

尊重的爽感与济世救人、观察人性的思考并存。

《名门医女》的主人公齐悦，在现代时空屡受打击，事业上无爹可拼，感情上又被另择高枝的男友抛弃。她带着对自我的怀疑，来到偏远山区支边，实际上是对自己的放逐。但是一场车祸，让她穿越成为古代侯府世子夫人齐月娘。祖辈约定结下的姻缘，时过境迁。公婆嫌弃她的出身，白眼相待；丈夫对她并无爱意，态度冷淡。他们集体谋划娶进一位高门大户的小姐做平妻——虽然换了时空，但齐悦遭遇的困境总是相似。但是这次，她选择潇洒和离，自己开设医馆谋生。很快，齐悦凭借医术与仁心，让古代民众对女性医生、西式医术的怀疑和担忧，变成了信任和敬佩。而和离后的世子前夫常云成，也很快在相处中发现，这位女子不再是当初在自家唯唯诺诺、寄人篱下的模样，甚至比懂得琴棋书画、遵守"三从四德"的高门贵女更有意思。因为她不卑不亢、有原则有底线，是一个拥有完整灵魂的"人"。也只有与她相处，他才是既可谈抱负、又能诉衷情的"人"。当齐悦为了救人而死，穿回现代，他也追随心爱之人来到现代社会，换成了他穿越到她的世界，在陌生世界中向心爱的人证明自己。

这部小说大小高潮层出不穷，故事情节环环相扣，从立意、结构，到人物、叙述，都充满了引人入胜的张力。以往围绕在中医、中药领域的希行，此次将"西医"放在"穿越"之中，从而让作品有了更大的格局，形成了西方新科学与中国现代性的碰撞。女主齐悦感情上的失而复得，与她人格的重塑达成了统一。被侯门世子从冷待、和离，到重新追求、真心爱慕，这条女性读者喜爱的言情线，伴随着的是齐悦自立医馆、济世救人、开门授徒、誉满天下的奋斗与成长。为"女"的绵绵情意与为"人"的责任担当刚柔并济，收割爱情和播撒知识共同构成了作品的爽感。言情言志、求爱求知，在当时，让以男性爽文见长的起点中文网，终于在"女性向"小说中开拓出兼具小儿女与大情怀的路径。

《名门医女》对于希行来说，确是一次质的飞跃，以至当时在盗文网站追更的读者，在没有与作者直接交流沟通的环境中，纷纷质疑是不是"希行"换人了。小说连载到 2013 年 6 月，成为当月起点粉红月票榜第三名。读者真金白银投出的月票榜，是起点最具权威性和影响力的榜单。而一直以来，前三的位置都被老牌大神牢牢占据。希行迅猛进入前三，的确是非常出色的成绩，也令希行本人十分惊喜。7月再次成为第三名，8月继续前进成为第二名。这极大激励了希行和她的粉丝们。于是，在《名门医女》即将完结的9月，她们向粉红月票榜的第一名《九重紫》的作者、2010年就已经凭借《庶女攻略》一作封神的大神作家吱吱发起挑战。

一直以来，希行都非常谦虚低调，觉得自己是"一个平庸的扔在人群里毫不起眼的三十多岁的女人，为一日三餐碌碌的上班族，从小到大都是仰望别人、任何考试没有名列前茅的人"①，常常觉得作品获得认可已经令人诚惶诚恐、感叹何德何能，对写作且发表的态度，也是简单到"写书就是为了钱"②，但是这次忽然站在聚光灯下，获得诸多读者的认可，成为众多粉丝的偶像，她才开始感觉到，创作对她而言，除了自我表达、除了经济收益，似还有什么其他的东西——是共鸣，是陪伴，是获得认可与自我实现，是带领大家一起让自己的文字被更多人看见。于是，在9月末，月票榜计票进入倒计时的时刻，希行开始正式拜票。而希行少见地出马拜票，也让读者粉丝们感受到被偶像认可、需要的责任感。希行多年以来培养的粉丝，以罕见的速度聚集起来，推书、砸票、捧排名。《名门医女》，终成为起点女生网9月粉红月票榜第一名。

这一成绩，是希行出道四年以来的最好成绩。《名门医女》由此成为希行步入创作成熟期、人气急剧上升的转折点，也为其时起点女性向作品所能达到的高度做出了示范。《名门医女》的荣誉与成功，给希行带来了信心，也让她更加明白，"要想感动打动读者，那么一定要先感动打动自己"，"敬畏，对故事，对读者，都要敬畏。我必将捧着这

① 希行：《名门医女·这是名门的狂欢，这是名门众最后的集体狂欢》，起点女生网，2013年9月28日。
② 希行：《名门医女·3月过完了，有些话跟大家说一说》，起点女生网，2013年3月31日。

颗敬畏之心走下去"。①

　　《名门医女》之后，希行推出了《娇娘医经》。不过不同于《名门医女》，《娇娘医经》不是"穿越"而是"重生"，医学内容没有详细叙述而是作为笼统背景，女主人公不是具有理性思维和启蒙知识的现代人，而成了一个口齿不清、脑内混沌的痴傻儿。淡化甚至脱离这些令希行成功的标签与元素，对于一个刚刚封神的作家来说，是一个冒险之举，但是希行却有意再次开拓自己的创作领域，着力在《娇娘医经》中进行横向拓展，以密集激烈的"爽文"元素，牢牢把握读者的心。

　　不得不承认，《娇娘医经》在整体背景设置上，有其不能自洽圆融的漏洞，不似以往希行驾轻就熟的世界架构。但是跌宕起伏的情节、层层推进的高潮，让读者可以完全沉浸其中，忽视这些瑕疵。软硬两条线索刚柔并济，娇娘的所向披靡，让读者体验到手不释卷的过瘾和痛快；娇娘的大彻大悟，又让读者在掩卷深思时获得了反思与喟叹。

　　如果说，《名门医女》是在考验作者传统文学的积累，那么《娇娘医经》就是在考验作者网络文学的功力。《娇娘医经》自 2013 年 11 月 23 日开始连载，于 2014 年 1 月 1 日入 V 上架，当月即荣登粉红月票榜榜首，此后更是一路延续奇迹，除了 10 月、12 月拿到第二名，2013 年的其他十个月份，均是粉红月票榜榜首。这一成绩，可以说让希行的大神地位彻底稳固。《名门医女》吸引而来的众多读者，接受了她的风格，肯定了她的探索。这些成绩，给了希行继续探索、不断精进的底气。

四、继续探索：《诛砂》《君九龄》《大帝姬》

　　《名门医女》和《娇娘医经》两部封神大作之后，希行并没有像一般的网文作家那样，将已经被证明为最受市场欢迎的风格固定下来，迅速批量产出，在最红的时候挣最多的钱。这两部作品受到热烈欢迎，希行更多意识到的是，自身仍有巨大的潜力，网文能够提供更广阔的

---

① 希行：《名门医女·后记》，起点女生网，2013 年 10 月 4 日。

空间，读者也在不断进步与成熟。

《诛砂》就是希行在横向拓展之外，继续进行纵向探索的一部优秀作品。这是希行对自己创作理念、思想主题的一次总结和升华，让她在通俗的网络文学创作之中，保持着对文学内容思想性的追求。与此同时，在《名门医女》的稳健典范之后，从爽文式的《娇娘医经》到实验式的《诛砂》，也奠定了希行在此后双脚并行的创作路数：一部作品追求爽感、开拓广度、吸引广大读者，一部作品追求思想、探索深度、带领读者讨论，两种风格交织进行，作者和读者共同成长，也促进整个女性向网络文学创造更丰富的形态、走向更高的水准。

对作者来说，"实验"总是在开拓新的领域，也会发现一些问题和困难。《诛砂》为了充分铺陈清楚姐妹两人前世今生、错综复杂的关系，开场节奏不免有些偏慢。然而《诛砂》之后，在爽文路线上发展的《君九龄》，则改进了这一瑕疵，以快节奏和密爽点加速读者代入。

《君九龄》中，九龄公主重生成了父母双亡、婚约遭拒的女孩子君蓁蓁，借人身体、替人消灾，她只好替这个心思单纯又骄纵鲁莽的身体主人收拾一个又一个烂摊子：退婚、换钱，和娘家修复关系、对损友以牙还牙……新"魂"上任三把火，就是要告诉那群坑她、害她、拒绝她的人，邪恶不仁，是要付出代价的。

只要有意往"爽"的路线上发展，大神希行应对网文读者的诉求，可谓是手到擒来。公主落难，不靠白马王子英雄救美，而是自己杀出一条血路，把一手烂牌打出赢面。在女频网文中，希行的爽文爽风，不写男女小情小爱的白日幻梦，而用女性个人奋斗的醋畅来表达爽感，本身就已经建立在她对思想主题、作品立意的追求和探索上。营造爽感之余，在《君九龄》中，她对医药的专业描述开始淡化，转而追求文字、情节的锤炼。

《君九龄》中德盛昌票号富甲一方，历代都由女性主持，但却被一个诅咒笼罩：家中男丁，早晚会死。君蓁蓁与家中现存唯一的男丁、自小瘫痪的表弟方承宇假结婚真治病，帮方家找出谋害三代人的真凶。"医药"在此，已经并非大展拳脚的金手指，而是推动情节发展的小元素。另一条重要的故事线，则是君蓁蓁想尽办法重回京城，因为那里有她上辈子被乱刀灭门的真相，还有另一个即将出嫁的"九龄"。君蓁蓁一边为他人匡扶正义，一边为自己寻找真相，形形色色的人物悉数登场。希行对自己写作技巧的提升，让这些围绕在女主身边的男性，各自显出不同的性格与特点，让故事在不同人物的身上逐步推进，而不致沦为玛丽苏式的闹剧。"爽""燃"的网文可读性，与有思考、有技法的文学专业性，在《君九龄》中得到了很好的融合。自古有言文人相轻，但是《君九龄》的优秀，让另一位网络文学界的著名大神猫腻，都不禁在自己的微博上赞美推荐。

最近一本完结作品《大帝姬》，创造了一个男女同样具有皇位继承权的架空历史，于是女性更需要在男性的环伺之中，证明自己得权与握权的能力。自现代穿越到架空历史中的薛青，发现自己是流落民间并被追杀的帝姬。身负使命、易容改装，自下而上一路风雨，终于与皇位只有一步之遥，但是薛青却发现自己只是真正帝姬的替身，并非皇家血脉，她又重新寻找自己的身世之谜。正是在这两次奋斗之中，女主人公不但证明了男女的平等，更证明了人与人的平等——薛青最后登上皇位、成长为君临天下的女帝，不是凭借性别优势，也不是凭借皇家血脉，而是靠自己的能力取得地位与认可，并且凭借这些东西，继续去做有利于百姓苍生的事。这，才是社会走向平等、和谐的题中之义。

《诛砂》之后，《君九龄》《大帝姬》到近期连载的《第一侯》，希行的气魄越来越宏大，她的视野，从女性个体，走向女性群体，继而走向普遍意义上的人。希行的作品，在平衡广度与深度中，逐渐游刃有余。希行的大神之路，也更加值得期待。

第二章

类型创新："现代性"在历史中重生

希行开始创作的 2009 年，正是网络文学穿越类型产生并成熟、"清穿三座大山"接连面世的热门时期。然而就在希行创作的过程中，女性向穿越类型"开始即巅峰、逐渐走下坡"的局面开始明晰。在 2006 年前后诞生的"清穿三座大山"《步步惊心》《梦回大清》与《瑶华》，在架设穿越文的基本结构、表达现代人的情感思考上，已经比较完整，后续难以产生类型升级的可能。另一方面，希行在自己的创作实践中，也开始思考"历史"与"现实"的关系，笔下的作品能够让这么多人欲罢不能，这就足以说明，当代人某种程度上都面临着相同的焦虑与困惑：

"要谈自己的历史言情小说创作，肯定首先要回答'为什么开始写历史言情'这个问题。众所周知，现代社会的节奏快、压力大，我们都面临着各种各样的现实困境，有物质层面的，比如上海房价这么高，想在这里买套房子，要背几十年的贷款，普通人的压力非常大，但同时我们在精神层面也有困境，大家很难找到一种更高远的、超脱的精神寄托来缓解在物质层面遇到的问题。所以面对这些压力，文学艺术就成了大家的乌托邦。小说营造的各个世界，是我们避世的空间，我们在这里暂时放一放那些生活里的烦心事，轻松一下，快乐一下，但是在写作、阅读的过程中，现实的影子却也是无处不在的，我们在现实世界里特别缺什么，往往就特别爱在小说里找补什么，所以这些小说又是对现实情况的另一种反映和思考。

"我选择写历史题材，是因为'历史'和'现实'之间，能够形成更有趣的张力关系。既然要'避世'，那历史离眼下的生活更远，我们能躲得更好。与此同时，历史又不能是脱离现实凭空想象的，它虽然离今天的生活更远，但它依然受到一系列总体的规律制约，写的时候要结合当时的社会制度、当时的人文风情，所以也不能跑得太远。但是写着写着，我也发现，原先作为背景的历史，其实也有自己的灵魂。换句话说，我会发现，很多现实的状况、问题，并不是凭空发生的，而是在非常遥远的历史中，就已经有了苗头，或者就已经有了和今天同样的情景。那么如何处理历史，其实也就是如何面对现实。"①

正如希行所言，"如何处理历史，其实也就是如何面对现实"，穿越类型所带来的最大作用，是让我们能换个时空，重新直面、审视、反思正在遇到的问题，让我们更好地理解正在生活着的现实与现代。而在此基础上，面对已经从高峰逐渐走下、从"类型"变为"元素"的"穿越"，希行也开始尝试以其他的方式来演绎更大的命题，回答"穿越之后怎样"。《重生之药香》中的"重生"，即是超越"穿越"的一次试水，而在《诛砂》的创作中，希行更是基于中国古代历史文化，搭建起了一个完全架空的时空，将女主人公的回魂转世，设定为自我生命的"重生"。以个体人物命运的"重生"，观察在历史稳定不变的表象下，究竟在何处产生了裂隙，只是在维持表面的平静，然后击落这些历史的尘埃，让本质浮出水面，让历史得以前行。而这一过程，恰恰也是我们今日习以为常的"现代性"诞生的过程。

网络文学中，穿越类型如何兴起又如何演变？现代生活中，人们亟待回应的欲望与焦虑又有哪些？《诛砂》的创作中，又是如何承续起网络文学的发展脉络，回应着读者内心的所思所想呢？

一、穿越类型的兴衰

作为中国网络文学的一种类型，"穿越文"是指主人公因为某个特

---

① 希行：《如何书写有情的历史——我的历史言情小说创作》，中国作协网络文学委员会上海研究培训基地第一期网络文学高级研修班上的发言，2016 年 12 月 13 日。

殊契机，进入另一个时空之中，通常是进入中国古代历史之中，从而引发的一系列故事。因为进入古代中国的现代主角自带"先知"能力，可以预知历史走向、掌握先进科技，因而即使是现代社会的平凡之人穿越回去，依然可以抢得先机。这样利用时间差获得"金手指"的设定，自然容易引发普通读者的代入。这种古今碰撞带来的可能性，迅速使之成为一个广受欢迎的类型。

1993 年席绢的《交错时光的爱恋》和 1994 年黄易的《寻秦记》，分别以女性向和男性向的不同角度，勾勒了中国大众文化领域"穿越"元素的基本框架。此后的穿越小说，无论是女性向的"意外—穿越—被动选择感情—古今碰撞—主动认同感情"，还是男性向的"意外—穿越—寻找强主—今为古用—成就霸业—君臣离心"，都较大程度地沿袭了这两部早期作品的结构模式。

在零星的早期网络文学穿越作品之后，2004 年开始，金子的《梦回大清》、桐华的《步步惊心》、晚晴风景的《瑶华》先后开始在晋江文学城连载。这三部作品不约而同地采用了"穿越"元素，并且集中穿越到了清朝康熙年间，参与"九龙夺嫡"的历史事件。这三部作品伴随着穿越潮流的涌动而出现，以完成度较高、可读性较强成为早期网络文学的出色之作，代表了这一类型的水准。因发表时间非常接近，三部作品经常被并列提起，被读者称为"清穿三座大山"。

但是，"清穿三座大山"既是作品的高峰，又是希望的低谷。穿越时空、改变历史的穿越类型，在最终的创作实践与读者接受中，却产生了这样的结果——无论是作者还是读者，人们都已经不再相信历史可以改变。《梦回大清》里，主人公小薇试图在历史漩涡中保持孱弱的中立，最后却被康熙下遗诏赐死。《瑶华》里，主人公瑶华将历史的方向寄希望于理性与真实，最后不得不以假死的方式自我放逐。她们在"穿越"中都不自觉地带着久处现代社会、依赖秩序与逻辑的天真，都还依稀带有启蒙理想的残梦，最终都在笔尖的社会实验中惨遭打脸。而大众文化中最为知名的《步步惊心》，主人公若曦则穿上了现代社会残酷竞争中锻造的铠甲，认清了"启蒙的绝境"，带领读者完成了一场从失败者八爷移情别恋到胜利者四爷的权力认同。对"现实"无羁绊，因而敢穿越；对"历史"有畏惧，因而蹈覆辙。在面对"穿越"的可能时，是现代的焦虑率先穿过了时光机器，将过去的故事也蒙上了今日的阴影。

这些穿越小说昭示着，即便是在最无所不能的白日梦中，"另类选择"也宣告失败。但也正是在这个谷底之中，穿越类型开始重新审视和评判"现代"的价值：我们想象历史的方式究竟产生了哪些变化？能够带回过去的，就只有挥之不去的焦虑和习惯成自然的驯顺吗？

因而，在穿越类型基础上，另辟蹊径，更换部分设定及模式，衍生出新的子类型，则成为后续众多作品成功的诀窍，也是网络文学整体从穿越小说这一个类型的兴盛，转向多种类型相继诞生并繁荣的关键。而在这些触底反弹、向死而生的类型革新中，希行《诛砂》所带来的"重生"则是重中之重。

二、现代社会的危机

同样是面对名为"想象"的时间机器，西方当代大众文化中，层出不穷的是关于"未来"的描摹，科幻小说、电影作为文化工业类型，不断成熟壮大，人们用未来科技的铠甲利刃，向宇宙空间与人类心灵进行更加深广的开拓。而中国当代大众文化中，勃然兴起的则是关于"过去"的叙述：穿越小说发展为网络文学的重要门类，改编影视亦成为热点，现代人由于机缘巧合回到古代，参与到历史的建构之中。

在笔者视野下，一个现象是，丰富多彩的小时代隔绝了人们尝试书写大历史的前进脚步。令人眼花缭乱的表象下，作为基石的现代文明正在随着时间的流逝而被本质化。因而怀揣现代科技与现代理念的人们重回古代，甚至不敢因这些现代文明而骄矜半分，因为他们穿梭在旧日时光中，首先体察的却仍旧是生存危机与权力结构，不由得匍匐前行。当小人物与大历史相遇，大家未经交手就已俯首，名为穿越的离经叛道，往往最终成为一场为历史寻找合法性的招安之旅。

80 年代的再启蒙之中，人们依旧相信科学理性和理想信念能够战胜蒙昧野蛮与集权专制。然而进入 21 世纪后的世界，却似在某种程度上，集体陷入了"启蒙主义的绝境"。齐泽克在《意识形态的崇高客体》中揭示，今日的意识形态，尤其是集权主义的意识形态已经不再需要任何谎言和借口，"保证规则畅通无阻的不是它的真理价值，而是简单的超意识形态的暴力和对好处的承诺"[①]。而集权之所以毫无掩饰，人们又之所以毫无反抗，关键就在于"另类选择的丧失"，没有了可以替代的选项，任何试图改变的努力都不免最后沦为和"制造没有咖啡因的咖啡、没有酒精的啤酒、没有脂肪的冰淇淋一样"[②]，成为换汤不换药、治标不治本的形式主义改良。

"启蒙主义的绝境"带来的与其说是历史走到自由民主之后的终结，不如说是历史在将自己命名为自由民主之后的停滞。作为中国青年一代的"80后""90后"，正是成长在启蒙主义坍塌烟尘中的一代，整个成长时代接受的教育话语仍旧是理想主义模式的，尽管彼时他们的师长已经在传授中感受到了犹豫和困惑。但是成年之后的他们却渐渐发现，物质生活完全充裕的背后，是精神世界的严重匮乏，启蒙主义话语体系已经尘埃散尽，但是新的话语模式却迟迟未能形成统一。他们始终缺乏自己的时代精神和自我表达。众声喧嚣仿佛不是为破为立，而是自娱自乐。

另一方面，他们必须面对的残酷事实是：这一代人，并不会比他们的父辈更出色。作为父辈的"50后"和"60后"，青壮年时代正与中国改革开放和社会转轨紧密相连，无论是个人价值的充分实现还是阶层的跃升，都是并不鲜见的事例。而到了子代的"80后"和"90后"，社会转轨逐渐完成，阶层日益走向板结，他们有高等教育、健全福利，固然高出金字塔底层很多，但仰望顶层同样遥不可及。按部就班的考学、就业、升职，恋爱、结婚、生子，人生的轨迹几乎已被划定。宏图大志在严密的社会阶层体系中逐渐碎裂，人生理想成为"三十岁年薪××，五十岁财务自由"，生活陷入无法逃脱的平庸。

于是，对现代文明的焦虑，对历史复刻的恐惧，成为中外共同面

---

① 〔斯洛文尼亚〕斯拉沃热·齐泽克：《意识形态的崇高客体》，季广茂译，中央编译出版社，2002年1月版，第42页。

② 〔斯洛文尼亚〕斯拉沃热·齐泽克：《齐泽克在"占领华尔街"运动中的演讲》。

临的时代问题。在弗朗西斯·福山的"历史终结论"之后，世界上似已没有可供寄托的另类文明家园。对"另类选择"的尝试，也从现实转向网络空间实验。这些尝试源于困惑、焦虑，甚至不满，付诸网络文学，则由"穿越文"这一形态的演变，一路分化出了不同的表达形式，这其中既有先期穿越言情小说带来的精神抚慰，又有中期男性向穿越和女性向穿越的相互影响、对现代文明与体制的重新思考。而希行的创作，则是从穿越到重生的创作风潮转变中，尝试用文学穿透现实，用昔日故事重新激发现代文明的活力。这，不失为对穿越文创作动机的一种阐释。

三、以重生拯救现代

希行在创作过程中，一直注重兼顾形而下层面的阅读爽感和形而上层面的宏观思考。她在"穿越"和"重生"搭建的世界中，创造了一个特殊的观察位置，从而探索在当今人们焦虑之下，体察已经苍老的"现代"是否仍旧具有推动时代前进的力量。

"穿越"是展开一场历史与现实的对话，恢复日常生活中业已本质化的现代性，让现代的知识、技术、观念显现出价值和意义，而穿越基础上的"重生"，则删减特技、限制先知，迫使主人公在此生的不断倒带重来中，由量变产生质变，观察现代性如何从历史的血肉中脱胎而出。指引人们走出全新人生的，从来不是他人赋予的，而是自己提炼的；从来不是器物层面的奇技淫巧，而是现代观念带来的自由解放。

在《诛砂》的创作感言中，希行表示：

> 重生小说，是网络小说的重要模式之一。穿越也好，死而复生回到多少年前也好，取代成为另一个人也好，都可以说是一种重生。
> 重来一次的生活。
> 重来一次的目的是什么呢？是为了弥补遗憾，珍惜失而复得的一切，活出一个不一样的人生。

但如果这个遗憾，其实并不是你认为的遗憾呢？如果你追求的渴望的想要抓住拥有的，是坏的，是虚假的呢？

基于这样的想法，我写了《诛砂》这本书。

一个小姑娘自认为害死了姐姐，导致了一生命运的悲剧，当她得以重来，她欢天喜地地想要守护失去的一切，与姐姐、父母的亲情，家族荣耀，但很快她就发现，她想要的跟她想象的是不一样的。

姐妹情深是假的，父母亲情是虚幻的，家族荣耀更是吸取了无数血肉铺就的，她会怎么做？

在这一次重生中，她敢于直面血淋淋的真相，甩掉懦弱，打破自己的期待，毁掉自己的渴望，活出一个全新的自我。

重生，其实是自我认知的重塑，活出一个新的自己。所以《诛砂》的第一卷叫"重生"，第二卷才叫"新生"。

立意的高度和思想的深度，让希行的风格独树一帜，在类型化的网文界被广泛接受，但却不能被简单概括。这部《诛砂》中，主人公谢柔嘉带着时间差获得的附加技，虽然跌落谷底，却向死而生，一路露头角、争荣耀、斗反派、揭阴谋，酣畅淋漓，爽得过瘾。但读者赞誉作品"爽而不俗"，则是因为在爽的表象背后，希行始终在思考一个问题：我们如今习惯到麻木的现代秩序、知识与精神，为何能在往昔时空中熠熠生光？它们是否在今天真的完全失效？能否应通过文字的实验，让人们进入"现代性"诞生的过程，重新发现它的意义和价值？于是，希行带领处于后现代社会中的我们，一齐进入前现代社会，尝试从现代性诞生的历程中，恢复那份敏感，提炼前进的力量。

在《诛砂》所创造的前现代社会中，彭水谢氏是庞大而神秘的地方家族，每代嫡长女为唯一的"丹女"，掌握整个家族的矿山开采、丹砂交易，还主持各种山神祭祀，被民众信奉膜拜，犹如宗教领袖。当双胞胎姐妹谢柔惠、谢柔嘉一同降世，在这个唯一的"丹女"之位面前，一场残忍的厮杀与变革注定发生。

《诛砂》的主人公谢柔嘉历经两世人生，前世姐姐谢柔惠意外早死，懦弱的妹妹谢柔嘉，对内被冤为凶手，对外又被迫假扮姐姐，受人摆布，最终家族覆灭。重回 12 岁，谢柔嘉希望有能力向命运说"不"，助家族远离倾覆，保亲人性命与荣华，不惜一切保护谢氏的荣耀与利益。但是，当她拼命保护姐姐时却发现，姐姐温顺的外表下，为"丹女"之位不择手段；谢家众人为保"丹女"独尊，无所不为、鱼肉百姓；而前世的灭族仇人们，却有着各自苦衷。

在"丹女"之争中，谢柔嘉发现，所谓宗教的神秘力量，很大程度源于世代积累的地理、天文、医学知识。她经历家族放逐，看到了蛮荒矿山中，矿工、农民对自然的热爱，对神灵的敬畏，对付出汗水血泪却依然艰辛的生活的默默承受；她也经历了家族追捧，却在屡次巫祝仪式前后，看清了众人的趋炎附势、竭泽而渔、皇室沉迷丹药、错用忠良。正是在切身经历之中，谢柔嘉发现腐朽的"丹女"制度才是人性扭曲的源头，于是决绝地走上了"诛砂"之路，她不愿再做家族的维护者，转而向封建体系、阶级秩序宣战：打破谢氏垄断，促进全国丹砂的自由买卖；打破丹女制度，将知识技能传授给平民百姓。不分嫡庶、无论男女，每一个人都应能通过自身的努力，追求自己想要的生活。在经济与知识的双重自由流通下，现代性的萌芽也由此诞生。

"难道真的只能有一种现代性的模式，每一个国家都必须采用，才能堂而皇之地自称为'现代'？"① 王德威"没有晚清，何来五四"的观点，不在于强行将晚清文学与 20 世纪中国文学的现代形式一一对照接应，而在于对现代性问题上的西方中心论和线性历史观提出质疑。特别是在"历史终结"的此刻，唯有重新思考中国本土现代性的价值，才能尝试在板结的社会中开拓出新的路径。

写出《诛砂》的希行，或许，并没有思考全球格局、世界走向的野心。然而中医家学，却让她会在日常经验中面对这些问题：如何看待中西医之间的关系？在西方知识谱系的强大攻势下，当中医及中国传统文化被视为伪科学、前现代，东西方文明的地缘差异被置换为线性时间轴上的先后之别，希行尝试通过写作打破这种东西方二元论的

---

① 王德威：《被压抑的现代性——晚清小说新论》，北京大学出版社，2005 年版，第 23 页。

格局。《诛砂》之中，希行甚至没有选择中医，而是以巴蜀民间的巫医巫术作为替代。看似前现代的巫蛊之中，丹女之家能够成为一呼百应的存在，其实一方面于精神上，是将巫舞作为抚慰人心、感召人心的宗教仪式，另一方面于经济上，则是凭借世代积累的地理、天文知识来开采矿山，凭借人脉关系进行销售运营。而在"重生"之中，无论是现代政治经济秩序，还是自由平等正义这些现代精神，都伴随着人的觉醒而自主出现。这些说明，所谓"现代性"的土壤，并非一定是西方的，中国有能力创造出自己的本土现代性，我们也有责任在破除唯西方论的迷思之后，探索更多前进的方向与可能。

> 谢文昌挥舞着手嘶声喊道，似激动又似癫狂。
> "你们又不是长房，凭什么给你们！"围过来的人们也激动癫狂地反驳着。"能给你们，凭什么不能给我们，大家都一样！"
> "一样？一样个屁！"谢文昌骂道，"我家女儿上山点过砂，民众前祭过祀，是亚清娘娘选定的，是山神选定的。有本事你们也去点砂，也去做祭祀，让山神认定你们。"
> 这话让喧闹的人们一阵无话可说。
> 谢柔清真的是在彭水人前展示过能力的，不管是在矿山还是在民众面前，不管是点砂还是祭祀。[1]

在现代性的溯源之旅中，在"知识"如天火般刚刚降临的时刻，希行同样追问作为"知识精英"的责任。希行作品中的主人公，从不否认自身的知识精英属性，但是她们又同时认为，所谓"精英"并非与生俱来、不可打破，更没有值得顶礼膜拜之处。

> "那是因为二小姐教了她。"有人愤愤不平地说道，"是二小姐提拔她，才入了山神的眼。"
> 谢文昌得意洋洋要开口，一直安静沉默的谢柔清先开口了。

---

① 希行：《诛砂》（第六卷　破生，第五十章　轮回），起点女生网，2015 年 11 月 25 日。

"你们家的女儿们想学也可以来学。我可以教。"她说道。

此言一出，在场的人都愣了。

谢文昌差点跳起来。

教那群矿工也就罢了，反正教的只是做劳工。谢家的其他人怎么能教？现在大家可都要分家了，教会别人，那他们家怎么办！

"清儿、清儿，你别胡说。"谢文昌忙拉住她，"你是怕你成亲后忙顾不过来矿山的事？没事。你哥哥们都能帮忙。"

说着，又对着众人挤出笑。

"现在给柔清说亲的人太多了，我们家现在是大房了。柔清肯定要招婿，还是留在咱们谢家，大家都不用担心。"

成了亲，生了孩子，这丹女的技能当然要传给自己的孩子，就算不传给自己的孩子，也要传给她兄弟们的孩子，怎么都得给自己家的人，怎么能给外人，那成什么了！

"这跟我成不成亲没有关系，就如同我不是长房长女血脉，也能学的，也能得山神眷顾。"谢柔清说道，"所以至于以后传给谁，也无需在意血脉。"

她的视线扫过在场的诸人。

"择有能力者授之。"

无需血脉，择有能力者。

此言一出在场的人耳内哄哄。

可以吗？

"谁都可以？"一片安静中有女孩子迟疑地问道，"我们这样的也行吗？"

这是一个连进谢家大宅资格都不够的旁支家的女孩子，别说争抢经文，就连挤在一旁看热闹都只能是在最后边。

谢柔清神情淡然。

"我这样一个瘸子都能，你们怎么不能？"她说道，"就看你们想不想。"

她说罢继续前行。

"让开让开。"水英一把推开挡在前边的谢文昌喊道。

　　谢文昌被推了个趔趄。

　　"柔清，你胡说什么！"他喊道，还要冲上去，但已经被别的回过神的人挤开。

　　"柔清小姐，你说的是真的？"

　　"柔清小姐，你说的学要怎么样学？"

　　"是去郁山吗？"

　　乱哄哄的声音和人群拥簇着谢柔清，谢文昌被挤到后边。

　　"那是我的女儿！是我的女儿！"他大喊着的话被掩盖。①

　　"丹女"的传承要求嫡出长女，但是身份低微、样貌丑陋如谢柔清，凭借自己的勤奋练习和充沛感情，戴上面具跳起巫舞，同样可以让人们为之感动。贩夫走卒，都可以通过知识获得技能，生存下来甚至成为精英。当其他穿越小说中的主人公，带着预知历史、掌握知识的精英特质，或是如大多男性向作品，选择进入朝堂、建功立业，带领国家开疆拓土，抚平历史的创伤记忆，或是如大多女性向作品，在鲜明的生存危机中，将老公当老板、把妾室当同事，让自己在规则和陷阱中活下来，并且尽可能活得舒服，希行对知识精英的定位和认知，就显现出了现代启蒙的属性。

　　希行想要探求的，不是如何让自己活下来，而是如何让更多的人活下来，不只是通过医疗获得肉体的存活，还有通过新的社会秩序，获得自我与尊严。她绝非民粹主义者，明白真理与人数多寡并无关系，更不会将一条条鲜活的生命钉成铁板一块的"集体"，但是她又坚决反对精英主义，始终认为精英与民众、阶层与阶层之间存在沟通的可能。现代知识技能不应是为精英阶级巩固旧土，而是应当打破阶级分化，促进社群交流，最终推动整个社会走向进步。

　　当"现代"已经成为这个时空的本质化存在，那么不妨换个时空，感受它究竟是在怎样的血肉中生长出来的。促使主人公打破阶级秩序

---

① 希行：《诛砂》（第六卷　破生，第五十章　轮回），起点女生网，2015 年 11 月 25 日。

的，不是一颗圣母心，而是看到权力宝座，正压在勤恳淳朴的矿工、才华横溢的姐妹、相知相伴的恋人身上。希行并不是要以文化与历史，证明现代性之必然，而是希望用情感和故事，为业已麻木僵化的"现代"重新注入灵魂。

现代知识不只是用来避免最坏的结局，更应是用来追求最好的可能。当人们在"历史终结"的宣告之下，不想成功，只想舒服，不想向命运挑战，只想向强者拜服，那么"现代性"的光明，最终将会湮灭在社会达尔文主义的利爪与犬儒主义的麻木之中，这不是历史的终结，而是历史的倒退。在从"穿越"到"重生"的创作类型转变中，将宏大的命题赋予细腻的纹路，让人们感同身受地参与进现代诞生的故事之中，成为《诛砂》的重要实践。

希行的创作，以及同样在网络空间中进行思想实验的其他网文作家的创作，都是在后现代语境下，用柔软对抗现实的一种方法。希行带领读者重新回到前现代的背景中，观察业已被搁置、被本质化的现代价值体系，在千百年前的中国，是如何从血肉中生长出来的。它不是只有唯一形式，更不是唯西方为正典，历史前进的任何脚步，都是各种文明相互碰撞、各种尝试彼此推动的结果。无论男性还是女性，每个人都有打破阶层区隔、实现个人价值的权利，自由民主、平等正义的现代精神，更应永存于每个现代人的内心。"现代"与"进步"不会停止，人类历史也不应该因此终结。在希行创造的这片幻想空间中，人们重新经历了国族、阶级与自我的现代性蜕变，也将重新探寻改变现实的可能。

第三章

题材开拓："医学"题材的传统与现代

选择以"医学"作为自己的风格标签，成为希行走上封神之路的关键。晚清以来，西方现代性体系伴随着侵略者的炮火攻入中国，对中国传统的知识体系产生了巨大冲击，将中国视为奄奄一息的"病人"，将种种救亡图存的方法视为"医药"，成为中国近现代史中经久不衰的比喻。"医学"既在本质主义的层面上，与对身体的规训相关，与人类从前现代走向现代化相关，又在西医对中医的冲击中和中西之辩、传统与现代之辩相关，更在现实意义上与思考现代社会的普遍性匮乏、人们的后现代疾病有关。网络文学成长的根脉是文学，是对人类共同命运的关切与思考，选择"医学"作为滋养这一根脉的源泉，也就为创作的不断上升，提供了广阔的空间。

另一方面，网络文学又是具有强烈人民性、网络性的文学。医疗领域与人们的生活息息相关，对于读者来说，日常生活中层出不穷的看病难、看病贵的医疗问题，与医闹困扰、医患纠纷等社会新闻，都是颇具讨论性和关注度的话题。而对于穿越类型来说，医疗问题又是一个能够打通古今的选项，借由另一个时空，讨论今日的困境，是一个可以摆脱形而下的限制，而产生形而上的探讨的有效方式。

但是放眼整个网络文学，能够拎得清"医学"的少之又少。因为这一领域既需要高度的专业性，将知识恰当地融入情节之中，又需要深度的共情，感同身受地体验作为医生的喜怒哀乐，讲述他们在生命和利益间的取舍。希行的家学渊源，让她积累了很多医学知识，也格外关注医患问题，她不但可以将中医、西医作为话题引入文中，也可以将药学、巫蛊信手拈来。她不是探讨具体的医学问题和医生生存状况，而是以"医学"作为饵料，创造出人们在生老病死的关键时刻，对生命的敬畏、对利益的取舍，创造出作为可以掌握稀缺资源的知识分子，对民众的责任心、对国家的使命感。特别是《诛砂》这部作品，希行在大幅的创新之中，能够跳出自己的舒适区，从熟悉的现代医药转向全新的民间巫医，从而带来了特殊的角度与思考。

一、现代化的医学与现代性的规训

中国传统文化教育中，没有严格的学科分界，追求"君子六艺"式的通识学习。因而中国古代的士大夫阶层，虽然不能亲自诊脉断病，但对医药知识并不陌生。晚清文学家中，《老残游记》的作者刘鹗便对医学十分精通，小说中的主人公老残，也借着江湖游医的身份，一边展示医药方面的知识，一边以此作为窥探人性、体察社会的线索。《红楼梦》的作者曹雪芹，更是博闻强识，在医学方面广泛涉猎。"《红楼梦》中的医药学就是一个伟大的宝库。其中涉及的医药卫生知识共290多处、5万余字，使用的医学术语161条，描写的病例114种，中医病案13个，方剂45个，中药125种，西药3种。一部小说包含如此丰富的医药知识，在中外文学史上是绝无仅有的。"①中国古代文学中，还有很多富有文人闲情雅趣、以中草药名称写作的药名诗，关心社会流行病情况和人民疾苦的疫病诗，感叹自身怀才不遇、病痛交加的咏病诗，等等。

中国传统文人阶层所接触学习的，一般是中医与中药，部分少数民族、西南地区的文人，熟识的则是民族医药或者地方巫蛊。到了明末清初，西方医学知识开始逐渐进入中国。在西医进入中国的早期阶段，是伴随着西方的基督教传教士而来的，介绍的也大多属于西方古典医学，与已经形成体系、具有广泛群众基础的中国本土医学无法抗衡。

---

① 段振离：《医说红楼·前言》，新世界出版社，2004年1月第1版。

但是，扭转中西医力量对比的时刻很快到来。1805 年，葡萄牙医生哈维脱将牛痘疫苗带到中国，对于从平民百姓到王公贵胄都深陷牛痘困扰的中国来说，可谓是及时雨。另一方面，19 世纪至 20 世纪期间，中国富裕阶层的青年一代开始留学海外，接受西方教育，其中一部分还是留洋学习西方医学，在精英知识分子头脑中，西医的影响日趋重要。在上下层的夹击之中，中国国内西医的地位逐渐高于中医。

鸦片战争之后，西方列强入侵，将中华民族带到了生死存亡的边界，中国的有识之士开始大声疾呼、寻求变革。在这样的背景下，中国文化与西方文化，开始被塑造成一对相互对立的二元化选择，一方代表落后、愚昧、陈旧，一方代表先进、科学、新生，两者成为线性历史观中后者必将取代前者的历史存在物。而中医中药，作为中国传统文化的代表，在中国整体面临从前现代封建帝国走向现代民族国家的历史进程中，进一步失去了人心与地位。

现代性内含一种线性的时间观念，即时间是不断向前的，是一种持续进步的、合目的性的、不可逆转的发展的时间观念。因而，后发的、具有先进生产关系的西方资本主义制度，必然会取代先发的、生产关系落后的中国封建主义制度。然而，随着现代社会的发展，特别是后现代的出现，对这种线性时间观提出了质疑。历史的前进并不一定是直线上升，也并不一定只有一条通路。现代发展中，技术与资本大大激发了生产活力，创造出了大量物质财富，但是与此同时，人类的精神世界并没有日益丰富，个体并没有走向普遍的安乐幸福，甚至在社会总财富的增加中，大量个体因贫富差距的加大而愈加贫困。后现代的价值体系也基于对现代性的批判而产生，为现代社会带来了多种价值尺度与意义空间。毫无疑问，"多元"的出现，让现代性产生了新的光彩，人们逐渐开始认同，在现代社会中，不是绝对的线性发展，而是呈现螺旋上升与相对性，不是二元对立，而是多元共存、相互碰撞。多元价值体系为人类的发展提供了更多的可能，每个个体的价值和意义得以重估，人们的自由意志得以体现。

也正是在这一变化的基础上，中国传统文化成为当今中国发展与进步必须直面的问题。彼时二元对立下，因矫枉过正而做出的批判和抛弃，此时被重新捡了回来。中国传统文化中存在着有其独特价值的部分，是西方现代文化价值体系的另一维度补充，不但能够成为中国社会继续前进的动力，而且能够作为中国向世界输出的文化资源。

在现代社会面临多元价值与意义重估的当口，医学自然也被作为需要重审的论题而被翻出。以这一极具开放性的话题作为现代性问题的切口，的确极易引起双方激辩。特别是中国女科学家屠呦呦，利用中医理论和西医技术，从中草药中提取了青蒿素和双氢青蒿素，成为第一个获得诺贝尔自然科学奖的中国本土科学家，更是引发了人们的热论。在实际的论辩中，西医的支持者指责中医没有科学依据，只凭借粗浅的人工经验积累，这一奖项本质上是西医技术的成果。中医的支持者则认为，大量诊疗病历证明其治疗有效且具有可重复性，这一奖项本质上是中医原理和药材的成果。其实，如果只将中西医的论辩作为形而下的讨论，这一讨论本身就是过时的。借由这一问题应当打开的空间是，我们日常所说的"现代"与"科学"，并非天然如此，而是后天建构而成的一套目前可以自洽的理论体系。中医也好，中国文化也罢，不必强行令其符合这套已有的标准与价值，而应看到它们所包含的另一套自洽的理论体系。也就是说，"中医"只是一种策略，更重要的是，如何让我们借由不同文化背景带来的文化资源和文化体系，发现更多的现代性空间与可能。

二、中西之辩而非中西医之辩

从第三部作品《回到古代当兽医》开始，希行尝试在作品中引入"医学"元素。新元素的加入和融合，不是一部作品能够完成的，尽管希行本人对医疗领域颇有研究，但是如何将这种元素与穿越、重生类型融合，在知识性和趣味性之间取得平衡，同时借助医疗来探讨更深层次的话题，则是需要不断调试的。

在成长期的创作中，希行最先下笔的是她最为熟悉的中医中药领域。《药结同心》的开篇，主人公沈刘梅在短短3000字的第一章中，就遭遇三重放逐：

第一重放逐是看到自家中医药铺被摘了牌子，换成了西式药房，她毕生热爱、学习的药学与时代格格不入：

> 沈刘梅走过去时，小工正将那古朴味道的木挂牌子扔下来，以换上新鲜时尚的招牌。
>
> "哎，小心点……"小工看到有人在自己的脚手架旁弯身捡东西，忙带着几分不高兴提醒。
>
> 沈刘梅晃了晃手里的木牌子，"顺和堂"三个字沾了沙土，再抬头看了眼亮亮的新招牌。
>
> "康宁大药房…"她喃喃地念了遍，抑制不住心头的酸意。
>
> ……

站在重新布局的药堂里，沈刘梅有一瞬间的不适应，熟悉的中药味中混杂着装修漆的味道，新增加的几个药柜上已经摆满了各种西药，曾经占据主要位置的中药柜摆在西北角，显得很是落寞，掉漆的柜面在这里格外不协调，就如同自己。

第二重放逐是重组家庭之中，父亲、后妈和弟弟是一个亲密的三口之家，而自己却如同一个多余的人：

> 沈刘梅的父亲还没说话，厨房的珠帘子唰啦一响，走出一位胖乎乎的女人。
>
> ……
>
> "阿姨。"她不咸不淡地唤了声。
>
> 这是她的后母，这么多年了，沈刘梅始终这样称呼她，为此小时候没有少挨打。
>
> 对于女儿和妻子之间的关系，沈刘梅的父亲一向是视而不见，正如妻子所说，女儿始终是要外嫁的，没必要过于计较。

第三重放逐是父亲为她安排的有编制的中医院工作，而她因为揭穿医院药房降低成本以次充好，而被开除。沈刘梅被编制、人情、利益，被现代社会的秩序和规则排斥了：

> "爸，不是我辞职。"她提高声音，看着院子里的二人，"是我
> 被辞退了。"
> ……
> "念了几天书，就当自己无所不知啊？"沈父气呼呼地打断她
> 的话，看着一声不吭的沈刘梅，"就你自己是个明白人？就你自己
> 有能耐？别人都看不出是假的？充什么大尾巴鹰！"
> 沈刘梅一言不发向外走去。
> "……药房采购的规矩你还不懂？……竟然劝着病人不要来这
> 里抓药……你是脑子烧糊了还是……你去哪儿？"沈父提高声音
> 在后问。①

　　短短 3000 字不到的一个开头，便简洁明了地勾勒出了主人公在现
代社会遭遇的几重困境，涵盖了家庭、事业与价值观。而主人公所遭
遇的这些困境，和她所热爱和捍卫的中医中药，又具有高度的同构性，
读者轻而易举就能调动自身的日常经验，发现现实生活里中医发展停
滞不前的种种因素：在本国民众心目中并没有主导地位，现代医学体
制中没有对应建制，中医领域内部也充满了鱼目混珠之人。因此，主
人公沈刘梅，和她所擅长的医药学，在高度同构性下完成了绑定，这
既为沈刘梅穿越到古代后没有忘记专业知识并以此谋生立足取得了逻
辑上的合法性，也充分展现了沈刘梅对医药的认真和热爱、为人的真
诚和正直，她充满古典主义色彩的匠人精神和侠义气质，成为她在古
代社会获得尊敬的原因。
　　《药结同心》之后的《名门医女》，希行就调转笔头，转而开始写
起西医与手术。如果说《药结同心》的穿越，是古典化的沈刘梅终于
找到了她的归宿，让现已断裂的珍贵品质在茫茫的历史中多延续了一
代，那么《名门医女》的穿越，就是现代化的齐悦点燃了蒙昧中的火

---

① 希行：《药结同心》（第一章　失业），起点女生网，2012 年 3 月 8 日。

把，提早唤起了人们探索真知、追求平等的现代理念。

《名门医女》当中，外科医生齐悦在出诊途中因车祸穿越，成为古代侯府有名无实的世子夫人齐月娘。但还好有医药箱、青霉素、消毒水、手术刀，让病患起死回生，也让齐悦在这个陌生的时空重新站稳脚跟。现代社会提供的"器"，让齐悦生存了下来。

但是，药品会用完、工具会损耗，怎么办？齐悦凭借原理与知识，重新提炼药物、制备仪器，更重要的是，普及卫生常识，培训医生护士。现代社会提供的"术"，让齐悦获得了尊重与敬佩。

然而，当药品可购、弟子出师、卫生常识也逐步普及，还剩下什么，能让齐悦这个现代人标记自己的身份？这就是现代性的"道"：自由、平等与正义等现代精神。因而，齐悦敢抛弃名利走出侯府大宅，敢坚持一夫一妻而不惜和离，敢面对强权始终不卑不亢，这份执拗而非顺从，让现代人与现代性，在前现代社会中，显示出了自身的力量。

齐悦的穿越，是一场回到古代的启蒙运动，更是一场反思现代的溯源之旅。当"现代"已经成为这个时空的本质化存在，那么不妨换个时空、剥去外表、寻求核心。那些让人们沉溺其中的先进工具，不是让人异化的理由，那些让人们引以为傲的科学知识，与蒙昧之间也只有几本书的距离，真正值得人们珍视与坚持的，恰恰是被忽视和搁置的现代精神、现代观念。

因而，希行对于西医的态度，也不仅仅认为这是科学、是进步，而是透过西医看到了在"器"和"术"背后的"道"，看到了现代性的根本不在于现代化的事物和方法，而在于支撑这一体系的价值观念。而观念本身是没有国界的，是人类文明之间所共通的。

在《诛砂》的创作中，为了突出表现这种对历史进步的向往、对现代性理念的追求、对多元文明和自主创新的信念，希行不再引入现成的医学知识，而是转身沉潜入更为原始的巴蜀巫蛊文化之中。

在中国古代文化中，巫、医不分家，人们肉体与精神的痛苦，能够解决的，诉诸求医问药；不能够解决的，诉诸求神问鬼。现代性的发展中，往往重视技术的提升，却忽略了人心的抚慰，因而现代科学始终无解的问题是，即便科技知识已经到了十分普及的地步，人们依然需要宗教。《诛砂》中创造出来的巴蜀丹女巫蛊体系，恰恰是针对此点生发，在中国本土的地方文化之中，混沌合一的巫医，综合了医学治病救人的技能与宗教抚慰心灵的功用。丹女们的神秘力量，来自两个方面：一是知识的学习，让她们谙熟天文地理、矿脉分布，可以准确点出朱砂矿而避免塌方事故和人员伤亡，并且能够在发生矿难时找准力学支撑，减缓塌方速度。二是经验的积累，通过与矿工的交谈，了解人们的所思所想，与他们产生共情，并将这种情感投入巫舞的表演之中，让艺术的魅力感动人们、激励人们。只有这样综合的关怀，才能够让人们为之信服和追随。

也正是在这层层递进的讲述之中，希行试图带领我们发现，我们所认为的外来的西方现代科学的本质原理广泛存在于人们的日常生活之中。在《诛砂》创造的架空世界里，人们没有任何西方现代科技知识，但是仍旧在观察与实践中有所总结并形成经书，具备了独立发展中国本土化现代性的土壤。只要没有外界力量强行中断，假以时日，中国可以自主产生一切后来称之为"洋"的事物，甚至会比现有的体系更加完备，更加适合本土语境。所谓中西，不过是极为狭隘的相对之说，中西共融、多元并存，才能一起创造更丰富灿烂的现代。

三、身体残缺与灵魂完整

在《诛砂》的创作中，希行将所擅长的医学领域完全抽象化，而进入到了对身体、精神、医学与现代性伦理的探讨之中。《诛砂》开篇，未来成为一家之主的"丹女"只能有一位，只能属于嫡出长女，但是几乎同时降生的双胞胎姐妹谢柔惠与谢柔嘉，却在接生时被混淆。奶妈隐约记得，长女眼中有颗红痣，但是日渐长大的大小姐谢柔惠，眼睛清澈见底，反而是二小姐谢柔嘉，眼底隐约见红。

"丹女"是沟通上天鬼神与凡间世人的桥梁，应当是接近神明的完美之人，在肉体上至美，在道德上至纯。然而奶妈的这个秘密，却让这个"完人"在出生起就产生了缺陷：第一重缺陷是肉体上的，眼中血痣有妖气，而且未来也有恶化失明的风险。第二重缺陷是道德上的，两个女婴、一个身份，相互混淆之中，谁也无法判断是否错承其位。

没有红痣的柔惠，为了保住自己的丹女之位，不惜痛下杀手，将奶妈推入河中溺死。但是令人意外的转折发生了，就在一番激烈的权力斗争之后，大小姐柔惠眼中出现了红痣，而二小姐柔嘉眼中的红痣反而消失了。

> 镜子里双眼大半的鲜红已经褪去，只有左眼中残留一片较深。
>
> 她伸手抚上眼。
>
> 胎里带来的。
>
> 原来她也有。
>
> 不，原本就是她有，那个死鬼奶妈没有看错。那长红痣的大小姐就是她，只不过如那太医所说，这个叫作眼内痣的东西，有的长着长着就不见了，比如以前的她，有的则长着长着会出现，比如谢柔嘉那个贱婢。①

眼中的红痣、出生的顺序，看似是一旦确定就不会更改的标志，但是希行恰恰就在此大做文章，人们习以为常的事物与规则，其实也会发生变化。没有经过思辨，而顺从继承的东西，本身就是充满不确定性。看似"没有争议"的背后，恰恰已经沸反盈天。当这些依靠血脉、顺序来授予身份的方式不再有效，那么我们来靠什么确定自己的身份？对于丹女来说，是她与上天沟通的能力，这看似是玄学，但实际上则是生产实践中的矿脉探测水平、舞蹈表演中的艺术感染力，更确切地说，是后天习得的知识技能与逐渐形成的道德修养。

柔惠一直自诩丹女，但是她却本末倒置，拼命维护自己肉体上、形式上的长女特征。殊不知人们对"丹女"的尊重，不是对虚无缥缈的传说与法力的畏惧，而是对丹女能为人们带来美好生活的能力的崇敬。而谢家长久以来垄断丹砂矿业，家丁爪牙无恶不作、鱼肉百姓，已经让这个庞大家族岌岌可危，全靠谢家外婆与母亲两任丹女勉力维

---

① 希行：《诛砂》（第四卷　杀生，第八十六章　归切），起点女生网，2015 年 9 月 1 日。

持，此时已经再容不下一位高高在上、无视乡邻的继任者了。

而柔嘉从未追求形式上的长幼之分，甚至戴着面具、假扮长姐之时，也尽心尽力为民众谋求福利，她依靠自己的技能，让百姓将"丹女"的桂冠交给了她。天下世道乱、谢家人心乱，在这种关键时刻，人们将确定"身份"的标准，从先天改为后天，从前现代的血缘关系变更为现代范畴的知识技能与价值观念。

除了在形而上的层面，希行促使我们叩问现代个体主体身份的评判标准，在形而下的层面，希行也在思考物质与精神、技术与信仰之间的关系。对于医学来说，西医和中医之间的二元对立，其实是将原本可以相互补充的医疗体系强行拆分。西医唯技术和数值是论的诊疗体系，让病患感觉自己是物而不是人，中医望闻问切的综合诊疗，又将绝大多数的判断建立在医生的个人经验之上。在《诛砂》中，希行没有贸然将中西医并列而出进行讨论，而是将我们现在均已熟知的、充满经验主义与封建迷信的巫术提出，与太医的中医诊疗并列，观察为何这种前现代的行为能够得到人心。

老夫人谢珊郁结于心，太医们判断她已经凶多吉少，谢家众人也开始准备后事，但是谢大夫人怀着对母亲强烈的爱，坚持为母亲作大傩驱厄施法。谢柔嘉挺身而出跳傩。她充满表现力的舞姿，让人们为之沉醉，也进入了酒神降临般的迷狂状态，柔嘉凑近谢老夫人耳边，终于听清老夫人念念不忘的是杜望舒与年少时的她的一段故事。

柔嘉力排众议，前往已经世代不相往来的杜家，请来杜望舒与谢珊见面。两位年轻时情投意合的爱人，因为丹女制度需要男方入赘而无法结合，杜望舒另与庞佩玉订立婚约，而庞佩玉却不慎落水身亡，世人都以为是谢珊出于嫉妒而痛下杀手、官府包庇而全身而退。谢珊刚烈，却在流言冤屈中度过一生，临终念及此事，迟迟无法放下。柔嘉将垂垂老矣的杜望舒请到谢珊的病榻前，让她有机会亲口向深爱的人澄清真相：

谢老夫人转过头平躺着。

"信不信又有什么？"她说道，"无所谓了。"

她说到这里又笑了笑。

"所以我怎么可能觉得对不起庞佩玉？我才没有对不起她，倒是她对不起我，等我死了见了她，我非亲手把她打死一次不可，也不枉我担了一辈子害她的名。"

而独身一生的杜望舒也敞开了自己的心扉：

> 杜望舒坐正身子，长叹一口气。
>
> "谢珊，我说我对不起你。不是说怀疑你杀了庞佩玉。"他说道，抬起头看着床上的老妇人，"谢珊，我们一辈子都不分开，出了什么事都不分开，都要一起面对。"
>
> 听到他说出这句话，平躺的谢老夫人头微微动了下。嘴边浮现一丝笑，似乎是苦笑又似乎是嘲笑。
>
> "是我说话不算话。"杜望舒看着她，继续说道，"我和你分开了，我扔下你面对这一切。"
>
> 谢老夫人转过头看着他。
>
> "如果我当时和你站在一起，就算是被世人当作一对狗男女又如何？你说过，和我在一起，什么都不怕。"杜望舒看着她，"谢珊，对不起，是我怕了，我逃了。"
>
> 谢老夫人的眼里有泪流下来，渐渐地越来越多，在枯皱的脸上交错纵横。
>
> "嗯。"她张口说道，"我知道了，杜望舒，我原谅你。"①

两人在生死关头，终于将往事澄清，本被视为油尽灯枯的老妇人，在柔嘉的再次大傩中猛吐出一腔黑血，郁结于心的气血因此彻底通畅，虽然身体羸弱不堪，但是人却有了重新生活下去的希望和意志，获得了生的可能。

医生治病，从来不是简单地判断一个肉体还具有多少延续的可能，

---

① 希行：《诛砂》（第三卷　争生，第五十一章　了缘），起点女生网，2015 年 7 月 5 日。

而应当是将每一位患者作为具有情感和意志的人来对待。现代性带来的不应该是人成为技术的附庸，不应该是人的异化，而应当是借助技术，帮助人们有尊严、有价值地活下来。身体残缺强弱不是目的，灵魂的完整、精神的追求，才是判断是否为人的标准。希行以"医学"作为原点，衍生出了种种讨论"现代"的维度，带领读者不断反思究竟什么是现代社会的价值标准和行为准则，什么是作为现代个体的立身之本和意义所在。在此基础上，我们才能够跳出单纯的中西医学之辩、传统与现代之辩，在二元对立中开辟新的空间，得出现实社会中可以遵循的新的行为准则，找寻到自己的人生信仰。

第四章
思想探索："女性解放"与"人的解放"

　　相比男性向网文创作的纵横捭阖，女性向网络文学经常要面临的一个问题，就是如何处理"女性"。"女性"不仅仅是她们的目标读者群、笔下的主要人物，也是作者与读者交流思想的话题。一位作者为她的读者提供了怎样的性别观、爱情观、价值观，是衡量这部作品价值的重要维度。

　　因此，女性向网络文学的创作，从一开始即是艰难的。让长期在历史中隐形的"她"浮出历史地表，其中的方法并无太多成功的先例可以遵循。一方面，网络文学中的总裁文，常常充满了玛丽苏式的通俗白日梦，不过是在父权结构中获得了旁人眼中的"世俗幸福"。另一方面，网络文学中的宫斗文，教人放弃爱情幻想，遵循丛林法则，打怪升级的确够爽，但是成为赢家却也伴随着怅然——人不是动物，不是打赢了就能够满足。人类有更高的精神追求，比如获得尊重与真心、实现自我的价值。

　　但是女性向网文的创作，也总是具有开拓性和建设性的。既有充满女权主义色彩的女尊文，试图在架空里建立以女性为尊的社会，让人们发现掩盖在看似平等的体制背后的性别压迫，又有充满乌托邦色彩的甜宠文，创造两性平等的完美时空，让人在健康人格的理想爱情中习得爱的能力。

　　希行进入女性向网文创作，在处理女性与爱情的问题上，也一度自我束缚。不过希行在创作中发现，读者可以接纳的范围，比她想象的更大。特别是封神之后，希行的创作更加自由：男主人公越来越晚出现，给女主人公更大的展示空间；男性角色数量越来越多，不再有倾向明显的官配组合；结局走向开放，不以"王子和公主幸福地生活在一起"作为评判故事圆满的唯一标准……

更为重要的是，摆脱了对读者的刻意讨好，作者与读者站在平等交流、共同成长的同一阵营，让作者实验更多假设，往往会打开不一样的天地。在此基础上，希行也打破了性别的限制，看到"女性的解放"之外，更重要的是普遍意义上的"人的解放"，在复杂的社会结构中，性别的压迫与阶级的压迫往往是同构的，只有打破人与人之间的不平等，才能彻底解放受压迫的人，包括女人。同样是从性别下笔，希行却因此打开了更大的格局。

一、从男性到女性

对于自己的作品被划分为广义的"历史言情小说"，希行曾这样表达：

> 因为我的作品，被划分为"历史言情小说"，除了"历史"，我还想谈谈"言情"。我们今天说到言情，常常把它等同于爱情，等同于女性浪漫小说，但如果来"说文解字"，其实"言情"的意思是"谈论感情"，比我们现在的固有看法要更加宽广。而我写作的这个过程，其实也是从狭义的言情，走向广义的言情，不断拓展"情"的内涵与表达的过程。[①]

不将"言情"局限为男女之情，不带着刻板印象将"言情小说"作为女性浪漫小说，这一思路为希行的创作带来了充裕的空间。笔至《诛砂》，希行在"言情"上的开放式风格已经确定，反之，这种"开放"也践行了希行所说的丰富而多样的情感关系。

---

① 希行：《如何书写有情的历史——我的历史言情小说创作》，中国作协网络文学委员会上海研究培训基地第一期网络文学高级研修班上的发言，2016 年 12 月 13 日。

《诛砂》中的三位男性角色各具千秋，他们既是形象丰满的独立个体，又见证了女主人公谢柔嘉的某段生命历程，共同串联起了柔嘉的成长。首个出现的周成贞，前世可以说是杀死柔嘉的直接凶手。外人眼中，他自小不学无术、目无尊长，长大后更是流连花丛、耽于游乐。但只有柔嘉在两世重生中逐渐发现，纨绔只是伪装，他虽然名为"镇北王世子"，但从小就在父亲反叛皇室的阴影中作为质子生活，只有装成废物，才能保证安全。在这样的压抑之中，他对待世界的态度是偏激的，对柔嘉的爱意也是偏执的。

周成贞和谢柔嘉，虽然开篇即反目成仇，但是两人其实承受着同样的悲剧——都是被自己的身份所困，被自己的家族利用又抛弃，需要靠伪装和掩饰才能生存。此世周成贞的存在，仿佛在提醒谢柔嘉前世的命运，让她避免重蹈覆辙。因而，谢柔嘉对周成贞回报的是悲悯。周成贞最后的毁灭，也象征了柔嘉与前世种种纠葛彻底作别。

第二位出场的是前世陷害谢家、导致谢家家族倾覆的邵铭清。柔嘉一直以为邵铭清是谢家灭族的罪魁祸首，因而对他百般防备，但在日常相处中发现，邵铭清不是一个满腹心机和阴谋的小人，恰恰相反，当柔嘉被放逐矿山，他也一同前往，鼓励她重新振作，让柔嘉发现自然和生命的美好。他们一起救出矿工、发现凤血石，共同的经历让他们的心渐渐走近。

前世邵铭清釜底抽薪的报复，源于无情的谢家让他的表妹谢柔清献祭山神，而今世虽然仍旧走到了这个悲剧的节点，但是柔嘉奋不顾身救回柔清一条性命。柔清虽残疾，却在二人的鼓励下，用残缺的肢体击出了震撼人心的鼓点，实现了自己的愿望和价值。邵铭清对谢家的态度，从以暴制暴、用性命来赌谢氏灭族，到看清了这个残忍无情的封建氏族，和柔嘉、柔清一起，摧毁了它、离开了它。

邵铭清和谢柔嘉之间的感情，有爱情，更有比爱情还要珍贵的友情与亲情。邵铭清是让谢柔嘉在重生之中真正改变了命运的人物。他们一同成长，相互塑造，彼此知晓对方的所有痛苦和仇恨，也懂得彼此所有的努力和心愿。虽然最后邵铭清选择远远的守护，但是在《诛砂》之中，浓墨重彩的邵铭清，是毫无疑问的男主。

而千呼万唤始出来的东平郡王周衍，则如同一位洞悉一切的高人。东平郡王有自己的秘密，也有自己的困苦和挣扎，但外在却是淡定从容，内心的准则始终如一。他落水被救，模糊中只分辨出人影，但看到柔嘉的第一眼，就认定救他的就是这个女孩。而在谢柔惠走投无路，准备凭借相似的容貌闯入王府后花园冒领救命之恩时，东平郡王的反应不是惊讶和讽刺，而是如兄长般的劝诫：

> "快回去。"东平郡王看她一眼说道。
>
> 他的声音温和醇厚，却带着不容拒绝。
>
> 谢柔惠看着他似乎没听懂。
>
> "别做傻事。"东平郡王又说道，看了眼她过来的方向。
>
> 别做傻事，这四个字似乎洞穿了她的一切。
>
> 可是，他难道不知道她为什么要做傻事吗？如果她还有办法，怎么会做这种傻事？
>
> 谢柔惠眼泪啪嗒啪嗒掉下来。
>
> "殿下，多谢你，跟我说话。"她哽咽着说道。
>
> 这话的意思是我已经不是大小姐，多谢你还看得起我。
>
> 东平郡王眉头微皱。
>
> "人首先是个人，跟姓什么排行什么都无关。"他说道。①

东平郡王形象的点睛之笔，不是他对柔嘉有怎样动人的情话与表白，而是他对并无好感、眼看要铸成大错的柔惠，也能够说出"人首先是个人，跟姓什么排行什么都无关"。爱一个人，那些关怀与喜爱的言行都是出自本能，但不爱一个人，应对的言行就是出自修养与底线了。在这个普遍将人作为工具，只看家族背景、排行身份的社会中，东平郡王愿意将每一个人都作为具有个人意志和独立精神的"人"来看待，已经是现代思想的象征。

东平郡王未曾见过前世的柔嘉，他是柔嘉此生此世的新人。东平

① 希行：《诛砂》（第四卷　杀生，第八十一章　莺莺），起点女生网，2015年8月28日。

郡王在书信之中与柔嘉相知相交，为她筹谋、护她周全，让在时空中颠沛流离的柔嘉，感受到了温暖与可靠。柔嘉只有在与东平郡王相处时，才能回到天真顽皮的少女心性。大多数读者选择相信柔嘉最后与东平郡王携手，是愿意相信放下秘密、告别前世的柔嘉，能够在爱中获得永远的安宁。

《诛砂》中言情线的开放式结局，并非提供了三位完美无缺的男性人物，而是让三位男性角色代表了女主人公的前世、今生和未来。三位不同的异性，见证了柔嘉三个不同的成长阶段，陪伴她完成了自我的蜕变与重塑。

二、从个体到她者

希行的创作序列中，《诛砂》具有一个特殊的位置，一向被视为写"大女主文"的希行，此次却创作了两个主要女性人物。这一对双胞胎姐妹，你中有我、我中有你，互为对方的补充和映照，而逐渐成长、成熟起来的谢柔嘉，正是通过姐姐谢柔惠这个"她者"，才看清了自己前世悲剧的真正原因，从家族荣耀的迷幻中清醒，从而告别过去、脱胎换骨，获得了自我主体性，真正从肉体到心灵完成了重生。

双胞胎姐妹前世在水边嬉戏，姐姐谢柔惠失足落水，妹妹谢柔嘉被迫在接下来的漫长人生中假扮姐姐，最后因为被构陷满门问罪。在柔嘉面临死亡的最后时刻，她"除了哭什么都不会"，只想"要是姐姐在的话，肯定不会这样了"。所以重生之后，她的全部愿望都是守护姐姐平安一生，此时的柔嘉，完全将自身投射到了姐姐身上，两人是完全一体的。

然而柔嘉的善良并没有得到姐姐柔惠的回馈，反而是屡屡被柔惠陷害和利用。早已经知道"长女眼中有红痣"的柔惠，害怕丹女之位被柔嘉夺走，一面蓄意将柔嘉养废，一面对知道秘密的人痛下杀手。而前世改变命运的那次落水，柔惠本想谋杀柔嘉，结果自己却溺水身亡。

明白真相的柔嘉，逐渐开始与"大小姐柔惠"——前世印象中完美的姐姐、能够担当大任的嫡出长女、守护家族的丹女形象——拉开审视的距离。但是此刻，重生之后珍惜家人的柔嘉，依旧没有选择揭穿阴谋、报复柔惠，而是挺身而出承担起丹女的重任，希望能够感染误入歧途的姐姐和家族成员。但是，在假扮柔惠完成祭祀大典并获得成功之后，在褪去伪装、代表自己前往皇宫以一曲摄人心魄的巫舞获得"顶天立地"的赞誉之后，柔嘉却日渐发现，不是自己付出一切、不计得失地捍卫家族荣誉，就能够把人心聚齐。长期躺在统治阶层悠闲度日的谢家，为了利益趋炎附势、竭泽而渔，对待家族成员兔死狗烹、无情无义，姐姐柔惠并未因为柔嘉为家族做出的贡献而感恩，反而更加妒火中烧。

于是，柔嘉有了第二次与"谢柔惠"——歆享家族尊荣，并为私利从家族攫取利益的每个谢家成员——拉开了距离。谢家这棵大树，已经从里到外彻底烂透了。痛心疾首的柔嘉最终选择亲手将谢家覆灭：打破丹女的神秘，打破丹砂的垄断，将知识和技艺教授给全天下的百姓。谢家会在这样的颠覆中灰飞烟灭，但是为谢家辛勤付出的万千矿工、家族中还未泯灭良知的青年一代，还有开启新生的机会。

第一次自我与她者的对立，让女主人公褪去了"二小姐"的身份，第二次自我与她者的对立，让女主人公脱去了"谢家"的牵绊，自此，她才终于成为了独立的个体。通过柔惠这一人物形象，柔嘉两次停下脚步，在彼此之间审视，在自我与她者之间对比，终于发现了自己所要追求的东西，也勇敢地选择离开原初的身份。

谢柔嘉和谢柔惠作为一对双胞胎，在外貌上没有差别，智力和天赋上也并无高下，甚至可以说，她们都十分努力地遵照自己的信仰、向着自己的目标努力。只不过柔嘉信仰的是公义，而柔惠信仰的是身份。所以无论是出生时成为二小姐，还是后来被发现可能是被抱错的长女；无论是被放逐山林，还是被召回作为替补参加三月三；无论是需要在暗无天日、见不得光的地道里学习，还是重见天日、全族重新封定她为丹女，几起几落之间，柔嘉的内心波澜不惊。她遵照自己认定的公平和正义前行，无论在什么位置、什么身份，都能够完成使命，她可以为了大家族搁置个人名利，也可以为了天下百姓而放弃家族。

柔嘉始终保持着自洽，因而坚定有力。

而柔惠作为对比，则显示出了努力背后的无力。她并非碌碌无为、坐吃等死，但是她的所有个人价值都是依附于外界的评判。因而当拥有大小姐的身份时，她唯我独尊、绞杀异己。但当失去大小姐的身份时，她顿时变得唯唯诺诺、如丧家之犬。其实她所视为最大对手的柔嘉，对待她的态度从未产生变化。将自身的价值寄托于外，自身缺乏个人主体性，所有的努力其实都是在建造空中楼阁。

在希行的创作观念中，女性的成长，最终会是人的成长。同为女性的角色之间，不是只有宫斗宅斗式的相互倾轧，为了总数不变的资源而展开你死我活的较量，而是可以在彼此靠近中，发现不同的一面，分离出独立的自我；在彼此疏远的关系中，寻找到维系感情的那一切点，学会关怀、学会去爱。和"自我"与"他者"之间充满角力的关系不同，女性之间产生的"自我"与"她者"，既是一种独立的审视，又充满了结盟的可能。

三、从女性解放到人的解放

基于架空世界的《诛砂》，创造了一个以女性为中心的家族体系。彭水谢家作为丹砂世家，精神领袖"丹女"之位只传给嫡出长女，因此形成了代代招婿入赘、丹主一言九鼎的母系氏族。谢家的招婿，不仅是生下的孩子入族谱随谢姓，而且连入赘的男性本人，也要改为姓谢。换而言之，在这个等级森严、权势显赫的巫蛊世家中，不能容忍任何一个外姓人的存在，已经达到了"非我族类，其心必异"的程度。

> 入赘为婿，本是人人避之的羞辱事。
>
> 但入赘到谢家就不一样了，成为谢家的掌门人，握着巴蜀最大的丹砂财富，这可以说是鱼跃龙门的喜事，至于怎么以一个外来人的身份，在错综复杂根深蒂固的谢氏族人中成为与身份相符合的掌门人而不是沦为生育下一代丹女的傀儡，那就看个人以及

这个赘婿身后的家族的能力了。[1]

但是就是这样一个封闭的、女尊的家族，招婿入赘的事情，却成为整个男尊女卑的社会中趋之若鹜的热门选择，究其根本，是因为谢家巨大的财富与权力。所以，谢家女尊男卑的家族结构能够生存和延续，依靠的不是人们对多元形态的包容，更不是对女性的尊重，依旧是既有的阶层地位。

庞大家族中，女性看似获得了至高无上的权力和荣耀，但是光鲜背后，是除了嫡长女之外，一切可能混淆血统、威胁权威的女孩，都面临着悲惨的结局：年少无忧的时代过去之后，要么被早早远嫁，要么被暗中扼杀。前世的柔嘉，被幽禁在寓所，作为早亡的姐姐的傀儡，其他的女孩，如同一朵朵飘零的花瓣，在她的记忆中了无痕迹。她甚至完全不记得谢柔清的命运，曾经活跃在谢府的谢瑶，毫无反抗之力地被安排远嫁联姻，完成家族权力的延伸，而谢柔淑，则很早就不明不白地死去了。

谢柔嘉最初就被认为可能是丹女继承人、双胞胎姐姐的干扰因素，两个相同的面孔会削弱人们对谢家延续巫清娘娘唯一神意的信服。因此，族人做出了共同的选择：

> 厅堂里两个仆妇捧着盘子。一个里面放着金针纹刺工具，一个里面放着一张精巧的金面罩。
>
> "嘉嘉，你选吧。"谢大夫人说道，对她说这话视线却并没有落在她身上。
>
> 谢柔嘉跪下来。
>
> "母亲。"她唤道，冲谢大夫人叩头。
>
> 谢大夫人神情木然，似乎没有听到也没有看到。
>
> 谢柔嘉认真地叩了三个头，转向谢文兴。
>
> "父亲。"她叩头。

① 希行：《诛砂》（第一卷　重生，第二十章　不甘），起点女生网，2015 年 3 月 20 日。

再对着谢老夫人和谢老太爷。

"祖母，祖父。"她叩头。

站在一边的谢文俊神情复杂。

"嘉嘉。"他猛地站出来，"你是不是没有推你姐姐？"

这话让大厅里哗然，更有几个人对他使眼色。

"都什么时候了，你说这干吗？"谢文荣低声说道。

谢柔嘉转过头，对着谢文俊笑了笑，跪下来叩头，不待他说话站了起来，伸手拿过金面罩。

选了面具啊！

在场的很多人都露出几分惊讶。[1]

两个盘子，一个放着金针纹刺工具，只要在脸上做出标记，区分出姐妹长幼，就能够暂时留在府中，继续安享荣华富贵。另一个放着精巧的金面具，需要遮盖自己的面容，离开谢府，远居在外，以示无心夺位。人们都以为柔嘉会选择前者，因为他们做出评判的标准，是自己的物质利益能否得到保障，而柔嘉的选择则是后者，因为在柔嘉心中，独立完整的自我——从身体到精神——都是不容侵犯、不容破坏的，宁愿暂时蛰居，也不愿为了五斗米而在脸上刻下印记。

令人心惊的是，在这样艰难的取舍、对个体尊严的剥夺中，谢家上下表现出了一致的冷漠，只有年轻一代的五叔谢文俊残存一丝正义，但他的恳切，如同一粒小小的石子投在无边的深海之中。

柔嘉被戴上面具、夺去姓氏，流放到矿山之中，任她自生自灭。但是，当谢柔嘉和邵铭清一道发现了藏于山中的凤血石，展现出巫蛊方面的惊人才能，可以为家族带来利益时，家族长者又纷纷倒戈于她，将姐姐关入暗室。

门外响起碎碎乱乱的脚步声，似乎有很多人涌进来。

有人涌进来了，不能被人看到，快躲起来。

---

① 希行：《诛砂》（第二卷 新生，第二章 择选），起点女生网，2015 年 4 月 26 日。

谢柔惠下意识地转身直接冲那个门走去，迈过门槛她愣住了。

她为什么要躲？她是谢柔惠！她为什么要躲！

她不由转过身，但就在这时眼前的门转动几乎是一瞬间就关上了。

视线里顿时一片漆黑。

谢柔惠不由一声尖叫，扑到门上拍打。

她不要在这里，她不要在这暗无天日的地方！她要出去！她要出去！

门纹丝不动，似乎与墙壁融为一体，隔绝了两个天地。[①]

对于谢家来说，重要的不是"柔惠"或者"柔嘉"，而是丹女制度和阶层地位。除了身居高位的外婆、母亲与柔嘉，家族中的其他女孩，仍旧被视为门户联姻、利益交换的筹码，随时都可以成为被牺牲的棋子。矿山发生矿难，抢先站出来表示自愿献祭的是位高权重的贵女，但是最后被选中献祭的，却是地位低下、容貌丑陋的柔清。

历代丹主与其他女孩的命运之别，和族中叔父与山中矿工的命运之别，并无本质的不同。在谢府之中，男女之间的尊卑差异，远远没有上下阶层之间的尊卑差异大。谢府女尊男卑的表象下，掩盖的仍旧是阶级压迫的本质。想要拯救如同谢柔清这样地位卑微的女子，不是凭借"她是女孩"就能够获得赦免的。恰恰相反，正是因为她是女性，和身居上位的丹主丹女有着一致的性别，有名无实地分享了谢家的荣华，所以当危机降临，谢家权力阶层才会率先选择将她推出去献祭。

因而，想要完成"女性解放"，特别是每一个位置的女性都能够获得自由和平等，就需要彻底将这一制度推翻。将女性解放的斗争，延伸到人的解放之中，不是将男女两性对立起来，而是寻找所有生活不公平、不自由的人的共同原因，联合所有力量对抗更为广泛的权力体系的压迫，追寻人类所能遵循的公共利益，才是每一个群体、每一个个体获得解放的途径。希行立足于"女性言情"，却能够以"大女主"

---

① 希行：《诛砂》（第三卷　争生，第十二章　里外），起点女生网，2015年6月12日。

为中心，将各种男性角色、女性配角一一刻画，关注普遍意义上人的觉醒与解放；以"小言情"为起笔，写出天下家国的情怀、写出世间苍生的歌哭。希行的创作，特别是她的探索性创新，总是能够让网络文学女性向作品开拓出新的表达的可能。

第五章

写作技巧：在密集知识中探索爽文爽感

　　网络文学作为面向大众的文艺样式，一个重要的指征便是其可读性，以网络文学的行话来说，就是够不够"爽"，能否让读者在阅读过程中获得酣畅淋漓的满足感。在"爽本位"中创作出来的小说，其高潮部分的情节设定，以及为了达成高潮而层层递进的结构设计，被泛称为"爽点"。

　　网络文学中的种种爽点，以及特别专注制造爽点的爽文，最初都指向满足基本欲望和低级趣味，它们用简单粗暴的方式，直接弥补读者在现实中被压抑的欲望。在网络文学发展的早期，爽文的确以极低的门槛，吸引了大量的创作者，也以短平快的欲望满足方式，吸引读者，营造生态。但是随着网络文学的发展，人们的初级需求已经在海量的作品中饱和，于是对爽文升级的要求也便产生出来。"爽"更多地开始作为一种结构网文的必要元素，而不是唯一元素，渗入各种类型的网文之中。于是，早期屡试不爽的低级爽点"打脸"模式和"后宫"设定，逐渐被高级模式"知识"传授和"情怀"营造所取代。如果说初级模式的爽点，集中在量的堆砌，用接连不断的刺激让读者感到过瘾，那么高级模式的爽点，则集中在质的提升，爽点层次更丰富，方式更多元，带领读者站在更好的视角，体会"一览众山小"的宏阔豪迈，探索"手可摘星辰"的寰宇气魄。

一、高爽感而不流俗

一直以来，希行就以"爽而不俗"的特点独树一帜，将对作品可读性、通俗性的追求，和对作品写作技巧、主题立意的探索，达到了一个令人佩服的平衡。希行能够充分考虑知识储备，发挥优势和兴趣，并结合不断变换的流行趋势进行调整，使这几者相互适配。对于希行来说，她打开天地的独有领域是医学，特别是中国传统医学，但是希行并没有因此固守一隅，而是在对个人专长的探索上，以一点为中心，不断向四周拓展。

最早写作的《回到古代当兽医》中的兽医领域，是以知识的冷门取胜，读者在不甚了解的情况下，一般都会给予宽容。这一部是非常好的试笔开端。继而创作的《重生之药香》《药结同心》，以中医、中药打开天地，展示了希行的医学知识储备，在谈论药材、分析处方、设计诊治等情节中，希行表现得游刃有余，十分自信。而两部作品不断上涨的人气，也让越来越多的人了解到希行的个人特色，信服其专业素养。

在获得进步的两部作品之后，希行为了给粉丝读者带来新鲜感，《名门医女》进入西医领域。但是取巧之处在于，穿越情境，读者不能也不会以现代的医疗操作细节来评估小说的专业水平。希行侧重展现的，是西医背后的普遍性原理，比如青霉素的提炼，消毒隔离的必要性，卫生保健的公众传播。这些知识基于医学，但从根本上说，其实已经倾向于公共健康传播和医学科学普及，对于专业化的要求没有那么高，但是读者的接受度却十分高。如果说让希行树立威信的中医领域，击中的读者痛点是他们对专业知识的敬畏感，那么让希行积累人气的西医领域，击中的读者痛点则是他们对实用知识的需求度。

这部《诛砂》，希行尝试脱离具体的医学体系，在大量阅读搜集资料的基础上，基于中国古代文化背景，建立了一套巴蜀特色的巫蛊体系，上层王公贵族痴迷炼丹占卜、妄图长生不老，而丹药的重要成分朱砂则被谢家垄断，谢家凭借世代积累的采矿知识，以及巫清娘娘的传说，塑造出了无所不能的精神领袖、沟通人间与鬼神的丹女。丹女以摄人心魄的巫舞和氛围浓烈的仪式，对在阶级压迫下艰难求生的民众施以心灵抚慰，从而展开精神控制。建立在中国巫医文化基础上的这一体系，不仅令人耳目一新，而且也为希行脱离形而下的知识传播，进入形而上的理性探讨打开了通路。

从希行对于医学知识的运用可见，知识类爽点的创造，考验的不仅是作者的知识储备，更重要的是作者不断学习、吸收新知识、开拓新领域的能力，以及在知识总结、传播、寓教于乐基础上，对整个知识形成体系、思想意识观念的解析。

二、小人物树价值观

希行在《诛砂》中建立的，不仅是一种奇异而自洽的巫医文化，更是一套基于前现代中国文化中生长出来的、具有现代性色彩的价值体系，而这套体系之所以令读者信服，是因为希行在成功地塑造了柔嘉这一主要人物之外，用精当的笔墨，同样成功地塑造出了一批生动的小人物。

小人物戏份儿不多，但是往往担任着推进情节发展的重要角色，这是因为成熟的作者在讲述故事时，经常会通过小人物的某个言行，制造出新的困境或突破，让主人公在取舍之间将情节推向高潮。因为角色很小，所以对故事整体而言，充满了偶然性和戏剧感，但如何让这种"偶然"在此前的伏笔中显得顺理成章，达到意料之外、情理之中的效果，则是需要高超的写作技巧。

《诛砂》讲述的重生故事，一个虽未言明却值得回味的细节是：两世人间发生了什么不同？前世失语、消失的那些小人物，终于在历史中一一浮出水面，拥有了自己的姓名和命运。前世的谢柔嘉，始终假扮着姐姐柔惠，身处锦衣玉食之中，对年少时的很多玩伴的命运结局毫无察觉，重生之后反复回忆也回忆不起来。这其实已经暗示，谢家倾覆之前，上层统治阶层与下层劳动人民之间的隔阂，已经达到了怎样严重的地步。而谢柔嘉不知道的是，仇敌邵铭清的杀心，却正是因为她所不记得的柔清。柔清是与邵铭清感情甚笃的表妹，被谢家选为献祭山神的祭品，邵铭清为妹妹的牺牲悲痛欲绝，也为谢家全族的虚伪冷漠感到愤怒，暗自发誓要置谢家于死地。正是被柔嘉、被谢家忘记姓名、忘记命运的这个小小女孩，成为谢家最终灭亡的导火索。

重生之后的谢柔嘉，开始不再如前世浑浑噩噩，当她开始重新认识这个世界时，她才发现了与她同一个学堂学习的谢柔清：

> "说这些有什么用？"一个不同于谢瑶那般细声细气的声音插过来说道。谢柔嘉看过去，见这是倚在谢柔惠书桌左边的一个小姑娘。
>
> 这个小姑娘的身形如同她的声音一般，有些粗壮，相貌平平，搁在这花团锦簇的学堂里反而格外地扎眼。
>
> 听到这沙哑的声音，看到这相貌，谢柔嘉不用想，立刻认出她了。
>
> 这是二叔的长女，东府的三小姐谢柔清，与她和姐姐同岁，天生哑嗓。①

柔清不是完美之人，她"天生哑嗓"，无法在祭祀中唱歌诵经，而且"身形如同她的声音一般，有些粗壮，相貌平平"，更不用提作为舞者上台跳舞。而作为二叔的长女，父亲和母亲都是家族中的边缘人物，她自然也在家族中处于底层。这些都意味着，谢柔清的未来并不会多么光明，最有可能的是作为利益交换的筹码，远嫁他乡异族。

但是谢柔清却爱上了打鼓，找到了自己生命的价值：

> 她从小就知道自己的相貌身材，知道自己的缺陷，也坦然地接受自己的缺陷。她知道自己跳舞不会跳好，这跟努力不努力没有关系，所以她只把跳舞当作一项功课，但对打鼓却不同。
>
> 她喜欢打鼓，喜欢那种淋漓尽致的节奏，而且打鼓不需要靠肢体和神情来辅助，只需要感情。

---

① 希行：《诛砂》（第一卷　重生，第十一章　姊妹），起点女生网，2015 年 3 月 11 日。

这半年来，她几乎将所有的空闲时间都用在练鼓上。

她已经想好了，一定要争取到祭祀打鼓的机会，打鼓对相貌来说要求到底是低一些，再加上让父亲出面，哪怕站在最不起眼的地方，只要能上场，只要能参加祭祀，只要一想到那场景，她就激动不已。[①]

柔清向柔惠与谢瑶求情，希望两位肯定能担任主角的姐妹能够成人之美。但是就是对这样一个对自己毫无威胁的姐妹，柔惠和谢瑶却玩弄手中的权力，故意使其落选，以嘲笑她的梦想、碾轧她的尊严为乐。

而柔嘉的善良则体现在，替代柔惠主导祭祀大典后，向本无交集的柔清伸出了援手，让她如愿以偿登场击鼓。而柔清勤奋刻苦的练习，让她超常发挥，与柔嘉的舞步完美贴合，大大增强了这场祭奠带来的艺术感染力。没有人在降生之初就是完美无缺的，那些天然而来的资源，大多受惠于降生即所在的阶层。柔嘉的善意之举所展现的价值取向，不是以自己的好恶为标准，而是以整个祭祀大典、以全社会的共同利益作为标准，发挥每一个个体的价值。

前世中被献祭的命运再次如约而至。柔清发现自己的命运已经毫无改变的可能后，向谢大夫人提出了唯一的请求：

"大夫人，我来不是要为我自己请求什么的。"谢柔清接着说道。

"你放心，你的功绩将被谢家阖族谨记，将来你的家人……"谢大夫人说道。

话没说完被谢柔清打断了。

"不。大夫人，我要请求的也不是这个。"她说道，"我肯做这件事也不是为了我的家人。"

谢大夫人愣了下。

---

① 希行：《诛砂》（第二卷　新生，第十二章　相遇），起点女生网，2015 年 5 月 3 日。

不是为了家人?

"那是为了谁?"她问道。

"为了矿工们。"谢柔清说道,"就如大夫人您所说,我们谢家
是大巫,是护佑矿工们、抚慰山神的大巫,那现在我愿意去献祭,
抚慰山神。就不要再让矿工们去了。"[1]

最后以生命换来的请求,柔清没有留给自己或者家人。她选择的
是用自己的牺牲,保住矿工们的生命。柔清此前与矿工群体并无太多
交集,但是却目睹了他们冒着生命危险辛勤工作,最终仍旧在生存线
上苦苦挣扎的状态,如同柔嘉凭借善意向她伸出援手一样,她同样基
于人道主义的精神,要求保住矿工的生命、尊重更加底层的大众的价
值。原先通过柔嘉帮助柔清而建立起的价值观,不但此时得到了又一
次强化,而且变得流动、得以绵延。

献祭山神的柔清毅然跳下,而柔嘉也不顾生命危险,将重伤残疾、
尚存气息的柔清救出,并将珍贵的经书知识和实践经验传授给她,身
体的残缺限制了柔清的行动,但却解放了柔清的思想。当她再次出现
在祭台上,用自己残缺的肢体拍打鼓面,令民众心神涤荡,大声跪拜、
感恩她的赐福时,她回顾来路:

她似乎又看到谢柔嘉对自己挑眉而笑,你敢不敢跟我去打鼓,
你敢不敢跟我学辨山,你敢不敢进矿洞,你敢不敢去点砂?

就这样一步一步问着自己,让她这个家族中的原本只能用于
联姻,又几乎是废物的人站到这里。[2]

在柔嘉最后决定亲手覆灭谢家后,柔清选择摘下巫女神秘的光环,
开班收徒,把《赤虎经》中记载的点矿、开矿知识和经营矿场、丹砂
交易的经验,传给大家,无论贵贱老幼,只要愿意学习,都能够通过

---

① 希行:《诛砂》(第四卷 杀生,第三十七章 请求),起点女生网,2015 年 8
月 2 日。

② 希行:《诛砂》(第五卷 断生,第六十三章 服否),起点女生网,2015 年 10
月 9 日。

知识，掌握命运、改变命运。

如果说柔嘉的重生，是作品的一条明线，柔清的重生，则是作品的一条暗线。柔嘉的重生是作品的设定，现实生活之中，没有人可以死而复生、回到过去，但是柔清的重生却是可能的存在，每个人都会经历生命的低谷，被命运夺取些东西，肉体与灵魂受到创伤，而现代性提供的价值体系，就是帮助人们认识到，每个个体都是平等而自由的，人的价值不在于出身、容貌、财富、地位，而源自通过自己的努力，让这个社会更进一步。通过学习知识与技能，让自己能有立足之地，为社会创造财富，为后代传递知识，整个社会才会不断前进，这才是"现代性"的内核。

三、"反丛林法则"

体现"爽感"最直接、最原始的方法，就是在小说里面复制现实生活中的"丛林法则"，然后让主人公成为这个残酷丛林中的王者。现实社会竞争残酷、弱肉强食，失败者往往不会得到同情，反而会招致成王败寇的舆论，这就是不折不扣的"丛林法则"。

但是，人不同于动物，不断变革的社会中，个体的强弱都是暂时的，会随着个体生理、智力、机遇的变化而不断改变。同样，人类社会也不同于资源有限、生态封闭、无序竞争的原始丛林。人类可以凭借自己的聪明才智，不断开拓利用新的资源、新的空间，使人类社会不是成为封闭的角斗场，而是开放的、可以不断做大的蛋糕。从宏观方面考虑，人类要想集中所有智力资源，推动整个社会向前发展，就需要减少维护性的资源支出，增加拓展性的资源支出。共同制定并遵守基本的道德原则，就可以降低社会的维护成本、试错成本。这样就能够保证整个人类社会的资源得到合理分配，效率大大提升，社会快速进步。

因而人类社会不宜按照丛林法则来运行。在人类社会中追求社会达尔文主义，只能够维持一个小群体的暂时性秩序，但会让整个人类社会处于停滞和内耗状态，最终毁灭人类自己。然而，在竞争日趋激烈的今天，很多小的社群的确是在或隐或现的丛林法则之中，每个人都在艰难求生，这也是网络文学创作聚焦于此的可能性因由。

但是比丛林法则更残忍的，是假装丛林法则并不存在，把实质上的丛林法则，美化成为合理合法的正常竞争，把被严酷法则所淘汰，归咎于个体自身与社会脱节，从而达到在经济秩序和精神世界中对被淘汰者的双重放逐。所以网络小说最早获得读者的原因，或许就是我们能够承认世界上有这样残酷的一面，能够体察大家的痛苦和焦虑，能够在作品中重新提供一种命运，让大家都获得一丝喘息之机。

"丛林法则"之下，弱肉强食、适者生存，网络文学里的宫斗宅斗，看似冷血无情，却是最具现实主义精神的描摹。人们跟随着主人公，让热血冷下来，把膝盖弯下去，最终抵达了那个日常无力抵达的高峰，感受到了杀出一条血路后胜出的抚慰与孤独。

希行早期的创作，也是遵循这样的规律，让主人公一路伸张正义、打击反派，最终获得胜利，让人获得满足。不过在写作中不断提高自我的希行，也有了自己的新发现：

> 但是在写作之中，我也逐渐发现，一部优秀的作品，复制丛林法则绝对不是终点。我们可以经过一系列厮杀搏斗，最终站在食物链的顶端，不受人欺负，但是我们忍心让自己的孩子经历同样残酷的过程吗？我们忍心让自己的父母因为年迈失势而跌落谷底、被人欺负吗？不能。大家想看主人公面对黑暗势力时，以其人之道还治其人之身，啪啪啪打脸，但是却不想看着主人公独立处事时，主动采取和敌人一样的阴招。所以，在丛林法则中成功，故事才进行到一半，更重要的是，当我们成为那个食物链的顶端，掌握了足够的能力，最终能有勇气站出来，把残酷的等级关系、丛林法则彻底打碎。不得不为时，遵循丛林法则，取得成功后，超越丛林法则，这才是最大的"爽感"：它不但指向那一片刻的热血澎湃，更指向此后长久的宁静安乐。[1]

---

[1] 希行：《如何书写有情的历史——我的历史言情小说创作》，中国作协网络文学委员会上海研究培训基地第一期网络文学高级研修班上的发言，2016 年 12 月 13 日。

在"要么狠、要么忍"之间，是否还存在第三个选择？希行的小说，就试图通过"反丛林法则"，来建构新的可能性。《诛砂》中，在与双胞胎姐姐柔惠的几番斗法之后，柔嘉终于站稳了"丹女"之位，成为普天之下仅次于皇权的宗教领袖，可以说，她已经在"丛林法则"中爬到了食物链的顶端。但是这一路爬上来的经历，也让她逐渐明白，权力，如果建立在他人的血肉之上，那么再高也是危如累卵。更何况，这些"他人的血肉"，是勤恳淳朴的矿工，是才华横溢的姐妹，是相知相伴的恋人，他们有理由获得生存的权利。"丛林法则"只教人如何让自己活下来，"反丛林法则"则想提问：我们是否可以让更多的人活下来？是否可以让更多的人，包括我们自己，在活下来的同时，也获得自我、获得尊严？

　　于是，柔嘉打破了对经书知识与矿山经济的垄断，摧毁了既得利益集团的命脉，而让平民百姓获得了进步和富足。他们心中不再有神，但是他们却拥有了自我。现代知识与技能不应是为精英阶层巩固旧土，而是应当打破阶层分化、促进社群交流，最终让整个社会获得新生。所谓知识，不过是现代性的表象，而破除知识垄断，进行制度改革，重建阶层秩序，才是现代性的精髓。

第六章

粉丝评论：爱言情，但更爱成长

《诛砂》全书共计 164 万字，连载期间，仅在起点女生网中就获得了 254 余万点击量，得到了 59 万以上的总推荐，更是引发了众多读者的热烈讨论。以下收录了近万条读者评论中具有代表性的篇目，它们从不同的角度，带领我们进入《诛砂》的世界。

一、有关感情，有关成长（ID：snowydew）

在感情线逐渐明朗的现在，不出所料是几家欢喜几家忧。有一些酝酿了很久的话，干脆现在一起说一说吧，给大家看看也给希大大看。

先说感情。

柔嘉最终不论与谁在一起，我相信一定是让她自己最开心的选择。硬要说的话我从东平同学出现的时候就是他的支持者，但如果嘉嘉和邵铭清在一起，和世子在一起，或者和安哥，我也一样会祝福支持的。大概有种"儿孙自有儿孙福"的心态吧。

铭清其实是第一个懂嘉嘉的人。就像嘉嘉看他时眼睛亮晶晶的，把邵铭清真正看在眼里一样，他也是如此一路注视着嘉嘉的。作为谢柔嘉，作为柔嘉小姐，作为喜欢装大人的小姑娘，作为为了在意的人们愿意把命都豁出去的让人心疼的女孩子，在邵铭清这里，嘉嘉第一次不是被当作和大小姐长了一模一样的脸的多余的人，不是"顽劣的二小姐"这个符号。所以他能认出嘉嘉，因为他看的是人，是心，不是脸，不是名字和头衔。嘉嘉为了护他将他送往京城，而他也为了护嘉嘉强忍相思，决然相辞。

安哥对嘉嘉的感情是尊敬是崇拜，是说一不二的服从，是知恩图报的奉献。他们彼此之间是可以托付性命的信任，是为彼此着想的关怀呵护。安哥是朋友，是学生，也是亲人。即使作为矿工人小力微，眼睁睁看着嘉嘉出生入死却无能为力，但正是因为有这样平凡普通的矿工，正是有安哥无条件的信任支持，嘉嘉才能力挽狂澜扭转乾坤。因为她从来不是一个人，因为安哥，因为和安哥一样憨实、真诚、至情至性的人们。

然后是郡王。郡王总是很平和，进退有度，沉稳温和。如果说其他的人都是孩子的话，郡王则是一个大人，默默地引导解开嘉嘉的心结，默默地为嘉嘉着想为她遮风挡雨。虽然和世子一样都为了嘉嘉做了很多事情，但郡王从不凭着自己的心愿独断专行。他总是会去询问嘉嘉的意思，给她自由，尊重她的选择。尽管嘉嘉在他眼里像个孩子，但他却从未怠慢轻视。他与她通信，和她交谈，总是在平等的地位上，总是用心看到嘉嘉的心里去。和邵铭清一样，郡王算是最懂嘉嘉的人之一。但即便是这样沉稳的人，也依旧会有少年心事。发红的耳朵，换衣服的慌乱，不眠不休的照顾，交换昵称的羞涩，这样的郡王不是隐在背景之中的黑色剪影，而是同样生动鲜活的少年郎。

再说说成长吧。

如果只把《诛砂》归为一部言情小说的话，不免太过折辱整本书大气的构架和宽阔的视野。这是一个关于柔嘉小姐成长的故事，关于每一个人成长的故事。

嘉嘉从懦弱、自卑、天真、单纯到现在的勇敢、自信、有担当、有气魄，经历的坎坷磨难不一而足。她执拗地在谢家为了守护家人而把自己撞得头破血流，她在郁山畅怀天地纵情山水获得新生，她在京都的咄咄逼人挣来顶天立地，她回到彭水顶着压力与人攻心，改变规矩好让谢家重获新生，她在镇北王府的冷静机智，她在郁山矿洞里的舍身，嘉嘉的纯善与真心从未变过。但她早已不再是当初那个懵懂被动、任人摆布的傀儡交易品了。是从什么时候开始，我们对嘉嘉不再抱着担忧不再为她提心吊胆？从什么时候开始，我们开始希冀着她的出现让一切阴谋诡计烟消云散无所遁形？她的天地早已不再被限制在谢家的高墙内，丹女早已不是她的负担她的枷锁。

除了嘉嘉，其他人也都在成长。老夫人放下年少时的心结，不再日日借酒消愁，脾气乖张；谢柔清摆脱命运的限制，为她在意的矿工们挺身而出；邵铭清从青涩的少年到如今掐算、占卜、布阵、破阵无一不能的青云观道士；东平郡王打破了自己冷心冷性的面具初识情滋味……包括谢柔惠、谢瑶，她们何尝没有体会到世间百态，人情冷暖？何尝没有变得更加杀伐果断，步步为营？她们也同样在自己选择的道路上越走越远。

在《诛砂》里对立得最厉害的，不是嘉嘉和惠惠的丹女之争，而是情与利。

山水有情，草木有情，人与人之间也同样有情。但同时人会有私心，会有阴谋算计，有勾心斗角。巫是什么，是沟通天地的使者，是人们的口人们的耳，是以一片赤诚之心，护佑一方水土的领袖。人们爱之敬之，不是因为她的权力，而是因为她为他们说出内心的祈愿，为他们传达天地的指示。然而如今的谢家却只是为了一己私利，视人命如草芥，对矿山的索求无穷无尽。这样的谢家，如同毒瘤一般，内部腐烂流脓，终会将外部健康的身体腐蚀得千疮百孔。

嘉嘉、柔清、邵铭清、安哥、郡王、老夫人……她们都是依情而动，依心而行，所以最终哪怕不尽如人意却至少心安；惠惠、谢瑶、谢文兴、世子同学……他们的作为总有着算计的影子，所以不论成果如何总是让人寒心。惠惠输给嘉嘉的，不是能力，不是运气，是心而已。看到她落败，痛快之余也让人唏嘘不已。同样的脸庞，同样的血脉，一念之差，竟至于此。

二、生而为人——《诛砂》长评（ID：绿雪依梅）

东平曾经对谢柔惠说过一句话："人首先是个人，跟姓什么排行什么都无关。"

因为这句话，我对他好感大增。

人，首先是个人。

但很可惜，并不是每个人，都是作为一个人来到世上的。甚至说得更极端一点，在不健康的社会里，大部分"人"，并不是作为一个"人"来到世间的。

生而不为人。

只是一个工具。

书中的谢家，就是这样一个扭曲社会的缩影。

我们看到的，是里面的人各自疯狂扭曲；而在人扭曲之前，这个"谢家"，其实就已经是扭曲的了。

所谓"丹女"制度，正是一切扭曲的根源。

在这个小社会里享有极高乃至最高特权的、以血缘决定一切的这个角色——丹女，表面看来，似乎是至高无上，像神一样；但在承担这种"神"化的期待及权力的同时，她们其实也已经不是作为一个"人"存在，而是一个符号，一个工具，一个标签，至于标签下的人是什么样子，没有人会关心，也没有人会看见。

丹女的丈夫，赘婿，也是一个极端的工具。他们存在的意义就是和丹主生出下一代的丹女。什么雄心壮志，什么个人抱负，什么人生理想，没有人在意，甚至所有人都会认为在这个角色下的人倘若生出什么雄心壮志，想要活得像"人"一样，也是不合理的，是贪婪无耻的。

丹女的兄弟与姐妹们，他们从生下来，就被认为是"没有成为工具的资格"。有的人，幸运一点，慢慢活得像个人；但更多的人，更可能的情况，是作为受害者，成为整个体系坚定的维护者。而这种"维护"，则是基于利益，已经得到的，或者想要得到更多的。

事实上，他们才是这个扭曲体系得以代代延续的基石。没有丹女存在的家族，并没有都灭亡；然而曾经从丹女这个体系中轻易获得更多好处的谢家，很难主动放弃这一体系。

而这样一个扭曲体系下，会产生什么呢？

每一个人，都是作为工具来到这个世上的。

而不能成为"人"的人，各自长出了奇奇怪怪的模样。

我们先从主角开始分析，从子世代的最新一代开始。

谢柔嘉与谢柔惠。

很多读者痛骂谢柔惠，认为这是一个不作不死的典型。但如果细想一下，就会忽然发现，谢柔惠这个人物性格的形成，简直是像命运一样充满各种必然。

她是作为一个彻头彻尾的工具来到世上的。从很小的时候，她被认定为长女，认定为丹女。各种特权、母亲"疼爱"及众星捧月似的逢迎，并不能掩盖一个事实：她只是一个工具，她的一切都来源于这个工具的身份。倘若有一天，她被认为不能成为这个工具，那么这一切，她已经拥有且仅有的这些，都会消失。

不能成为工具（丹女），对于谢柔惠而言，就是彻头彻尾的人间失格。

她从来都没有被当作一个"人"来养大。

而更不幸的是，这种"失格"的危险，是切实存在的。

10 岁（还是不到 10 岁）的谢柔惠听到奶妈的呓语之后，那种恐慌和失格感，简直就像天塌下来一样。

在这种恐惧下，她"自然"地选择了对自己更有利的方式，想方设法保住自己身为工具的独有性，杀奶妈，杀妹妹，以及在这一世，做下越来越多的恶事。

尽管从结果来看，这个人是"不作不死"的典型，但看她的言行，看她对公主、对谢瑶等人的观察利用，她并不蠢，相反，很聪明。

但可惜，聪明而没有勇气。

她没有面对一个可能糟糕的现实的勇气。

于是在当年听到奶妈的话之后，她甚至连质疑、调查这件事情的勇气都没有，因为她实在太害怕结果不是如她所愿。后来的故事，却像一个残忍的黑色幽默：她曾担心、恐惧的那些，并不是真的，并不一定让她过得糟糕；而她在这恐惧驱使下做出的种种，才真的定下自身悲剧结局的基调。

怯懦本身，并不是恶；但却是恶的温床。

东平对谢柔惠说："人首先是个人。"

然而可惜，她并不是。

她首先是个工具，并且一生都没有从这一定位中解放出来。

再说本文主角谢柔嘉。

前世的柔嘉，自然状态下成长的柔嘉，也是怯懦的。

因为她连成为工具的资格都没有，任何一点"僭越"的举止，都会被视为狼子野心的阴谋夺权者。她首先是作为不被期待的副产品出现的，"人们"更愿意看见她的消失，以证明被拣选的"丹女"的正统、权威、全能。

前世，在落水事件发生前，事实上谢柔嘉的心理成长比柔惠要健康很多。

因为她的第一属性并不是"工具"，所以在某种程度上，可以作为一个"女儿"，一个"人"出现。

在早期的情节中，柔嘉怀念小时候，父母曾给自己的那些关爱。相比谢柔惠所得到的，柔嘉并没有得到那么多，但柔嘉是作为"女儿"得到的，而不是"丹女"。

前世的柔嘉，最开始还是有"人"的模样的，直到她成为"丹女"，变成一个符号，一个被嫌弃的工具。

不能摆脱的恐惧，充满了她的余生，直到死亡，重生。

重生后的柔嘉，我们后面再接着分析。

单看这一对姐妹自然状态下的成长，忽然发觉，她们对母亲都没有什么依赖信赖之情。

柔嘉固然是不被母亲所喜的，而被谢大夫人宝之爱之的谢柔惠，也完全不能信任谢大夫人。

在遇到危险和困难时，谢柔惠会利用谢大夫人，但绝不信任。

她绝不信谢大夫人会对"可能不是丹女"的自己有多深的感情，相反，倘若真的自己不是丹女，那么作为谢大夫人错误的铁证，谢柔惠不知道自己会受到怎样的对待。幼年的谢柔惠，哪怕"不是最好"都会被认为失格，都不能被谢大夫人看见。

尽管后来谢大夫人的表现，在一段时间内，对谢柔惠这个"女儿"的角色还是颇有感情的，但谢柔惠并不信任她。

当然可以说，谢柔惠以己度人，所以不信任任何人；但从另一面来讲，这种从来都没有建立过信任感安全感的成长过程，也是极其悲惨的。

谢大夫人与丈夫生了两个女儿，但却并没有为人父母的自觉。

他们只是奉命依规，培养了两个工具。

他们从来没有像"正常"的、人们一般认为的那种父母一样，关心爱护子女，并把她们抚养成健康的"人"。

相反，他们，尤其谢大夫人，对两个女儿的态度，都是"你们必须各自成为我希望的、要求的模样"。

一个要成为卓越、事事在先的丹女；另一个必须成为谨小慎微、恭敬自觉的次女。这是身为丹主的、大权在握的谢大夫人的要求，不容反驳，不容许做不到。至于这两个女儿到底是什么样子，身为母亲的她，并不知晓，也并不关心。

她只关注女儿们是不是她想要的样子。如果不是，那么就是女儿们的错误，应当施予惩罚。

说真的，有这样一个母亲，谢柔惠和前世的谢柔嘉，还有多大的可能性长得不是这样呢？

所谓命运啊，就是一个人的出身，作为谁的孩子，在何时、何地，来到这个世上。

而这个糟糕的母亲——谢大夫人，她的成长呢？

她同样有一个糟糕的母亲。

谢大夫人这个角色，我非常感兴趣。

她身为女儿和身为母亲的两种经历、心理，在文中都有清晰的脉络。

很多年前，身为女儿的谢大夫人，同样是作为一个工具出现在这世上的谢媛，就像她的女儿们或许也曾期待过的那样，期待自己的母亲能够看见自己。

当年，身为丹女的谢媛，也曾竭尽全力，想去满足自己想象中的母亲的要求，想要做一个"合格"的工具，想要摆脱失格的恐惧。

和谢柔惠姐妹不同，谢媛，她相对笨了点。

谢柔惠努力一下，还能事事拔尖；但谢媛却是心有余而力不足。

不不不，这当然不是什么罪过。只是谢家的丹女选拔制度，就是这么无视科学和现实。

在整个故事中，谢媛身为谢家当代丹主，理论上权势最大的人，最显著的标签，是"无能"。

别的家族事务也还罢了，身为丹主的种种表现，也是乏善可陈。核心工作"点砂"什么的，似乎从来就没人指望过她，要么呼唤老丹主，要么期待小丹女。她只是上下两代交接中的过渡，最擅长的，或者说最经常表现出来的，不过是仗势欺人的色厉内荏——比如打压杜家，尽显霸道总裁风。

在谢媛的成长过程中，她并没有从谢老夫人那里得到过可依赖的、可信任的母爱。

作为一个人，是不是有能力，并不是她被爱的前提条件。

但作为一个工具时，无能，即失格。

正如谢柔惠身为丹女时的失格恐惧（"我并不是真的长女"）一样，谢媛也有深刻的失格恐惧（"我并不像传说中的丹女那样有本事"）。在这种恐惧下，她也一直认为自己是被母亲所厌弃的；而为了摆脱这种恐惧，本身不怎么有能耐的她做出了种种事，最终还真的招致了其母的厌弃……

从这一点上来讲，谢老夫人也是一个糟糕的母亲。

或许对于谢老夫人而言，她已经隐约感觉到丹女制度的问题，并且自己也不想继续成为这一制度的合格的工具，于是她酗酒，逃避身为丹女的责任。

而她是有女儿的，于是她所逃避的，就落在了自己女儿的身上。

谢老夫人对谢媛是失望的，但身为母亲的她，就像身为母亲的谢媛一样，只是对自己的女儿有一个"要求"，却没有什么指导或引导的过程。

谢老夫人对这个无能的、总是抓不住重点的谢媛很失望，可这样的一个谢媛，是怎么出现的呢？

谢老夫人死时那几章，谢媛回忆小时候，明确地表达出她心中的黑洞：她希望母亲能看见她、接纳她。

而成为母亲的谢媛，相比谢老夫人，事实上已经有要改进的主动意向了。

她对谢柔惠，比起谢老夫人对她，显然关心度高得多。

然而在这种"关心"中，她也没有看见过自己的女儿。她看见的，是很多年前的自己。

谢媛所包容的、接纳的、爱护的，是当年的自己。所以，即使谢柔嘉跳出了巫舞，而谢柔惠反复失败，她第一时间想到的，还是谢柔惠。

不，不是谢柔惠。是少女时代的谢媛，无能的谢媛。

谢媛对那一阶段的谢柔惠的深切关爱，实际是在呼应当年的自己发出的祈愿。

她可能被自己感动了，有一种拯救了当年的自己的感觉；但可惜，那不是谢柔惠的声音，不是谢柔惠的恐惧。

所以，谢柔惠一点儿都不感动，反而很厌烦，乃至愤怒：因为她觉得自己才不是"无能"那一款的，不过是造化弄人而已！

至于最开始就没有被当成丹女的谢柔嘉，就很难引起谢媛的共情。因为没有代入感。

这样一种关系，让我想到现实中的父母。

有很多父母，当年自己小时候的心愿，未能实现，就想让孩子免于这种"遗憾"。但很可惜，时代不同，人也不同，勉强把自己当年的期待套到孩子身上，自认为是"爱"，其实并不是。

只是怯懦和逃避而已。

依此脉络，一代代的亲子关系分析过去，就会有一种宿命般的绝望感。

那样的环境下，养出了那样的孩子；而那样养出的、本身就不完整不健康的孩子成为父母，又造就新的一代受伤的孩子。

子子孙孙，无穷尽也。

命数运道，不可转也。

于是，前世的谢家，终于走向灰飞烟灭。

然而命运这种东西，真的不能改变吗？

不，不是。

一个人无法改变自己怎样出生，但能改变自己怎样活着。

和命运抗争的关键，就是"人"。

作为一个"人"活着。

主动的、担负着责任的，人。

于是有了柔嘉的重生，和一切改变。

我个人非常喜欢柔嘉重生时的初心：想做自己。

作为自己这个"人"，活在世上。

这是前世怯懦懵懂的柔嘉，第一次发觉自我的存在。

而自我觉醒，是改变命运的第一步。

在对抗命运的这条路上，柔嘉的目标几经修改，从最开始希望谢家岁月静好安稳如意，到后来希望彻底毁灭丹女制度这个扭曲之源。使她一步步走来的根本，并不是《赤虎经》这样的金手指，而是作为一个"人"的自我觉知、自我尊重，与自我爱护。

她是一个"人"，不是工具，不是符号。所以，别人要怎么看她，别人希望或者认为她"应该"怎么做怎么想，都不能决定她的方向。

她自己做出选择，并为此负责。

她是一个"人"，别人也是。

基于"人"的认知，她完全不为丹女所可能有的巨大权势与利益所动，而是顺从自己真正的心愿，决意要推翻它。

这是前世的她，两世的谢柔惠、谢大夫人……从来都没想过的。

而这，也可能是谢老夫人曾经期待过却最终并没有为之付出一点努力的。

在"人"的认知上，谢柔嘉并不孤独。

她有同伴。

柔清，邵铭清，东平。

真是幸运啊。

三、重生一世，只为活得恣意（ID：jolie2016）

这本书刚开始看得人非常郁闷，很想进入书里杀人那种郁闷。看着嘉嘉重生之后从不可置信到狂喜到惊疑到愤怒到灰心，感觉太复杂。

　　她一直以为前世是因为自己的错误害死姐姐，所以一生背负着这个愧疚，没有自我地活在惠惠的阴影下直到被周成贞杀死。这一世，她唯一想做的就是保护自己的姐姐，保护谢家。然而事实是，她挚爱的姐姐一心想要她的命，只因为嘉嘉可能威胁到她大小姐的地位，并且还分薄了父母的爱。而前世她姐姐会死掉，只不过是因为害人不成反害己（可不可以说是天谴）。恶毒女配，很早就开始讨厌，一直讨厌到结尾。

　　而嘉嘉的父母呢，谢大夫人的心眼偏到了身体外面，同是自己的女儿，就算她认定谢柔惠是丹女，要重视，那嘉嘉也是她亲生的啊，怎么能够视如蛇蝎，要置她于死地？要说她是因为丹女地位不容有失，那么后来嘉嘉成了大小姐，她是如何对惠惠的？明显不同。所以我对谢大夫人很厌恶，五个手指有长短，父母偏心能够理解，但偏成这样不能原谅。惠惠会长成那样，估计也是她潜移默化地影响出来的，区别只是惠惠比她更心狠而已。谢家的女儿有巫的血脉，可是否能成为大巫，要看人。谢大夫人和谢柔惠明显不行，连人都做不好的人什么都做不好。

　　嘉嘉的父亲，和谢家其他人（除了五叔），都是商人，无利不起早。丹女对他们来说除了是家族的象征，更主要的是带给他们的利益。所以谁做大小姐，他们都能接受，只要不损及他们的利益。

　　所以，当嘉嘉发现她前世引以为傲的谢家，她这一世不惜一切代价要维护的谢家，原来是这样腐朽，她的心是怎样一种痛！这样的谢家，其实毁了也好，不破不立。

　　邵铭清，嘉嘉认定的两个仇人之一，在重生之初百般为难她的人，到最后成了她最亲密的朋友之一。前世他之所以要毁了谢家，是因为谢柔清的死，所以虽然一开始因为前生的事有点不喜欢他，后来也慢慢变成了喜欢。

　　周成贞，这个前世杀死了嘉嘉的人，我是从头厌恶到尾，纯属个人感情。好像希大的书里，每一本都有个男的特别让我讨厌，这一本不巧就是周成贞。最开始是因为嘉嘉的感情，后来则是因为他的行为。

我最烦这种因为我喜欢你所以你必须接受，不接受我就死缠烂打甚至以爱为名伤害你的行为。每次看到他出现，都恨不得他快点消失！忍不住想跳过他出现的情节！烦死他不停地称嘉嘉"媳妇"！为了他所谓的爱，可以跟谢大夫人和谢柔惠合作在嘉嘉成亲当日禁锢她，后来还跟着嘉嘉跳崖，就是个疯子啊。也许有人说，是因为太爱，爱而不得才会这样，可这样的爱让人窒息。

周成贞跟周衍差不多是同一时间认识嘉嘉的，也都喜欢嘉嘉。周衍所做的是给予帮助，让嘉嘉做成她想做的事。"她不想要谢家这个姓氏，那就将我的赠与她，从此天高海阔，任她去。"周衍所做的，是给她自由。而周成贞则是索取，要把她禁锢在身边，把自己的意愿强加给嘉嘉。他从来都不了解嘉嘉。

嘉嘉是善良的，重活一世，她要的不过是自己和家人好好活着，就算被家人背弃，也不过是离开这个家，走到外面去。上一世被周成贞杀死，她却从没想过这一世怎么杀死他。嘉嘉是感恩的，受人滴水之恩，以涌泉相报。

这一本和《娇娘医经》都跟巫有关，不同的是娇娘一直都很强大，而嘉嘉则经历凤凰涅槃重生，慢慢意识到自己的强大，但无一例外，故事都非常非常吸引人，让人欲罢不能。

四、人间正道是沧桑——评《诛砂》（佚名）

这本《诛砂》，当时没看，最近捡起来，整体评价：这是我看过的结构最为缜密的重生文，前世与今生的因果恰到好处地对接，三观大气，值得强烈推荐。

女主谢柔嘉，有个双生的姐姐谢柔惠。她们是巴蜀谢氏的嫡女。巴郡，黔州彭水郁山谢氏，当今八大丹主之一，据说是大秦大巫清的后人，在当地有着至高无上的地位。12岁那年，作为嫡长女也是丹女的姐姐溺死，她被诬为推姐姐入水的凶手，被迫顶着姐姐的名字继续活着，被软禁，被家族逼婚招婿，被逼着生下一个女孩，被家族送去给衰老的镇北王做继室。镇北王死，家族炼丹，五老爷以身验丹死了，三老爷四老爷已经下了大狱，父亲大老爷被押解京城面圣。家族覆灭，她被镇北王的孙子逼死。死后重生。即便之前被家族所弃，重生后的谢柔嘉只想救姐姐，与家人幸福地过日子。只是历史的车轮还在那般转动，前世懵懂的她在努力拯救家人的路上依然被碾轧。前世为什么姐姐落水，她被诬为凶手？家族为何弃她？家族为何由盛转衰？她以为她抓住了因果，却发现自己too young, too simple, sometimes naive。幸好大道上走一走，总能走出一条坦坦荡荡的路来。她一心拯救家人，却发现家人就是凶手，救自己的家族却是从毁灭家族的地位开始，破除世人对谢家的迷信、对神授丹主的崇拜，让谢家不传之秘变成人人可学的方法，让愿意学习的每个人都能学会与神灵沟通的方式。这个家没有了神秘，没有了垄断，这个家才不再是一个吃人的地方，巫清娘娘的大道才能为山灵与世人共享。

这部作品写了一个吃人的家族，它扶持了至高无上的丹主，似乎拥有无所不能的权力，可是其实每一代都不幸福。她们可以跋扈，她们的喜好可以决定任何一个谢家人的命运，可是同时她们没有自由。她们没有人身的自由，每一代丹主都不能离开巴郡，不能离开谢家；她们没有婚恋的自由，只能招婿，生下下一代丹女，培养她可以承担大巫的职责，然后重复她的命运。无上的权力和有限的选择，也许是让丹主甚至她的家族变得疯狂而狭隘的原因，她们相互制约，相互压迫，衍生出更多的恶。她们忘了巫清娘娘的巫力不是为了维护一个家族的利益，应更多是奉献和佑护，佑护矿山，佑护矿工，佑护信仰她的世人。谢家忘记巫清娘娘的初衷，以巫清娘娘的名义来作恶时，让无辜的人去做祭品，为了永世传承不惜毁掉郁山，这个家族死去是必然的，只是看时间早晚。

有人说：一个人选择善良，多半是因为没有为恶的能力。其实同时，一个人选择善良，也有可能是因为他能控制为恶的能力。每个人都有一个潘多拉，每一个对权与利的选择都在诱惑你打开那个盒子。有的人的起始能量小，比如谢柔嘉的父亲，他不过是个京城来的书生，到了巴蜀，被丹女招为夫婿，变成谢家的大老爷，他依附自己的妻子和女儿获取狐假虎威的能力，却不再真正爱惜她们，她们成了他的工具，他的爱变成了条件，符合利益就爱，不符合利益就可以抛弃和毁灭。谢柔嘉的父亲是这样，谢家的诸多老爷，即丹主们的兄弟叔伯大多也是这样，在他们眼里，女儿的金贵在于利益，如果有了更大的利益，女儿随时可以抛弃。所以父亲不是父亲，是老爷；女儿不是女儿，是巫。有的人起始能力大，比如谢柔嘉的双生姐姐，她是嫡长女，从小就知道自己是神授的丹女，在她8岁知道自己可能不是长女时，她疯狂了，她用她的能力和影响力去伤害自己的亲生妹妹，她一辈子都想证明她就是无可争议的丹主，丹主成为她人生的符号，她忘了丹主的责任，注定只能成为这个符号的傀儡。谢柔嘉死过一次，或许她从小就没有对权力的欲望，所以她的作恶能力被她想象中的爱融化了，她爱姐姐，爱父母，爱祖父母，爱谢家。大爱悟大道，她了解了巫的真意，巫，与舞同生，上古时人尚不能言，只能靠听和看，听各种抑扬顿挫的声音，听敲击的声音，看手舞足蹈，也就是说，舞是代替说话来表达诉求，来表达人们心中所愿。大巫，只是与神灵沟通的通道，因为沟通，然后与自然、与人和谐共处。大巫并不需要世人的崇拜和奉养，更多是让世人崇拜和奉养滋养他们的山陵、湖泊、生灵和人。大道不是看你有多少能力去做善事或者做恶事，只需要你对自然法则心存敬畏，做有限的事，大道无为。

这部作品的三观是我赞许的。我们不需要用彰显自己能力的方式去获取别人的认可、崇拜和依附，大道无为，让自己的行为存在一个界限，不损害他人利益，不损害自然法则，慢慢地，自己的精气神也就养起来了，也不辜负在这世间走上那么几十年。

有很多重生文会颠覆前世，重生之后就变得特别厉害了，厉害到可以拯救全世界。实际上，这个世界的法则很顽固，它的因果就在那里。这部作品很好地处理了因果，将前生和今世非常圆满地融合了。为了这个融合也要给它5分，强烈推荐。希行的写作日渐成熟，期待她的下一部作品。

附录

希行创作年表

2009 年 3 月 9 日，希行开始在起点女生网连载《有女不凡》。

2009 年 9 月 23 日，《有女不凡》连载完结，全文约 43.54 万字，截至完结当月累计获得 1000 收藏。

2010 年 1 月 12 日，《古代地主婆》开始连载。

2010 年 6 月 1 日，《古代地主婆》连载完结，全文约 55.61 万字，截至完结当月累计获得近 1 万收藏，80 万点击。

2010 年 8 月 24 日，《回到古代当兽医》开始连载。

2011 年 3 月 9 日，《回到古代当兽医》连载完结，全文约 72.13 万字，截至完结当月累计获得 1 万收藏，约 200 万点击。

2011 年 5 月 16 日，《重生之药香》开始连载。

2012 年 2 月 1 日，《重生之药香》连载完结，全文约 85.48 万字，截至完结当月累计获得近 2 万收藏，连载期间连续两个月获粉红月票榜第 15 名。

2012 年 3 月 8 日，《药结同心》开始连载。

2012 年 11 月 22 日，《药结同心》连载完结，全文约 94.89 万字，截至完结当月累计获得 1 万收藏，连载期间曾获粉红月票榜第 15 名。

2013 年 1 月 8 日，《名门医女》开始连载。

2013 年 9 月 30 日，《名门医女》连载完结，全文约 140.22 万字，截至完结当月累计获得 2 万收藏，500 万点击，连载期间一路从粉红月票榜第 15 名攀升至第 1 名，成为希行的封神之作。

2013 年 11 月 23 日，《娇娘医经》开始连载。

2014 年 12 月 25 日，《娇娘医经》连载完结，全文约 216.82 万字，截至完结当月累计获得 3 万收藏，500 万点击，连载的 12 个月间，雄踞粉红月票榜第 1 名 10 个月，第 2 名两个月。

2015 年 3 月 1 日，《诛砂》开始连载。

2015 年 11 月 28 日，《诛砂》连载完结，全文约 163.5 万字，截至完结当月累计获得 5 万收藏，连载期间两次获得粉红月票榜第 2 名。

2015 年 12 月 30 日，《君九龄》开始连载。

2017 年 1 月 23 日，《君九龄》连载完结，全文约 194.72 万字，截至完结当月累计获得 50 万收藏，书评活跃度榜第 1 名 1 次，第 2 名 4 次。

2017 年 3 月 14 日，《大帝姬》开始连载。

2018 年 5 月 7 日，《大帝姬》连载完结，全文约 175.89 万字，截至完结当月累计获得 50 万收藏，近 500 万点击，女频书友月推荐榜第 1 名 5 次。

2018 年 7 月 18 日，《第一侯》开始连载，目前已经发布 134.2 万字，累计获得 500 万点击，女频书友月推荐榜第 1 名 3 次。

选文

第一卷
重　生

第一章
继 室

"孝子答谢！"

隔着幕帘，外边传来司仪尖厉嗓音的高喊，宣告着镇北王的丧礼正式开始了。

孝子贤妇的哭声顿时山摇地晃，将坐在内室怔怔出神的谢柔惠惊回神，嘴边不由浮现一丝凄然的笑。

真是没想到，才隔了两年，她又当了孀妇。

她低头看着自己衣袖的一圈白边，顺手拿起一旁几案上的小靶镜。

镜子里浮现一张年轻的面容，肤白如雪，跟两年前看新娘妆的时候没有区别，只是那时候满头红翠，如今钗环皆无，鬓边只有一朵白花。

但在这朵白花的映衬下，这张脸比出嫁的时候还要显得娇艳。

门帘被人掀开了。

谢柔惠有些被惊吓得慌张地放下手里的镜子。

门边站着的十七八岁的丫头看着，嘴边浮现一丝毫不掩饰的嘲笑。

"王妃。"她草草施礼，"您该回去了。"

外边的吊唁正是最热闹的时候，谢柔惠有些迟疑，这时候她这个未亡人不在这里是不是不合适？

当初前夫死的时候，因为他赘婿的身份，再加上自己在谢家的地位，她没有守灵，但如今这个丈夫可是镇北王，堂堂正正的皇族，而自己也不再是高高在上的谢家女，只是一个孀妇再嫁为妃的继室。

"王妃，这是世子爷的吩咐。"丫头带着几分不耐烦说道。

听到"世子爷"三字，谢柔惠如同被针刺一般身子微微一抖，有些局促地站起身来。

丫头看着她，微微有些失神。

王妃今年不过二十一岁，是南方人，却有着她们北边女子般的高挑个头，但又身姿玲珑尽显南人柔美，虽然嫁过人生过孩子，但除了多添了几分妇人的妩媚，身形半点没变，站在那里好似春日的垂柳一般纤弱，再配上比花娇嫩一掐就能出水的容貌，让人一看就恨不得捧在手心里。

就连自己作为一个女子看到了也忍不住失神生出这心思，更别提男人们……

也怪不得会有那样不堪的事传出来。

丫头眼中闪过几分厌恶，更多的是嫉妒。

"您快些走吧。"她说话更不耐烦，伸手来拉谢柔惠，"这边自有叔伯国公夫人们照应着，您就别在这里添乱了。"

谢柔惠低着头被丫头看似搀扶实则拉着走，丫头口中还絮絮叨叨地指责，如果有人看到了会很惊讶镇北王府毫无规矩。

虽然这谢氏是个继室，但好歹也是皇帝册封的镇北王妃，况且还是巴蜀谢氏的嫡女。

巴郡，黔州彭水郁山谢氏，当今八大丹主之一，据说其是大秦大巫清的后人，当然在巴蜀之地的丹主们都自称是当年获始皇帝钦封的巫清后人，但这谢氏，说起来比别人多一分底气，因为他家的丹山紧邻怀清台。

这些丹主因为历代朝廷的看重，再加上丹砂聚集的财富，一直以来都地位非凡，朝廷加以厚待，不容小觑。

这样人家的女儿嫁给一个王爷，也不是什么不可能的事，相反还是皇帝的厚待恩宠。

只是当联姻对象是一个垂垂老者和谢氏嫡长女的话，看起来就有些怪异。

虽然这个谢家女儿年纪轻轻守了寡，但对于谢氏来说，当孀妇可不是什么丢人的事，要知道他们谢氏一族的先祖大巫清就是一个孀妇，一个连秦始皇都要敬畏的孀妇。

况且，谢柔惠不是一般的谢家女儿，她是嫡长女。

谢家的传承全靠女人，与其他地方的丹主不同，谢氏的丹主由女人担任。

谢家的女人延续着大巫清的血脉，所以有着沟通天地的神通，至于怎么神通，众说纷纭，真真假假，统一的一点就是点眼丹矿滋养矿脉。

能找准丹矿，以最少的人力物力开出丹砂，且能请神灵眷顾养出上等的丹砂，虽然很多人觉得这种说法太夸张，但不可否认的是，谢氏出的朱砂的确是最好的，这也让谢氏一直以来都为巴渝朱砂家族之首。

不过有一点，不是任何一个谢家的女人都能如此，只有嫡长女。

由此谢家每一代的嫡长女在家中的地位可想而知。

所以谢家的嫡长女不外嫁，都是招婿上门，延续着谢氏的丹女的血脉。

娶一个貌美如花年轻的新妻子，且家世雄厚，男方自然是乐意的，吃亏的是女方，这种事不是皇帝故意给郁山谢氏难堪，就是这位谢家的嫡小姐不被家人所喜了。

作为亲家，郁山谢氏的消息镇北王府也都多少知道，就在年前，皇帝刚赐了谢家的法师邵铭清为通天大师，为陛下炼制丹药，可见皇帝的信任和看重。

这样的谢氏，如果不愿意，谁又能让他们家这样一个娇滴滴的嫡亲女儿嫁到苦寒的燕北，丈夫又是一个跟自己祖父一般年纪的老王爷呢？

看来这个嫡小姐是被家人厌弃之极的，谢家人与其说是给她一个孀妇寻个路，倒不如说将她赶出去。

丫头忍不住再次看王妃一眼。

这嫡小姐在家到底做了什么人神共愤的事？被这样赶出门的丹女是谢氏家族头一个，真够丢人的！

说到丢人，丫头不由想到这几日从家中穿过那些来吊唁的宗族妇人身边，总是能听到低低的窃语。

"……是啊，就是和这位小王妃……"

"……哎呀，你可别瞎说，那可说不得……"

丫头想到这里就觉得脸颊火辣辣的，好事不出门坏事传千里，这种事肯定是瞒不住的，真是丢死人了。

想到这里丫头恍然，丢人？莫非这女人在家的时候就不干不净？

她看着这张沉鱼落雁的面容，年纪这么轻，在谢家又是这般身份地位，肯定守不住，听说京城里有些守寡的公主就养着好些男人，谢柔惠在谢家在巴蜀，也就相当于是个公主了吧。

这个念头冒上来，丫头就再也压不住了。

一定是这样的，一定是的，这样的女人一看就是水性杨花！

真是丢人！这个女人自己丢人也就算了，竟然还连累她们世子爷！

丫头哼了声，扶着谢柔惠的手就甩了下来。

此时她们已经走出了正院，迎面有一群人正走过来，一群管事小厮丫头在前引路，可见来者不凡。

丫头嗳了声，伸手拉住谢柔惠。

"是安定王家的东平郡王。"她急急说道，一面不由分说就推着谢柔惠向一边转去。

安定王？

谢柔惠下意识地看过去，乱哄哄的一群人白的黑的一片，也看不清谁是谁。

说起这安定王，谢柔惠倒也知道，当初父亲说她的亲事人选时也有安定王，安定王比镇北王小五岁，今年才五十八。

丫头又拉了她一下。

"王妃，快走了。"她带着几分不耐烦说道。

一个晚生后辈，她却要被丫头催着躲避，谢柔惠低下头转身走开了。

"……真没想到东平郡王来了……"

"……看来陛下对咱们家是很看重的。这真是太好了……"

"……东平郡王长得真好看，比咱们世子也不差……"

身后仆妇们低声的议论一闪而过，谢柔惠从角门迈出了正院。

位于王府一角的偏院，看到谢柔惠走进来，廊下两个丫头有些慌乱地伸手掀起帘子。

因为忙着镇北王的丧礼，阖府上下都忙着，人手不够，她这里伺候的大丫头们都被叫走了，只留下几个粗使丫头。

不过丫头伶俐还是蠢笨对谢柔惠来说都一样。

她低下头抬脚迈过门槛。

"王妃您在这里歇息吧。"丫头没有进门，站在一旁抬着眼说道，"您可别乱走，家里来的人多。"

家里来的人多，正是她该见客的时候，却说不让乱走，好似她不能见人似的。

她不是其他的人，她是镇北王妃。

谢柔惠将头再低垂了几分。

"王妃这里的事，用不着你一个下人来指手画脚。"一个声音冷冷说道。

听到这个声音，谢柔惠惊喜地转过身，看着院子里正走来的一个二十四五岁的女子，穿着行装，面上风尘仆仆。

"江铃你回来了！"她忍不住迈步就迎出来，欢喜地喊道。

被唤作江铃的女子快走几步，先冲谢柔惠施礼，再起身竖眉看着适才的丫头。

王妃嫁过来时陪嫁倒是不少，颇让她们震惊了一下巴渝丹砂氏族的富贵，但是跟来的人却没几个，以前觉得奇怪，嫁妆上如此丰厚是家人看重，但为什么陪嫁的人却寥寥，要知道嫁妆再重，也需要人扶侍。

现在丫头终于明白了，嫁妆是谢家的面子，而陪嫁人则是关系这谢氏女将来的日子，谢家要面子，却不管女儿将来的日子。

这些陪嫁人对自己的命运也都心知肚明，带着几分木然地生活在镇北王府，几乎都要被镇北王府的人遗忘了，但有一个人却很引人注目，就是谢柔惠的贴身丫头江铃，这个老丫头脾气不好，话也上得来，她们这些丫头没少挨她的骂。

不过，再脾气不好又怎么样？你家小姐行为不端，还不许别人瞧不起了？

丫头哼了声，带着几分不屑地抬起头。

"江铃姐姐，这可不是我说的，这是世子爷吩咐的。"她说道。

江铃竖眉看着她。

"世子爷吩咐的？世子爷吩咐的怎么了？老王爷才闭上眼，他就苛待祖母了吗？"她喝道。

丫头涨红了脸。

"江铃。"谢柔惠打断了两个丫头之间的对峙，急忙忙地喊道，"家里怎么样？父亲母亲，还有兰儿好吗？"

江铃没有回答，而是伸手指着那丫头。

"出去！"她喝道。

这个时候家里正忙着，要是真闹起来，江铃到底是有王妃的名头护着，倒霉的只能是自己，丫头涨红着脸低头抬脚就走。

这边谢柔惠已经要走下台阶了，江铃再不敢停留抢着迈步过来，怎么能让小姐来迎接自己呢！

二人才要说话，那走到院门的丫头又回头呸了声。

"嫁不出去的老丫头！"她啐道，然后噔噔地跑了。

江铃气得竖眉，想要追出去，又看着一脸激动的谢柔惠，最终不再理会那丫头，疾步上前，伸手扶住谢柔惠。

"小姐，幸好赶得上。"她说道，看着谢柔惠神情复杂，"小姐的日子算得正合适。"

就在三个月前，镇北王再次犯了旧疾躺下了，也就是这个时候，谢柔惠让江铃回一趟彭水。

这个时候让回彭水意味着什么，江铃再清楚不过，她原本还有些迟疑，镇北王看起来也没那么严重，再说，丢下小姐一个人她也实在不放心，但谢柔惠再三让她走，江铃这才一咬牙收拾了直奔黔州。

紧赶慢赶回来正好赶上发丧，谢家的祭礼也及时地摆在了镇北王灵堂前。

她想说什么，谢柔惠却等不及，拉着她的手，一脸急切。

"兰儿怎么样？兰儿长高了吗？会走了吗？"她一迭声地问道，"会喊娘了吗？"

她离开家的时候，丈夫死了才半年，女儿也才满八个月，正咿咿呀呀学语时，她想啊念啊夜夜不能寐。

可是娘不在跟前，兰儿怎么会学会叫娘？

想到这里谢柔惠抬袖子掩面哭起来。

她真不想嫁啊，她真不想嫁啊，她不想离开她的兰儿啊，可是她却连这句话都不敢说出口。

"小姐。"江铃扑通跪下了，伸手拉着她也开始哭，"家里，出事了。"

这一句话让谢柔惠一下子停下哭，有些惊讶地看着江铃，似乎没听清她说的话。

"你说什么？"她问道。

家里出事了？家里怎么会出事？家里能出什么事？

第二章
变 故

　　屋子里的哭声陡然变大，站在廊下的几个丫头不由打个哆嗦，互相使眼色，悄悄地向外挪去。

　　王妃的大丫头已经回来了，王妃本来就不用她们，那现在更没她们什么事了。

　　不如去外边看热闹吧。

　　脚步声从院子里远去了，屋子里一个坐着一个跪着各自哭，并没有人理会。

　　"这不可能。"谢柔惠哭道，"咱们家的朱砂怎么会出问题？你还听到什么？"

　　江铃哭着摇头。

　　"家里人都不告诉我。"她说道，"就这些还是小小姐的乳母桐娘偷偷告诉我的。"

　　听到"小小姐"三字，谢柔惠哭得更厉害。

　　"五老爷以身验丹死了，三老爷四老爷已经下了大狱，老爷被押解京城面圣，结果如何还不知道。"江铃说道。

　　谢柔惠急得站起来。

　　"你怎么回来了？你怎么没跟着老爷去京城？你等事情有了结果再回来啊。"她哭道。

　　江铃拉着她的衣袖抬起头。

　　"小姐，是老爷赶我走的。"她哭道，声音酸涩，一面俯身在地。

　　谢柔惠咬住下唇。

"江铃，我们，我们回黔州。"她说道。

江铃愕然抬头看着她。

"对，对，回黔州，现在就走。"谢柔惠说道，有些慌乱地四下看，"什么都不要收拾了，就这样，立刻就走。"

"小姐，你回去要如何？"江铃急急问道。

"我，我可以看看朱砂有没有问题，我或许能帮上什么忙。"谢柔惠说道，一面流泪。

江铃凄然摇头。

"小姐，虽然小小姐还小，但大夫人还在呢。"她说道。

小姐虽然是谢家的嫡长女，但并没有成为丹主，她甚至从来都没有接触过丹矿丹砂，按理说丹女成年后就可以代替母亲打理丹矿，祭祀，养砂，点矿，但直到小姐成亲生女，大夫人也没有将这些事交给小姐。辨砂炼砂更是见都没见过，小姐回去又能做什么？

是啊，自己能做什么？

谢柔惠神情有些颓然。

她什么都不会，她就是个废物。

"……大夫人这些年身子一直不好，咱们家的丹矿也不是第一次出问题了，家里的人心也都散了些，这一次闹出这样的事，我听桐娘说，三老爷四老爷是被二老爷押进官府的……"

江铃的声音断断续续响起。

是啊，母亲的身子自从那场大病后就一直不好，又为丹矿呕心沥血，尤其是最近几年，连三月三的祭祀都几乎撑不下来。

谢柔惠掩面。

母亲身体每况愈下，族中的人对于她不能担起丹女之责也疑虑纷纷，虽然幸运的是她成亲第一胎就产下女儿，但女儿到底太小了，等到十三岁成人太久了。

丹矿小事不断，族中人心浮动，知道早晚要出事，只是没想到会这么快，而且是会出这么大的事。

如果不是那场大病，母亲也不会身子亏损。

如果不是姐姐出事，母亲也不会有那场大病。

如果不是她，姐姐不会死，如果姐姐还在，母亲也不用一个人撑这么久……

　　"姐姐……"她喃喃说道，颓然坐下。

　　这个词说出口，江铃身子一抖，伸手抓住谢柔惠的手。

　　"小姐，你在说什么！"她说道，"你又犯糊涂了是不是？"

　　"我没糊涂，江铃，别人不知道，别人要瞒着，你我还瞒着做什么？"谢柔惠哭道，"如果姐姐还在，家里怎么会变成这样？"

　　江铃用力地抓住谢柔惠的胳膊。

　　"你是大小姐，没有姐姐，你只有个妹妹，二小姐已经死了，你不要说胡话！"她竖眉低声喝道。

　　谢柔惠被她喊得一怔，胳膊的大力让她清醒过来，她看着江铃，江铃也看着她，二人对视一刻，抱头痛哭。

　　"小姐，小姐，没事的，一定会没事的。"江铃哭着说道。

　　谢柔惠没有说话，只是哭，紧紧地抱着江铃，就像以前一样，只能在这个从小陪伴自己的丫头怀里寻找依靠。

　　"……老爷去京城了，带着家里最得力的丹工，况且也不能就说是咱们的丹砂有问题，毕竟是炼了丹药的，炼丹药又不仅仅是用朱砂，一定能证明清白。"

　　江铃斟了杯茶过来，声音有些沙哑地说道。

　　不知道谢柔惠听到没听到，神情恍惚地嗯了声，江铃把茶杯塞给她，她便接过。

　　"出砂不出丹，这是自古以来的规矩，真不该让邵铭清做咱们家的法师。"

　　江铃继续说道。

　　"说到底都是那个邵铭清惹出的事，到时候说清了，朝廷明察，一定会没事的。"

　　父亲一定心急如焚吧，母亲一定又日夜不能寐了，三婶和四婶会在家哭闹吧？还有五叔叔，还没成亲，就这样死了，连个子嗣都没留下。

　　谢柔惠猛地又站起来。

"我要回去。"她说道。

江铃看着她。

"小姐，且不说你回去做什么。"她皱眉说道，"就说现在怎么能回去？"

镇北王正发丧呢。

"现在就走。"谢柔惠说道，"他们笑我怨我就随他们吧。"

反正在他们眼里自己本就是个笑话。

"您回去也帮不上什么忙的。"江铃说道。

"我知道我帮不上忙，父亲母亲也不想见我，可是这个时候，他们身边也没别人了。"谢柔惠一面说道，一面落泪，"我帮不上忙，我，我就看着，我就待在家里。"

江铃的眼泪也掉下来。

"小姐。"她跪下来，伸手拉住谢柔惠的衣袖，"大夫人让我给小姐捎句话。"

谢柔惠一怔，反手拉住江铃的手。

"你是说，母亲和你说话了？让你给我捎句话？母亲要和我说话了？"她问道，声音颤抖，似惊似喜似不可置信。

江铃心中酸涩点点头。

"夫人说你是外嫁女，跟谢家已经没有关系了，你就是回去，也不会让你进门。"她低头带着几分不忍说道。

这么多年母亲没有和自己说过话，今日一开口说的便是恩断义绝，谢柔惠又面色发白地跌坐回去。

她知道，父亲母亲一直在容忍着她，当她生下女儿后，终于可以松口气，所以才会丈夫死了没有半年就把她嫁了出去，嫁的还是这么远，远得这辈子都似乎不会再见了。

她垂下头，泪如雨下。

他们让她嫁，她不敢说不。

他们不让她回去，她不敢说不。

"小姐，你放心，我托付人给打听着，一有消息就递过来。"江铃放低声音说道。

谢柔惠怔怔着没有动。

"哦对了，小小姐又长高了，也胖了，会说好些话了。"江铃又说道。

谢柔惠灰败的眼有了几分光亮。

"是吗？"她问道，"多高了？"

江铃伸手比画一下。

"可结实了。"她笑道，"桐娘还偷偷地让我抱了抱，哎哟，我的胳膊都酸了。"

谢柔惠看着江铃比画的手，忍不住也伸出手在身边比画一下，想象着那个孩子站在自己身旁，走的时候还是几个月大的孩子，两年了，样子都要记不清了。

"她现在什么样？"她忍不住问道。

"跟小姐你长得一模一样。"江铃笑着说道，看着眼前的女子，"跟你小时候一模一样。"

谢柔惠看着她。

江铃比自己大五岁，是在自己五岁的时候来到自己身边的，那时候她都十岁了，所以记得自己小时候的模样。

"是吗？跟我一样啊。"她说道，伸手摸了摸自己的脸，"我都忘了我什么样了。"

"小姐，你等着，我去给你画出来。"江铃笑着说道。

谢柔惠点点头，看着江铃，这才发现她一脸的疲惫，眼里红丝遍布。

家里出了那样的事，她又日夜赶路奔波……

谢柔惠又难过又心疼。

"你快去吧。"她说道，又叮嘱一句，"你歇息一下再画，没精神就画不好。"

江铃明白她的心意，含笑点点头。

"小姐，你也歇息一会儿吧。"她说道。

谢柔惠点点头，看着江铃退了出去。

她也好几天没歇息了，可是，如今更是没法歇息了。

家里竟然出了这样的事……

谢柔惠闭上眼用手帕掩面低声地哭起来。

怎么会出这样的事？

可恨她什么事也做不了，除了远远地哭。

要是姐姐在的话，肯定不会这样了。

姐姐……

"嘉嘉。"

耳边响起脆脆的女孩子的声音。

谢柔惠忍不住睁开眼看去，面前日光闪亮，刺得她睁不开眼看不清，一只白白嫩嫩的小手便在她眼前晃。

"嘉嘉，嘉嘉，你又发呆。"她咯咯笑着说道。

嘉嘉？

谁是嘉嘉？

"嘉嘉是妹妹，妹妹要听话。"

一只手拉住她，摇摇晃晃。

眼前的日光也似乎随着摇起来，她的心也跟着晃起来，笑声也碎了。

"姐姐。"她喊道，握住手里的手。

但那只手很快地抽了回去。

姐姐？姐姐……

她有些慌乱地伸出手。

"嘉嘉，来，跟我来。"

眼前的女孩子跑开了，一面回头冲她招手，在日光投影下熠熠生辉。

"我们去抓鱼。"

抓鱼？

抓鱼？

不，不能去抓鱼。

"姐姐，不能去，不能去，会掉到水里的。"她大声地喊着。

“不许告诉母亲，要不然我不带你一起玩儿了。”女孩子咯咯笑着，似乎没有听到她的话，提着裙子跑开了。

日光终于减退，她能看清楚了，却只是一个清楚的背影，越跑越远。

不行，不行，不能去。

她拼命地追上去，身子有千斤重，怎么也跑不动，心里焦急如焚。

姐姐，姐姐，不要去。

她想要大声地喊，又想要大哭，拼命地伸出手。

有一双手抓住了她的手。

冰凉刺骨。

她一下子就僵住了，怔怔地抬起头看去。

她竟然坐在河水里，河水冰凉，有红红的衣衫在水中飘动，她顺着衣衫慢慢地看去，看到了自己的脸。

十二岁左右的女孩子稚气渐褪，圆圆的白嫩嫩的脸，大大的眼睛着，里面满是惊恐。

她不由啊的一声，伸手想要捂住自己的脸，却发现手被人拉住了，她低下头，看着从水里伸出的一双手，青白的手。

“惠惠，惠惠，怎么了？”

“你推她！你推的她！”

耳边有尖厉的声音，似乎要刺破她的耳膜。

不是，不是，我没有，我没有。

她惊恐地摇头。

“你推我！你推我！你杀死了我！”

河水里的面容猛地冒起来，直直地贴上她的脸。

谢柔惠尖叫着坐起来，满头满身的汗，入目室内昏昏，帘帐外一盏灯忽明忽暗。

是做梦……

又是这个梦，日复一日，年复一年。

谢柔惠手抚着心口怔怔的，夜的宁静渐渐退去，耳边隐隐有哭声，梆子声，来回走动的声音，偶尔还有几声怪笑，这是在镇北王府，此时此刻外边都在为镇北王守灵。

外边宗妇们都在给镇北王守灵，她这个王妃却躲在屋子里睡觉。

不知道外边人怎么议论她呢。

谢柔惠低下头轻叹一口气，起身下床，准备自己倒水喝，才掀起床帘子，就看到灯影里站着一个人。

她吓得哎呀一声跌坐回床上。

"江铃？"她问道。

那人转过身，桌上的宫灯照着他俊美的面容，拉长了他本就修长的身姿。

这是一个二十六七的男子，夜色让他的面容朦胧不清，但谢柔惠还是一眼就认出来了，不由叫了一声，才平静的心顿时又几乎要跳出嗓子眼。

"世子……你，你，你来这里做什么？"她颤声喊道，喊声出口，又怕别人听到，生生地压低下去。

南人的口音本就柔润，再加上这一个婉转颤音，就好似在人的心口用羽毛挠了挠，酥酥麻麻地全身散开。

灯下男子的神情忽明忽暗。

"孙儿来和您说说话。"他说道，"祖母。"

第三章

无 路

寂静的夜里，孤男寡女相对，虽然称呼是孙子和祖母，但当看到这二人相似的年纪，此情此景就谈不上孺慕之情，而是有些诡异了。

谢柔惠站都站不稳，脸色惨白。

"你，你快出去吧。"她颤声说道。

男子没有说话也没有走，反而撩衣坐下来，带着几分悠闲地拿起桌上的茶壶自己斟了杯茶。

"周成贞！"谢柔惠再次颤声喊道。

惊吓过度的女子，在这暗夜里看来，不管是声音还是娇弱的姿态，都带着别样的风情。

男子将手中的茶杯重重地放下，发出的响声让谢柔惠吓得再次抖了抖，她紧紧抓着床，心里已经打定了主意，一旦外边的仆妇丫头听到动静闯进来，她就一头撞死。

不过他既然敢半夜闯进来，显然外边的人已经都打发走了。

他，他想干什么？

"你，你别过来，你要是，你要是……我立刻撞死。"谢柔惠颤声说道。

男子发出一声低笑，人也站了起来。

"祖母，收起你这副贞洁烈女的作态吧。"他说道，向前走了几步。

谢柔惠死命地往后躲，但躲的是她，挡不住的是别人的靠近，很快男子就站到了她的面前，投下的高大阴影将瑟瑟发抖的她笼罩在内。

"你这副样子看着实在是让人……"男子微微倾身低头，声音低沉，"恶心。"

恶心！

是的，恶心！

谢柔惠的下唇咬出了血，和惨白的面容形成强烈的对比。

以前虽然没听别人这样说过她，但她看到过，比如当父亲和母亲看她的时候。

她抬手掩面靠着床帐软软地跌坐下去。

身前的阴影也就在这时离开了。

男子转身走开几步，又停下脚步。

"来人。"他淡淡说道。

"来人"这句话让谢柔惠吓得抬起头，果然看到门外闻声进来四五个妇人，她顿时羞臊无比，要躲又无处可躲，只得掩面转身紧紧地倚着床帐。

江铃，江铃，江铃呢？

"祖母，明日祖父就要下葬了，你也收拾收拾上路吧。"

冷冰冰的男声说道。

上路？谢柔惠转过头，是让她走吗？从府里搬出去住吗？

她的视线落在那几个仆妇身上，随着男子话音落下，几个人走上前来，其中一个手里捧着一条白绫。

白绫！

她们，她们是要缢死自己？

谢柔惠大惊，不待她说话，几个妇人已经围住了她。

"王妃，请上路吧。"拿着白绫的妇人沉声说道，将手中的白绫递过来。

谢柔惠摇头。

"不，不。"她连声说道，第一次不惧在人前看周成贞，"世子，世子爷，我，我回去，您让我回黔州吧，让我回黔州吧。"

周成贞转头看了她一眼，灯光下脸上浮现一丝笑。

"祖母回黔州做什么？"他淡淡说道，似乎又想到什么，哦了声，"对了，忘了告诉祖母，今日刚刚接到消息，你家因为用丹药毒害皇帝已经被定罪，您的父亲已经下了大牢，秋后待斩，您的母亲十天前跃下祭台，以身献祭以消谢家罪孽。"

什么？

谢柔惠五雷轰顶。

父亲！母亲！

"你骗人！"她嘶声喊道，向周成贞冲来，"你骗人！"

"骗你有什么好处？"周成贞看着冲近前的女人，嗤笑说道。

话音未落，相对而站的二人都身子一僵。

似乎在不久以前，有一个男子贴在一个女子的耳边低声笑着也说出这句话。

夜半月明的小花园，看起来就像一幅画般的美景，却是不能提、不能想的见不得人的一幕。

谢柔惠跌跌撞撞地后退几步。

"总之，你不用回去了。"周成贞的声音也失去了先前的淡然，带着几分浮躁，一甩袖子转过身去，"你家进贡的丹药让陛下几乎丧命，谋害天子的大罪是逃不掉了。"

谋害天子！

"不是的，我家的丹砂没有问题。有问题，也是炼制丹药的人。"谢柔惠喊道。

"炼制丹药的人说，就是你家的丹药的问题。"周成贞说道，带着几分嘲讽，"而且也做了验证，邵铭清在众目睽睽之下，也用其他人家的丹砂炼制丹药，结果，只有你家的炼出毒丹。"

谢柔惠摇头。

"不可能，这是不可能的，不可能就这样定我家的罪。"她连连说道，这种印证根本就是无稽之谈，丹砂本就是毒，怎么能指责它是有毒而治罪？

不就是炼制丹药吗？她也能，她去炼制，她去让众人看看，用她们家的丹砂炼不出毒丹。

她抬脚就向外跑去。

"抓住她！"周成贞喝道。

仆妇们立刻扑了上去，伴着谢柔惠一声痛呼，将她死死地抓住。

"我要去救父亲，我要去救父亲。"谢柔惠哭喊道，拼命地挣扎，"放我走，放我走。"

周成贞面无表情，似乎什么都看不到。

"没用了，祖母还是到那边再去给你父母尽孝吧。"他冷冷地砸下话来，一面摆摆手，"既然祖母不能亲自上路，那就让孙子送您一程。"

谢柔惠不可置信，抬头看着这个男人，那些仆妇已经围上来，将白绫缠住她的脖子。

不，不行，她不能死，母亲不在了，父亲入狱了，要救父亲，要救父亲，还有兰儿，她的兰儿还那么小，她不能死！

"世子爷，世子爷，求求你，求求你，让我去救我父亲。"

她拼命地挣扎在地上连连叩头，散了发，乱了衣衫，哑了嗓子，声声泣血。

仆妇脸上也闪过一丝不忍，手上的动作不由得一停。

周成贞长挑凤眼含笑依旧，只是满眼的漠然。

"别费心了，谢家已经没救了。"他淡淡说道，"您就高高兴兴地名声清白地寿终正寝吧。"

长长的白绫已经缠绕在她的脖子上，呼吸已经开始困难，谢柔惠伸手用力地抓住白绫，美目死死地瞪着，不让泪水模糊了视线。

"让我回去，让我回去。"

她整个人挣扎起来，四个仆妇几乎按不住。

"周成贞！你还是不是人！你要杀了我，是为了你自己！为了你自己的名声清白！"

尖厉的喊声也同时响起。

周成贞的神情微微变了变，看着眼前这个状若疯狂的女人。

"你为了掩盖你的丑事！你对我做的那些丑事！你这个畜生！"

听到这句话，周成贞面色陡然一变，而那些仆妇也面色一白，手陡然停下了。

谢柔惠得以挣脱，一面大口大口地呼吸，一面要向外冲去。

父亲母亲，你们等等我，兰儿，你等等娘，我就来了，我就来了，就是死，我们一家人也要死在一起……

一只手揪住了她的头发，狠狠地将她拽倒在地，同时一只脚踩住了她的肩头。

谢柔惠发出叫声，但旋即声音就消失了。

周成贞长手一伸捞起白绫，狠狠地拉拽。

"丑事？那是你做的丑事！"

他愤怒地吼道。

"你这个贱人！你诱我做出这等丑事，气死了祖父！

"你这个贱人！以为你在家做的丑事就没有人知道吗？

"谢柔惠！你根本就不是谢柔惠，你是谢柔嘉！

"害死长姐，夺嫡长之位！仗着双胞姐妹容貌一致，你的父母帮你遮掩，就以为这世上没有人知道你恶毒的本性了吗？

"你这个心思歹毒、无廉耻之心的贱人！

"你们谢家以次代长，乱了丹女身份，惹怒了神灵，朱砂成毒，丧心病狂！活该灭族！"

话语一声声地砸过来，谢柔惠渐渐地听不清了，她徒劳无益地抓着脖子里的白绫。白绫忽地力道消失了，她瘫软在地上。

白色的孝服在她的身上掠过。

"杀死你这个贱人，还脏了我的手，你们送她上路。"

谢柔惠已经没有爬起来的力气，被那四个仆妇围住，窒息再次袭来，她死死地看着屋门，看着那个男人的背影渐渐模糊，眼前的一切都在模糊。

如果姐姐还在，就不会有今日。

如果当初她拼死不肯再嫁，也不会有今日。

父亲，母亲……

兰儿，兰儿，兰儿还那么小……

谢柔惠想要大哭，但她却什么也做不了，意识已经消散，窒息的痛苦也渐渐地消失了。

她的身子软了下去，就好似跌落的枯叶。

罢了，罢了，她这一生就此了结了，这一生其实早就该了结了，在姐姐死的时候，在她用了姐姐的名字的时候，这世上早就没有了谢柔嘉，谢柔嘉十年前就是个死人了。

死了就死了吧，也没什么可怕的，至少能见到姐姐了，能见到母亲了。

姐姐，母亲，我来了，谢柔嘉来陪你们了。

"嘉嘉，嘉嘉。"

有人推着她的胳膊喊道。

对，是嘉嘉，好久没有人喊她"嘉嘉"了，她自己也要忘了自己的名字了。

谢柔嘉忍不住笑了笑。

"母亲，你看，她装睡呢，她还笑呢。"咯咯的笑声在耳边响起。

除了笑声，还有人走动的声音，斟茶倒水的声音，门帘响动的声音，细微嘈杂却并不让人心烦。

"醒醒，醒醒，别偷懒，不上学是不行的。"

有人又推她的胳膊，声音娇滴滴的。

谢柔嘉努力地睁眼，眼皮有千斤重，算了，别费力了，就这样地睡去吧，但身边的人却不依不饶地推着她，似乎她不醒就一直地推下去。

谢柔嘉只得再次用力地睁眼，不知道过了多久，她终于睁开了眼，入目的光亮有些刺眼。

"睁开眼了，睁开眼了，我看到了，我看到了。"

耳边的女声陡然响亮，说话的气息也喷在了她的脸上，酥酥麻麻，还有丝丝的甜香。

谢柔嘉眯起眼，在明亮的光线里，眼前的一切都有些虚幻。

这是一间大屋子，她躺在窗边的卧榻上，红红的日光透过窗纱照进来，让屋子里蒙上一层暖意。

"……油茶好了……"

"……姐姐尝尝可好？"

站在月洞门那边一个十二三岁的丫头正在斟茶，另一个十八九岁的丫头则伸手接过。

她们都穿着红色镶黑边的半旧的衣衫，颜色洗得有些发白，但却并不显得穷涩，而是透着几分鲜活和亲切。

尝了一口茶的丫头笑意更浓，转过头对上了谢柔嘉的视线。

"二小姐醒了，快，来尝尝新做的茶。"她笑吟吟说道。

她接过小丫头手里的茶壶向这边走来。

"木叶姐姐，我来给二小姐斟茶。"

有人从月洞门后噔噔跑过来，伸出手，耳边带着的小月牙银环摇摇晃晃。

她还没有接过茶壶，又有人喊她。

"江铃，你别斟茶，过来给我梳头。"

这声音是从身边传来的，谢柔嘉不由得转头，看到盘腿坐在旁边的一个十一二岁的小姑娘。

小姑娘圆圆的脸，弯弯的眉，明亮亮的眼儿，此时歪着头，拿着梳子正一下一下地梳着乌黑的长长的垂在腿上的头发，日光照在她身上，呈现一圈红晕。

感觉到视线，她转过头来，微微一笑。

谢柔嘉不由得伸手抚上自己的脸。

她想起来了。

想起来自己小时候长什么样子了。

那现在她是在照镜子吗？

柔滑的肌肤，嫩嫩的，肥嘟嘟的，让人想要捏一把。

"哎哟。"镜子里的人发出一声喊，一面抓住她的手，"嘉嘉，你干什么拧我的脸？"

你？我？

你和我难道不是一个人吗？这明明是我的脸啊，这世上只有我有这样的脸。

谢柔嘉僵直了身子。

不是，这世上还有另外一个人有着和她一样的脸。

姐姐！她的双胞胎姐姐！

"姐姐！"她喃喃喊道。

小姑娘看着她皱了皱鼻头，吐了吐舌头。

"喊姐姐也没用。"她说道，扭头，"母亲，嘉嘉又欺负我！"

母亲……

谢柔嘉怔怔地随着她的视线看过去，对面地上坐着一个俏丽的少妇，此时正低着头做针线，那是一件大红的衣袍，正被少妇用金线绣上繁杂的花纹。

听到唤声，她抬起头，盈盈一笑。

"是吗？嘉嘉，你又不听话了。"她说道，"快起来，跟姐姐去上学。"

第四章

梦 耶

嘉嘉……

有多少年没有听到母亲唤自己的名字了！

谢柔嘉看着眼前一阵恍惚，她认出来了，这是在家里，在父亲母亲的起居室。

她和姐姐小时候就爱在这里，在这里和父亲母亲一起吃早饭，然后去学堂，中午在这里小睡一觉，起来再去学堂，等晚上回来一家人一起吃饭，母亲检查她们的功课，一直到掌灯时候，才在乳娘丫头的拥簇下离开。

"二小姐，吃茶。"有人说道。

谢柔嘉的视线转向她。

一个十五六岁的丫头，梳着抓髻，穿着如同其他人一样的朱红衣衫，亮晶晶的眼睛看着她。

"江铃……"谢柔嘉喃喃说道。

"江铃，快过来给我梳头。"旁边的声音盖过她。

坐在一旁修剪茶花的丫头便笑着走过来。

"我来喂二小姐喝茶。"她说道，接过江铃手里的茶。

江铃便笑嘻嘻地跪在了谢柔嘉旁边的小姑娘身后，接过她手里的梳子。

"二小姐。"耳边的声音软软的，"来，喝茶。"

谢柔嘉下意识地张口，温香的茶被喂到口中，有些僵硬的身子便舒展开来。

"木香。"她看着眼前的丫头喊道。

木香哎了声冲她一笑，露出两个小酒窝，手里拿着小小的银勺子再次喂过来。

谢柔嘉木木地张口，视线环视。

这边江铃给小姑娘梳头，一面低低地说笑着，一个小丫头跪在一旁举着镜子，另一边两三个丫头围着母亲，一面打扇一面看着母亲做衣裳。

门外窗外传来夏日里的蝉鸣声嘶嘶拉拉的嘈杂。

这个梦真好啊，谢柔嘉怔怔。

她不是第一次梦到小时候，事实上她常常梦到小时候，但却不是这样的，她以前的梦里只有站得远远的冷冷地看着她的父亲和母亲，还有冰冷的一遍又一遍倒下浮起的姐姐的尸体。

她几乎已经忘了，小时候原来也有过这样美好的场景。

母亲带着笑做针线，丫头们肆意地围着说笑，姐姐娇憨地坐在她身边，还有这些丫头……

她看着屋子里的大大小小的丫头，说得笑得灵动鲜活，陌生却又有些熟悉的面容。

她想起来了，这些丫头是母亲屋子里的以及从小就服侍她和姐姐的，但这些人在她十二岁后也都不见了。

"……关在山后一把火烧死的……"

"……死得这样惨，都怪她们没有照看好小姐……"

她听到过有人私下议论，她还偷偷地跑去山后看，但什么也没找到还迷了路，一个人坐在山里抱着树哭，是江铃找到了她。

江铃！

谢柔嘉转头看身边，不是带着几分沧桑的老姑娘，而是一个十五六岁正值芳华的小姑娘，她的身子跪得直直的，青春靓丽的脸上神情专注，手里夹着发绳簪子，在头发间灵巧地飞舞着，日光照在她身上，生机勃勃。

江铃日夜都守在她身边，今夜偏偏看不到她，是不是已经被镇北王府的人关起来了？

周成贞杀了自己，肯定也不会放过她。

谢柔嘉的视线又转向母亲。

周成贞说，母亲跳下山崖死了……

那现在她看到的这些人都是已经死了的人，她终于和她们团聚了。

母亲，姐姐，我终于和你们在一起了。

谢柔嘉放声大哭向母亲那边爬去，正喂茶的丫头被打掉了勺子，才哎哟一声就见谢柔嘉从床上跌了下去。

"怎么了？"

屋子里顿时乱了起来，喊的问的声中，女孩子的哭声格外凄厉。

细碎的脚步声从帐子外传来，停在床边，帐子被小心地掀起一角，四目相对。

"木香。"谢柔嘉说道。

木香笑了。

"二小姐，你醒了？要喝水吗？"她低声轻语问道。

"母亲和姐姐呢？"谢柔嘉问道，一面要起身。

木香忙伸手扶住她。

"大夫人在丹室，大小姐快要下学了。"她柔声说道，一面坐下来让谢柔嘉靠在她身上，一面问要不要喝水，还疼不疼。

一旁便有丫头捧来水，木香伸手接过要喂给她喝。

谢柔嘉从床上摔下来了，磕到鼻子，流血了，现在还有些疼，但她顾不得这些。

"母亲和姐姐会来看我吗？"她问道，扭头避开水杯。

看她一脸紧张、期盼，还有忐忑，木香有些惊讶。

"当然会。"她又笑道，一面有力地扶住谢柔嘉的肩头，"来，先喝口水。"

谢柔嘉喝了一口，又有小丫头捧着一只碗走进来。

"药好了。"她说道。

木香接过准备喂药。

"母亲和姐姐，没有生气吗？"谢柔嘉再次避开，急急问道。

她当时因为大哭激动得手脚不稳结果翻下了床，碰破了鼻子，流血了，引得屋子里乱成一团，喊了大夫又是擦药又是喂药，因为看她哭得停不下，大夫不知道给她吃了什么药，她竟然哭着睡着了。这一醒虽然还躺在母亲的屋子里，但母亲和姐姐都不在身边了。

她有些不确定了，母亲是真的和她说话了吗？姐姐也真的在和她玩笑吗？

会不会再一见，母亲和姐姐就又和往常一样冷冷地厌恶地看着她？

谢柔嘉的眼泪忍不住落下来。

木香和小丫头都吓了一跳。

"二小姐，二小姐，大夫人和大小姐怎么会生气？她们都可担心你了。"木香忙柔声安慰道，将手里的药碗放回去。

不会的，不会的，都是因为她，母亲和姐姐才死了，父亲也被关进大牢生死不明，母亲和姐姐怎么会不生气？怎么会不生气？

谢柔嘉泪如雨下。

"怎么了？怎么了？"

屋子里的动静让外边的人都涌进来，看着大哭和不安的二小姐，大家忙上前帮着安抚。

"是鼻子又疼了吗？"

"是嫌药苦不吃吗？"

"不是的，二小姐要找大夫人和大小姐。"乱哄哄中，捧药碗的小丫头大声说道。

这话让屋子里的丫头们有些为难。

"可是大夫人在看砂，大小姐在上学呢。"她们说道。

大夫人是丹主，大小姐是未来的丹主，她们从生下来就开始被严格地教导，要学习很多能够负担起她们身份的技能，这关系着谢氏的存亡，所以她们在家中享有无上的地位，但又有着苛刻的规矩需要遵循。

大夫人在静思领悟朱砂的精妙，大小姐在学堂学习，这是没人敢去阻止和打扰的。

这些事二小姐自然也知道，怎么今日要小孩子脾气了？

"一会儿大夫人和大小姐就来了。"大家只得这样哄劝道。

谢柔嘉哪里听这个，都已经死了，在地府团聚了，却还是看不到母亲和姐姐，可见母亲和姐姐还是避开她了。

她有罪，她害死了她们，不，不只害死了她们，眼前的这些丫头，也是因为她的事受了牵连。

谢柔嘉看着她们，这些丫头最大的不过十八九，最小的也才十一二，能在这里服侍都是精挑细选的，她们长得俊俏，做事伶俐，为人和善，忠心为主，以来这里服侍为荣，她们的家里人也都因此而欢喜，想象着她们将来能随着丹主祭祀酬神，能踏入丹山，纵然是奴婢，将来也会有个好前程。

但是，这一切都没了，为了惩罚，为了失去姐姐的愤怒，也为了掩盖姐妹身份互换的秘密，她们都被处死了，无声无息地消失在这世上。

谢柔嘉看着这一张张真心关切的面孔，泪如泉涌，俯身大哭。

"是我的错，是我害了你们。"

看她这样子，丫头们惊吓不已，木香的脸色也凝重起来。

"二小姐要找大夫人，我去请大夫人。"有人大声喊道，"二小姐，你别哭，我这就去。"

这声音让其他人都看过去，那人已经噔噔噔地跑出去了。

"江铃!"木香喊了声。

屋子里廊下便一迭声地喊江铃，但江铃还是跑走了。

"这死丫头。"木香急道，"她可真敢去吵闹大夫人呢，她挨顿打，二小姐也要背上不懂事的名头。"

她说道，一面忙赶着人。

"去把她给我拉回去，不听话就堵住嘴拉柴房去。"

"你们去请大夫来。"

屋子里短暂的慌乱后便有条不紊了。

"二小姐就是梦魇了。"乳母揽着谢柔嘉对旁边的木香坚定地说道。

木香一脸的不同意。

"乳娘别说胡话了，二小姐怎么可能梦魇?"她说道，"这里是谢家。"

出产朱砂的谢家，朱砂是做什么用的？第一大用就是辟邪镇魂，更何况这里还是大巫清后人的谢家，梦魇，这里的人怎么会梦魇？

谢柔嘉拉住了乳娘的手。

"乳娘，你其实也不是回老家了是不是？"她哽咽道，"你跟她们一样，也是死了是不是？"

乳娘抱着她哎哟两声。

"不是，不是。"她说道，一面冲木香做出一个你看这不是梦魇说胡话是什么的眼神。

木香也有些头疼。

刚才二小姐也拉着她说过这样的话了，还说对不起她。

难不成真梦魇了？

"梦魇也说不上，二小姐神魂不稳，脉象不安。"外边开好药的大夫说道，"这安神汤药是必须要喝了。"

大家的视线便落在一旁早已经被放凉了的药碗上。

"热热端来。"木香立刻说道。

药很快热好了，木香坐在谢柔嘉对面，乳母一面对谢柔嘉的话嗯嗯啊啊地应着，一面劝喝药。

"……其实我都知道，我只是被吓坏了，当母亲和父亲让人带你们走的时候，不敢去想要发生什么事，后来你们不见了，我也不敢想不敢问为什么只剩下江铃一个人，其实我已经猜到了，但还是装作不知道，自己骗自己……"谢柔嘉正继续跟乳娘说道，看着递到嘴边的药，摇头，"喝什么药，都这样了，还喝什么药？现在好了，我终于又能和你们在一起了……"

"小姐，喝了药再说好不好？"木香有些焦急地劝道。

二小姐可不是这样的，二小姐一向很听话的。

"大夫人来了！"

门外传来江铃的喊声，旋即便是一迭声地问大夫人好，门帘也被掀起来。

木香忙起身难掩惊讶地看着走进门的大夫人。

江铃这丫头竟然没被人拦住！还有，大夫人竟然真的被江铃给叫来了。

乳娘倒有些释然，本来嘛，哪有母亲不惦记孩儿的？她要起身施礼，就觉得怀里的谢柔嘉瞬时身子绷紧，人也剧烈地抖动起来，顿时不由吓得哎了声。

"二小姐？"她揽紧谢柔嘉的肩头，看着谢柔嘉更加发白的脸色，担心地喊道。

谢柔嘉看着走近的人，虽然天近傍晚，屋子里有些暗，但比起刚醒来时，她看得更清楚了。

是母亲，是母亲，是年轻时候的母亲，没有低沉哀伤强颜欢笑，只有神采飞扬的母亲。

"二小姐，我把大夫人请来了。"江铃在一旁喊道，让谢柔嘉回过神。

"你不是要找大夫人吗？大夫人来了，你吃药吧。"

这句话让谢柔嘉又一怔。

因为她找母亲，母亲就真的来了。

真的吗？

是因为听到她要找母亲，母亲就来了？

"嘉嘉，怎么不肯吃药？"

这一说一怔间，母亲已经走到了身前伸手点了点谢柔嘉的额头，从木香手里接过药碗坐了下来。

"母亲来喂你。"

温热的散发着涩苦的药被送到了嘴边，谢柔嘉怔怔地看着母亲。

"张嘴。"母亲抿嘴一笑。

谢柔嘉张开嘴，咽下了那口药。

"这就对了，好好吃药，早点儿好，难道你不想和我还有姐姐一块儿出去玩了？"

揽着她的乳娘，站在床边的木香和江铃都渐渐地消失在眼前，谢柔嘉的眼里耳里只有母亲含笑的脸，以及那伴着一口药的一句话，她的眼泪模糊了双眼，但还是随着母亲的话语和笑容，也弯了弯嘴角，挤出笑来。

　　"想。"她重重地点点头，眼泪滑落。

　　想这样一辈子。

　　她一辈子都在这样地想。

第五章

不 舍

这汤药有安神的功效，吃完不多时谢柔嘉就困了，看着她眼皮打架渐渐地不动了，谢大夫人松开了握在自己手里的小手。

谢柔嘉猛地睁开眼。

"母亲。"她惊慌地喊道，人就要坐起来。

谢大夫人忙再次握住她的手，嗯嗯两声。

"母亲在这里，在这里呢。"她柔声说道，一面伸手点了点谢柔嘉的鼻子，"快睡吧，睡一觉就好了。"

谢柔嘉这才安心地躺好闭上了眼。

暮色渐渐填满了屋子，乳娘小心地探头看了看。

"睡熟了。"她低声说道。

坐在床边的谢大夫人又看了看床内的谢柔嘉，因为吃了药，小脸睡得红扑扑的，呼吸平稳，她这才慢慢地将手抽了出来。

谢柔嘉的手微微动了动，旋即便安静下来。

谢大夫人和乳娘都松了口气。

"大夫人，您快歇息歇息吧。"乳娘低声说道，一面扶着谢大夫人走开。

小丫头们则轻手轻脚地放下帘子。

谢柔嘉慢慢地睁开眼，看着昏昏的帐内，听着帐外传来的细碎的走动声说话声。

"……大夫怎么说？"

这是母亲在问，声音满含担忧。

"也是说受了惊吓。"乳母的声音有些紧张。

噔噔的脚步声重重地传来，伴着有些杂乱的丫头们的阻止声。

"大小姐，大小姐，别喊，别喊。"

"母亲，母亲。"

是姐姐，姐姐也来了。

谢柔嘉有些紧张，手不由得攥紧了被角，听着外边扬起的带着几分喘息的声音瞬时又压低下去。

"母亲，嘉嘉怎么样？"

刻意压低的女孩子的声音要仔细地听才能听到。

"没事没事，吃了药，睡了。"

"我去看看她……"

谢柔嘉忙闭上眼，但并没有脚步声迈进来。

"……妹妹好容易哄睡了，等明日你再来看她，睡好了才能好得快。"

"好，母亲，我知道了。母亲，你也累了吧，我给你揉揉肩。"

"不用了，惠惠也累了吧？"

"是啊是啊，母亲，我今天写字写了好久，胳膊都酸了。"

"写字哪儿有那么累？别娇气。"

"母亲，妹妹都能娇气呢，跌了一跤就能不去上学，我上次都病得吐了，母亲还让我去上学呢……"

"你能和妹妹一样吗？走了走了，给我背一下今日学的经文。"

院子里女孩子拉长声调的"啊？……"遥遥散散地传来。

谢柔嘉似乎能看到一个小姑娘皱着脸不情不愿的样子，那些尘封在十二岁以前的记忆在这时都回来了，十二岁以前的日子，就像现在看到的这样，温馨而又灵动，直到姐姐死了，整个谢家就像被抽走了阳光的山阴之地，永远充斥着阴寒，没有笑容没有欢笑。

姐姐。

谢柔嘉慢慢地向被子下缩去，盖住了脸，掩住了啜泣。

原来死了也挺好，这样挺好的。

只是父亲怎么样了？谢家怎么样了？还有她的兰儿。

细碎的脚步声在屋子里急急地响起，帐子被掀开了。

"二小姐，二小姐，您怎么了？"乳娘有些急急地问道。

伴着她的询问，外边有更多的丫头涌进来。

"怎么又哭了？"

大家急急地问道，有人想要拉下她的被子，有人想要哄劝。

"我要母亲和姐姐。"谢柔嘉死死地拉住被子蒙着头哭道。

屋子里的人对视一眼，都有些无奈地叹气。

"二小姐，大夫人陪了你半日了，累了，歇息一下好不好？"

"二小姐，大夫人在问大小姐功课。"

"二小姐，等一会儿再去请她们可好？"

大家纷纷说道。

骗鬼呢，谢柔嘉才不信这个，大家都是鬼，谁也骗不了谁。

"不，不。"她躲在被子里只是哭着反复说道。

"这可怎么办？难道再去请大夫人？"一个丫头无奈地说道。

"不行。"乳娘断然拒绝，"下午已经闹过一次了，再这样可不行。"

"是啊，二小姐这是怎么了？以前也不是没有生病过，但从来没有这样不讲理过。"丫头们焦急又不解地说道。

是啊，以前二小姐都是说什么就听什么，虽然有时候也撒娇，但涉及大夫人和大小姐的事都听话得不得了，这样的二小姐她们还是第一次遇到，真是束手无策。

"我知道。"一个声音喊道。

大家扭头看去，见站在门口探头的小丫头。

"江铃！"乳娘一瞪眼，竖眉看着外边，"谁看着她呢？怎么又让她跑出来了？"

其他人也吓了一跳，也慌慌地去抓江铃。

这胆大的丫头已经去闹过一次大夫人了，木香将她关起来等示下责罚，没想到竟然又跑出来了，这丫头可别再跑去闹大夫人和大小姐。

里外的人都冲江铃过去，江铃却灵活地跳进来。

"二小姐，二小姐，你是不是害怕？你害怕的话，江铃先陪着你好不好？"她对着室内大声说道，"等大夫人和大小姐忙完了，我再去请她们行不行？"

谢柔嘉哭声停下来，从被子里露出半张脸，屋子里已经点上了灯，照着一群丫头中探头看过来的江铃。

"二小姐，你别害怕，江铃陪着你，江铃永远陪着你。"

当姐姐出事、所有的丫头下人被驱散的时候，就是她大着胆子跑出来跪到父亲母亲身边叩头哀求。

"江铃不是怕死，江铃只是想要陪着小姐，江铃怕二小姐害怕。"

那么多人都绝望地面对着自己的命运，身为谢氏家族的下人，她们已经不会也不敢去违背主人，只有江铃敢站出来，敢说不。

这么多年也是她一直扶着她陪着她走过来。

"二小姐，你不能想不开，你如果死了，才是最大的罪过。"

"二小姐，你要活下去，一定要活下去，再痛苦再难过也要活下去。"

可是最后，她们还是没有活下去。

谢柔嘉眼泪流下来，将被子掀开，冲江铃伸出手。

"江铃。"她哭道。

乳娘摆摆手，屋子里的丫头们退了出去，她自己也迈步出来，又回头看了一眼。

江铃坐在床边，正仰着头和床上半躺着的谢柔嘉说话。

适才哭得怎么都哄不下的二小姐此时很安静，还露出了一丝笑。

"这个江铃什么时候入了二小姐的眼？"她有些不解地低声说道。

"这个江铃天天在二小姐眼前晃，争着抢着地露脸，如今也算是心愿得偿。"木香低声笑道，"看起来跟个傻大胆似的，也是个聪明的。"

乳娘点点头，又看了眼室内。

"想要讨好二小姐也没什么，只是有些人所谓的好可是会害了二小姐的。"她低声说道，"把这里守好，无论如何不能让江铃再跑出去胡闹。"

木香点点头。

"这个江铃还是交给大夫人发落吧。"她又低声说道，抬脚迈出屋门。

屋门拉上，室内恢复了安静。

谢柔嘉挪了挪身子坐起几分。

"所以，你也不记得以前发生的事了？"她问道。

"以前？"江铃有些不解。

"就是死之前。"谢柔嘉说道，眉头微皱。

好像大家都忘了姐姐死后发生的事，而是只记得姐姐出事以前。

江铃瞪圆了眼似乎不知道说什么。

"我死的时候，你还活着吗？他们是把你抓起来了还是直接就杀了？"谢柔嘉接着问道。

江铃呆呆地看着她，忽地眼睛一亮，带着几分恍然。

"哦，我知道了，二小姐你是做梦了吧？"她说道，一拍手，"是做梦梦到我们都死了吗？"

做梦？

这次轮到谢柔嘉愣了下。

"怎么是做梦？那都是真的。"她说道，坐起来，"我是被他们勒死的。"

江铃哦了声，也坐直了身子。

"那我呢？"她带着几分好奇问道，"我是怎么死的？"

"我怎么知道！"谢柔嘉带着几分丧气，"我都没看到你，你肯定被他们先抓起来了，早知道不让你去给我画画了，我们两个在一起就好了。"

江铃点点头。

"是，是，二小姐，你真不该让我离开，要是我们在一起，肯定就不会这么轻易被人杀死。"她说道。

那也不一定，镇北王死了，镇北王府就是周成贞的天下。

不对，就是镇北王不死，那也是周成贞的天下。

镇北王的儿子早亡，只留下周成贞这一个孙子，皇帝怜惜，晋封他为世子，承袭王爵。

因为是镇北王府唯一的血脉延续，皇帝怜惜，没让他跟着镇北王来边境，特意留在京城，从小被娇惯，走狗斗鸡、眠花宿柳什么都会，就是浪荡子一个，拖到二十还没成亲，好容易成亲了，又在京城还干出骗诱人家小妾被撞破反而杀了主人的事，闹得皇帝也盖不住，只得将他赶回来，岳父家也因为生气没让妻子跟他回来。

这种没有礼义廉耻又心狠手辣的人什么事做不出来！不然当初也不会连自己也非礼，被人撞见，惹出那等流言蜚语，最后反而污蔑是她招惹他。

谢柔嘉的脸白了白，又是委屈又是恨。

"好了好了，小姐，反正现在没事了，我们都好好着呢，快别想了。"江铃看着她的脸色和发红的眼圈，忙说道，"你晚上还没吃饭呢，饿不饿？我见厨房做了花椒鸡，你想不想吃？"

花椒鸡？

谢柔嘉的眼不由一亮。

这是她从小就爱吃的菜，嫁到镇北王府后，江铃也曾试着让厨房做，也许是花椒和鸡都不是家乡产的，做出来的总不是那个味。

两年多没吃过了啊。

谢柔嘉忍不住点点头。

江铃就高高兴兴地站起来。

"来人来人。"她喊道，"小姐要吃花椒鸡。"

第六章

安　抚

屋内点亮了灯，外边夜色浓浓铺下。

几个小丫头端着食盒进来，木香和乳母亲自布菜，江铃倒是坐在一旁的小儿子上捧着一把瓜子吃。

"吃过药，这些要少吃，看积食肚子疼，尝尝味道就行了。"乳娘说道，撕下一点点肉放到谢柔嘉面前。

她已经两年多没吃过这个了，如今又死了，还怕什么积食不积食？再说她也没病，吃了东西才有精神，好好地跟母亲姐姐说话。

"不。"谢柔嘉说道，伸出手指着小碟子，"添满。"

乳娘有些无奈，看木香。

木香也是无奈，只得再撕下一个鸡腿放到谢柔嘉面前。

"江铃，江铃，你也来吃。"谢柔嘉说道，"你也好久没吃这个了。"

乳娘和木香脸上再次浮现诧异地看着江铃，江铃只是嘻嘻一笑。

"我吃了，我吃了，我晚上在厨房吃了。"她说道。

谢柔嘉便不再问了，自己吃了起来，小心地咬了一口，那种熟悉的感觉顿时让她激动不已。

"跟在家的时候吃的一模一样。"她说道。

在家？不在家还在哪里吃过？

也许是二小姐出门玩在外边食肆里吃过吧。

"那是自然，咱们家的花椒鸡做得最好。"乳娘笑道，一面给她盛了碗汤，用汤匙来喂。

谢柔嘉摇头躲开。

“小姐，要喝口汤。”乳娘说道。

“不。”谢柔嘉毫不犹豫地说道，又伸手撕了一块肉。

木香一脸无奈。

“二小姐今日是怎么了？”她忍不住低声说道，说话犟得不得了。

此时饭已经吃完了，她一面吩咐丫头们收拾了桌子，一面看着在屋子里来回走消食的谢柔嘉。

“是啊。”乳娘也是一脸不解，“二小姐从来没有拧过性子，今天怎么说什么都不不的？”

她们都看着内室，谢柔嘉不知道正说什么，伸出手比画两下，连连摇头，一旁坐着的江铃先是停顿了一下，然后也跟着比画两下，笑嘻嘻地说话。

“不过总算是不闹着找大夫人大小姐了。”木香松口气说道。

乳娘笑了。

“小孩子嘛，就是一时一时的，从床上跌下来又碰伤了鼻子，吓坏了，现在有人陪着玩就自然慢慢地不怕了。”她说道。

是这样啊，木香已经大了，也忘了自己小时候是什么样了，透过门帘看着屋内的一主一仆。

“先这样吧，只怕大夫人那边也惦记着，我去回个话。”她说道。

乳娘点点头。

“你可好好看着点，别让江铃这丫头又带着小姐闹起来。”木香又叮嘱道。

“知道了知道了，这次我把门关上，任谁也跑不出去。”乳娘郑重说道。

木香有些想笑，这边就是谢大夫人的卧房的暖阁，二小姐真要闹起来，就算不让她出门，大夫人难道听不见吗？

她笑了笑没说话，转身出去了。

走出门，小丫头们果然在身后把门插上了，木香迈进谢大夫人的院子里。院子里很安静，没有人走动，廊下站着七八个丫头，垂手而立，半点说笑声都没有，木香也没有停留，径直穿过院子来到隔壁。

这边院子七八个丫头都站在门边，并没有靠近那边灯火明亮的书房。

大小姐在学堂学的是人人都能学的，但在大夫人这里学的，却是只有谢家嫡长女才能学的秘技。

见木香过来，几个丫头冲她摆手，木香点点头在门边站住，没有说话也没有再动。

不知道等了多久，那边门帘响动，丫头们顿时如同木头人活了一般向屋门涌去。

穿着家常衫裙的谢大夫人已经走出来了。

"明日再问你，可不能背不熟了。"她犹自回头说道。

木香抬头看去，看着跟在大夫人身后的女孩子有些恍惚，双生的姐妹就如同一个模子里刻出来的，别说外人了，就连她们这些常在跟前伺候的，也总是分辨不清。

小姑娘带着几分怏怏应了声。

"母亲……"她才要说话，谢大夫人已经看到了木香。

"嘉嘉怎么样了？"她问道，"还在闹吗？"

木香忙上前施礼。

"没有，吃了半只花椒鸡，现在在屋子里玩呢。"她笑道。

谢大夫人有些惊讶又有些好笑。

"难道是饿得闹吗？"她笑道。

"母亲，我们去看看妹妹。"小姑娘伸手拉住母亲的衣袖说道，抬脚就要跑。

谢大夫人反手拉住她。

"不行，你该去睡觉了。"她说道，"明日还要早起，不能再晚睡了，况且见了你妹妹，又要一顿说笑，她睡不好你也睡不好。"

小姑娘啊了声，扭着身子摇着母亲的手，一脸哀求地喊母亲。

谢大夫人不容置疑。

"带大小姐去歇息。"她说道。

院子里的几个丫头便应声"是"。

木香忍不住看着大小姐，耳边下意识地响起一声"不"。

但大小姐只是一脸委屈，应声"是"低头由丫头们拥簇着离开了。

谢大夫人迈进屋子的时候，暖阁里传来柔柔软软的女孩子声音。

"……对对，这次说对了，父亲带着我在街上买来的是糖人。"

谢柔嘉坐在床上，看着给自己打扇的江铃，带着几分恍然说道。

"我明白了。"

她伸出小手摆了摆。

"明白什么了？"帘子外传来笑吟吟的女声。

谢柔嘉身子一僵，旋即不可置信地看过去。

谢大夫人笑盈盈地走进来，穿上了暗红色的袄裙，钗环也解下，简单地挽个髻。

谢柔嘉从床上跳下来，吓得丫头们都叫出了声，谢柔嘉已经扑进了母亲的怀里。

十一岁的女孩子，差点儿将谢大夫人撞倒。

谢大夫人连声哎哟，将谢柔嘉抱住。

"好好的哭什么？"她笑道，"原来嘉嘉不是见不到母亲才哭的，而是见了我才哭的，我可应该走才对。"

她说着话就要转身，谢柔嘉忙将她死死地抱住。

"不是，不是，我不哭了，我不哭了。"她哭道。

谢大夫人笑着揽着她，低头看到她还光着脚，便忙揽着她走回床上坐好。

"好了，哭什么哭，嘉嘉怎么突然这么爱哭了？"她嗔怪道。

江铃捧着水盆过来跪下。

"二小姐是想大夫人了。"她插话说道。

木香瞪了她一眼，将毛巾拧干，谢大夫人笑着接过给谢柔嘉擦脸。

"你都多大了，又变成小娃娃了。"她笑道，"好，母亲今晚陪你睡。"

谢柔嘉瞪大眼睛。

"真的？"她问道。

谢大夫人笑着用毛巾按了按她的额头。

"母亲骗你做什么！"她说道，将毛巾放回去，拍了拍她的腿，"好了，躺进去。"

谢柔嘉忙向内爬去。

屋子里的丫头们开始退出去，外间的灯也逐一地熄灭。

谢柔嘉紧紧地抱住母亲的胳膊，唯恐一松手人就不见了。

"你明白什么了？"谢大夫人笑吟吟地问道，一手摇着扇子。

谢柔嘉贴在母亲的身边，闻着淡淡的香气。

"母亲，你是不是也忘了后来的事了？"她喃喃地说道，"也只记得以前的事？"

适才她和江铃说了很多话，可是江铃都是一脸的糊涂，只有说起小时候的事才恍然，她不知道姐姐死了，不知道自己代替了姐姐，不知道自己生了兰儿，不知道后来发生的那么多的事。

是不是大家都是这样，所有的记忆都停留在姐姐死以前？

"傻囡囡。"谢大夫人笑着用扇子拍她，"可不是只记得以前的事，后来的事怎么知道？"

不知道吗？

原来母亲她们真的不知道。

谢柔嘉又抱紧了母亲一些，不知道该难过还是高兴。

"不知道也好。"她喃喃地说道，"以后的事一点儿都不好，不知道更好。"

谢大夫人听不清她嘀咕什么，用扇子拍她。

"好了好了，别抱着了，这么热，捂出痱子了。"她笑道，将手里的扇子又大力地摇晃，在帐子里带起一阵风。

母亲是因为忘了那些事，所以才对自己这么好的。

如果母亲记得那些事，她一定不会这样对自己了。

那到底告不告诉母亲呢？

谢柔嘉紧紧抱着母亲的胳膊，扇子扇出的风徐徐地带走了几分燥热。

"黄杨扁担软溜溜……"

耳边响起母亲低低的哼唱，外边丫头们已经悄无声息，月光透过打开的窗子照在室内，一切都是那样的安详。

等明天吧，她再告诉母亲，那些事是她的罪过，她不能因为母亲和姐姐忘了就当作不存在，她不能就这样心安理得地享受着母亲和姐姐的宠爱。

只是今天太晚了，母亲也累了，让母亲好好地歇息一下，等明天，明天她就告诉母亲和姐姐。

到时候母亲姐姐要打要骂她都认了，今日就让她多享受一刻这失而复得的呵护吧。

谢柔嘉抱紧母亲的胳膊，将头埋在她的身侧，嗅着甜香听着母亲的哼唱慢慢地闭上眼。

院子里也安静下来，夜虫开始鸣叫，但下一刻就被打断了，有脚步声响还伴着一声低低的叫，叫声才起就被掩下了。

江铃瞪眼看着捂着自己嘴的木香。

"你不吵我就放开你。"木香低声喝道。

江铃点点头，木香松开手。

"姐姐，我有那么不懂事吗？你要和我说什么就说，大夫人和小姐睡了，我怎么会吵醒她们？"江铃瞪眼低声说道。

木香被她说得气急反笑。

"你还懂事？"她伸手戳江铃的额头，咬牙低声，"你懂事还惯着二小姐去闹大夫人，你这是懂事吗？你这样是为二小姐好吗？将来传出去可没人说你这个丫头懂不懂事，只会说二小姐不懂事。"

说着话伸手拧她耳朵，江铃忙抱着她的手，却始终没有发出喊声。

"二小姐是吓到了，小孩子记性可好了，要是不让她放心，那可是一辈子都迈不过去的。"她嘶嘶哈哈地低声说道，"到时候二小姐总是一惊一乍哭哭闹闹畏畏缩缩，那才是对二小姐不好。"

"就你知道得多。"木香气道，扯着她往外走，"别以为我不知道你的心思，一心想往小姐们跟前凑，我今日就断了你的心思，明日你就收拾东西离开二小姐这里。"

木香作为二小姐的大丫头，处置一个小丫头的权力还是有的。

江铃顿时慌了神。

她才迈了一步要哀求，身后就传来脚步声。

"大夫人。"江铃忙低声喊道。

木香忙也回头。

谢大夫人站在廊下，房内值夜的丫头们低着头跟在身后。

"奴婢该死。"木香忙松开江铃跪下叩头，江铃也跪下来。

谢大夫人却只看着江铃。

"你说二小姐吓到了？"她说道，"她怎么被吓到了？"

第七章

担 心

　　谢柔嘉是猛然惊醒的，入目不是漆黑，而是明亮亮，鼻息间似乎还有残留的香气，身边却空无一人。

　　"母亲，母亲？"她大声喊起来，心扑通扑通地乱跳，却不敢扯开细纱的帐子。

　　外边脚步声急急地响起，有人拉开了帐子。

　　"二小姐，你醒了。"

　　是木香，谢柔嘉稍微松口气，不是梦，她不是还没死，不是还在镇北王府，但这还不够。

　　她探头向外看去。

　　"二小姐，大夫人已经去郁山了，午间才回来。"江铃从木香身后探头说道，手里还捧着一碗茶。

　　江铃还在。

　　谢柔嘉就松口气。

　　母亲是丹主，虽然里外的事自有父亲还有伯伯叔父哥哥弟弟们奔走打理，但她还是要去山上看看丹矿的。

　　不过，难道死了之后这地方也有丹山吗？

　　"二小姐，喝茶。"江铃说道，将水杯递过来。

　　谢柔嘉没说话接过慢慢地喝，没有再闹着找母亲。

　　木香松了口气，转身招呼丫头们进来伺候谢柔嘉起床梳洗，捧着盆的，端着托盘的，围上巾子的，屋子里身边围绕着七八个丫头，忙而不乱，说话声、走动声，让眼前的一切都生动鲜活。

谢柔嘉随着她们摆弄，视线一直看个不停。

"姐姐也去上学了吗？"她问道。

"是啊，二小姐，你知道大小姐什么时辰去上学吗？"江铃问，一面给她挽起两个抓髻。

谢柔嘉有些恍惚。

谢家外边有家族的学堂，专供谢氏的子弟们读书，内院也有学堂教女孩子们读书识字，上三日歇两日。

她当然也上学，只是一直不喜欢上学读书，三天去两天不去，而梦里当姐姐死了后，她代替姐姐的身份，一来心如死灰，二来避讳身份被发现，学堂便不再去了。

此时回想起来，上学感觉好似上辈子一般地久远。

"卯时三刻出门。"她喃喃说道。

江铃就欢快地哎了声。

"看，二小姐记得多清楚。"她说道。

谢柔嘉就露出一丝笑。

"巳时三刻姐姐就回来了。"她说道。

江铃点点头，指着妆台上的一匣子珠花问哪个好看。

对于这些穿着打扮，谢柔嘉从来无心。

"你说哪个好就哪个，以前都是你做主的。"她说道。

以前这个江铃连奉茶的资格都没有，哪里轮到她来挑拣小姐们的首饰？一旁的木香忍不住摇头，二小姐看来真的是有些吓糊涂了。

这边江铃没有推辞，果然自己挑了起来，一面和谢柔嘉嘀嘀咕咕地说话，谢柔嘉跟着点头。

没有再提要母亲和姐姐。

"还是大夫人安排得好，将江铃留下了，要不然今天又要闹起来了。"乳娘在一旁低声说道。

"那这江铃以后就有了脸面了。"木香说道，"到底是如了她的意。"

"你还有什么不放心的？"乳娘就笑了，"这江铃也是自小被你挑上来，又带了几年了。"

木香叹口气。

"我自然知道这个丫头一片赤忱之心,只是太赤忱了也不好。"她低声说道,"要是在大小姐跟前倒也罢了,二小姐这里不太合适。"

谢家大小姐,在谢氏一族中地位荣宠,不管做什么都是理所当然的,飞扬跋扈对她来说根本就不算事,反而是家族中推崇的。

如果性子绵柔,一来没了丹主的气势,二来镇不住招赘进门的女婿,这对谢家来说才是没面子的大事。

乳娘哎了声,看着已经梳好头正对着镜子左右看的谢柔嘉。小姑娘十一岁,个头开始噌噌地长,梳两个丫髻,戴了两朵珠花,穿着月白色的衫裙,已经有些亭亭玉立。

"什么合适不合适的,咱们家小姐多了去了。"她说道,"哪儿有那么多小心忌讳,都是谢家的女儿。"

"可是,这个二小姐跟别的二小姐不同啊。"木香低低说道。

这个二小姐和大小姐是一胞双胎,落地先后只有呼吸之差。

以往谢氏的嫡长女是天定的,因为老天爷只送来一个,但这一次却送来了两个,丹女的最精纯的血脉共存在两个人身上,两个都可以做丹女。

但丹女只能有一个,大夫人说谁先落地谁是姐姐,谁就是长女,谁就是丹女。

落地的先后之分,总是比不过年份相隔的清楚。

更何况这两个姐妹相貌身高形态就连说话的声音都一模一样,在那里坐着不动,或者同时站起来说话,连大夫人和大老爷都一时分不清。

这样的两姐妹,只因为落地先后毫分的差别,一个就是谢氏一族的金凤凰,一个则只是二小姐。

这样的二小姐,可不能养成个飞扬跋扈、爱哭爱闹、随心所欲的,现在年纪小倒罢了,将来长大了如果有心人挑唆……

乳娘是谢家的家生子,这种家族内的事,就算没亲眼看过,也从小听过不少,闻言立刻明白了。

"你想太多了。"她说道,声音却是有些诺诺。

"有大夫人大老爷在,我知道这些多想了。"木香说道,又笑了,看向室内，"我只是不想将来二小姐养成了骄纵的性子，那样，不好过的是她。"

有些事不是你哭你闹就能得到的，求不得最终苦的是自己。

乳娘被说得怔怔一刻，忽地又嗨了声笑了。

这时院子里几个小丫头拎着食盒鱼贯而入，乳娘忙招呼廊下的丫头们打帘子。

"你就是想多了，二小姐是梦魇害怕娇气了一些，等过了这几天就好了。"她低声笑道，"再说，就算江铃不懂事，不是还有你我看着嘛，难不成她撺掇小姐胡闹你我就不管了吗？真要闹得厉害，大夫人难道是那种骄纵孩子的人吗？"

那倒也是。

那些想要讨好主子得势得脸的下人多了去了，又有几个能得逞？真要是闹得过分，直接打发卖出去就是了，难道还能缠着一辈子，一家上下都眼睁睁看着束手无策？

自己这是瞎担忧什么啊！

身为二小姐的大丫头，她要是连遇到个不听话的小丫头都处置不了还有什么用！

看来自己也是被二小姐这次梦魇吓到了。

木香也噗嗤笑了，抬脚迈进室内。

"二小姐，吃早饭了。"她笑吟吟地说道，看着在那边走来走去的谢柔嘉，"大夫人特意吩咐做了你最爱吃的。"

谢柔嘉咦了声，转身看过来，带着几分欢喜。

"有春盘吗？"她问道。

木香抿嘴一笑。

"当然有。"她笑道。

"元修菜呢？"谢柔嘉问道。

"有。"乳娘笑道，亲自接过小丫头的食盒摆出来。

"还有荔枝甘露饼。"谢柔嘉说道。

人已经站在了桌子前，一脸激动地看着摆出来的饭菜。

木香和乳娘忍不住对视了一眼，这些吃食天天都在吃，有这么激动吗？

"江铃，江铃。"谢柔嘉招手喊道，"你快来，你快来也吃啊。"

江铃嘻嘻笑着跟过来。

"奴婢吃过了。"她说道。

木香看江铃一眼。

"伺候小姐吃吧。"她说道。

江铃高兴地应声是，跟着乳娘在小丫头们捧着的水盆里洗了手，盛饭夹菜。

筷子是乳娘先放下的。

"好了，二小姐，你还吃着药呢，大夫说了要饿一饿才好得快。"她笑着说道。

谢柔嘉意犹未尽。

"不。"她说道，继续举起筷子，"吃什么药啊，都这样了。"

什么样了？

乳娘和木香愣了下。

"二小姐，吃饱了就别吃了，大夫人和大小姐午间都回来的，到时候肯定还要做好多好吃的，你到时候别吃不下。"江铃说道。

谢柔嘉停下了筷子，点点头。

"对。"她说道，"那等中午和母亲姐姐一块儿吃。"

乳娘笑着让丫头们收拾，木香看了江铃一眼没有说话。

"姐姐回来得早吧？"谢柔嘉又开始问道，探头向外看，"在这里姐姐也还要读书吗？"

"那当然，大小姐一定要好好地上学堂的。"江铃认真说道，"在哪里都一样。"

是的，姐姐就是这样用功，人又聪明，如果有她在的话，家里一定不会变成这样的。

谢柔嘉眼圈发红。

"二小姐二小姐，我们去外边走走消消食吧。"江铃忙又说道。

谢柔嘉愣了下，眼泪收了回去。

外边。

"外边，跟家里以前一样吗？"她问道。

木香和乳娘眼中的忧虑更深，江铃倒是依旧。

"一样的。"她说道，一面先迈步，"走吧走吧。"

谢柔嘉迟疑一下，跟着她走了出去。

院子里便响起谢柔嘉惊讶又欢喜的声音。

乳娘和木香跟出去站在廊下，看着在院子里一脸激动、东看西看的谢柔嘉。

"我看，还是再换个大夫来瞧瞧吧。"乳娘说道。

木香点点头。

不过这半日谢柔嘉没有再闹着要找大夫人和姐姐的事，和江铃在院子里看了一圈之后，便在江铃的提议下，在树下摆了几案写字。

谢柔嘉刚写了几个字，就听见外边有人跑。

"大老爷回来了。"小丫头喊道，"大小姐和堂小姐们也来了，都来看小姐了。"

院子里的人都高兴起来。

"大老爷一回来就来看小姐了。"江铃也高兴地说道。

谢柔嘉却呆住了，握着笔，一脸的惊骇。

"父亲？"她说道，"怎么会来这里？"

乳娘已经走过来，闻言笑了。

"大老爷一定是知道二小姐你病了，所以来看你了啊。"她笑道。

话音未落，院门外走进来一群人，为首的是一个三十岁左右的男子，穿着青色暗花衣袍，蓄着短须，身姿挺拔，步伐稳健，让人一看便心生欢喜。

他看着树荫下的女孩子，微微一笑。

"嘉嘉。"他说道。

父亲！

年轻的父亲！不是她熟悉的那个人到中年的谢家大老爷。

谢柔嘉手里的笔应声落下，发出啪嗒一声，墨迹溅在前襟上。

对着谢家大老爷施礼的丫头们都惊讶地看过来，还没看清，就听见谢柔嘉一声大哭。

"父亲，你怎么，你怎么也死了？"

这一声喊让所有人都呆住了，院子里一片死寂。

谢柔嘉已经冲到他们面前。

"父亲，父亲。"她哭着喊道，伸手就要抓住父亲，忽地手一顿，视线落在父亲身后。

紧跟着谢大老爷、大夫人进门的是三个年纪相当的小姑娘，以及一个十三四岁的少年，此时都带着几分惊讶地看着谢柔嘉。

谢柔嘉的视线落在这少年身上，她愣住了，哭声也停了下来。

她的异样让大家也都下意识地看过去，见这少年剑眉星目，面色白皙，穿着件素淡的布袍，头发上也只用竹簪插着，但却丝毫没有让人觉得穷酸，反而多了几分脱俗不凡之感。

院子里小姑娘大丫头们的视线都凝聚在他身上，少年并没有拘束慌张，反而浮现一丝笑。

这一笑，让正午的日光有些更耀眼。

"嘉妹妹看迷了。"一个穿着葱绿衫裙的小姑娘嘻嘻低声一笑说道。

话没说完，就见谢柔嘉伸出手向这少年扑过来。

"邵铭清！"尖细的女孩子的喊声在院子响起，"你这贼人！还我爹娘性命！"

伴着这声喊，谢柔嘉扑到这少年身上，伸手在他脸上狠狠地抓下去。

"二小姐！"

"嘉嘉！"

"啊啊。"

院子里顿时乱了起来。

第八章
家　人

夔州路黔州彭水县，位于县城北、几乎占据了半个城、错综连绵的谢家大宅变得热闹起来。

站在其内最高的亭台楼阁上，可以清楚地看到雕梁画栋、九曲回廊、错落有致、如同棋盘的宅院里，有很多人从四面八方向位于正中的主宅涌去，就好似一道道水流，让整个宅院都鲜活起来。

不过这一幕谢柔嘉看不到，她躲在床上，裹着被子将头盖住，瑟瑟发抖。

"二小姐，二小姐，你别怕啊，你好好说。"

江铃的声音在帐子外大声地响起。

好好说？好好说他们不听，他们不信，她们都忘了，都忘了自己是怎么死的了，连父亲也都忘了。

她说了，但他们都看她像发疯，还请了好几个大夫来围着她看，喂她吃药。

屋子里还涌进来很多人。

"出什么事了？二姐儿怎么就疯了？"

有个高大威严、头发斑白的老头儿声音响亮地说道。

这是祖父，祖父也是死了的，在祖母死了一年后。

"大伯，不是的，嘉嘉不是疯了，是中邪了。"

那个穿着嫣红裙子、三十岁左右的妇人一脸担忧地说道。

这个是二婶婶，二叔祖父家的长媳。

不对啊，她难道也死了？

谢柔嘉目光呆呆的。

江铃说五叔叔死了，三叔叔和四叔叔被押进大牢待决，周成贞说母亲死了，父亲也要秋后待斩，谁都没有提到二叔，而且江铃还说是二叔把三叔四叔送进了大牢，那二叔一家不是没事？怎么二婶也来了这里？

"真是胡说，咱们家怎么会有人中邪？什么邪敢来咱们家？"坐在椅子上的一个跟母亲长得很像的老妇人就拉下脸不高兴了。

她一不高兴，满屋子的人都不敢再大声说话了。

谢柔嘉的视线又转向这个老妇人。

"嘉嘉，别怕，跟祖母说，谁吓唬你了？祖母打断他的腿扔去喂蛇。"老妇人看着她，露出笑容说道。

老妇人年纪五十岁左右，圆脸细眉，跟母亲一样是个娃娃脸，年轻时候看着喜庆，年老的时候就看着慈祥。

可是这慈祥的老人说出的话可真一点儿也不慈祥。

但这一点也不让人奇怪，屋子里的人也没有露出奇怪的神情，反而都觉得理所当然。

对于一个曾经的丹主，如今在谢家还是说一不二的人来说，打断一个人的腿，将一个人投进蛇窟也不是什么稀罕事，而且在她年轻的时候还不止一次这样做过。

谢柔嘉看着靠近的老妇人，清晰地闻到酒味。

是的，祖母不仅性子骄横，而且还酗酒，就在姐姐出事后的冬天，一次醉酒后再也没醒过来。

"肯定是这些丫头照顾不周。"祖母坐直身子，哼了声，又看着谢柔嘉笑眯眯地说道，"这些没用的东西，祖母把她们都拉出去打死，给嘉嘉出气好不好？"

打死？

祖母说话可不是玩笑。

姐姐死了之后，这些丫头被扔到后山活活烧死，也一多半是祖母下的命令。

她们已经被烧死过一次了，还要再被打死一次？

"不！"谢柔嘉尖声喊道，转身跑回去拉下帐子，躲在了床上。

"母亲，您别添乱了。"

屋子里只有一个人敢这样说谢老妇人。

"嘉嘉就是梦魇了。"

谢老夫人撇撇嘴。

"做个梦也能吓到，咱们谢家的女孩子哪有胆子这么小的！"她说道，"都是你养孩子的法子不对，生生把孩子们拘坏了。"

"这法子可不是媛媛想来的。"一旁的祖父听到了忙插话说道。

谢柔嘉的母亲闺名"媛"，法子不是她想的，那就只能是谢媛的丈夫想的。

听到这话，屋子里的人都神色古怪，或者低头或者看向外边。

"祖父不喜欢父亲。"躲在被子里的谢柔嘉想道。

这在家里不是什么秘密，祖父记在族谱上的名字是谢华英，他真实的名字，或者说招赘入谢家之前的名字，叫作王松阳，和谢柔嘉曾祖父是亲戚。

谢柔嘉的曾祖父族谱上的名字叫作谢存章，入赘前的名字叫作赵明义，是开阳最大的朱砂主赵家的子弟。

这也算是世代联姻了。

祖父原本想好了，女儿谢媛的丈夫还从赵家的亲戚中选择，让两个家族的利益结合得更紧密更长久。

只是没想到这个安排半路被谢柔嘉的父亲，族谱上叫作谢文兴、真实名叫刘秀昌的外来秀才打乱了。

刘秀昌是京都人士，也不是什么世家大族，祖祖辈辈都是读书人，到他这一代除了清名什么都没了，刘秀昌十七岁收拾行囊各地游学寻隐士圣人，结果隐士圣人没找到，在一次树下与人辩学的时候，被骑马游山的谢媛看到了，一见钟情，非他不嫁。

祖父自然是暴跳反对，族中其他人也是不同意的。

但无奈刘秀昌不仅迷住了谢媛，还讨了祖母的欢心，有祖母发话，别人的反对也最终不了了之，就这样刘秀昌取代了赵氏进了谢家的门，成了谢家这一代的大房大老爷。

这样的父亲能得到祖父喜欢才怪呢，一辈子和父亲不对眼，所以后来祖母死了，母亲正式成为丹主，父亲成了大老爷，祖父退位，族中握有的权力也被收走，母亲因为自来谢家教养的规矩跟父亲不亲近，赵家对他的支持淡去，祖父闷闷不乐，仅仅一年就病死了。

都死了，都死了，死了的亲人都聚在一起了，可是他们都不认为自己死了，反而认为是她疯了。

谢柔嘉将头埋在膝头默默流泪。

其实这样不错，他们忘了自己犯的错，忘了后来发生的事，那些都是不好的事，忘记了更好。

可是她还是觉得很难过。

屋子里的议论声还在继续，母亲和祖母在争论要不要请庙里的师父来看看。

"曲家养的法师很厉害，专治小儿惊厥。"

"呸，专治小儿惊厥的是咱们家的朱砂，曲家算个狗屁。"

"母亲，嘉嘉这是掉魂儿了，要招魂。"

"招魂也是咱们祖宗的厉害，我来给嘉嘉跳个招魂舞。"

"母亲，你喝酒喝得脚都软了，别说给嘉嘉招魂了，你自己都能跳没了魂。"

她们说话，屋子里便没人再插话，虽然只有两个人说话，屋子里也有些乱哄哄。

"好了好了，我问清楚是怎么回事了。"

有男声打断了她们的争论。

是父亲。

谢柔嘉不由竖起耳朵。

外间屋子里响起了更多的询问声，但很快脚步声乱乱的。

"你行吗你？"这是祖父的嘀咕声。

"真不用找法师来吗？"这是母亲担忧的询问。

"不用不用，放心吧，我知道怎么回事了。"父亲清朗的声音说道。

屋子渐渐地安静下来，有人向内室走来。

"嘉嘉。"

父亲的声音在帐子外响起。

"江铃都跟我说了，原来你做了这么可怕的梦啊。"

谢柔嘉掀开被子。

"不。"她哭道，"不是梦，那是真的。"

帐子被掀开了，父亲坐在了床边，握住了她的手。

"父亲，我说的都是真的，是你们都忘了，都不记得了。"谢柔嘉哭道，看着父亲年轻的脸，年轻得有些陌生的脸，还有那满满的从未见过的关爱。

是关爱是担心，不是失望不是漠然和厌恶。

父亲看着她笑了笑，点点头，握紧了她的手。

"那是以后的事，是不是？"他问道。

谢柔嘉流着泪点点头。

"以后姐姐会死，我和你母亲都会死，是不是？"父亲又问道。

"是我害死的，如果不是我，你们都不会死。"谢柔嘉哭道。

"那以后嘉嘉还会害我们吗？"父亲问道。

谢柔嘉摇头。

不会，不会，她死也不会。

"那就行了。"父亲笑了，拍了拍她的手，"以后嘉嘉不会害我们，我们也不会死，那，嘉嘉还怕什么？"

谢柔嘉一愣。

"可是，我们现在都已经死了。"她又哭道。

"不是，现在才是现在，现在我们都活着，死了的是过去。"父亲认真地说道，"过去了，就过去了。"

现在？过去？

谢柔嘉再次愣住了，父亲拉起她的手。

"来，嘉嘉。"他说道，"父亲带你看看现在。"

看看现在？

谢柔嘉怔怔地被父亲拉着下了床，走出了屋子，先是在家里看花草逛楼阁，然后出了家门，去逛了街市，还带她骑马上山。

她在街上买了新扎的兔子灯，吃了热乎乎的糖人，骑在马上抓着马毛飞奔，感受着夏日的风，看着满山的浓绿，挖了野菜，编了花环戴。

然后父亲带着她见家里的人。

丫头们不再避着她，跟她笑吟吟地问好，她和母亲姐姐一起吃饭，一起歇午觉，晚上父亲母亲会陪她和姐姐在院子里看星星，母亲还陪她一起睡，给她打扇子唱巫歌。

再过了几日她开始跟着父亲母亲姐姐去给祖父祖母请安，祖父抓了一把糖果给她，祖母则将墙上挂着的宝剑给她。

父亲出门谈生意也会带着她，她见了西府的三叔祖父和四叔祖父，看他们端着茶壶呼噜呼噜地喝茶，一面半眯着眼听各号的大掌柜们说话。

她坐在屏风后，玩着三叔给的木偶娃娃，一面听着四叔低声笑哪个大掌柜说错了话，哪个大掌柜坐在后面打瞌睡，哪个大掌柜又在外边偷养了一房。

"说什么呢？"三叔喝断四叔，"嘉嘉在呢。"

才成亲的四叔对着她哈哈笑，让小厮给她从街上买来更多的吃食玩物。

没有人说她病了，没有人说她中邪，也没有人说她疯了，所有人都似乎忘了她说的那些话。一个月后，谢柔嘉站在院子里，看着被小丫头拥簇着去上学的姐姐，听着屋子里父亲和母亲说笑，也觉得自己是做了一场梦。

现在，父亲带她看的这现在，真实的现在。

姐姐还活着，父亲母亲还没有对她失望，家宅安稳，族人和睦。

这是她梦寐以求的现在，她得偿所愿了。

第九章

宠 溺

六月末天气十分炎热，动一动就能出一身汗，更别提跑了。

江铃满头大汗地穿过院子，手里还举着一根竹竿。

"二小姐，二小姐，抓到了，抓到了。"她说着，将手里的一只蝉递过来。

谢柔嘉伸手接过。

"这么小？"她惊讶地问道。

旁边的丫头们也都忙探头过来看，看到被江铃绑了红线拴着的蝉，指甲盖一般大小，都跟着惊讶嬉笑。

有的说把它挂起来，有的说钉起来，有的说拿去给大小姐看，唧唧喳喳地热闹起来。

谢柔嘉松开了手，蝉带着红线飞走了，丫头们吓了一跳，喊着要去捉。

"不要。"谢柔嘉说道，垂下手。

丫头们便忙都住了手。

"小姐不喜欢玩蝉了？"一个丫头不解地问道。

以前她最喜欢捉蝉玩，但自从姐姐死了以后……

不，自从做了那个梦之后，她就不喜欢了，她不喜欢这些小孩子的玩乐了。

"不喜欢。"谢柔嘉说道，转过身就走。

丫头们面面相觑忙跟上。

"那我们去钓鱼吧？"江铃将竹竿扔到一边，又提议道。

"不。"谢柔嘉说道,穿着木屐在青石路上踩得呱嗒呱嗒响。

这是父亲给她亲手做的屐,说是穿着这个走动有声响,而梦里是不会有响声的。

"那小姐你想做什么?"江铃问道。

她想做什么?

谢柔嘉有些茫然。

那一场梦,清晰地在她心上烙下痕迹,真实地过了一辈子,尝遍了酸甜苦辣,为人妻为人母,现在怎么也不知道十一岁的孩子该做什么。

"我去找姐姐。"她说道。

来到母亲的院子时,谢柔惠刚歇了午觉起来,正在梳头,看到谢柔嘉进来,母亲将手里的篦子递给一旁的丫头木叶,笑着拉住了谢柔嘉的手。

"你不睡午觉,去玩什么了?"她说道,拿下手帕给谢柔嘉擦汗,"看玩儿得这一头大汗。"

"没玩儿什么。"谢柔嘉说道,贴着母亲站着。

丫头有的端来茶水,有的过来打扇子。

"水好了,二小姐可以洗洗,然后睡一觉了。"木香说道。

她的话音刚落,便听见谢柔嘉笑了。

"母亲,我都想要生病了。"

待听到这句话,大家的视线便落在屋里。坐在床上梳头的谢柔惠从镜子里看着这边笑。

"瞎说什么?"母亲说道,"快些梳头,去上学。"

谢柔惠便叹口气,蹙起小小的眉头。

"好累啊,好累啊。"她捧着脸说道。

母亲没理会她,谢柔嘉却点点头。

是啊,姐姐的确很累,从六岁开始用功,一切都为了十三岁那年参加第一次祭祀。

那是代表着下一任丹女正式露面的祭祀,对谢家来说,甚至对整个巴郡之地来说,都是大事,各大朱砂世家、官府,甚至京城的皇帝都会派人来参加，谢家上下没有人敢懈怠。

只要熬过这一次祭祀，这样辛苦的日子就可以告一段落了。

在梦里，姐姐死在了十二岁的时候，十三岁的祭祀，代替姐姐的她在母亲的安排下惊了马、崴了脚，所以只在祭台上站了站，仪式是由母亲替她完成的，虽然解释合理，但到底是引起了很多非议。

谢柔嘉跑到内室，站在床边看着谢柔惠。

"姐姐辛苦了。"她说道。

谢柔惠嘻嘻笑，伸手捏她的鼻头。

"那你替我辛苦好不好？"她说道，眼睛亮亮的，凑近她压低声音，"待会儿你还替我去上学。"

谢柔嘉瞪大眼。

是啊，因为两个人长得一模一样，说话声音也一样，所以姐姐常常会让自己替她去做一些事，当然姐姐也会替她做很多事，上学也自然互换过，只是，每次都会被发现，因为样子声音一样，但学问不一样，先生被她们姐妹蒙骗过一两次后，就知道了她们姐妹的把戏，常会考一些问题，结果她总是答不上来。

然后姐姐会被从花园里揪出来，和她一起在学堂里罚站。

"还想骗我？骗我之前也先把你妹妹教好了。"先生生气地拍着几案训斥。

"都怪我，都怪我，我下次一定先教好妹妹。"姐姐会一脸自责地说道。

谢柔嘉咧嘴笑了。

"那姐姐你得先教我怎么哄过先生。"她也压低声音凑近姐姐说道。

两个一模一样的小姑娘碰头凑在一起笑，一旁的丫头看着有些眼晕。

"惠惠。"母亲在外边摇着扇子看她们，"又哄你妹妹做什么呢？"

谢柔惠伸手掩嘴，谢柔嘉也做出了同样的动作，二人一起扭头看向母亲。

"没有。"她们齐声说道。

明明是两个人的声音，但听在大家耳内却只有一个声音，只是略大些。

"没有什么？"

母亲还没说话，门外有清朗的男声笑道。

丫头们打起了帘子，响起了一片问好。

"大老爷，五爷。"

当听到门外的声音时，谢柔惠跳下床，谢柔嘉也转身向外跑去。

"五叔叔！"她们一前一后地站在了门边，看着正迈上台阶的人。

走在前边的是父亲，紧跟着他身后的是一个二十三四岁的男子，穿着深紫广袖夏袍，随着走动衣袂飘飘，圆脸圆眼，和谢大夫人面容相似，此时正带着笑看着站在门口的两个小姑娘。

"啊呀，这个。"他停下脚，皱起眉头，"别说，谁也别说，让我来认。"

谢柔惠笑着站直了身子，而谢柔嘉则忍不住鼻头一酸。

这是五叔叔谢文俊，是二叔祖父的次子，都说侄子随姑，这个五叔叔长得和祖母最像，和母亲三叔四叔站在一起都会被认作是嫡亲的兄弟姐妹，反而和二叔像是堂兄弟。

而且五叔也是梦里对她最好的人，是家里知内情者中唯一一个见了她不露出厌弃神情的人。当初她生下兰儿大病一场差点儿没命，那时候因为有了兰儿，她的生死已经不再重要了，就那样孤零零地躺在屋子里，吃着大夫开的没什么功效的药拖日子，是五叔亲自跑了很远的路寻来了一味灵药，才让她得以保住性命。

后来她出嫁镇北王府，五叔没在家，走到徐州界的时候，五叔竟然追了上来，也没说什么，送了一本《赤虎经》给她。

这本书陪着她度过了漫漫的旅途，陪着她熬过了镇北王府孤寂的长夜，直到死的那一刻，书还摆在她的床头。

江铃说五叔叔是验丹死的，中了丹毒的人死得都很痛苦且死状恐怖，这样风流倜傥的五叔叔落个如此的下场。

那是梦，那是梦，不要再想这件事，不要再想了。

但谢柔嘉的眼泪还是忍不住大颗大颗地滚滚而下。

谢大夫人的眉头皱起来，带着几分担忧地看向谢大老爷，谢大老爷摇摇头，冲她做出一个别担心的神情。

"这是嘉嘉。"谢五爷在谢柔嘉掉泪的同时，伸手指着谢柔惠笑着说道，一面伸出手，"嘉嘉最喜欢五叔，见了一定会笑，对不对？"

谢柔惠嘻嘻笑着点点头。

"对。"她大声说道。

"不对。"谢柔嘉哭道，一面跑下去抱住谢五爷伸出的手，"不对。"

她最喜欢五叔，再见到五叔很高兴。

谢五爷哈哈笑了。

"我又猜错了。"他说道，伸手刮了刮谢柔嘉脸上的眼泪，"嘉嘉病了，一定很想五叔，想得都哭了的是嘉嘉。"

谢柔嘉哭着点头。

"那现在五叔回来了，嘉嘉见到五叔高兴不高兴？"谢五爷笑问道。

谢柔嘉重重地点头。

"高兴高兴。"她说道。

"还有更高兴的。"谢五爷说道，"五叔还给嘉嘉带了礼物。"

能见到五叔，五叔还在，就已经是最好的礼物了，谢柔嘉抓着谢五爷的胳膊。

"什么礼物？"她抽抽搭搭地问道。

谢五爷回头喊了声"送进来吧。"

院子里的人都忍不住看向门口，进来的却不是搬着东西的小厮，而是……

"大鸟！"江铃最先喊道，目瞪口呆地看着跑进门的一只奇怪的又像凤凰又像鸡的大鸟。

院子里响起丫头们此起彼伏的惊呼声。

"是孔雀，是孔雀。"

谢家的丫头自然并非是孤陋寡闻的，惊呼声中还夹杂着说话声。

谢柔嘉瞪大眼睛忘记了哭。

是孔雀啊，她知道孔雀，在梦里也见过，不过不是在自己家里，而是在一次朱砂世家聚会上，来自南诏的段家小姐随行带着的宠物就是孔雀，在后院里引起了轰动，她当时也大着胆子站在人前看了好几眼呢。

"你想要也要一个呗，你家又不是弄不到。"有人看到她的神情对她说道。

是啊，谢柔惠想要什么要不到？就是天上的星星，也会派人去摘呢。

只是，她不是谢柔惠，她不敢想，更不敢要。

没想到此时此刻五叔竟然给她送来了一只，不，两只孔雀。

谢柔惠也从台阶上跑下来，被木叶等几个丫头忙护住，好奇地看着那两只孔雀。

谢五爷一手拉着谢柔嘉，一手从袖子里抖出一张大红的帕子，对着被小厮们小心地围住而聚拢的孔雀挥动起来。

一只孔雀慢慢地抖动开屏，日光下熠熠生辉。

院子里便哗的一声沸腾起来。

谢柔嘉失态地张大嘴，抓着谢五爷的手忍不住地摇起来。

"五叔，五叔。"她连连喊道。

谢五爷哈哈笑了。

"好看吧？都是送给嘉嘉的。"他说道，一面收了帕子，"你想养在你的院子里，还是放到花园里？"

谢柔嘉有些紧张。

"那它们吃什么？用不用拴着？"她问道。

再不难过，也就没有提为什么看到五爷就哭的事。

谢大夫人松了口气，看向谢大老爷。谢大老爷对她挑挑眉，带着几分小得意，谢大夫人横了他一眼，抿嘴笑了，夫妻间情意绵绵。

"我能不能迈步走啊？它们不会害怕吧？"

一个声音陡然在这热闹及欢喜中响起。

大家的视线看向谢柔惠，似乎这才注意到院子里还有一个一模一样的小姑娘。

见大家看过来，独自站立在台阶下的小姑娘嘻嘻一笑。

"我该去上学了。"她说道。

"姐姐，我们一起养孔雀。"谢柔嘉跑到谢柔惠身边，高兴地说道，

"有两只呢，你看长得也一样，跟咱们一样。"

"好啊。"谢柔惠点点头，说到这里又停顿了一下，"不过，只怕要累你多一些，我功课太多了。"

"我给你们两个婆子，是专门养孔雀的。"谢五爷笑道，"不耽误你们的功课。"

"那太好了，妹妹可以好好地玩了。"谢柔惠说道，一面看看天色，带着几分不安，"我该走了，又要迟到了，会被罚站的，先生罚人很凶的。"

她说完带着几分羡慕看了眼院子里跑着的两只孔雀，向外急忙忙地走去，身后丫头们也忙跟上。

"姐姐，等等我，我也去。"

说话的声音接着响起，但这一次却是从站在谢五爷身边的谢柔嘉那边传来的。

大家的视线都看向她，谢柔惠也站住脚，神情有些惊讶。

"嘉嘉，你要去上学吗？"谢大夫人问道。

因为梦魇这件事，谢柔嘉已经养了一个月了，学堂一直没去，其实就算不是病了，她日常也不怎么去，父亲母亲对她功课的要求也不高，她自己也不爱学。

出了这事，谢大夫人和谢大老爷前几日已经商量过了，以后也不让谢柔嘉上学了，识字读过几本书就够了。

没想到一向不喜欢上学的谢柔嘉竟然主动说要上学了。

谢柔嘉已经走到了谢柔惠身边，眼睛亮亮的，神情坚定。

"我去上学，不耽误功课，好好地学。"她说道。

她知道自己要做什么了，就是守护好这些爱自己宠溺自己的人，守护好这个安稳快乐的现在。

在梦里，她浑浑噩噩一无所成，书没有读，技没有学，在家不能帮母亲分忧，当家里出事时，也束手无策，她就是个废物，是个除了哭除了自责之外什么都不会的废物。

她不要再做一个废物了，她要用功地学，学到能给母亲分忧能对姐姐相助的本事。

院子里似乎一阵沉默，旋即响起谢五爷的笑声。

"好，不玩物丧志，是好女儿。"他说道，"快去吧，孔雀我送到你们的院子里，有人专门喂养，你们只需要赏玩就可以了。"

谢大老爷的脸上浮现出欣慰的笑，谢大夫人眉头的最后一丝忧虑也退下了，看着谢柔嘉带着满满的赞叹点了点头。

谢柔嘉只觉得心胀胀的，她真没想到还有机会能看到父亲母亲这样看她的神情。

一只手拉住了她的手。

"那，我们走吧。"谢柔惠看着她，眼睛弯弯一笑，"妹妹。"

第十章

家　宅

　　谢家的大宅院分东、西二府，这是从谢柔嘉的曾祖父谢存章这一代论起的，曾曾祖父只有一个女儿一个儿子，女儿招赘赵明义改名谢存章为长房，居住在东府，长子谢存礼为二房，居住在西府。

　　谢存章生了一个女儿一个儿子，女儿招赘王松阳改名谢华英为长房，长子谢华宇为东府二老爷，西府那边则继续住着谢存礼的儿子，被称为三老爷的谢华顺。

　　谢华英生了一个女儿两个儿子，谢华宇生了两个儿子三个女儿，如同前一辈一样，谢华英的女儿招赘刘秀才，即谢柔嘉的父亲，成了长房长子称为大老爷。

　　东府与西府那边分居不分宗，但因为子侄太多，后辈们的排序便分开了，而东府这边一母同胞的谢华英和谢华宇则依旧一家论辈分，谢华宇的长子为二爷，谢华英的长子次子分别为三爷四爷，而谢五爷是谢华宇的次子。

　　当然谢氏一族不止这东西二府，站在高处看，这片地方里三层外三层一片片的宅院散布，分别居住着谢氏一族传承下来的子弟们，细论起来嫡系亲近血脉的子孙就有近百人，这些人聚拢在一起依附又滋养着谢氏一族这株大树苗壮生长。

　　谢柔嘉一家是这株大树的主干，所居住的地方也是历代家主耗费钱财修建的奢华之所，女子们的内学堂就设在花园旁，谢家东府的花园抵得上一座中等宅院大小，内里有山有湖，亭台楼阁，九曲回廊，布置着天南海北搜寻来的美景妙石。

所以当谢柔嘉和谢柔惠穿过花园来到学堂的时候，一节课已经讲完了。

头发花白的西席拉着脸坐在椅子上，手里敲着戒尺。

看到站在门口的两个一模一样的小姑娘，西席还没说话，屋子里的小姑娘们轰的一声乱了。

"惠惠，你怎么来晚了？"

"哎呀，二小姐也来了啊？"

"怪不得惠惠你来晚了，又被二小姐缠住了吧？"

七嘴八舌、高高低低的声音都涌了过来。

谢柔嘉站在门口有些眼晕，在梦里十二岁以后的她除了必要的场合，几乎没有跟家里人打过交道，更没有跟家里的姐妹们在一起走动，所以此时此刻看到这些人竟然陌生得让她眼晕，慢慢地才将以前的印象找出来。

这些姐妹她原本也是熟悉的，十二岁以前她们是一起读书一起玩儿的伙伴，这里有二叔三叔家的姐妹，也有西府那边的姐妹，还有外房的姐妹。

虽然大家的视线还有些犹疑不定，分辨不出哪个是惠惠，但神情却是满满的热情。

西席先生将手中的戒尺敲打在桌面上。

"安静，安静。"他抖着胡子气愤地喊道。

啪啪地敲了好几下，屋子里女孩子们的吵闹声才被压了下去。

谢柔惠和谢柔嘉还站在门口，谁也没说话。

谢柔嘉是有些恍惚，忘记了也不知道该说什么，谢柔惠则只是抿嘴笑着。

西席先生的视线在两姐妹身上扫了一眼，这些年轻眼明的谢家堂姐妹们还分不清，他老眼昏花更是分不清了，不过他也用不着分清。

"去那边站着去。"他将手中的戒尺一指墙边，吹胡子瞪眼地说道。

谢柔惠吐吐舌头应声是，伸手拉了下还在发呆的谢柔嘉。

谢柔嘉回过神忙抬脚迈步，跟着谢柔惠走。

"七卷第十三。"一个杏眼桃腮十三四岁的小姑娘忽地对经过的谢柔惠低声说道。

她这话并不是像大家适才那样视线在谢柔惠和谢柔嘉两个人身上乱扫，而是准确地说给走在后边的谢柔惠。

谢柔惠冲她挑眉，做了个收到的眼神。

这小小的一段交流让周围的姑娘顿时羡慕不已。

"瑶瑶，这个是惠惠？"有人好奇又呆呆地低声问道。

"你怎么看出来的？"有人带着几分羡慕低声问道。

"运气好猜的呗，两个总能蒙对一个。"也有人哼了声带着几分不服气。

小姑娘转过头看着说话的人。

"不是啊四妹妹，你没看到惠惠伸手拉了下二小姐吗？惠惠最爱护妹妹了。"她认真地说道。

四妹妹是个十岁左右的小姑娘，穿着鹅黄色夏衫，眉眼伶俐，但此时伶俐的眉眼却有些涩涩的。

她还真没看到，那姐妹俩站在一起就让人眼花，谁还注意到什么小动作，也没想到谢瑶会认真地解释。

"瑶瑶最细心了。"

"是啊，自己蠢就不能怪别人喽。"

便有人嘻嘻哈哈地说笑。

被唤作"四妹妹"的女孩子立刻涨红了脸。

"你说谁蠢？"她拔高声音，竖眉转头。

屋子里立刻安静下来，所有的视线都看向她。

已经走到墙角站好的谢柔惠和谢柔嘉也带着几分惊讶看过来。

"四小姐！"西席先生将戒尺重重地拍下去，瞪眼喊道，"没听到我说的话吗？安静！"

被当着这么多人的面提名呵斥，四小姐脸更红了，眼睛里泪光闪闪。

"你也站着去。"西席先生伸手一指。

四小姐一脸委屈，还要争辩，站在一旁的一个女孩子拉了她一下，对她摇摇头。

"是。"四小姐这才低下头应声，离开自己的书桌向后走去。

谢柔惠向一旁挪了挪，给她让出地方，谢柔嘉则没有动，而是盯着她看。

这是三叔家的女儿谢柔淑，在梦里她十四岁就嫁出去了，十五岁因为难产死了。那时候父亲母亲为自己选定了招赘的女婿，族里都忙着成亲的大事，谢柔淑死的消息只让大家略感叹一番便丢开了。

谢柔嘉对这个堂妹已经没什么印象了，此时此刻看着这个眉眼伶俐鲜活的小姑娘，想到梦里她那悄无声息的结局，不由几分怅然。

谢柔淑被看得有些恼火，抬起头看着面前两张一模一样的脸，虽然此时神情不同，但她还是分辨不出哪个是哪个，发火怕认错了人，不发火心里又憋气。

"都怪你。"她于是垂下头不看这两个人，咬牙切齿地说道，"谢柔嘉。"

怪我？谢柔嘉有些不解，我怎么了？

"背今日下午的课。"西席先生的声音在前边响起。

今日下午的课？谢柔嘉再次怔了下，下午讲的什么课？还没回过神，旁边谢柔惠清清亮亮的声音就开始背书了。

"……公则平物我，而子文以为忠矣……"

谢柔嘉转头看着姐姐，小姑娘脊背挺直，垂手于身侧，语调平稳，声音轻柔有力流畅，就好像拿着书在念一样，半点磕绊也没有。

屋子里原本游移不定的视线瞬时坚定地落在了她的身上，有羡慕，有讨好，有佩服，西席先生原本瞪圆的眼也渐渐地眯了起来，背在身后的手慢慢地摇晃着戒尺。

夏日午后炙热的日光穿过窗户投在小姑娘的身上，在她明亮的眼、乌黑的发、完美无瑕白瓷般的面庞的映衬下变得黯淡。

这就是她的姐姐，这就是谢家的大小姐，聪慧、漂亮、像夜明珠一样耀目的姐姐。

就算长得一模一样，她怎么能跟姐姐比呢？所以这也是在她代替姐姐后父亲母亲不到万不得已不让她出去见人的原因。她怎么能去见人呢？她再怎么装也不会像姐姐那样光彩夺目，多看几眼就会被扯下披上的华丽外衣，露出她沙砾的本相。

谢柔嘉忍不住握住手合放在身前，如同屋子里的所有人一样带着几分仰视看着姐姐。

如果姐姐在，梦里的那些事根本就不会发生。

在梦里她无时无刻不在这样想着，这样祈祷着，现在那个噩梦终于过去了。

"先生，我背好了。"

谢柔惠的声音说道。

屋子里的人回过神，这才发现她已经背完了，至于背得怎么样，谁关心？光听这抑扬顿挫的优美的声音就足够了。

小姑娘们不关心，但西席先生是要关心的，他嗯了声。

对于自恃身份的老先生来说，这已经是夸赞了。

谢柔惠并没有欢喜不已，恭敬地施礼。

"谢先生教导。"她说道。

西席先生眼睛更眯起了，对这个学生满意得不得了。谁说谢家的大小姐都飞扬跋扈难伺候？看看他带的这个谢家大小姐，丝毫不逊于京城那些大家闺秀。

"知道你错在哪里了吗？"他又正容说道。

谢柔嘉有些迷迷糊糊地想起来了，这个先生是父亲从京城请来的，学问如何她并没有注意过，只是记得很严厉，动不动就打手掌罚站，还用那种鄙视的眼神羞辱人，所以她就越来越不爱学，时来时不来，再后来姐姐出事，散了家里的学堂，就再不用上学了。

看，姐姐都把书背过了，他还揪着不放。

"先生，姐姐是为了等我才来迟的。"她忍不住开口说道。

西席先生看也没看谢柔嘉一眼。

谢柔惠在身后拉了谢柔嘉一下。

"是我没有让人来和先生告假。"她笑嘻嘻说道，"先生罚得对。"

西席先生嗯了声。

"知道错，下次不要犯才好。"他说道，抬了抬下巴，"坐吧。"

谢柔惠应声是，要抬脚迈步，又看了看谢柔嘉。

"先生……"她笑嘻嘻喊道。

西席先生已经转过身。

"都坐吧。"他说道，自始至终都没有看谢柔嘉，似乎对她来上学没有半点儿惊喜也没有惊讶。

谢柔惠对谢柔嘉笑了笑，自己先迈步走向书桌。

谢柔嘉也笑了笑，才要迈步，谢柔淑用胳膊撞了她一下，从她身边挤过去了。

"都怪你。"她瞪眼低声再次说道。

我怎么了我？

谢柔嘉看着她，谢柔淑哼了声仰着下巴走回自己的书桌前坐下来。

这个学堂倒是跟做梦时一样还是不怎么让人喜欢呢。

谢柔嘉心里嘀咕，但这次她可不会因为不喜欢不高兴就不来了，她要好好地守着姐姐。

她的视线扫过室内，一番恍惚后找到了自己的位子，走过去坐下来。

第十一章
姊 妹

啪的一声戒尺响，西席先生站起身来。

"下学之前将今日讲的写一遍。"他说道。

这也就意味着今日的课结束了，大家只需要将讲的课文抄写一遍，让喝完一壶茶回来的先生看一看就可以回去了。

随着先生迈着四方步走出去，屋子里便响起挪桌子动椅子的声音，所有人都涌到了谢柔惠身前。

不过看似乱乱的，也不是谁都能挤过去，最终站到谢柔惠身边的是三个年龄大小不一的女孩子。

谢柔嘉好奇地看着这些对她来说有些陌生的姊妹，努力地从记忆中找出她们。

"幸好你一向勤奋，总是多学一章。"

坐在谢柔惠对面的小姑娘细声细气地说道，神情淡然。

这便是方才提醒谢柔惠的那个，谢柔嘉想起来，这是谢瑶，西府三叔祖父那边二房的次女，比她和姐姐大两岁，今年十三岁，是这学堂里姊妹们中最大的。

"要是没有姐姐你提醒我，我就是会背也不知道背哪个啊。"谢柔惠笑嘻嘻地说道。

这话让周围的小姑娘看谢瑶的眼神中多了几分羡慕，但谢瑶却没有什么激动，笑了笑没说话。

"说这些有什么用？"一个不同于谢瑶那般细声细气的声音插过来说道。谢柔嘉看过去，见这是倚在谢柔惠书桌左边的一个小姑娘。

这个小姑娘的身形如同她的声音一般，有些粗壮，相貌平平，搁在这花团锦簇的学堂里反而格外扎眼。

听到这沙哑的声音，看到这相貌，谢柔嘉不用想，立刻认出她了。

这是二叔的长女，东府的三小姐谢柔清，与她和姐姐同岁，天生哑嗓。

"你怎么迟到了？"谢柔清接着说道，声音里带着几分不高兴。

对于这毫不掩饰的指责，谢柔惠并没有不高兴，依旧笑嘻嘻的。

"就是迟到了嘛。"她说道。

却没有说是因为什么。

谢柔清哼了声。

"装什么好姐姐啊。"她说道，"又被二小姐拖后腿了吧？"

所有人的视线便转向谢柔嘉。

谢柔嘉正一面打量姊妹们一面翻找记忆，突然发现视线转到自己身上，不由一愣。

"什么？"她问道，没听清谢柔清说的什么，只听到提自己的名字。

"没有，嘉嘉说要来上学，这是高兴的事，她这么久没来了，东西总要收拾的吧，还要问问大夫有没有事。"谢柔惠含笑说道。

谢柔嘉恍然，原来姐姐让她收拾东西稍等一刻，是去做这个了，还特意去问大夫。

谢柔嘉心里暖洋洋、甜丝丝的，又觉得姐姐还是因为自己受了连累。其实她不该就那样突然喊出要去上学的，应该今天说，明天早上再来，这样就不会突然了。

她忍不住喊了声"姐姐"。

"都是我啰唆。"谢柔惠接着说话，冲她做了个安抚的眼神，再转头看谢柔清，"这才迟到了，我又疏忽，忘了让丫头来和先生告假，所以先生罚我是罚对了。"

不过这话可没有得到众人的认同，围在一起的女孩子便发出议论声。

"果然是怪她！"在这其中一个尖细的声音喊道。

大家看过去，见是那位一起被罚站的四小姐谢柔淑。

"总是处处添乱。"谢柔淑接着说道，被先生呵斥以及被罚站的羞恼愤怒全部对准了谢柔嘉，"你上什么学啊？既然病了就好好养着吧。"

谢柔嘉讪讪的。

"我好了啊。"她说道，"我下次早点儿来，绝不迟到了。"

"没病还不来呢，如今病了你还装什么爱学习啊？"谢柔淑哼哼气道，不肯就此罢了。

"爱学总是好的，四妹妹别这样说。"谢柔惠说道，"这次都是我的疏忽，要么该劝妹妹明日来，要么该给先生告个假，都是我的错。"

"是啊。"谢瑶也跟着说道，"四妹妹你也说了，二小姐才病过，这样都不肯耽误功课，是好的。"

见她们开口了，其他姊妹也都纷纷说"是啊是啊"。

"谢柔淑，你被罚站是你惹恼了先生，可不该怪到二小姐身上。"有人笑道。

谢柔淑气得跳脚。

"我又不是因为我怪她的，我是替大姐姐不平。"她尖声喊道，"大姐姐这么好，却总是被她拖累，她偏偏还一点儿也不知错。"

谢柔惠听不下去了，站起来蹙眉。

"四妹妹，你说什么呢？我没有被妹妹拖累。"她说道。

谢柔嘉觉得头大，以前那些记忆更加清晰了，她在学堂就是这样，不是被先生责罚，就是跟姊妹们吵架，吵完了又被先生责罚，自己学不好，也带累得姐姐劝架说和、焦头烂额，所以她很不喜欢上学，越不喜欢越学不好，越学不好越被责罚、容易吵架。

以前的她还没有失去过，不知道眼前这个让她烦恼的事情其实回头看根本就不算个事。

是啊，姐妹们说得没错，先生罚得也没错，她的确是不好，是她拖累姐姐的。

"是，我错了，我以后不会了。"她看着谢柔淑认真说道，"四妹妹原谅我这一次吧。"

谢柔淑愣了下，似乎没听清她说的什么。

"这次是我不对，先生罚我、四妹妹生气都是应该的，我下次一定不这样了。"谢柔嘉再次说道，"四妹妹别生气了。"

这次不只谢柔淑惊讶，其他姐妹也都瞪大了眼睛。

"你看，二小姐也知道错了。"

谢瑶的声音响起，打破了这一瞬间的沉默。

"四妹妹别生气了。"

"是啊，我就说嘉嘉很懂事的。"谢柔惠也笑道。

谢柔淑还想说什么，一旁的谢柔清轻咳一声。

"别吵了，像什么样子！还是快些写今日的功课吧，写不完，都要被先生罚。"她粗声粗气地说道。

"哦，是啊，快些写吧，我们已经写了一节课的，惠惠你们还没写呢，别来不及。"谢瑶说道，一面忙抬脚迈步，对着谢柔惠一笑，"我不耽误你们了。"

耽误谢柔惠写功课可担不起，顿时其他人也都忙散开了。

谢柔淑瞪了谢柔嘉一眼。

"我要是写不完，也都是你害的。"她愤愤地说道。

谢柔嘉忍不住笑了。

"好啊，是我害的。"她说道。

谢柔淑看她的眼神更为怪异。

"果然是中邪了。"她忍不住嘀咕道。

门外传来清脆的咳嗽声，一个七八岁的小童探进头来。

"先生说写不完功课不准回家。"他脆声脆气地说道，不待这些小姐说话掉头噔噔噔地就跑了。

屋子里响起小姑娘们气愤的抱怨。

"一天的功课怎么抄写得完？"

"凭什么不让回家！"

"老酸牛！"

"其实也没什么啊，这里就是咱们的家嘛，他说的话等于没说。"

小姑娘们抱怨着，偶尔还噗哧地笑，不过手里的动作却不慢，展开纸张，提笔，一面嘀嘀咕咕地说话一面笔下不停。

谢家的孩子都是五岁发蒙，女孩子稍晚一些，七岁开始识字，如今这里面最小的也九岁了，在这学堂两年多。先生是什么脾气性子，家里人对学堂和先生是什么态度，大家都再清楚不过了，那些受不了的都已经不再来了，能留在这里的自然是能受得住的。

说话声渐渐地小了，笔掉在地上的声音就格外响亮。

屋子里的视线便都转过来。

谢柔嘉有些狼狈地离开座位拎着裙子去捡笔，前面的谢柔惠已经探身捡了起来。

"别急，慢慢写。"她低声说道，将笔递给谢柔嘉。

谢柔嘉讪讪地笑了。

"谢谢姐姐。"她说道。

谢柔惠冲她挤挤眼。

"别怕，有我呢。"她说道。

有人便扔过来一声"哼"。

"上什么学啊，这不是活受罪嘛，什么都靠别人。"

谢柔嘉看了眼谢柔淑，谢柔淑带着几分挑衅地仰着下巴没有避开，手里的笔却没有停，就像一只小公鸡在示威。

谢柔嘉觉得很好笑，就忍不住笑了。

竟然没有像以前那样瞪眼或者骂人！

谢柔淑被她笑得手一哆嗦，不由嗨呀一声，低头看，纸上果然已经染了一滴墨，还晕开了，四周清秀工整的字便黯然失色了。

这是绝对不能交上去的，本来要写完的这张纸就作废了。

"晦气！"她又是急又是气地呸了声，已经被罚站丢人，如果写不完再被留下来，这一个月她在学堂就熬着嘲笑过吧。

谢柔淑将这张纸团起来扔到一边，再顾不得看谢柔嘉出丑，急忙重新写起来。

第十二章

靠 己

谢柔嘉蘸了墨水接着写起来。

以前上学对她来说的确是受罪，但现在突然觉得不受罪了，看这书也没那么生涩，提笔写字也不觉得手酸心躁，反而有些喜欢还有些熟悉和自在。

在梦里父母厌恶，又怕身份被人发现，而她自己也厌恶自己，所以日日夜夜都是闭门在屋子里不出来，陪伴她的除了江铃，就是那些不会说话的书了。

她喜欢读书，不，不能说是喜欢，而是习惯书的陪伴。

都说那是梦，可是梦里发生的事烙下的痕迹却是那样地清晰。

谢柔嘉有些怔怔的，手里的笔不知道什么时候停下了。

"嘉嘉。"

姐姐的声音在前面低声响起。

谢柔嘉回过神抬起头，谢柔惠正低着头看她桌子上写好的纸，相比其他人的，她写的太少了。

"别急，没事的。"她抬起头笑了笑。

没事，当然没事，写字嘛，算什么事！

谢柔嘉点点头，继续写。

屋子里已经有了桌椅移动的声音，打破了好一阵的安静，这是有人已经写完了。

伴着咳嗽声，西席先生也迈进来坐在了书桌前。

"写完的交上来吧。"他眯着眼说道。

屋子里的女孩子们便陆陆续续地开始交上去，先生低着头看，有的点点头表示赞叹，有的则没说话只是放下来，并没有训斥或者让重写，看来只要认真地写完了都能过关，屋子里起身交功课的人便更多了，几乎把先生围了起来。

谢柔嘉自然还没写完，她读书不生涩，写字却并不多，再加上这手小而无力，一时间有些不顺。

有人敲了敲她的桌面，一沓纸递过来。

谢柔嘉有些惊讶地抬头，谢柔惠对她嘻嘻一笑，又微微一摆头，冲先生那边使了个眼色。

一旁从书桌前站起来的谢柔淑就哼了声。

"又玩这套把戏。"她嘀咕道。

谢柔清瞪她一眼。

"闭嘴。"她低声警告道，目不斜视地走过去。

而前边谢瑶也站到了先生面前，有意无意地正好挡住了先生的视线。

谢柔淑哼了声没有再说话，脚步噔噔地走开了。

谢柔嘉看着起身的姐姐，想起来了，姐姐这是要代替自己写字，让自己拿着她写好的先走。

以前就是这样，因为两个人长得一模一样难以分辨，所以犯了错或者有了什么难事，姐姐都是这样帮她，替她写功课背书，替她受罚挨训。

谢柔嘉眼眶微微发热，吸了吸鼻子，她伸出手将姐姐放在桌上的功课推回去。

"姐姐，我自己写。"她说道。

书自己读，字自己写，有错自己担，有罚自己受，她是要守护和帮助姐姐的，不能再躲在姐姐的身后，享受着姐姐的关爱。

谢柔惠一怔，神情有些惊讶。

"什么？"她问道，似乎没听清。

"姐姐，我自己写，你先回去吧。"谢柔嘉说道，一面指着自己的功课，抿嘴一笑，"你看，不多了，再写两张就写完了。"

谢柔惠错愕的神情转瞬即逝，眼里露出赞叹，点点头。

"好，嘉嘉真懂事了。"她说道，将自己的功课收回来，"别急，慢慢写。"

谢柔嘉点点头，低下头继续写。

谢柔惠看了一刻，转身向先生那边走去，屋子里的小姑娘们走得已经差不多了，谢柔惠将功课交上去，先生看了一眼就嗯了声，眼皮没抬一下，谢柔惠施礼告退走了出去。

谢瑶在旁边等着她，和她一起走了出去。

"自己写？"她说道，一面冲谢柔嘉的方向微微看了一眼，身形没有动。

谢柔惠笑着点点头。

"也该懂点事了，明明跟你一般大，养得跟比你小七八岁似的。"谢瑶说道，看着谢柔惠又补充一句，"当大的真可怜，还是我这样的小女儿自在。"

谢柔惠嘻嘻笑了，伸手挽住了谢瑶的胳膊。

"那我也要喊你一声姐姐的。"她说道。

谢瑶浮现一丝笑意。

谢柔清和谢柔淑站在门外，看到谢瑶和谢柔惠挽手走出来，谢柔淑眉头便一挑。

"还真是装样子装全套。"她哼声说道。

话没说完，她被谢柔清拉了下。

"不是二小姐。"她说道。

谢柔淑愣了下。

"不是？"她问道。

这姐妹两个一模一样，她从来都分不清。

"要是二小姐，谢瑶才不会特意等着。"谢柔清嗤了声说道，一面看着走近的谢柔惠，"怎么？这次不帮妹妹了？别让她受了罚又哭闹。"

谢柔惠笑了。

"嘉嘉懂事了，不会哭闹了，是她要自己写的。"她说道。

谢柔清和谢柔淑露出惊讶的神情。

"我就说嘛，她中邪了。"谢柔淑脱口喊道。

谢柔清打了她胳膊一下瞪了她一眼。

"她懂事是再好不过了。"她说道，转过身，"那我们走吧。"

谢柔惠却没有迈步。

"你们先回去吧。"她说道。

几个人便停下脚，有些惊讶地看着她。

"我在这里等等她，也好放心。"谢柔惠含笑说道。

谢柔淑便哼了声。

"懂什么事？她一向就这样，想起什么就是什么，说不来上学就不来上学，说来就要来，不想写功课就耍滑，赌气就写，只图自己痛快，不想给别人添麻烦。"她说罢，一甩袖子气呼呼地走了。

谢柔清也摇摇头，虽然没说什么，但神情显然也是认同了谢柔淑的话。

"你回去晚了大伯母那边怎么说？"谢瑶微微蹙眉。

"妹妹肯学，父亲母亲高兴得很呢。"谢柔惠笑道，冲她挤挤眼，"姐姐别担心。"

谢瑶点点头。

"那我们先走了。"她说道。

学堂这边渐渐冷清，花园里热闹起来，小姑娘们带着丫头三五个的看花玩水笑声不断地传来，谢柔清回头看了眼，见站在学堂外的小姑娘的身影孤零零的。

"摊上这么个妹妹真是倒霉。"走在前边几步的谢柔淑撇撇嘴说道，收回视线，"总要被拖累。"

西席先生是起身的时候才看到屋子还有人在奋笔疾书，他微微愣了一下，便又眯起眼转身走出去了，屋子里只剩下谢柔嘉，夏日的余晖照在了室内，将伏案的身影蒙上一层橘红。

写完最后一个字，谢柔嘉满意地放下笔，抬头才看到先生已经走了，她并没有着急，而是拿起写好的功课迈出了学堂。

"姐姐？"她惊讶地看着站在门外大树下的谢柔惠。

谢柔惠听到动静转过身，冲她一笑。

"写好了？"她说道。

姐姐竟然一直等着自己，谢柔嘉心里又是感激又是愧疚。

"姐姐，我去给先生看。"她说罢，忙抬脚却又停了下来。

谢柔惠笑了。

"我带你去。"她说道，抬脚迈步。

谢柔嘉忙跟上。

先生的屋子就在学堂不远处，是一座小宅院，此时正坐在院子里看小童煮茶，见到一模一样的两个小姑娘走进来，小童看得忘记了烧水，西席先生接过谢柔嘉递来的功课，扫了几眼，就放下嗯了一声。

谢柔惠便拉了拉谢柔嘉的衣角。

谢柔嘉回过神忙施礼告退，走出先生的宅院。院门外木香、木叶等丫头已经等着了。

学堂不允许带丫头进去，她们只能等在外边。

"小姐。"江铃越过众人先跑过来，"你别生气，你病着先生还罚你，不是你不好。"

谢柔嘉忍不住笑了。

"先生没有罚我。"她说道，"是我写得慢，才写完，倒是耽误先生休息了。"

眼前丫头们的眼睛都亮起来。

"哎呀，原来是这样啊。"

"二小姐竟然写完了？"

大家纷纷说道，有小丫头还拿出扇子，说的笑的众星捧月一般围住谢柔嘉。

"那是自然，二小姐本来就很聪明，一学就会。"江铃的声音更大，得意洋洋。

木香和木叶是大丫头，自然不会跟这些小丫头一起瞎欢喜，没写完不让走，这自然还是惩罚了。

"大小姐，二小姐真的是自己写完的？"木香低声问道。

谢柔惠一直含笑看着被丫头们围着的谢柔嘉，闻言点点头。

"是啊。"她说道。

"也没有发脾气？自己老老实实心甘情愿写完了？"木叶低声问道。

谢柔惠含笑点头。

"是啊。"她说道。

木香和木叶这才高兴地笑了。

"二小姐真是懂事了。"

"谢天谢地，快去告诉大老爷和大夫人。"

她们笑道，也加快了脚步。

谢柔惠慢慢地落在后边，走在夏日傍晚碎金铺地的花园里，看着前方被一群丫头欢天喜地拥着的跟自己一模一样的小姑娘，面上的笑容浅浅的。

"当个坏孩子也不错。"她自言自语地说道，"一点点好大家都看得到。"

第十三章

渐 安

细微的脚步声响起，床上的谢柔嘉猛地睁开眼，蒙蒙的青光透过薄纱帐子照在脸上，她立刻坐起来掀开帐子下床。

屋外木香疾步进来了，看到谢柔嘉光着脚站在地上。

"二小姐，还早呢，再睡会儿吧。"她吓了一跳，忙说道。

谢柔嘉看着窗外的青光，隐隐传来的洒扫声，展开手臂伸了个懒腰。

"不。"她说道，"我睡好了。"

木香含笑应声是，去唤小丫头们进来伺候，屋子里就热闹起来了。

谢柔嘉梳洗完毕走出来，看到谢柔惠已经站在院子里，正接过两个婆子递过来的一把谷子。

"大小姐，扔出去它们就自己去吃了，别怕，不会啄你的手。"她们殷勤地说道。

院子里两只孔雀慢慢地踱过来，小丫头们小心地挡着，唯恐吓到了谢柔惠。

谢柔惠倒不害怕，笑嘻嘻地将手里的谷子扔了出去，两只孔雀争抢着去吃。

"姐姐。"谢柔嘉高兴地跑过去，"你也起来了？"

谢柔惠接住她的手嘻嘻笑。

"是啊。"她说道。

"二小姐，你起得这么早，大家谁还好睡懒觉！"站在谢柔惠身旁一个小丫头笑嘻嘻地说道。

谢柔嘉愣了一下，握着谢柔惠的手便紧了紧。

"姐姐，我吵到你了吧？"她带着几分不安地说道。

谢柔嘉前段梦魇的时候在母亲的耳房那边住着，昨日决定努力学习守护姐姐，不给父母添乱，下学后她就提出要搬回自己的院子。

谢柔惠和谢柔嘉住在一个院子里，分东西两屋而居，谢柔嘉昨晚搬过来，她的丫头们也自然都跟着过来，还有那两只要留在院子里养着的孔雀，和专门伺候孔雀的两个婆子，热热闹闹地挤了一院子。

她起来，丫头们自然都动起来，进进出出叮叮当当，就算再小心也会吵到隔壁屋子的谢柔惠的。

谢柔惠咯咯笑了。

"咦，你们听这话熟悉不？"她说道，看向廊下院子里的丫头婆子，带着几分促狭，"你们分一分，哪个是大小姐哪个是二小姐。"

她说完就拉着谢柔嘉来回左右地转了转，姐妹二人并肩站在院子里。

丫头婆子们便都哄地笑了。

谢柔嘉也笑了。

以前她最爱偷懒不肯起床，总是要被姐姐叫，还发脾气地埋怨姐姐吵她。是啊，姐姐这样勤奋又自律的人怎么会被她吵醒呢？自己起来的时候，姐姐自然也已经起来了。

"哎呀，两位小姐花骨朵一般，老奴看花了眼了，哪里分得出？"一个婆子笑道。

这倒不是恭维。

"别说你是才来的，就是我们这些在身边陪着从小到大的，这陡然直愣愣地看着，也是分不出来的。"木叶笑道，一面走下台阶，看着这两个小姑娘做出几分为难的样子，"好了我的小姐们，开口说句话，让奴婢分一分，也捡回些面子。"

婆子虽然是初来乍到，但看着满院子丫头们笑盈盈的，两个小姐也是在笑，便知道这事不是冒犯，便又跟着凑趣。

"适才听了，这二位小姐说话声音也一样一样的呢。"她笑着说道。

"是啊，我们说话也一样的。"谢柔惠笑嘻嘻地说道。

她一开口木叶就走到她面前了。

"是啊，声音是一样的，但说话是不一样的，姐姐有姐姐的样子。"木叶笑道，冲谢柔惠施礼，"大小姐，该带着二小姐去吃饭了，大夫人那边已经开始摆饭了，今日可别再耽搁了上学。"

谢柔惠咯咯笑了，挽住谢柔嘉的手。

"走吧。"她说道。

谢柔嘉笑着点点头。

姐妹两个携手向外走去，丫头们忙跟着。

"哎哟，这是怎么分出来的？"婆子还在不解地说道，"谁先说话谁就是姐姐？"

另一个婆子则咂咂嘴，伸手拉了拉这婆子的衣袖。

"这谢家长房大小姐身边的人果然不一般，你瞧这话说得既哄了姐妹高兴，又稳稳定着姐妹的身份。"她低声说道。

先前的婆子还有些怔怔的。

"哄着高兴我听得出来，定着姐妹身份是什么？"她问道。

"你没听那丫头说吗？一样是一样的，但姐姐有姐姐的样子，也就是说，就算长得再像，姐姐也是姐姐，妹妹也是妹妹，是不一样的。"婆子低声笑道。

"这有什么不一样的？长得一模一样。"先前的婆子笑道。

那婆子就瞪了她一眼。

"别的家能一样，谢家能一样吗？这是谢家长房。"她说道，"大巫清后代的血脉怎么能混淆！"

那婆子这才恍然。

"可不是，这可真不一样，可不能混淆的。"她吐吐舌头说道，又忍不住转头看向门外，门外那对一模一样的姐妹早已经走远了。

只是明明一模一样，也怪可惜的。

"怪可惜"三个字闪过，婆子顿时恍然，所以才要时时刻刻话里话外都定身份。

"林妈妈，这孔雀怎么不开屏了？"

有小丫头脆脆的声音问道，打断了两个婆子的低声交谈。

两个婆子忙对院子里的丫头们含笑施礼。

"这孔雀不是什么时候都能开屏的。"她们说道。

两个丫头站在廊下点头。

"那你们好好哄着它们，等大小姐二小姐下学回来，一进门就让它们开屏，大小姐二小姐肯定高兴得不得了。"

两个婆子赔笑着应声是。

晨光大亮的时候，谢大老爷房里也用完了饭。

"别急，别急，还早着呢。"木香连声说道，看着疾步向外走的谢柔嘉。

"二小姐，书我已经送过去了，墨也磨好了。"江铃在廊下说道，一面又压低声音，"我看过了，我是第一个，别家的丫头都还没来呢。"

谢柔嘉点点头，也没理会她的话，只是喊着姐姐。

谢柔惠笑嘻嘻地从内室走出来。

"来了来了。"她说道，伸出手挽住谢柔嘉。

姐妹二人迈步前行，丫头们也没有闲着，前前后后地跟着，这个催那个，那个问拿了扇子没，这个又问茶水装好了没，乱哄哄、热热闹闹地涌了出去。

谢大夫人站在廊下看得笑起来。

"阿昌哥，你当年去考秀才也不过如此吧。"她笑道。

谢文兴走了出来，闻言笑了笑。

"娘子不早些提醒我，我好让人放爆竹，祝咱们嘉嘉此一去蟾宫折桂。"他说道。

谢大夫人哈哈笑了，廊下站着的木香、木叶等大丫头也都笑起来。

"就是不知道这次能坚持几天。"谢大夫人笑道，"也不能天天夸她就要中状元一般。"

谢文兴笑了。

"又不是真要她中状元，她想去学就学，不想去就不去，总比不知道要做什么好。"他说道。

想到前一段女儿茫然无神的样子，谢大夫人点点头，眉间闪过一丝忧虑。

可是女儿现在虽然不再说胡话了，但还是跟以前不太一样了，至于哪里不一样，也说不上来。

可见那场梦魇还是对她影响不小，也不知道这影响是好还是坏。

"老人常说，小孩子病一场，就是长本事呢，嘉嘉小时候不就是一次发烧后才开始说话的吗？"谢文兴笑着说，"这一次嘉嘉病了一场就懂事了。"

是懂事了吗？好像是吧。

谢大夫人笑着点点头。

"这话别说早了，当初刚上学时她也这样。"她说道，"懂不懂事还是等等再说吧。"

啪的一声戒尺响，学堂里便有小姑娘忍不住伸胳膊，明日后日就能休息不用来学堂了，先生瞪眼咳了一声，屋子里便安静下来。

"来了查书。"先生说道，不管学堂里小姑娘们的一片哀怨声，迈步出去了。

"又查书！"

"那么多，怎么背得完！"

先生走出去了，学堂里的抱怨声便更肆无忌惮，小姑娘们收拾着书卷，动作带上怨气便一片啪啪响。

"我们不过是来识字的，又不是考状元，干吗这样三天考两天验的？"谢柔淑没好气地说道，干脆也不收拾了，反正待会儿自有小丫头来拿回去，"不是打手板就是罚站。"

她说着伸出手。

"你们看看，我这手都被打出茧子了，像个粗使婆子，都不能出去见人。"

旁边果然有小姑娘一面探头看，一面嘻嘻笑。

"粗使婆子还会针线呢，可是咱们却不会。"她说道。

既然上了学堂，人人都不想丢脸，所以日常在家都用功，女红针线自然就少了。

"是啊，我母亲让我做的一双鞋到现在我还没做完呢，看着吧，不是被先生打就是被母亲骂，总是逃不了一顿没脸。"谢柔淑说道。

谢柔嘉津津有味地听着学堂里的姐妹们说话，在经历过梦里十年的寂寞，这些嘈杂吵闹声变得很悦耳，虽然这其中有很多眼神不喜欢她，还会对她说一些嘲讽的话。

梦里没有人骂她，但那冷冰冰的厌恶的眼神比骂她还要厉害，就连她自己也不敢看镜子，镜子里的她看自己也是厌恶的眼神。

"那就别来了呗。"谢瑶笑吟吟地说道，"妹妹也说了，识字就行了，何必受这个罪呢？"

谢柔淑面色一僵看向她，张了张嘴，那句"不来"却没敢说出来。

何必受这个罪？来这里的人心里谁不清楚！

内学堂原本只是为了谢家的大小姐一个人读书识字，以及在年幼时找同伴们陪着玩。

因为谢大小姐的身份，给她挑选玩伴可是严格得多，而对于谢家的其他小姐来说，能够跟谢大小姐——下一任丹主关系要好、亲密，不仅能在家里地位升高，挑选好亲事，将来在夫家也是有底气的。

要不然谁来受这个罪！

想到这个谢柔淑就心里气闷，同样是谢家的女儿，不是大小姐就低人一等，还要仰大小姐的鼻息。

谢柔淑的视线转过去，看到那边坐着正认真收拾书本的小姑娘，视线再转，看到了一张一模一样的脸，此时这张脸上正露出笑容，就好像在讽刺她。

受罪了又怎么样？你连一句"不来"都不敢说。

"谢柔嘉你笑什么笑！"她勃然大怒，瞪眼竖眉喝道。

两张一模一样的脸，大小姐要仰望，二小姐则跟她们一样，谁又怕谁！

谢柔嘉被骂得一怔，还有些懵懂。

"没什么啊。"她说道。

谢柔淑一腔恼火找到机会，不肯罢休。

"你笑我？你有什么脸笑我？你什么都不会，还笑我？"她喊道。

"我没笑你啊。"谢柔嘉说道。

她心里明白了，这小姑娘是有些羞恼，冲自己发脾气呢，小姑娘家都是这样，小性子说来就来了，看着有些好笑。

她心里想着，脸上就忍不住又笑了。

谢柔淑更急了。

"谢柔淑！"已经站起来准备走的谢柔清喊道。

谢柔淑耐不住脾气。

"她笑我！"她喊道。

"不，不，四妹妹，我真没有笑你。"谢柔嘉忙说道，收住笑。

屋子里的小姑娘都看向她，听到这里神情都很惊讶。

要是换作以前谢柔嘉早就哼一声不客气地说一句"是我，就笑你了"，然后两个人会吵闹不休。

"好了，二小姐都说了没有笑你，快走吧。"谢柔清粗声粗气地说道。

但这一次一向有些害怕谢柔清的谢柔淑却压不住火气。

"谢柔清，你还护着她干什么！她都把你表哥毁容了！你娘都差点儿去给你舅母下跪了。"她喊道，"咱们敬着的是大小姐，可犯不着对二小姐卑躬屈膝，二小姐、三小姐、四小姐，谁又比谁高贵！"

此言一出，原本安静下来的学堂又哗然。

谢柔嘉病了打人的事她们都听说了，但打得那么严重吗？

第十四章

不 乖

谢柔嘉的面色也变了。

这段日子过得太舒心，她都要忘了邵铭清这个人了。

邵铭清，渝州璧山邵氏的子弟。

邵氏跟谢家也是老姻亲，西府二曾祖父谢存礼的妻子就是邵家的女儿，如今二叔祖父谢华宇的长子谢文昌娶的也是邵家的女儿，而邵铭清就是这位二婶婶邵氏长兄的儿子。

二叔，邵铭清。

"我听桐娘说，三老爷、四老爷是被二老爷押进官府的。"

"邵铭清在众目睽睽之下，也用其他人家的丹砂炼制丹药，结果，只有你家的炼出毒丹。"

被压在心底的梦境里听到的话再次翻腾了上来，谢柔嘉只觉得心跳得有些乱。

梦境里是不是只有二叔全身而退？邵铭清的毒丹，这二者之间有没有关系呢？

可是，这怎么可能？那是二叔啊！祖母是他的嫡亲姑姑啊！他也是谢家长房的嫡脉啊，怎么会害谢家！

她脑子乱得出神，耳边学堂里的说话声便忽远忽近。

"表哥都说了没事，也不会跟病人计较，谢柔淑你倒心心念着，你是心疼表哥呢，还是想要借我表哥自己出口气啊？"

谢柔清和谢柔淑的性格都有些泼辣，或者说谢家的女孩子都是这样，虽然不是丹女，但也都有着丹女的血脉，带着天生的自傲、骄纵。

不过这二人的骄纵又不一样，谢柔淑是小娇气的泼辣，而谢柔清则是跟她相貌声音一般的粗野的泼辣，说不过的时候可真敢动手。

"我才没有，算我多管闲事。"谢柔淑显然也有些怕真生气的谢柔清，说完便缩了回去。

"别吵了。"谢柔惠说道。

谢柔惠发话，学堂里便立刻安静下来，谢柔惠看了眼有些呆呆的谢柔嘉，又带着几分不安地看向谢柔清。

"三妹妹。"她说道，"邵表哥真的伤得很重吗？"

那日谢柔嘉突然癫狂扑上去抓了邵铭清的脸，家里因为谢柔嘉的中邪乱了套，邵铭清当时就避嫌地离开了。事后父亲亲自去邵家探望，回来也没说什么，难道真的毁容了？

谢柔惠蹙着眉头再次看谢柔嘉，十一岁的小姑娘已经开始打扮，留着的长指甲染了凤仙花汁，这要是狠狠地在脸上抓几道……

虽然没仔细看，但她也记得当时邵铭清脸上瞬时出现的血印，真是吓人。

谢柔清笑了笑。

"没有，没那么严重，我亲自看过的，放心好了。"她说道。

谢柔惠依旧皱着眉头，伸手拉了拉谢柔嘉。

"嘉嘉，我们也去看看邵表哥好不好？"她说道。

去看邵铭清？

谢柔嘉看着姐姐。

在梦里她闭门不出，很少见人，但"邵铭清"这个名字却常常听到，所以她才好奇，在出门见人的时候特意多看了邵铭清几眼。

那个姿态丰俊的年轻人格外引人注目，也让人过目不忘，所以那日一眼就认出了还年少带着几分青涩的邵铭清。

一开始她以为这是族中选中与她结亲的人，延续谢邵姻亲，但后来与她成亲的却不是邵铭清，邵铭清依旧在丹矿上，还开始修道，再后来出嫁镇北王府的时候，邵铭清被皇帝封为了通天法师。

没想到最后是邵铭清炼出的丹毁了谢家。

她记不清邵铭清为什么会来谢家，在梦里的印象就是邵铭清一直在谢家。

去看邵铭清？给他赔不是？然后请他来谢家玩？然后留在谢家？

谢柔嘉垂在身侧的手攥了起来。

那是梦里的事，不是真的事，她不应该怨恨邵铭清。

不应该怨恨他的，她应该去跟他赔礼道歉，可是……

"嘉嘉？"谢柔惠推了推她，"明日不用上学，我们去吧。"

谢柔嘉看向姐姐，张了张口。

"不。"她说道。

"……那我们一起去，跟父亲说……呃……你说什么？"谢柔惠有些惊讶地看着她。

她怎么似乎听到了妹妹说不？

妹妹一向对她言听计从，更况且这又是合情合理的事，怎么会说不？她听错了吧？

谢柔嘉看着她。

"不。"她认真地说道，"我不去看他。"

谢柔惠愕然地看着她。

"为什么？"她问道。

谢柔嘉不说话。

"还能为什么，二小姐什么时候有错？"谢柔淑哼声说道。

"没事，没事，本来就没事，不用看的。"谢柔清笑道。

谢柔惠有些尴尬地笑了笑，再转头拉住谢柔嘉的手。

"嘉嘉。"她说道。

刚开口，谢柔嘉就甩开谢柔惠的手。

"我不去看他！绝对不会去看他！"她说道，扔下这句话抬脚跑出去了。

屋子里的人为之愕然。

谢柔淑哈的一声。

"真是懂事了。"她大声笑道，"发脾气都理直气壮。"

学堂里重新变得嗡嗡议论声纷纷。

谢柔嘉一概没有理会，她甚至没有等谢柔惠，自己一个人跑出了学堂。

"小姐出来了！"

"啊呀，这是二小姐还是大小姐？"

"第一个出来的肯定是大小姐了。"

"大小姐今天穿什么衣服来着？"

"是黄的吧？"

"不是，是绿的吧。"

等在学堂外花园里的小丫头们纷纷说道，看着跑过来的小姑娘，努力地瞪大眼分辨着。

小姑娘停也没停越过她们跑过去了。

一群小丫头张大嘴。

"追……"有人说道，才要抬脚，学堂那边又跑来几个人。

"咦，又是小姐。"一个小丫头忙说道。

谢柔惠已经走过来了。

"二小姐呢？"她急急问道。

小丫头们明白了。

"刚跑过去了。"她们齐声说道，伸手一指。

"肯定是回家告状去了。"谢柔淑喊道，带着一脸愤愤。

"不会的，嘉嘉不会告状的。"谢柔惠说道，蹙着眉头，"再说，也没什么事嘛。"

谢柔淑哎呀一声就站过来。

"什么没事？在她眼里屁点事都是事。"她喊道。

谢瑶捂着嘴笑，谢柔清咳了一声。

"怎么说话呢！"她瞪眼说道。

谢柔淑哼了声，又带着几分幸灾乐祸看向谢柔惠。

"你快回去吧，她指不定在家怎么闹呢。"她说道，"到时候大伯母又该罚你了。"

谢柔惠神情犹豫。

"不会的。"她说道。

"怎么不会？以前又不是没有过。"谢柔淑哼声说道，又眉头一挑，

"走走，我们也跟你去，到时候做个证。"

谢柔惠噗嗤笑了。

"不用的。"她说道。

谢瑶摇了摇她的胳膊。

"还是去吧，不是做证，是跟大伯父大伯母说清楚，免得他们担心嘉嘉。"她柔声细语地说道。

"是啊，这件事毕竟提到了我表哥。"谢柔清也说道，又看谢柔淑，"都是你，好好的提什么我表哥，不知道嘉嘉的病才好吗？"

谢柔淑顿时又急了。

"那还连说都不能说了，表哥就活该倒霉了？"她喊道。

谢柔惠嗨了一声。

"别吵了别吵了。"她说道，"都是我不好，不该让嘉嘉和我一起看表哥。"

"这关你什么事，这不是应该的吗？是她自己乱发脾气。"谢柔淑喊道。

"好了好了。"谢瑶说道，"先别说了，回去看看吧。"

谢柔惠点点头。

"要是嘉嘉没事，你们可别提这件事。"她又叮嘱道。

"知道了，你就知道维护你的宝贝妹妹。"谢柔淑说道，一面自己先抬脚，"看把她惯成什么脾气了！"

此时这些人的丫头们也都过来了，除了去学堂收拾书本的丫头外，其他的都拥簇着小姐们穿过后门来到谢家正宅。

谢柔惠却没让她们去父母的院子。

"你们先去我的院子里等一下。"她说道，"我去母亲这边，如果没事就带着她去找你们，如果有事……"

"让个小丫头叫我们。"谢柔清接过话说道。

谢柔淑一脸的不情愿。

"哪儿有那么麻烦？一起去看看嘛！"她嘀咕道。

谢柔惠走开，自有小丫头们带着她们去谢柔惠的院子。

刚进门，就听见一声怪叫，吓得谢柔淑差点儿跳起来。

"什么……"她喊道，话还没喊出来，就有两个花花绿绿的东西冲过来，伴着啊嗷啊嗷的怪叫。

这一下不只谢柔淑，谢瑶和谢柔清也吓坏了，丫头们也吱哇乱叫，院子里乱成一团。

"是孔雀，是孔雀。"

"小姐们别害怕。"

"快赶走，快赶走。"

好一阵才安生下来，受了这番惊吓，几个小姑娘对这孔雀的稀罕也减淡了，坐在屋子里看着门外心有余悸。

"会不会跑进来啊？"谢柔淑尖声问道。

丫头们再三保证不会。

"怎么把这东西养在院子里？还不关着。"谢柔淑又喊道。

"二小姐要这样养的。"一个丫头说道。

谢柔淑就嗤了声。

"行了，坐下吧，那么多话。"谢柔清瞪她一眼说道。

院子里便传来啊嗷啊嗷的孔雀叫声，盖过了谢柔清的声音。

谢柔淑伸手捂住耳朵。

"哎呀烦死了。"她喊道，"住在这里还能休息好吗？怪不得惠惠这几日在学堂休息间隙也不和咱们玩，趴在桌子上睡觉呢。"

话音未落，就见谢柔惠急匆匆地进来了，面色微微慌张。

"她果然闹起来了吗？"谢柔淑放下手，忙跑过去问道。

谢柔清和谢瑶也站起来了。

"没有，嘉嘉没回来。"谢柔惠带着几分不安低声说道。

没有回来？

三个小姑娘都有些惊讶。

"那她去哪儿了？"谢瑶问道。

"我想应该是躲在花园里了。"谢柔惠压低声音说道。

"哎哟，谁怎么她了？还躲起来了？真是长本事了。"谢柔淑大声喊道。

谢柔惠忙摆手嘘了一声。

"别喊别喊。"她说道，"我方才已经装作她跟父母问过安，我也说了大家一起约好去花园玩，现在我们悄悄地出去，到花园里找她，到时候装作玩捉迷藏，就能瞒过去了。"

谢柔淑一脸不情愿，挑眉要说什么，被谢柔清拉住。

"好，咱们快去，也别多带丫头，要不然嚷开了瞒不住。"她低声说道。

谢柔惠点点头。

"那快走。"她说道，忙转身。

院子里木香、木叶、江铃等人都在，显然已经知道了。

"大小姐，还是我自己去吧。"江铃忍不住说道，"我想二小姐也许只是随便走走，没有故意发脾气躲……"

"你知道什么？"谢柔淑没好气地喝止她，"你是没看到你家二小姐那样子！又是喊又是跳，还推人！"

谢柔惠拉住她。

"好了，快走吧。"她说道。

一群人向门外走去，刚到门口就站住了。

"母亲……"谢柔惠结结巴巴地喊道。

谢大夫人站在门口，面色不悦地看着她们。

"嘉嘉又怎么了？你们瞒着我什么？"她问道。

几个小姑娘你看我我看你。

"母亲，没事。"谢柔惠喃喃地说道，"我们和嘉嘉约好在花园玩呢，怕您不让所以没敢说。"

谢大夫人看着她皱眉。

"是啊，大伯母，我们约好了。"谢瑶忙说道，挤出一丝笑，"我们得快点去，要不然晚了……"

她说到这里察觉失言忙抬手掩住嘴，眼神惶惶。

"晚了？"谢大夫人看着她，迈上前一步，脸色更加难看了，"什么晚了？嘉嘉到底干什么去了？"

第十五章
要　挟

谢柔嘉将一块石子扔进湖里，原本聚拢在一起的锦鲤立刻散开了，如同一朵花盛开。

她忍不住笑了，旋即又收了笑，抬起头看着湖面上渐渐退去的金光。

她转过身闷闷地向园内走去。

脚下是碎石铺成的小路，穿着木屐走在上面有些不舒服。

跑过那群丫头后她就拐进了花园，刚进花园有些陌生。

怎么会觉得陌生呢？

她今年十一岁了，从小到大都生活在这里，这花园更是几乎每日都会来玩的地方，按五岁记事，对这花园的记忆也有七年了，是什么能让这七年的记忆消退呢？

在梦里自从十二岁以后，她就很少出门，一直到离开彭水死在镇北王府，算一下是十年了。

十年，抵消了这幼时七年的记忆。

谢柔嘉抬头看着眼前，一座假山拦住了路，她不由呆呆地看了一刻，幼时两个小女孩在假山下钻来钻去的画面模模糊糊，孩童的笑声似远似近。

那梦里的十年，真的只是梦吗？

谢柔嘉抬脚迈上假山，站在假山上看着似乎看不到边际的花园。

她不想等姐姐，因为不知道该怎么和她说，更不愿回到家后被姐姐询问，当着父母的面她就更没办法说了。

为了梦魇的事父母姐姐都操碎了心，她已经好了，不能再提做梦的事了。

可是那真的是梦吗？

谢柔嘉坐下来嬅着假山上的青草。

如果那是一场梦，她不想让梦里的事变成真的，比如姐姐去郁江边，比如邵铭清成为他们谢家的常客，最后还成了家族的法师。

绝不能让这样的事发生。

只能对不起邵铭清了，也不用做其他的解释了，就一口咬定自己不喜欢他，绝不跟他道歉。

就算姐妹们觉得她无理取闹都无所谓了。

下定这个决心，谢柔嘉觉得身心轻松了，将手里的草扔下拍拍手，才要站起来，就听得花园里喧哗起来。

出什么事了？

"嘉嘉……"

"二小姐……"

乱乱的喊声从四面八方传来。

喊我呢？

谢柔嘉踮脚看去，天色渐晚几乎看不到人的花园里突然涌进来很多人。

"二小姐！二小姐！"

江铃的喊声格外响亮。

谢柔嘉也看到了她，忙抬手。

"我在这儿。"她大声喊道。

声音随着夏日的晚风晃晃悠悠地送了出去，与花园里散开的喊声混在一起。

"在那边。"江铃喊道，伸手指过来。

大家都抬头看去，天边最后一丝亮光退去，乌蒙蒙的夜色铺开，站在重峦叠嶂的假山上的小姑娘就好似庞然怪兽口边的猎物。

小姑娘挥手动了动，摇摇欲坠。

围过来的人们便有人发出尖叫。

"她要干什么？"谢柔淑喊道，伸手捂住眼。

其他几个小姑娘吓得也脸色发白，丫头婆子们也面露惊愕。

"二小姐！"江铃喊道，向假山冲过去。

"嘉嘉！"谢大夫人也上前几步，声音拔高带着几分严厉，"下来！"

母亲生气了！

怪自己下学不回家乱跑吧。

谢柔嘉忙转身下假山，夜色蒙蒙，假山的路狭窄又嶙峋，她走得小心翼翼，到了半山处江铃接过来了。

"二小姐、二小姐。"她急急地喊道，拉住谢柔嘉的手。

二人小心翼翼地下了假山，谢大夫人带着人已经站在了山脚下。

"母亲……"谢柔嘉带着几分惭愧喊道。

刚开口，她就被谢大夫人一把抓过来，抬手狠狠地在身上打了两下。

四周的丫头婆子顿时乱了。

"大夫人。"大家喊道。

谢柔惠也急得喊母亲，冲过去抱住谢大夫人的胳膊不放。

"母亲别打妹妹，别打妹妹，都是我不好。"她哭道。

谢瑶也过来跪下了。

"大伯母，都是我们的错。"她急急说道。

"大伯母，都是我不好。"谢柔清也忙跟着跪下说道。

见状，在一旁看热闹的谢柔淑也只得撇撇嘴不情不愿地跟过来跪下了。

"大夫人，有什么话好好说，好好说嘛。"

"是啊大夫人，二小姐的病才好了。"

两个年长的仆妇也跪下来劝道。

左右前后都被拦住，谢大夫人抬起的手再也打不下去。

"你知道错了吗？"她喝道，看着还抓在手里的谢柔嘉。

谢柔嘉已经被这变故吓蒙了。

出什么事了？怎么，怎么就错了？做错了什么让母亲如此动怒？

"你长本事了是吧？一哭二闹也就罢了，现在还学会这样的把戏了？你吓唬谁呢？”谢大夫人气道，一面用力地摇晃谢柔嘉的胳膊。

谢柔嘉被甩得跟跄了一下，差点儿跌倒。

谢柔惠再次哭着喊母亲，扑过去抱住了谢柔嘉。

“都是我的错，母亲，不关妹妹的事，是我逼她去给表哥道歉的。”她哭道。

“道歉难道不应该吗？”谢大夫人伸手要再抓住谢柔嘉。

谢柔惠死死地挡在前边。

“就算你不想道歉，你就不能好好说吗？跑到花园里站在这假山上，你想干什么？跳下来自残吗？你要挟谁呢？”谢大夫人喝道，说到这里气愤更甚，伸手从谢柔惠身后一把夺过谢柔嘉，再次扬起手狠狠地打了下去，“你有没有错？你有没有错？”

“哎呀，大嫂！”

“别打孩子！有话好好说！”

这边嘈杂声未落，外边有更多的声音喊道，一群仆妇拥簇着两个妇人急急地过来了，不像那些只敢跪着劝的孩子和仆妇丫头，两个妇人毫不犹豫地一左一右抓住了谢大夫人，一个还将谢柔嘉拉在怀里护住。

“大嫂，嘉嘉的病才好，你这是干什么！”

谢柔嘉抬头去看，这是一个三十岁左右、明显比母亲年长几岁的妇人。

她称呼母亲为“大嫂”。

当然有时候年龄大了不一定辈分大，有些人年龄长在辈上，但这个妇人按常理来说，的确不管年龄还是辈分都比母亲大。

不只这个妇人，谢柔嘉又看向拉住母亲的那个妇人。

“你这死丫头，你怎么这么多事？就知道惹祸！”那妇人年纪也比母亲大一些，此时正用手狠狠地抓着谢柔淑摇晃，柳眉倒竖，愤愤不平。

这一个是谢柔清的母亲二夫人邵氏，一个是谢柔淑的母亲三夫人宋氏。

其实二叔和三叔的年纪都比父亲母亲大，但因为母亲是大小姐，成亲之后要为大房，所以原本是伯伯的就只能当作叔叔了。

怎么二婶和三婶也被惊动了？

到底出什么事了？自己不就是下了学没回家一个人跑到花园里想想事情吗？怎么整个谢家都被惊动了？

直到站到了大厅里，谢柔嘉还有些晕乎乎的。

屋子里点起了灯，不只二婶三婶，连祖母也过来了，坐着的长辈们，站着的堂姐妹，说的训斥的抽泣的几番来回后，谢柔嘉终于清楚了。

原来大家以为她拒绝给邵铭清道歉，然后跑出学堂是故意躲到花园里耍脾气呢。

这可真是误会了！

"你这还不是耍脾气吗？"谢大夫人喝道，"你还站到假山上？你想干什么？做什么样子给谁看？吓唬谁呢？"

我只是……只是……自己想静静，并不是要以跳下来以死作威胁……

她怎么可能寻死啊，她好不容易才活过来……

谢柔嘉动了动嘴唇。

"你有没有错？还不知道自己错在哪里吗？"谢大夫人再次喝道。

谢老夫人听不下去，伸手将倚在身边的谢柔嘉揽住。

"行了。"她说道，努力地睁开还有些醉意的眼，"多大点事啊，你喊什么喊？有什么错？咱们家的姑娘，哪有错？"

谢大夫人喊了声"母亲"。

"母亲说得对。"三夫人忙赔笑说道，"嘉嘉没有错。"

她说着转头看谢柔淑，竖眉瞪眼。

"都是这死丫头的错！嘉嘉的病才好了，她提什么提！"

说着伸手狠狠地戳谢柔淑的头。

谢柔淑捂着头再次哭起来。

"弟妹。"谢大夫人忙上前拉谢柔淑到身后，"淑儿又没有说错，铭清是表哥，又被伤了，自然要关心的。"

"铭清的事已经过去了，说好不再提了。"一旁的二夫人也开口了，带着几分严厉地看向谢柔清，"你难道不知道吗？还引着姐姐妹妹说这个！"

谢柔清低头应声是。

"过去了也不是没发生过。"谢大夫人说道，看向谢柔嘉，"你明日就跟我去邵家给你表哥道歉，我看看你去了能怎么样。"

谢柔嘉脸色一变。

"不。"她脱口喊道。

谢大夫人顿时面色铁青。

"你还敢……"她喝道，抬脚就要冲过来。

谢老夫人一拍桌子。

"干什么？"她喝道。

谢大夫人站住脚。

"母亲！"她急道。

"什么屁大的事。"谢老夫人哼声说道，"道什么歉？道什么歉？别说那时候嘉嘉病着，就是没病，打了他又怎么样？打他，还是看得起他呢。"

二夫人低下头，三夫人带着几分掩饰轻咳。

"母亲，您说什么呢？那是铭清。"谢大夫人急道。

"谁都一样。"谢老夫人说道，"咱们谢家的女儿，跟人道歉，说出去才笑死人呢。"

说着话伸手揽着谢柔嘉，笑眯眯地抚摸她的头发。

"嘉嘉不想跟他道歉？"她问道。

谢柔嘉毫不犹豫地点头。

"那就不道歉。"谢老夫人一挥手说道，"以后谁也不许再提这事。"

"母亲！"谢大夫人脸都气红了。

"是，伯母，早就不该提这事了。"二夫人笑道，抢过谢大夫人的话。

"是啊是啊，母亲，本来就过去了，大哥都亲自去过邵家了，再揪着不放，倒显得咱们家小气了。"三夫人也忙跟着笑道。

谢老夫人带着几分满意点点头。

"这下满意了吧，嘉嘉？不生气了吧？"她摸着谢柔嘉的头笑眯眯地说道。

谢柔嘉心里又麻酥酥的。

以前觉得祖母酗酒，总是醉醺醺的，又是瞪眼吓人，不愿意往她跟前去，而在梦里，祖母也早早地过世了，她也没机会亲近。

原来祖母待她这么好啊。

她不由得在祖母怀里靠紧。而且祖母在家说话最管用，看看低头赔笑的二婶三婶，再看看气得脸红却无可奈何的母亲。

谢柔嘉的眼睛猛地亮了。

这就好办了！

既然大家都误会她是因为邵铭清闹得要死要活，那就承认了，一来免得大家再逼她去和邵铭清和好，二来也彻底断了邵铭清再来家里的机会。

"祖母！"她伸手抱住谢老夫人的胳膊，大声说道，"不够，以后还不许邵铭清来咱们家！我再也不要看到他！"

此言一出，满屋子的人神情惊愕。

一直低着头的谢柔惠也抬起头，瞪圆的眼、微微张开的小嘴显示她的震惊。

第十六章

骄 纵

帘子响动，妇人们从屋内走出来，身后跟着三个小姑娘。

谢大夫人的面色发红，难掩几分尴尬，不待她说话，二夫人邵氏握住她的手。

"阿媛，别着急，听母亲的，听孩子的。"她说道。

"那也要看她们的话能不能听。"谢大夫人气道。

"我知道你是为了嘉嘉好，母亲难道不是吗？"邵氏笑道，"嘉嘉，毕竟才好。"

谢大夫人的神情微微一顿。

女儿是梦魇，而且貌似梦里邵铭清吓到了她，所以才会对邵铭清做出那样过激的行为，原本以为好了，没想到今日因为提到了邵铭清，就又闹起来了。

看来梦魇还是留下了很大的阴影。

"我得亲自去看看铭清。"她叹口气带着几分惭愧说道。

邵氏笑了。

"你快得了吧。"她笑道，"都说了嘉嘉是病了，又是个孩子，难道我娘家的人在大嫂你眼里都这么小气啊？"

"你快进去吧，我们回去了。"宋氏也笑道，伸手拉住谢柔淑。

那边谢柔清跟着邵氏迈下台阶。

和谢柔惠拉着手的谢瑶便也施礼告退。

"瑶瑶，你在这里吃了饭吧。"谢大夫人拉着她的手说道。

谢瑶笑着道谢。

"谢过大伯母，只是今晚哥哥们都回来了，母亲让一起吃饭。"她说道，一面再次施礼。

谢大夫人抚了抚她的肩头。

"好孩子，连累你了。"她说道，又喊着仆妇亲自送过去，"拿一坛京中送来的杏楼春送去让孩子们吃。"

谢家的朱砂是贡品，所谓京中送来的酒自然是皇家御赐之物，在谢氏一族也不是谁都能吃到的。

谢瑶也没有推辞，含笑道谢带着丫头离开了。

院子里安静下来，谢大夫人叹了口气。

"母亲。"谢柔惠伸手拉着她的衣袖，又担忧又忐忑地喊了声。

谢大夫人拍拍她的手，抬脚进了屋子。

屋子里灯火明亮，谢柔嘉紧紧挨着谢老夫人坐着。

"祖母要跟所有人都说到。"她抱着谢老夫人的胳膊说道。

谢老夫人哈哈笑。

"好，你放心，不用跟所有人说到，就跟看门的说，不，跟咱们彭水城门的人说，只要邵家那小子来了，就不许进就够了。"她笑道。

"他们听吗？"谢柔嘉带着几分担心问道，"万一有疏漏呢？毕竟二叔三叔还有二叔祖父他们都在家呢。"

谢老夫人觉得自己的权威受到了质疑，嗯了声。

"你还不信祖母？"她说道，惺忪的醉眼一转，"我明日就让人把邵家那小子叫来，等他进城门的时候，你看看守卫放不放他进。"

到时候守卫们将他打走，这样不仅谢家的人知道了，全城的人也都知道了。

如果这样的话，邵铭清这辈子都不会再踏入彭水了。

谢柔嘉眼睛亮起来。

"好好好。"她说道。

"谢柔嘉！"

谢大夫人气得眼冒火。

谢柔嘉吓得缩起头。

"你还好好好？"谢大夫人喝道，站到她面前，"人家和你什么仇什么怨？你打伤人家还不算，还要毁了人家的名誉！"

"你喊什么喊？什么大不了的事！不就一个小子吗，打了就打了，骂了就骂了，要什么理由啊？"谢老夫人哼声说道，将谢柔嘉揽住，"看把孩子吓的。"

"母亲！能这样惯她吗？"谢大夫人气道，伸手抓住谢柔嘉就往外拎。

"哎呀，你干什么干什么！"谢老夫人喊道，拉着不放。

谢柔嘉被二人拉扯着啊啊地喊起来。

谢柔惠也忙上前。

"母亲、祖母快松手。"她喊道，"伤到妹妹了。"

谢老夫人和谢大夫人闻言立刻都松了手，谢柔嘉跌坐在地上。

"嘉嘉。"

三人又都担心地喊着围过去。

母亲很生气，打得她也很重，现在屁股和背上还痛呢，但是当母亲听到拉扯伤到她的时候，还是第一时间就松开了手。

在梦里姐姐死了后，母亲也很生气，但却没有打她也没有骂她，只是冷冷地看着她，那眼中的厌恶简直比打她还痛。

母亲打她骂她归根结底是爱她担心她，如果连打也不打骂也不骂，那才是与她再无半点情分了。

谢柔嘉哭了起来。

"不怕不怕。"谢老夫人忙将她揽住，一面哄着。

"你还哭，你还知道哭！"谢大夫人喝道，眼里却掩饰不住担心。

一旁的仆妇看出来了。

"快去叫大夫。"她喊道。

谢大夫人没有说话，几个丫头便应声"是"忙向外而去。

"不用，不用叫大夫，我没事。"谢柔嘉忙哭道，一面抬袖子擦泪。

谢老夫人哼了声。

"走，走，跟祖母走。"她说道，拉起谢柔嘉不由分说地向外走去。

"母亲！"谢大夫人喊道，"您不能这样骄纵她！"

谢柔惠抱住了她的胳膊。

"母亲，母亲，现在别说这个了，现在别说了，等妹妹好一点儿了再好好说。"她哀求道，"别再吓得妹妹犯了病。"

"犯了病"三个字让谢大夫人停下脚，看着被谢老夫人拉着向外走去的谢柔嘉。

门帘子打起来，有人从外边急急地进来。

"怎么了？嘉嘉怎么了？"谢文兴问道。

"被你媳妇打傻了。"谢老夫人哼声说道。

谢文兴被说得发蒙。

"母亲。"他施礼。

谢老夫人看都没看他一眼，拉着谢柔嘉从他身边过去了。

"嘉嘉要去哪里？"谢文兴忙问道。

"别管她，爱去哪里就去那里。"谢大夫人喝道，"去了就别再回来。"

谢文兴皱眉，门帘响动，谢老夫人拉着谢柔嘉走出去了。

父亲并没有追上来。

谢柔嘉回头看了一眼，门前灯笼明亮，廊下丫头垂手侍立。

祖母的院子就在不远处，走不了几步就到了。

祖父正躺在院子里的凉椅上看星星，旁边坐着两个小丫头，弹琴唱小曲。

"这是大的还是小的？"他问道，带着几分惊讶看着谢柔嘉，"真是稀罕，怎么这么晚跟你过来了？"

祖母没搭理他，只让丫头们摆饭。

"嘉嘉，想吃什么？"她笑呵呵地问道。

谢柔嘉抬袖子擦了擦眼泪，怏怏的没说话。

祖母找来几个丫头给她洗脸，洗完这些饭菜已经摆好了。

"别怕，哭什么哭！咱们家的孩子可不会哭，只能让别人哭。"她一面说着，一面亲手给谢柔嘉盛饭，"多大点事，你母亲大惊小怪，看把我们嘉嘉吓的。"

"阿媛可不是大惊小怪的人。"祖父说道，在桌子另一边坐下，他已经从丫头那里知道怎么回事了，忙插话，"她小时候比这更吓人的事都做过呢，只不过长大了，被某些人啊拘住了。"

这某些人自然是谢文兴。

祖父还真是很不喜欢父亲呢，像个小孩子似的，逮到机会就要嘀咕父亲。

谢柔嘉忍不住笑了。

"哎哟，好了，笑了，笑了。"祖父笑道，伸手捡了一块鸭头递过来，"来，来，我们嘉嘉最喜欢吃的鸭头。"

可是也正是这样，当祖母死了后，祖父一个人孤零零的，还搬出了谢家大宅住到了郁山上，郁郁寡欢的没多久就死了。

谢柔嘉对祖母祖父几乎没什么印象，可是现在看来祖母娇宠她，祖父还知道她最喜欢吃鸭头。

那梦里到底是失去了多少本该拥有的？

她的眼泪忍不住掉下来。

祖母啧了一声，瞪祖父，祖父有些讪讪地将鸭头搛回去。

"嘉嘉不喜欢吃啊？不喜欢就不吃。"他说道。

"你不吃了吗？又坐下来干吗？"祖母没好气地说道。

祖父摸了摸鼻头。

"没吃饱没吃饱，再吃点。"他说道。

谢柔嘉又忍不住噗嗤笑了。

祖父看着立刻也跟着笑了。

"看，笑一笑，我们嘉嘉最好看。"他说道，"哭鼻子就丑了。"

谢柔嘉吸了吸鼻子，看着祖父点点头。

"祖父，我想吃鸭头。"她说道。

祖父笑了，忙伸手给她搛起一块。

谢柔嘉拿起筷子，吧嗒吧嗒地大口大口吃起来。

"多乖的孩子。"祖母说道，拿起一旁的酒壶斟酒。

谢柔嘉站起来，拿起桌上的一双筷子搛起菜举着送到祖母面前。

"祖母，祖母，你也吃。"她说道。

谢老夫人笑了，将刚端起来的酒杯放下，张口吃了。

"嗯嗯，我们嘉嘉真懂事。"她说道。

谢柔嘉便示意丫头们。

"给祖母盛饭。"她说道。

"我不吃，嘉嘉吃吧。"祖母笑道，一面再次拿起酒杯。

谢柔嘉放下筷子跑过去拿起酒壶。

"不。"她说道，"祖母也要吃。"

祖父呵呵笑了。

"你就吃吧吃吧，让孩子高兴嘛。"他说道。

祖母哈哈笑了，将酒一饮而尽，说了声好，一旁的丫头们忙高兴地盛饭。

"再加个葱泼兔，老夫人最喜欢的。"祖父也高兴地说道。

"加什么加，加好了饭都凉了。"祖母瞪他一眼说道，拿起筷子，看着谢柔嘉一笑，"不能让咱们嘉嘉等着，快，吃饭。"

谢柔嘉笑着点点头，抱着酒壶坐回位子。

祖父哈哈笑起来。

"吃饭吃饭。"他也说道，拿起筷子。

相比这边祖孙的其乐融融，谢大夫人那边就气氛沉闷多了，屋子里布菜摆饭的丫头们一点儿声响也不敢发出。

谢大夫人放下手里的碗筷。

碗里的菜、饭动也没动。

"吃饭啊。"谢文兴说道。

"吃不下。"谢大夫人没好气地说道，干脆站起身走向内室。

谢柔惠忙放下筷子，带着几分不安地站起来。

谢文兴安抚她一眼。

"惠惠，你吃吧。"他说道，也站起来走到内室，看着在窗前坐下的谢大夫人，"你跟孩子置什么气！"

"她都多大了，还孩子呢？还说她懂事了，这叫懂事吗？这分明是越来越不像话。"谢大夫人气道。

"嘉嘉不是那种不懂事的。"谢文兴说道，"她只是害怕。"

谢大夫人转过头看他，皱眉，又笑了。

"果然都是丈八高的灯台照人不照己。"她说道，"你以前说我母亲那样骄纵我不好，如今你这样子，跟我母亲又有什么区别？"

谢文兴笑了。

"哪儿有！"他说道，"嘉嘉是因为梦魇，俗话说一朝被蛇咬十年怕井绳，虽然说不做噩梦了，但到底是留下恐惧了，所以才那么害怕邵铭清。"

谢大夫人叹了口气。

"我是没想到这孩子会怕成这样。"她说道，但她话锋一转眉头竖起来，"而我生气也是因为没想到她会这样闹，她可以害怕，害怕不能好好说吗？你看她做了什么？打人，自己发脾气跑到花园里，还站在假山上吓唬人。"

谢文兴沉默一下。

"也许嘉嘉是不知道该怎么说。"他说道。

"正因为她不知道怎么说，所以我才要教她怎么说。"谢大夫人说道，"总不能像母亲那样顺着她骄纵着她。她不喜欢，就可以打邵铭清，就可以败坏人家的名誉？"

谢文兴眉头也皱了起来。

谢大夫人又沉沉地叹口气。

"母亲性子如此，我看嘉嘉也不远了。

"她以前也没少做这样的事，只不过没这么明显罢了，就好似病了那段，哭着闹着，乳娘丫头怎么劝都劝不住，非要我过去才作罢。

"不只在我们跟前，她在外边也越发地专横，淑姐儿她们说了，嘉嘉在学堂怎么高兴怎么来，不高兴了就甩脸走，高兴了也自我行事，总是让惠惠陪着收拾烂摊子。

"她一次两次哭闹都能如愿，是尝到甜头了，你看这一次就又变本加厉了，为了达到目的一哭二闹三上吊，三岁看老啊，你还能仅仅一句'她还是个孩子'就揭过去视而不见吗？

"阿昌哥，嘉嘉她，跟别的二小姐不一样，有些事，是不能纵容的。"

室内沉默下来。

坐在外间的谢柔惠低着头一粒一粒米地夹着吃，似乎唯恐发出声响惊扰了父母说话。

"我知道了，你别担心，今日都在气头上，缓一缓等明日我来跟她好好说吧。"

室内传来父亲的声音，一句话后又再次沉默，谢大夫人并没有像以前那样很快地接起丈夫的话。

谢柔惠咬着筷子。

"不用跟她好好说，就跟她说，别回来了。"

谢大夫人的声音传来，与此同时珠帘被甩得唰啦响。

谢柔惠忙放下筷子站起来，看着走出来的母亲。

"吃完了吗？"谢大夫人看着她脸上浮现一丝笑，问道。

谢柔惠点点头。

"那好，咱们该学祭词了。"谢大夫人说道，"走吧。"

谢柔惠迟疑了一下。

"母亲，先吃饭吧。"她说道。

谢大夫人伸手抚她的肩头。

"不想吃。"她说道，"走吧。"

谢柔惠嘻嘻笑了，伸手拉住母亲的手。

"母亲也不乖哦，不想吃就不吃。"她说道，"和妹妹一样。"

谢大夫人一愣，旋即噗哧笑了，伸手点了女儿的头一下。

"不用你给妹妹说情。"她说道，"这次谁说情也没用。"

因为笑，眉头舒展开，眼神也柔和下来，她伸手拉住谢柔惠的手。

"还好你是个乖的。"她说道，似是跟谢柔惠说，又似是自言自语感叹。

第十七章
胆 大

晚夏燥热，虫鸣阵阵。

谢柔嘉看着三个小丫头拉着兔子灯在院子里跑。

"二小姐二小姐，好不好玩？"她们咯咯笑问。

还有两个小丫头从外边跑进来，手里举着蒙纸卷成的筒，里面荧光点点。

"二小姐二小姐，抓了萤火虫，给你玩。"她们高兴地说道。

谢柔嘉哦了声，没什么兴趣地看了眼，门外传来脚步声。

"二小姐，二小姐。"江铃喊道，身后跟着木香还有乳娘和一大群丫头，拎着抱着包袱、匣子乱哄哄地进来了。

谢柔嘉从躺椅上起来，有些惊讶。

"你们怎么来了？"她问道。

"二小姐，大夫人把我们赶出……"江铃嚷道。

话没说完被木香一巴掌打一边去了。

"二小姐，老夫人说让你在这里住，所以我们来布置一下。"她柔声细语地说道。

谢柔嘉明白了，叹了口气。

声响惊动了另一边躺椅上打瞌睡的祖父。

"嗯，哦。"他坐起来看着满院子的人有些恍惚。

"老夫人说让二小姐住碧纱橱。"一旁侍立的大丫头忙提醒道。

木香和乳娘带着丫头们跟祖父施礼。

祖父想起来了，点点头摆摆手不再理会，转头看谢柔嘉。

"饿不饿，渴不渴？"他问道。

才吃过饭哪里饿？谢柔嘉摇摇头。

"不饿，采菊姐姐刚才给我倒水喝了。"她说道，一面拦住要进屋布置收拾的乳娘、丫头们，"祖父，我还是回去住吧。"

木香、乳娘等人愣住了，祖父也愣了一下。

"回去？你不怕你娘打你？"他问道。

谢柔嘉摇摇头。

"母亲打我也是为了我好。"她说道。

这就是孩子和父母，千打万骂也是亲，别人都得靠后，祖父哈哈笑了。

"你去跟你祖母说吧。"他说道。

谢柔嘉笑嘻嘻地应声是，起身向屋内跑去，江铃忙要跟着，被木香拉住瞪了一眼。

屋子里只点了四盏灯，看到谢柔嘉进来，两个丫头忙施礼。

"二小姐，老夫人睡了。"她们低声说道。

谢柔嘉闻到浓浓的酒气，心里不由叹口气，祖母不是睡了，是喝酒喝醉了。

她没理会两个丫头越过她们进了室内。

昏昏暗暗的室内，谢老夫人歪躺在罗汉床上，也没有解开发髻也没更衣，正发出微微的鼾声，床边倒着一个酒壶，显然已经空空的。

看来只吃饭的时候夺过酒壶是没用的，祖母的酒瘾都已经记不清多少年了，肯定不会因为她一两句话就能戒掉的。

谢柔嘉跑过去，站在了床前看着睡着的祖母。

夜色里老妇人的面容蒙上一层惨灰，散乱的斑白的头发枕在脑后，哪里有半点谢家丹主的神采！

祖母今年五十三岁了，但看起来比实际年龄要老十岁，看着这张脸，谢柔嘉甚至看不出她年轻时的轮廓。

谢家的丹主都长得很好看，尤其是祖母，年轻的时候穿着红衣骑着黑马在彭水城，那是最引人注目的风景，甚至有人故意跳到马前，冒着被马蹄踢到的风险近距离地看她一眼，而如果还能被祖母用马鞭抽一下，那就更是天大的欢喜。

而现在祖母却是一个人人都害怕、避之不及的脾气古怪的老妇人。

谢柔嘉伸出手抱住了祖母的脖子，贴着那干巴巴的脸。

"祖母祖母。"她一面摇晃一面喊道。

跟进来的丫头们都吓了一跳，老夫人脾气很坏，从来没人敢吵到她。

"二小姐二小姐。"她们颤声喊道想要劝阻，谢老夫人已经被摇醒了。

本来要发火，但紧紧贴着自己脸的肌肤，光滑的嫩嫩的以及软软的在耳边的喊声，让谢老夫人有些恍惚。

多久没有人这样亲近她了！好像阿媛小的时候这样过，但那也没多久，阿媛懂事后不知道怎么就和她生分了，小小年纪总是摆出一副质疑的神情看着她，真是让人坏了兴致。

谢柔嘉看到谢老夫人睁开眼，高兴地用手抱住祖母的胳膊。

"祖母，我来和您说一声，我该回去了。"她说道。

谢老夫人哦了声。

"回去干什么？被你娘打啊？"她带着几分醉意说道，一面要坐起来，两个丫头忙小心地搀扶。

"有祖母在，母亲不敢打我。"谢柔嘉说道。

谢老夫人呵呵笑了。

"那你还不躲在我这里！"她说道，"祖母可不能跟你天天长在你母亲身边。"

"只要有祖母在，不管在哪里，就没人敢欺负我。"谢柔嘉说道，又伸手抱住祖母，将头靠在她的肩头。

谢老夫人哈哈笑了。

"去吧去吧。"她说道，"你既然不怕，我何必管闲事？"

院子里呼啦啦的脚步声远去了，又恢复了安静。

谢老太爷走进屋内，看着倚着引枕坐着似乎又睡了的老夫人。

"还是跟娘亲啊，打不走骂不走。"他说道，在一旁坐下来，"最后就是你当了恶人。"

谢老夫人哼了声。

"我又不是为了她们。"她说道，"我护着谁，骂着谁，都是我自己高兴，我高兴怎么做就怎么做，谁管她们感激我还是恨我！"

谢老太爷嗯嗯点头。

"对，对，没错。"他说道，"你们谢家人就是这样。"

谢老夫人一挑眉瞪眼看他。

"你不是谢家人吗？"她说道。

谢老太爷干笑两声。

"就知道，你们这些养不熟的白眼狼。"谢老夫人嗤声说道。

谢老太爷脸面有些挂不住。

"你说话也太难听了。"他说道。

"不爱听滚，谁让你听！"谢老夫人说道。

谢老太爷愤愤地吐口气，起身甩袖子走了。

屋子里又恢复了安静，夜色昏昏，灯光更加晦暗不明，把坐在罗汉床上的老妇的身影拉得越发佝偻。

伴着一阵杂乱的脚步声，和母亲学完功课的谢柔惠迈进院子，门前立着的两个丫头忙施礼。

谢柔惠停下脚，看着左边。

左边立起了一圈篱笆，树上挂着的灯笼罩着那两只卧着的孔雀投下一团阴影。听到动静，它们带着几分警惕梗起脖子。

"不会乱跑吓到人，已经关起来了。"两个小丫头殷勤地说道。

谢柔惠皱了皱眉头。

"嘉嘉喜欢孔雀，你们去送到祖母那里吧。"她说道。

两个小丫头对视一眼，应声是，忙去喊伺候孔雀的婆子，院子里便热闹起来。

谢柔惠已经走到了廊下，回头看院子里。

"少了些人，再热闹也显得冷清了。"她喃喃地说道。

木叶听到了叹了口气。

"大小姐别难过，等夫人消气了，就会把二小姐接回来的。"她说道。

谢柔惠嘴角弯弯，没有说话，转身进了屋。

屋子里灯火明亮，两边珍珠垂帘熠熠生辉，虽然还是个孩子，但谢柔惠所居住的地方布置得也是极其奢华。

因为她是谢家大小姐，是因为她才会如此。

谢柔惠接过小丫头捧来的凉茶抿了抿。

"水已经备好了，小姐洗漱吧。"木叶说道，一面打起了净室的帘子。

除了睡觉的屋子，其他的姐妹两个都是共用的，说是净室，比起居室还要大，当中挖了一个水池，此时已经放满了水，撒了些干花瓣，满室清香。

没有哪里都是的水渍，没有被摆乱的衣架、踢乱的鞋子、扔下的衣裳，视线扫过，满目的干净清凉。

谢柔惠展开手，任小丫头解下衣裳，迈入池水中，长长的乌黑的头发铺散在水面上，秀发与雪白的肌肤互相映衬娇艳夺目。

谢柔惠洗的时间比平日长了很多。

"小姐直接去睡吗？"木叶细细地将她的头发烘干，一面问道。

谢柔惠看着外边的夜色，风穿过纱窗进来，不仅带来了清凉，还带着虫鸣。

真是从来未有过的清净，她不由微微一笑。

"我再看会儿书。"她说道。

"大小姐真用功。"木叶笑眯眯地带着几分感慨说道，一面忙去布置。

"有什么瓜果宵夜也拿来些。"谢柔惠说道。

屋子里的丫头们应声是，脚步轻松欢快地忙碌起来。

两盏灯摆在了几案前，切好的瓜果盛在一个梅花盘摆过来，谢柔惠带着几分轻松捏起一块放入口中，才低头翻开一页书，就听得原本安静的院子里陡然嘈杂起来。

"木香姐姐！"

"你们怎么回来了？"

"是忘了什么东西没拿吗？"

丫头们看着涌进来的人，惊讶地七嘴八舌地问道。

"二小姐要回来住。"江铃大声说道，带着几分得意。

"二小姐回来？是夫人让回来的吗？"木叶忍不住也走出去，站在廊下惊讶地问。

"不是，是二小姐自己要回来的。"木香含笑说道。

"那夫人那里……"木叶担忧皱眉。

"姐姐不用担心，二小姐已经去和夫人赔礼了。"江铃笑嘻嘻说道。

木叶更惊讶了。

"二小姐，胆子越来越大了。"她说道。

先前夫人发脾气，她不认错还变本加厉不许邵铭清进门，此时夫人不让她回来她却偏偏又大摇大摆地回来了。

是仗着老夫人吧。

老夫人脾气强硬，但大夫人难道脾气就柔顺吗？谢家大小姐哪个没有自己的主意！

木叶的眉头就拧起来。

那边乳娘已经带着人将拿走的铺盖妆盒等物去重新摆放，又有小丫头问熏香，又有小丫头问洗澡水，进进出出、说说笑笑、叮叮当当地热闹起来。

谢柔惠看着手里的书，又看看一旁摆着的果盘，木香跟着木叶进来了。

"大小姐还在看书！"木香感叹道。

谢柔惠笑了笑。

"准备些新鲜的果子来。"她对丫头说道，又叮嘱，"等妹妹回来了再送来。"

说着话站起来。

"我去母亲那里接妹妹。"

木香和木叶欢喜地松了口气。夫人和二小姐都听大小姐的话，有她在场，夫人和二小姐不会闹僵起来。二人忙帮谢柔惠绾了头发，添了外衫。

"我自己过去吧，你们在家收拾好。"谢柔惠拒绝了二人的跟随。

夫人小姐们说话，又是刚闹了一场，她们这些下人都要回避，木香和木叶点点头，只让小丫头们在门边好好地看着，谢柔惠自己迈过夹门。

第十八章

心 系

谢柔嘉已经在谢大夫人跟前站着了。

她过来的时候，院子里的丫头们都很惊讶。

"大小姐，您怎么又回来了？"便有几个低声问道。

本来这些丫头就分不清自己和姐姐，更何况自己又跟着祖母走了，她们也想不到会是自己过来了。

谢柔嘉冲她们摆摆手，也不说话就跑进了屋子。

屋子里很安静，谢柔嘉先向左边看了看，父亲没有在，再看向右边，母亲正由两个丫头梳头。

"大小姐……"

外边的丫头们跟进来，低声不安地喊道。

闭着眼的谢大夫人听到了不由得回过头，就见一只手掀起珠帘，一个小姑娘探进头来看着她嘻嘻笑。

"惠惠，什么事？"谢大夫人含笑问道，"时候不早了，该睡了。"

谢柔嘉忍不住嘿嘿笑了，掀起帘子走进来跪下来。

"母亲，我是嘉嘉，我来领罚了。"她说道。

里外的丫头都吓了一跳，谢大夫人也面露惊讶。

"是啊是啊，二小姐今日穿的是嫩黄衫。"有小丫头忍不住低声说道。

她们分辨两个小姐也就靠衣衫了，只不过两张一样的脸总是让她们记不清衣衫。

谢大夫人的面色沉下来，没有说话，转过身去，继续对着镜子。

"梳头。"她淡淡地说道。

两个小丫头忙继续梳头，屋子里的丫头们屏气噤声。

谢大夫人梳完了头，便进去洗漱了。等她出来，谢柔嘉还跪在原地一动不动。

"你还不知足？要我跪下来给你道歉吗？"谢大夫人说道。

"母亲，我知道错了。"谢柔嘉道。

谢大夫人嗤笑一声，接过丫头捧来的茶吃了口。

"你已经有了你祖母撑腰，没必要再来讨好我。"她说道，"你也不用来我这里跪着，你又没有对不起我。"

"我当然对不起母亲了。"谢柔嘉抬起头说道，"我做出的这些事，让母亲为我担忧心痛了，母亲正是因为担心我，所以才这么生气。"

谢大夫人看着她。

"没有，我没担心你，嘉嘉这么能干，我担心你什么？"她说道。

说罢抬脚迈步。

谢柔嘉眼圈一红，跪着前行抢着抓住母亲的裙角。

"我要是能干，这次的事也就不会伤母亲您的心了。"她说道。

谢大夫人心中忍不住一动，想到丈夫说的那句"也许嘉嘉是不知道该怎么说"，虽然没说话，脚步却停下来。

"我不知道该怎么说，我知道父亲母亲因为我的梦魇很担心，我也知道我好了，不能再提这件事了，可是当姐姐们在学堂提到邵铭清，我也不知道为什么心里就很不喜欢，我不知道该怎么说，也不敢说，就只能说我不去。"谢柔嘉说道，声音忍不住哽咽。

她真希望那只是一场噩梦啊，可是她还是很害怕，那梦太真实了，真实得她实在是害怕有一天会变成现实。

这一次她借着祖母的维护闹了一场，又是当着二姊三姊的面，那么自己不喜欢邵铭清的事就人尽皆知了，就算有人有心说和，邵家也是要脸面的，绝不会让邵铭清再过来了，这个心愿得偿，但却让母亲寒心，这不是她的本意。

如果是那样，梦里的事不是依旧成真了吗？

"我不想和姐姐们说话，怕她们追问我，我就自己跑到花园里，想要想一想怎么办，没想到不仅没有想出该怎么办，反而让母亲您担忧，看到母亲您这么着急担心，我就更不知道该怎么办了，就只能混闹撒泼，我宁愿让人认为我不知礼数，也不想让母亲担忧我的病。"

有小丫头忍不住跟着小声地哭起来，被一旁的大丫头扯了下才惊觉失态，忙噤声。

她也不知道为什么会跟着二小姐哭，只是看着二小姐哭得那样的痛，她就忍不住。

谢大夫人身子依旧站得直直的。

"那你现在，就不怕我担忧你的病了？"她说道，"仗着你祖母在人前得偿了心愿，人后又跑来哄我开心，你可真是哪儿都不吃亏啊，你还说你不能干？我看你聪明得很。"

谢柔嘉摇摇头。

"我要是真聪明，此时就不该来这里，明日喊人套车去邵家，说要跟邵铭清道歉，那时候再给母亲跪下说这番话。"她说道。

谢大夫人看着她一挑眉。

"可是我不，我来跟母亲道歉，道的不是对邵铭清的无礼，而是让母亲的忧心。"谢柔嘉吸吸鼻子接着说道，满满含着泪水的眼睛看着谢大夫人，"我病了，父亲母亲虽然担忧但还可以给我治，但如果让母亲觉得我心性不正、不可理喻，那就是药石不治，父亲母亲以后就不再理会我了，想到这样，我就宁愿让母亲忧心。"

就像在梦里那样，父亲母亲对她绝望而厌弃，不闻不问、不打不骂、不理不会，看她的眼神就像看一个陌生人。

"我知道我这次做错了事，还请母亲不要讨厌我，不要不理会我，还请母亲您教教我。"

谢柔嘉哭道，松开手俯身咚咚叩头。

谢大夫人哎了声，伸手扶住她。

"既然知道自己病还没好，还这样糟践自己的身子，是故意让我难受的是吧？"她说道，"你这孩子怎么这样不懂事呢？"

被母亲的手扶住，那温热的气息提醒她这是真实的，谢柔嘉哇的一声大哭起来。

屋子里的丫头们也都活了过来，抢着过来喊二小姐的、搀扶的、拿毛巾的，乱哄哄地热闹。

站在门外的谢柔惠松开紧紧握在身前的双手，看着身旁正也抹泪的丫头，松了一口气拍了拍心口。

"谢天谢地，好了好了。"她说道，带着几分欢喜，"我们快进去吧。"

丫头们给谢柔嘉洗脸，又端来热茶。

谢柔嘉抽抽搭搭地接过喝了两口。

"我不是不跟姐姐你说。"她接着说道，看着身边的谢柔惠，"我是真不知道该怎么和你说，我怕你们担心，我都病了这么久，再这样，父亲母亲会多着急难过。"

谢柔惠抚着她的肩头。

"你怎么糊涂了？你不想当着谢瑶她们的面和我说，就不能回来之后跟父亲母亲私下说吗？"她嗔怪道，"跟父亲母亲有什么不能说的！"

谢柔嘉点点头。

"我这次知道了，所以我这就来和母亲说了。"她说道。

"这就对了，有什么话说开就好了。"谢柔惠含笑点头说道。

"你做了错事，不能认错就算了。"谢大夫人说道。

谢柔嘉连连点头。

"母亲怎么罚我都好，只要别不理我。"她哽咽着说道。

真是孩子气，当母亲的怎么会不理会自己的孩子？谢大夫人强忍住笑。

"禁足两日，去祠堂思过。"她说道，停顿一下，"抄《女诫》二十遍。"

谢柔嘉高兴得应声是。

谢柔惠嘻嘻笑，伸手拉她起来。

"母亲，时候不早了，我和妹妹先回去了。"她说道，"明日一早我会送她去祠堂的。"

谢大夫人点点头，看着两个女儿携手走出去。

"我已经给你准备了果盘，原本想送去祖母那里，你现在回来就省事了。”

“有蜜瓜吗？”

“有，我能少了你最爱吃的吗？”

“姐姐真好。”

轻声细语伴着咯咯的笑声渐渐远去了，谢大夫人的脸上才浮现一丝笑意，轻轻地吐了口气。

“来人。”她说道。

大丫头便忙近前。

“去看看大老爷适才在做什么，去了哪里。”谢大夫人说道，“看看那些话是嘉嘉自己要说的，还是大老爷教她的。”

别人教了才能想到也是好的，但总比不过自己想明白。

大丫头应声是低头退了出去。

夜色深深的时候，谢文兴迈进屋，看到倚在床头看书的谢大夫人，忍不住轻轻叹口气。

“饭不吃，觉总不能也不睡吧？”他走过去坐下来说道，“这可不像谢大小姐的心胸啊。”

他的话音未落，就看到谢大夫人脸上的笑意，便咦了一声。

“看，夫人被我一逗就笑了，早知道我就不躲出去，早点儿来逗夫人了。”

谢大夫人哈哈笑了，用手里的书打了他一下。

“快睡吧。”她说道，翻身向内去了。

谢文兴愣了下。

“夫人不睡是在等我？”他问道。

谢大夫人面向内没理他。

谢文兴便也不再说话，熄灭了灯放下帐子，屋子里陷入夜色的静谧。

“我明日一早就去母亲那里。”

谢文兴的声音在夜色里低低地响起。

“我适才与二弟一起坐了坐，过些日子我再亲自去一趟邵家。”

谢大夫人翻个身面向他。

"你还说我没心胸。"她笑道，"不过是孩子耍脾气，你还特意跑去二弟那里周旋，多大点儿事啊，这可不像谢大小姐夫君的做派。"

谢文兴咦了一声撑身起来，透过夜色看着妻子。

"孩子耍脾气？你……"他问道，问出口心思也反应过来了，更有些惊讶，"嘉嘉来过了？"

谢大夫人笑着拉他躺下。

"来过了，跑到我这里哭。"她说道，带着几分轻松随意，"我罚她去祠堂思过禁足两日，抄《女诫》二十遍。"

谢文兴哈哈笑了。

"我就说，嘉嘉懂事了。"他说道，虽然语调依旧，但听起来如同卸下一副重担般轻松了许多，他手枕在脑后自己笑了一刻，又想到什么，转过头，"二十遍是不是太多了？"

谢大夫人呸了一声转过身面向内。

第十九章

融 融

谢文兴再次嘿嘿笑了。

"她怎么和你说的?"他问道,一面伸手捅了捅谢大夫人,"别睡了,跟我说说。"

谢大夫人有些无奈地又转过来。

"让我睡的是你,让我别睡又是你。"她说道。

谢文兴哈哈笑了,谢大夫人将谢柔嘉的话又说了一遍,听得谢文兴点头叹气。

"我就知道她还是害怕,又不敢和我们说。"他说道,"心病得慢慢养,你也别太担心。"

谢大夫人嗯了一声。

"那邵家那里……"谢文兴又说道。

"邵家那里别去了,小孩子们的喜好而已,还不至于牵扯到大人,况且已经罚了嘉嘉了,这事就过去了。"谢大夫人淡淡地说道。

谢文兴笑了。

"所以啊,你跟你母亲是一样的。"他低声笑道,伸手捏了捏妻子的鼻头。

谢老夫人骄纵谢柔嘉当众说出不许邵铭清上门,而谢大夫人如今又干脆地拒绝了去邵家,可见她生气不是因为谢柔嘉冒犯了谁,而是冒犯的方式,邵铭清在她眼里跟在谢老夫人眼里没什么区别。

不喜欢,不喜欢就不喜欢,打了骂了也没什么大不了的,谢家的大小姐们世世代代都是这样被骄纵着,不管是别人还是她们自己都已经认为是深入骨髓的理所应当。

谢文兴笑了笑，躺下来，夜色重新陷入静谧。

晨光渐亮，院子里开始有人走动。

江铃站在篱笆前喂孔雀。

"待会儿二小姐出来，让它们开屏。"她跟两个仆妇叮嘱道。

两个仆妇连声应是。

"还是等后日再开屏吧。"两个丫头在一旁咯咯笑，"今日二小姐是去祠堂禁足思过的，又不是什么好事。"

"那是给二小姐壮行，等二小姐出了祠堂，再开屏接风。"江铃嘻嘻笑道。

院子里说笑起来，室内两个小姐也都起来了，谢柔惠看着谢柔嘉收拾笔墨。

"怎么还带着这个？"她问道，看着谢柔嘉放到书篮里的经书。

这是课堂正在学的。

"先生不是说要查书？"谢柔嘉说道。

谢柔惠看着她，神情难掩几分惊讶。

"妹妹真是用功。"她喃喃说道。

谢柔嘉冲她嘻嘻一笑。

"我要像姐姐一样用功。"她说道。

谢柔惠抿嘴一笑拍拍她的胳膊。

"走吧。"她说道，"我送你过去。"

走出去后在江铃的暗示下，两个仆妇成功地用红布刺激得孔雀开了屏，院子里一片笑声。

谢柔嘉却没有直接去祠堂，而是先来到了谢老夫人的院子。

"你肯去祠堂禁足思过？"祖父很惊讶地问道。

谢柔嘉点点头，跪下给祖父祖母叩头。

"孙女儿错了，该受罚。"她说道。

斜倚在罗汉床上半眯着眼睛的谢老夫人哼了声。

"那我是不是也该跟你去禁足啊？"她说道。

站在门外的谢柔惠听到了就忍不住皱眉。

"就说不要过来的，这岂不是说祖母也做错了！"她低声说道。

跟在身边的木叶点点头，木香却摇摇头。

"可是不过来的话，好似是夫人打了老夫人的脸面。"她低声说道。

"毕竟老夫人说了二小姐没错，夫人却要二小姐去祠堂受罚，看上去总是夫人抗命了老夫人，但如果二小姐说自己主动要去的话，就不一样了。"

木叶恍然点头，看着室内神情更加柔和。

谢柔惠的眉头依旧紧皱。

"可是妹妹这样到底是让祖母伤心了。"她说道。

谢老夫人人前维护了谢柔嘉，结果转过头谢柔嘉就自己去认错，那谢老夫人岂不是白费了好心？

也是被打了脸面。

木叶和木香不说话了。

谢柔惠轻叹一口气，掀起帘子迈进室内。

"祖母，是我劝妹妹如此的。"她说道，也要跪下来。

谢柔嘉忙冲她摇头。

"不是，不是，不关姐姐的事。"她说道，一面向谢老夫人这边跪着挪过来，"祖母没有错，是嘉嘉的错，嘉嘉错在大吵大闹，惊吓到祖母和母亲了。"

谢老夫人眯着眼睛看着她。

谢柔嘉冲她嘻嘻一笑，伸手抱住谢老夫人的腿。

"嘉嘉认错了，祖母也要说话算话。"她低声说道，冲谢老夫人眨眨眼。

也就是说她还是不要邵铭清进家门，这认错也不过是哄她母亲高兴罢了，自己可不认为这件事是错的。

谢老夫人一怔，旋即哈哈笑了。

听着这笑声，谢柔惠原本要弯曲的腿慢慢地站直了，目光在谢老夫人和谢柔嘉身上来回转了转，嘴边也浮现出笑意。

室外的木香和木叶也露出惊讶的神情，同时又欢喜不已。

没想到老夫人竟然不生气。

"二小姐可真是跟以前不一样了。"木叶低声说道。

屋子里待谢老夫人笑声停下。

"祖母，等我领完罚再来陪您。"谢柔嘉才站起来，抱着谢老夫人的胳膊蹭了蹭，大声说道。

谢老夫人又继续笑。

"去吧去吧。"她没有说好也没有说不好，只是摆手说道。

谢柔嘉应声是，这才转过身告退，拉住站在一旁的谢柔惠。

"走吧，姐姐。"她说道。

谢柔惠点点头，挽住她的手。

"走吧。"她含笑说道。

谢柔嘉被禁足祠堂思过的消息很快传遍谢家大宅，毕竟昨日的事闹得挺热闹。

"真是没想到阿媛越来越强硬了，看来大伯母真是老了。"

谢二夫人邵氏坐下来笑着说道。

旁边的丫头给她奉上茶就忙退了出去，一边躺椅上看书的谢二老爷放下了书。

"说过多少次了！"他皱眉说道，"不要叫阿媛，要叫大嫂。"

邵氏笑着应声是。

"我比她大八岁，嫁进来时她还小，我几乎是看着她长大的，总是忘了这个称呼。"她说道。

谢二老爷斜了她一眼。

"既然她那么小你就嫁过来了，难道你还不知道我们谢家的规矩？"他说道。

邵氏被呛了一下，有些讪讪的。

"我知道。"谢二老爷说道，"你觉得你们邵家受委屈了。"

"那倒不至于。"邵氏正容说道，"再说了，嘉嘉她病了，怎么可能跟一个犯病的孩子计较，要说在意，我父亲在意的是大哥大嫂的态度。"

说到这里她又笑了。

"不过现在好了，事情发生了，大哥亲自去过一趟我们家，如今大嫂又罚了嘉嘉，想必过不了两日，大哥就会再亲自去趟邵家。"

谢二老爷笑了笑。

"那你还是进家门太短了，不了解阿媛。"他说道，在"阿媛"二字上加重语气，"邵家，大哥不会去了。"

邵氏一愣，坐直了身子。

"不会吧？这门亲事他们是不打算同意了？"她问道。

第二十章
不甘

入赘为婿，本是人人避之的羞辱事。

但入赘到谢家就不一样了，成为谢家的掌门人，握着巴蜀最大的丹砂财富，这可以说是鱼跃龙门的喜事，至于怎么以一个外来人的身份，在错综复杂、根深蒂固的谢氏族人中成为与身份相符合的掌门人而不是沦为生育下一代丹女的傀儡，那就看个人以及这个赘婿身后的家族的能力了。

这是一个巨大的机遇也是一个巨大的挑战，不仅仅是对赘婿家族，对谢家也是如此，这是一个利益的博弈以及共存。

所以虽然谢家的大小姐有自己选择夫婿的权力，但谢家却能掌控将什么样的人送到谢家大小姐面前。

当然这种掌控也有出纰漏的时候，比如如今谢柔嘉的父亲。

这种纰漏让谢家以及巴蜀其他世族大家都恼恨不已，所以谢柔惠的亲事早早地就开始了筹备，到目前为止，老姻亲的又门当户对的邵家是呼声最高的人选。

谢柔惠已经十一岁了，十三岁成人参加第一次祭祀后就可以议亲了，是时候让她见一见未来的夫婿了，早些培养了感情，免得节外生枝。

只是没想到邵铭清第一次站到谢家大房面前，就被谢柔嘉一伸手抓个满脸花。

抓花了脸其实也没什么，反倒是个互相走近的机会，这不谢文兴就亲自去了邵家一趟，还与邵铭清座谈一刻，对邵铭清的谈吐很是赞赏，既然谢文兴去探望了，邵家一定会回访，这样来来去去，两家的感情就加深了，邵铭清也就自然而然地可以常常出现在谢柔惠面前。

只是又没想到，谢柔嘉再一次抓花了邵铭清的脸面，竟然让谢老夫人说出了不许邵铭清再进谢家门的话。

"这是小孩子胡闹，大嫂不是已经罚她了吗？"邵氏说道。

谢二老爷自己拿过扇子摇了摇，头也跟着摇了摇。

"阿嫒这个人要是真生气，对你可就是不理不问，如果肯罚你，那也就是说气消了。"他说道，"嘉嘉是因为不许邵铭清进门惹她生气的，如今她气消了，自然也就是不会因为这件事生气了。"

"那也不能就是说阿嫒她不喜欢邵铭清了啊。"邵氏皱眉说道，"嘉嘉不听话，罚她不是应该的吗？"

"嘉嘉不听话，阿嫒如果真要罚她，那就一定会跟嘉嘉和老夫人拧着。她们不许邵铭清上门，她就一定会请邵铭清上门。"谢二老爷笑道，"这才是阿嫒会干的事。"

这还真是骄纵得从来不知道看人脸色是什么意思、只要自己高兴自在的谢家大小姐会干出的事。

邵氏有些气闷，将手里的扇子用力地摇了摇。

"那么说，阿嫒就真的依了嘉嘉的话不让铭清上门了？"她说道。

"你看着吧，大哥一定不会再提去邵家的事了。"谢二老爷说道。

"这叫什么事？就因为嘉嘉做个噩梦，铭清这辈子都成了谢家的恶人了？"邵氏气道。

谢二老爷笑了，轻摇手中扇子。

"就叫这个事。"他说道，"你都嫁到家里这么多年了，还不知道吗？"

邵氏手里的扇子一停，接着又猛摇起来。

"真是把孩子惯得没边了。"她说道。

谢二老爷一点儿也没生气，反而带着几分轻松自在，还有几分微微的得意。

"有惯的本钱嘛。"他说道，将扇子扔在一边，抖衣站起来，"别想了，不就一个人嘛，不喜欢这个，再换一个就是了，反正你哥哥的儿子多的是。"

"铭清多合适啊。"邵氏闷声说道。

"人好不如命好,要怪就怪他运气不好吧。"谢二老爷说道,"别再为细枝末节的小事浪费时间,大事要紧,你明日就去一趟你娘家,赶快再挑个人,等王家赵家抢了先,那才是该生闷气的。"

这倒是,要的是谢邵联姻,只要联姻的人姓邵就足够了,是不是邵铭清也无所谓。

邵氏吐了口气将扇子也放下来说了声"知道了"。

第二日,谢柔清来请安时知道母亲出门回邵家了,就知道怎么回事了。

"妹妹不高兴?"哥哥谢泰问道。

兄妹二人走出邵氏的院子,谢泰看出妹妹闷闷不乐。

"这事没什么大不了的。"他笑道,"要是你不喜欢谁,哥哥我也不让他上门。"

谢柔清没有被逗笑。

"我只是觉得,表哥很可怜。"她说道。

谢泰哈哈笑了。

"什么可怜不可怜的,只能怪他运气不好。"他说道。

虽然是二房,但为了避免招赘的女婿养不熟,丹主的兄弟们握有族中生意命脉的一半。

作为二房的长子,谢泰在族中的地位显赫。

对于他来说,邵铭清这样的家族中庶子又是要来改名换姓来给人做赘婿的人,实在是不值得当回事。

"是啊,他的运气实在是不好。"谢柔清说道,"将来就更不好了。"

谢泰没兴趣再继续这个话题。

"人好不如命好,没办法。"他说道,"哦,妹妹,我今日去州城,你有什么要带的没?"

谢柔清对着哥哥笑了。

"我听说包家巷王麻子做的鼓最好,哥哥给我带回来一个。"她说道。

谢泰笑着点头。

"是啊，秋天妹妹就要学打鼓了。"他说道，"放心吧，我一定给你挑个最好的。"

谢柔清笑着道谢，看着谢泰走开了。

"小姐，大少爷对你真好。"身后的丫头笑着说道。

谢柔清含笑点点头。

"是，我的命很好。"她说道，"我长得不好看，说话声音难听，但父母、兄弟姐妹都喜欢我，维护我。"

说到这里她又叹口气。

丫头知道她为什么叹气。

"小姐，铭清少爷的事也是没办法的事，还真是命不好。"她说道。

出身不好，好容易能有机会入赘谢家，虽然是入赘，但作为将来沟通谢邵两家的关键人物，他的地位肯定不一般，只是没想到这机会刚开始就飞了。

真是人好不如命好，也是没办法的事。

谢柔清点点头。

"是，我知道。"她说道，沉默一刻，"只是，到底是不甘心。"

丫头不知道该怎么接话了。

谢柔清停下脚。

"去四妹妹那里。"她说道。

丫头愣了一下。

"去四小姐那里？"她说道。

三小姐不太喜欢找四小姐玩，四小姐咋咋呼呼的，脑子还有点愣，分不出好赖话。

"有时候四妹妹说话还是很让人心情舒畅的。"谢柔清说道。

丫头一脸不解。

"四小姐说话还让人觉得心情舒畅啊？她有时候说的话真是让人着急呢，我都常常担心大小姐把她赶出学堂呢。"她说道。

谢柔清哈哈笑了。

"可是这么多年了，她始终在学堂。"她说道，看着丫头意味深长地一笑。

"那是因为她是大小姐的嫡亲表妹嘛。"丫头嘀咕一声。

二房是堂叔，三房却是和大房一母同胞的亲叔。

"我们东府都是嫡亲的，这话以后不可再说。"谢柔清皱眉说道。

丫头忙吐吐舌头应声是。

"不过，四小姐一定很高兴小姐去看她。"她笑嘻嘻说道，"四小姐也被三夫人禁足了。"

"我真是要气死了！"

谢柔淑用扇子敲打着桌面怨愤地说道。

砰砰的声音让人的耳朵嗡嗡响，谢柔清坐在一旁，神情淡定地端起茶慢慢喝了口。

谢柔淑不敲扇子了，站起身踱步。

"我哪里做错了，凭什么要罚我？我娘就是这样，就知道讨好大伯母。"

谢柔清咳一声。

"你咳什么咳？你也是，你们都是。"谢柔淑瞪眼。

谢柔清笑了。

"是，是，我们都是，只有四妹妹你清风朗月。"她说道，停顿一下，"只是嘉嘉也被禁足罚思过了，你就别再说了，再说就得理不饶人了。"

谢柔淑顿时又跳脚。

"我得理不饶人？"她瞪眼说道，用扇子指着自己，又看着谢柔清哼了声，"你真是站着说话不腰疼，你又没被罚，还可以轻松自在地来看我的热闹。"

谢柔清笑了笑没说话，一旁的丫头再也听不下去了。

"四小姐，我们三小姐可没有轻松自在，我们三小姐心里正难过呢。你知道吗？大夫人可是认同了二小姐的话，以后真的不许表少爷上门了，表少爷来还是我们三小姐邀请的，结果成了这样，我们三小姐以后还怎么见表少爷？我们三小姐心里难受，没地方可去……"她半抱怨半不平地说道。

话没说完，谢柔淑的眼睛就瞪圆了。

"什么？"她大声喊道，打断了丫头的话，"大伯母也不许铭清表哥再进门！"

谢柔清皱眉瞪了丫头一眼。

"没这回事。"她粗声粗气说道，"谁说这话了？你乱说什么！"

丫头委屈地低下头。

"这种话自然没人会说，但大家心里清楚得很，自然也有人去做了。"她说道，"若不然，夫人今天早早地去邵家做什么？"

"难道不应该吗？"谢柔清沉声说道，"嘉嘉又受到了惊吓，我母亲难道不该提醒表哥回避一下吗？"

话音才落，就听啪的一声响，谢柔清和丫头转头看去，见谢柔淑又将扇子敲在桌子上。

只不过这一次这把价值不菲的象牙扇子敲成了两截。

"谢柔嘉她还受到惊吓？明明是邵表哥受了惊吓！真是无妄之灾！"谢柔淑喊道，"为了她就不让表哥再上门，她以为她是谁？"

"她是谢家二小姐。"丫头嘀咕一声。

谢柔淑瞪她一眼。

"我知道她是谢家二小姐。"她哼声说道，将手里断掉的扇子扔在地上，"我看是她忘了自己是谢家二小姐了吧，这架子，比谢家大小姐还大呢！"

谢柔清摇了摇手里的团扇，风掀起她垂下的发丝，带来丝丝清凉。

"天这么热，你这样火气大，可不好。"她慢慢说道。

第二十一章
习 惯

虽然不用上学，谢柔惠还是如常来母亲这边用早饭，少了一个人，父亲母亲的心情却很好。

"嘉嘉那边的饭送过去了吗？"谢文兴问道。

谢大夫人带着几分嗔怪看丈夫。

"我是罚她禁足，不是罚她不吃饭。"她说道，"饿不到她的。"

谢柔惠咬着筷子嘻嘻笑。

谢文兴也笑了。

"关了两天了，也不知道睡得好吃得好不。"他说道。

"第一次嘛，你还不习惯，等以后多了就习惯了。"谢大夫人横他一眼说道。

谢文兴哈哈笑了。

"大老爷，二小姐昨晚在祠堂睡得好，适才已经吃过早饭了，吃了一碗饭，两碗茶汤呢。"一旁侍立的大丫头笑着说道，"现在开始抄《女诫》了。"

"不是，昨日《女诫》已经抄完了。"另一个丫头说道，"二小姐是温习学堂的功课呢，说是明日先生要查书的。"

谢文兴再次笑了。

"看，看。"他对谢大夫人说道，"嘉嘉多懂事。"

谢大夫人放下碗瞪他一眼。

"吃饭吧。"她说道，"真懂事就不会去祠堂了。"

谢文兴再次笑起来，谢大夫人没再理会他，转过头叮嘱丫头将新煮的茶给谢柔嘉送去。

"别让她在暗处写字，坏了眼睛。"她说道。

"把我书房的那套笔墨给嘉嘉送去。"谢文兴忙跟着说道。

丫头们含笑应声是，呼啦啦地热闹闹地去了。

谢柔惠一直含笑慢慢地吃饭，听到这里放下了碗筷。

"我吃好了。"她说道。

谢文兴和谢大夫人看过来。

"今日不上学，去找清儿和淑儿玩吧。"谢大夫人说道。

谢柔惠摇摇头。

"不了，我想把祈雨的祭词再练熟一下。"她说道，看着父亲和母亲带着几分期盼。

谢大夫人点点头。

"去吧。"她说道。

谢柔惠垂下头，施礼应声是，转身慢慢地走出去。

"嘉嘉出来了，你意思两句就行了啊，别再板着脸吓唬孩子。"

"好，我知道了，那大老爷，我是不是还要摆桌席给谢二小姐贺一贺呢？"

父亲的笑声在屋子里散开。

走到门口的谢柔惠停下脚步回头看了一眼。

"大小姐？"掀起帘子的丫头们不解地问道。

谢柔惠收回视线露出笑容抬脚迈出去。

回到院子里，丫头们正围着孔雀笑着闹着。

"等二小姐回来时把它们放出来开屏。"她们乱哄哄地说笑着。

谢柔惠停下脚，丫头们都忙施礼。

"大小姐，瑶小姐请你一起去花园钓鱼。"木叶在廊下迎过来说道。

谢柔惠笑着摇头。

"我不去了。"她说道。

丫头们都很惊讶。

谢柔惠一向爱钓鱼，但因为功课繁忙空闲不多，只有在难得的休息日去玩。

"妹妹禁足呢，我怎么好去玩？正好母亲教我的祭词还没背熟。"谢柔惠说道。

木叶等人恍然。

"木叶，你亲自去和瑶小姐说一声，让她自己去玩吧。"谢柔惠说道，"等下次再一起玩。"

木叶应声是。

"木叶姐姐拿着吃茶。"

谢瑶身边的大丫头笑着将一袋子钱递过来。

木叶没有推辞，笑着接过，施礼告退。

看着木叶走出院子，坐在窗边的谢瑶放下了手里的茶碗。

"小姐，表小姐她们都过来了，棋盘已经摆好了。"从耳房里走出来的丫头说道。

谢瑶点点头。

"小姐，那东府四小姐那边……"另一个丫头迟疑一下说道。

谢瑶在请谢柔惠的同时也请了谢柔淑，而且是先请了谢柔淑。

"四小姐已经跟三夫人说了陪大小姐钓鱼，才得以免了禁足，此时想必已经在花园里等着了。"丫头接着说道。

为了能免了禁足，四小姐一定打着谢柔惠的旗号威胁了三夫人。谢柔惠突然说不去了，四小姐肯定要被三夫人责罚。

如果谢瑶去的话，也算是钓鱼了，可是看小姐根本就没有去的意思，在让丫头去东府的同时，也请了自己的表姐妹们下棋。

谢瑶浑不在意一笑。

"又不是我不去，是柔惠不去嘛。"她说道，说完又补充一句，"你去把木叶说的话告诉柔淑。"

丫头应声是，看着谢瑶掀起帘子往耳房去了，那边女子们的笑声旋即响起。

"姐姐。"丫头忍不住带着几分不解地低声问屋子里的大丫头，"小姐是不是早就知道大小姐不会去的？"

大丫头抿嘴笑了，点点头。

丫头更不解了。

"那为什么小姐还要去问大小姐啊？"她说道。

大丫头笑着伸手戳了戳丫头的额头。

"因为小姐和大小姐最要好最知心。"她说罢，自己向耳房走去，"快去吧，别让四小姐等太久了，四小姐的脾气可不太好。"

花园里，果然早已经坐在湖边开始钓鱼的谢柔淑听了谢瑶丫头说的话，大发脾气，将鱼竿扔进了湖里。

"耍人玩吗？"她喊道。

旁边的丫头们忙冲她嘘声。

"大小姐要用功的。"大家忙说道，免得谢柔淑说出什么冒犯的话。

谢柔淑自然明白丫头们的意思，气又添了几分，但却又无奈，有人的确是惹不得。

明明都是谢家的小姐，待遇却是不同。

"什么要用功，不是说了吗？因为谢柔嘉禁足，妹妹不能玩，当姐姐的便要陪着不玩。"谢柔淑喊道，抬脚将小几子踢翻，却撞疼了脚，哎哟一声坐在地上。

丫头们忙上前哄着。

"原本就不该来的。"也有人低声嘀咕。

"四小姐看着很厉害，还不是听到'大小姐'三个字就也忍不住要来？"

"其实四小姐说自己被禁足不出来玩不是很合情合理的吗？还是贪图和大小姐亲近的机会？"

"大小姐爽约，她又不敢埋怨，只能自己生闷气。"

谢柔淑耳朵尖听到了，一腔闷气正无处发泄，立刻劈头盖脸地冲这小丫头砸过来，指着人又是打又是骂，还要扔进湖里。

小丫头哭着叩头求饶，湖边乱成一团，引得路过的人都看过来。

"四小姐，四小姐，还是快些回去吧，再闹下去夫人一定会问的。"大丫头提醒道。

这不提醒倒好，谢柔淑立刻想到现在回去怎么去跟母亲说，自己大张旗鼓地闹着要出来玩，结果转头谢柔惠却说要用功不来了。

可是如果装作大小姐也在，自己在湖边混半日，肯定又瞒不住。

总之回去一定少不了一通骂了。

"谢柔淑，你这个死丫头，看看大小姐没有错还自省，你再看看你，错了还跟我找借口，你丢不丢人！"

谢柔淑的耳内似乎已经听到母亲的喊声，耳朵也似乎被拧住隐隐地疼，她不由嘶嘶吸了两口气。

这几日的憋屈凝聚，再也压制不住。

"真是没道理！"她跳起来喊道，"她谢柔嘉一个人禁足，全家都要陪着禁足吗？她一个人犯错，全家人都要受罚吗？

"谢柔嘉，你比皇帝架子还要大！"

天色渐渐亮起，新的一天来临，禁足两日的谢柔嘉走出了祠堂，她不由展开手臂想要伸个懒腰，却先重重地打了个喷嚏。

"小姐，不会受凉了吧？"江铃担心地问道。

"应该不会。"谢柔嘉说道，揉了揉鼻头笑，"昨天就开始打喷嚏，不知道谁说我呢。"

江铃也笑了。

"一定是老爷夫人还有大小姐。"她说道。

"请个大夫瞧瞧吧。"木香带着几分担忧说道。

谢柔嘉立刻摇头。

"不。"她说道。

木香愣了一下，江铃嘻嘻笑了。

"小姐，有人说你病好了后懂事了，也有人说小姐不懂事了，那些我倒都没特别的感觉，只是有一点我发现了。"她说道。

谢柔嘉和木香都有些不解地看向她。

"小姐特别爱说：不。"江铃笑嘻嘻说道。

说不？

谢柔嘉怔住了。

以前的她什么样她记不得了，但梦里那十年的她，她记得清清楚楚，姐姐不在了后，她听所有人的话，让她做什么她就做什么，她不敢也没有资格反驳或者表达自己的意愿，因为她不是她，她是姐姐的替代品，一个替代品，哪儿有什么资格说不？

可是，她无时无刻不在后悔，后悔最初的时候没有说一声不，没有拉住姐姐不去玩水捉鱼。

现在她终于有机会重来，所以才这样喜欢说不吗？为了阻止那个不会说不的噩梦出现。

"二小姐，你没事吧？"

木香的声音在耳边响起，打断了谢柔嘉的出神。

"你瞎说什么？"她又训斥江铃。

江铃嘿嘿笑了，谢柔嘉看着丫头们也笑了。

"木香，我没事，我自己心里有数，如果真不舒服了我会看大夫的，你们放心，我不会拿着自己的身子逞强。"她说道。

才被罚了就叫大夫的确是有些不好看，木香问出来心里也是有些忐忑，谢柔嘉能这样想真是很好。

木香含笑应声是。

"那就好，我让厨房做二陈汤，小姐你最爱喝，多喝一碗。"她说道。

驱寒养身，又是谢柔嘉平日爱吃的，不会让人觉得有异。

谢柔嘉点点头，木香便亲自去安排了，江铃陪着她向大夫人的院子走去。

"小姐，你真的是懂事了。"江铃认真说道。

不过是合情合理的一句话的事，竟能让两个丫头露出这样欢喜的神情，就如同父母听到自己主动去上学时欢天喜地的样子。在梦里，不管她做什么也不会有人多看一眼，那多看的一眼也必然是猜忌、漠然和厌恶，更没有人会在意她心里想什么。

谢柔嘉有些想笑有些心酸，最终嗯了声点点头。

"我以后会更懂事。"她说道。

但这种欣慰又赞赏的神情并不是随时随地都能看到的。在父母和丫头们的目送下走出家门迈到学堂，谢柔嘉第一时间就感受到不友好的注视。

尤其是当大家确定了哪个是姐姐哪个是她之后，这种不友好就肆无忌惮了。

第二十二章
不 喜

"二小姐,你好些了吧?"谢瑶微微探身,越过谢柔惠看着谢柔嘉轻声细语问道。

谢柔惠的书桌前已经围满了人,听到谢瑶的话大家都看过来。

谢柔嘉忙点点头。

"好了好了。"她说道。

谢瑶笑了笑,转头继续跟谢柔惠说话。

被罚禁足毕竟不是什么光彩的事,肯定不能在人前谈论。

谢柔淑在一旁嗤笑一声。

"还要替她盖什么脸面?家里这点地方,早传遍了。"她对一旁的谢柔清低声说道。

谢柔清笑了笑。

"她可不是替她盖脸面。"她说道。

也对,要是真替她遮盖脸面就不该问这句话,连一向都只说好听话的老好人谢瑶都忍不住出言讥讽了,可见谢柔嘉的这次行径真的是天怒人怨了。

谢柔淑恨恨地瞪着谢柔嘉。

谢柔嘉对她咧嘴一笑。

还炫耀!谢柔淑咯咯地咬着牙,转身从袖子里拿出一个香囊。

"二小姐。"她喊道,声音响亮盖过了屋子里姑娘们的说笑,"虽然你说好了,但也保不住下次什么时候再犯病,就像这一次我们不过提了提表哥的名字,你就又这样了,谁知道下一次哪句话说不对你就犯病？所以我特意从大佛寺求来的灵符，你带着吧，能镇魂安神。”

学堂里安静下来。

“真的假的啊，二小姐？你病得这么厉害啊！”有人问道。

谢柔嘉忙摇头。

“没有没有。”她说道。

“怎么没有啊？连邵表哥的名字都不能提啊……哎呀，我提了，你没事吧？”一个小姑娘大声说道，一面伸手掩住嘴带着几分故作的惊慌后退几步。

屋子里响起低低的笑声。

“你们别胡说。”谢柔惠说道，脸色沉下来，“我妹妹没事的。”

她开口了，笑声便消失了，屋子里安静下来。

“是啊，有大小姐你护着，谁敢说她有事！”谢柔淑哼声说道，“可是惠惠，这是病，你能护着我们不说她，能护着她不犯病吗？”

说到这里又哦了声。

“也能。”她撇撇嘴说道，“你让我们都不说话，就行了，都不说话，就不会刺激到她了。”

这句话让安静下来的姑娘们都再次出声了。

“啊？那怎么行？”

“那二小姐是只不能听邵表哥的事，还有别的不能听的吗？”

“就是啊，如果我们不小心说了不该说的话，怎么办？”

“还是不说话最安全。”

“那我们还是别来上学最妥当。”

“为她一个人，大家都不来啊？”

“怎么？你不服气啊？谁让你没有大小姐这样的亲姐姐。”

议论的人越来越多，声音也越来越大。

谢柔惠开口说了好几句话都没压下来，她干脆沉着脸站起来，拉住还在跟旁边的人认真解释的谢柔嘉。

“走。”她说道，“今日不上了。”

“不，不。”谢柔嘉忙摆手说道，“没事的姐姐，大家不知道嘛，所以害怕，我跟大家说清楚就好了。”

不待谢柔惠再说话，她就拔高了声音。

"我真的好了，以后说什么都没事。"她说道，"不信，你们随便说。"

谢柔惠皱眉沉脸摇了她的手一下。

"被人说有病难道还是什么好的事情吗？还随便说？"她说道。

谢柔嘉嘻嘻笑了。

"大家关心我嘛。"她说道。

谢柔惠难掩惊讶，四周的说话声也停下来，都带着几分错愕地看着她。

"这还叫没病？"谢柔淑瞪大眼睛喃喃，"她怎么看出大家是关心她的？"

重重的咳嗽声在门外响起，先生来了，屋子里的女孩子们忙散开归座。

谢柔惠看了眼谢柔嘉，谢柔嘉冲她笑着点点头，大眼睛亮晶晶的，其内笑意满满，生气悲伤半点都没有。

谢柔惠便冲她也笑了笑，转身坐下来。

先生看也没看屋子里这些女学生，半眯着眼在案后坐下，伸手拿起戒尺一敲。

"背书。"他说道。

才安静下来的屋子里顿时又一片嘈杂，女子们低低地拉长声叹气，但这并不能阻止事情的发生，很快屋子里便响起背书的声音。

谢柔淑暂时顾不上谢柔嘉是不是真的病了，她低着头打开书本，急忙地默念着，虽然已经背过了，但还是期望背得流畅一些，就好像谢柔惠那样。

她竖起耳朵，学堂里此时正响着清脆嘹亮又不失婉转柔和的声音，语句通顺流畅，让人听得忍不住出神。能达到这种效果的，除了被细心教导过唱念巫咒的谢大小姐外没有别的人。

想到这里，谢柔淑也忍不住微微走神，向往着秋天结束这种枯燥的经书课程，而要开始鼓乐、唱歌和跳舞。

丹砂世家的祭祀很多，祭祀以丹主为主，但也少不了众人的协助，所以除了谢大小姐，谢家还会选出一些女孩子来歌舞为祝。

可以说大家能在学堂坚持下来，也有很大的原因是为了这一天。

就算不会获得谢大小姐那样的地位，但学一些歌唱舞技也是很有用的，虽然她们不用像歌姬那样讨好未来的丈夫，但天下哪个男人不爱声音好听、姿态优美的女子呢？

这些话大人们自然避开孩子们讲，谢柔淑是偷听到母亲和乳娘的对话。

虽然作为十岁的孩子她还懵懵懂懂，但也知道被人喜欢赞叹总是好的。

当然做到谢柔惠这样是不可能的，那种秘技是专属的，一多半来自血统，不是谁都能学到的，不过，能学到皮毛也足够了。

听，这声音多好听！谢柔淑回过神忍不住看过去，先看到其他姐妹们惊愕的神情。

这有什么好惊愕的？又不是第一天听到了。

她撇撇嘴，这些人真是太会讨好谢柔惠了。

她的视线落在谢柔惠身上，明亮的室内女孩子肤白貌美熠熠生辉，脊背挺直姿态优雅。

真是令人羡慕啊。

谢柔淑心里感叹一下，明明只比自己大一岁，个头却高了很多。都是同一个祖母和祖父，那她明年也能长这么高了吧？

不过……

"不过怎么还没背完？"谢柔淑察觉不对了，忍不住喃喃问道。

刚才好像背过这一段了。

"大小姐也会被罚重背吗？"

旁边的小姑娘看了她一眼。

"你这眼神也太不行了。"她低声说道，"这是二小姐。"

二小姐！

谢柔淑神情错愕，不会吧？她忍不住揉了揉眼，看着眼前的朗声背诵的女孩子。

进门的时候，谢柔惠穿的是碧绿色衣裙，谢柔嘉穿的是嫩黄衣裙，好像是吧？要不就反过来？

谢柔淑忍不住甩甩头。

真是该死，只要这两个人站在一起，总是让人眼花，记不清她们穿的衣衫的区别。

不过座位是不变的，谢柔惠在前，谢柔嘉在后。

谢柔淑的视线落在站立的女孩子前方，一个一模一样的女孩子正微微转着头，专注地看着这个跟自己一模一样的背书的女孩子，嘴角的笑意浅浅。

"……三王之祭川也，皆先河而后海；或源也，或委也。此之谓务本。"

声音停下来，学堂里一片安静。

谢柔嘉有些忐忑地看着台上，应该没有背错吧？

西席先生似乎被这安静惊醒了，抬起眼看过来，只看了一眼，就又垂下视线。

"嗯。"他鼻子里发出一声闷哼。

嗯？

学堂里顿时微微地骚乱起来。

"刚才大小姐背完，先生也只嗯了一声。"一旁的女孩子低声说道。

谢柔淑嗤了声。

"谢瑶刚才背完也嗯了声。"她说道。

话完她自己也愣住了。

先生严格，嗯一声就算是称赞了，当然学堂里能得到这一声嗯的人并不少，比如谢大小姐、谢瑶、谢柔清等几人，不过从来没有谢柔嘉。

她竟然把谢柔嘉和这些人相提并论了？

凭什么！怎么可能！

"那是谢柔惠吧？她们又换位置故意的吧？"她忍不住说道。

旁边的女孩子横了她一眼。

"你眼神不好，我可没瞎呢。"她嘀咕道，"大家都看着呢，她们两个没有换地方。"

没有？

怎么可能！这个又笨又蠢连一课书都磕磕巴巴念不下来的谢柔嘉怎么也能得到先生的称赞？

谢柔淑气得瞪眼。

谢柔嘉松口气，冲姐姐笑了笑，带着几分欢喜又惭愧地坐下来。

要不是她在梦里闲来无事看得多记得一些，一天的时间还真背不下来。

想到这里她有些心虚地看了眼四周，对上了谢柔淑瞪圆的眼。

谢柔嘉冲她笑了笑。

挑衅！

谢柔淑的眼睛瞪得更圆了。

"谢柔淑！"有人喊道。

"干什么？我连说都不能说了？"谢柔淑没好气地说道。

学堂里顿时哄堂大笑。

谢柔淑这才回过神，看台上先生也难得地睁开眼看着她。

"说，让你说，你不说还不行。"他慢慢说道。

哦，对了，她就坐在谢柔嘉旁边，下一个该她背书了。

谢柔淑忙站起来，有些慌张地撞痛了腿，不由嘶嘶几声，学堂里女孩子们的笑声更大了。

"谢柔淑，别怕，背不过就背不过喽，又不是什么稀罕事。"有女孩子笑嘻嘻地低声喊道。

是啊，她背不过书的时候多得是，不过谢柔嘉比她还要多，如今连谢柔嘉都背得过了，她要是背不过，就真成稀罕事了！

还好还好，她背得过。

谢柔淑深吸一口气张开口，却忽地觉得脑子一蒙，明明记得清楚的词句偏偏想不起来了，她的脸顿时涨红了。

看她这样子，周围的笑声更大。

这笑声让谢柔淑更急脑子更蒙了，身上顿时冒出一层汗。

谢柔嘉坐得近，冲她做口型。

"发虑宪，求善良……"

谢柔淑看着下意识地跟着念道，话一出口，便想起来了，流畅地背了下去。

"就贤体远，足以动众，未足以化民……"

谢柔嘉松口气，冲谢柔淑做了个鼓励的神情。

谢柔淑气息一滞。

搞什么啊，好像是她帮助自己才背下来的！明明自己是背过的！

顿时心里又是气又是急更多的是委屈，声音又变得生涩，还带上了几分哭意，语调便变得难听又磕磕绊绊。

"哎哟，背不过也不用哭嘛。"有人低声起哄。

才停下来的笑声便渐渐地又起来了。

气死了气死了！

谢柔淑哇的一声真哭起来，推开书桌跑了出去。

第二十三章
好 心

谢柔淑突然跑了出去，学堂里的其他人并没有哗然。

这样跑出去的学生多得是，所以现在才剩下她们这些人。

先生的神色亦是未变。

"下一个。"他淡然说道。

微微嘈杂的学堂便立刻安静下来，一个女孩子站起来，认真地背了起来。

谢柔嘉带着几分同情看向门外。

她记起来，以前她在学堂也是这样常常动不动就跑了，背不过书，写不完字，答不上先生的问题，只要觉得丢人气恼的时候就跑，现在想想，其实做不到这些事的时候，先生并没有说什么，也就打儿下手板，被留下晚走一会儿，多写几张字罢了。

受不了的是觉得自己丢脸，被其他人嘲笑了，没面子了。

不过小时候都是这样的敏感吧，现在对比在梦里经历的一切，这种所谓的丢脸简直可以忽略不计。

一场梦后，她的心好像变得沧桑，再也不是小孩子了。这样可不好，父母和姐姐会担心的，千万不能再提。

谢柔嘉深吸一口气，收回视线认真地看着书本，跟着别人的背诵重新默念。

不过下课之后，学堂里还是热闹地谈论起谢柔淑。

"四妹妹她没事吧？"谢柔惠也微微蹙眉问道。

不待谢瑶说话，旁边的其他女孩子抢着答话。

"惠惠你忘了，她以前隔三差五地都会跑几次。"她笑着说道。

"对啊，不过她都很久没再跑，我以为她不会干这事了呢。"另一个女孩子撇撇嘴说道。

"就是啊，跑什么跑啊，回去挨顿骂，然后她母亲把她送回来，还得给先生赔罪，还得背书，又丢脸又什么都没逃过。"另有人笑道，"不就背不过书嘛，最多先生罚站一会儿，明天再查而已，何必呢？"

"越大越小孩子脾气了。"谢柔清粗声粗气地说道。

谢瑶摇摇头。

"四妹妹毕竟还小，又刚被三婶母禁足两日，心情不好吧。"她说道。

谢柔惠面色惊讶。

"禁足？为什么禁足？"她问道。

谢瑶和谢柔清谁也没说话，视线都看向谢柔惠身后。

谢柔惠有些不解地跟着看过去，对上谢柔嘉大大的眼睛。

谢柔嘉一直认真地听着姐姐们说话，此时被三人看得一怔。

"怎么了？"她呆呆地问道，又带着几分好奇，"四妹妹为什么被禁足？"

谢瑶噗哧一声笑了，却没有说话，移开了视线。

谢柔清没有笑，脸色有些不好看，但也没有说话，移开视线。

谢柔嘉这才反应过来，有些讪讪的。

"没事。"谢柔惠拉着她的手说道，又转头看谢瑶，"那我们去看看四妹妹吧，也好帮她说说话，三婶娘骂人很凶的。"

谢瑶笑了。

"好啊，三婶娘是很凶，不过，你去了就好了。"她说道，伸手挽住谢柔惠的胳膊。

三老爷谢文秀是母亲的嫡亲哥哥，比母亲大五岁，但因为长房的规矩，却最终排行为三，娶妻宋氏，如同二婶母邵氏一样，也是盐商之家。

宋氏对待自己的子女严苛得有些冷酷，谢柔嘉记得梦里传来谢柔淑死讯的时候，宋氏不仅没为女儿伤心还很生气。

"连个孩子都没生养下来，别人都十个八个地生了又生，她怎么就不行？真是没用的废物。"她坐在母亲的屋子里，尖声喊道，"我可真是丢人啊。"

谢柔淑夫家来报丧的妇人们都惊讶得说不出话来，不仅没有打嘴官司应对谢家的责问，反而为谢柔淑说起好话来。

不过这也让谢家和谢柔淑的夫家的关系不仅没有疏远，还更亲近了，没多久旁支里便又选了一个女儿嫁了过去。

只是可怜了谢柔淑年纪轻轻死了也没落个好。

不过宋氏爱面子，对自己的子女苛刻，但对谢柔惠却很和善，甚至可以说讨好，当然这在谢家是理所当然的事，只不过宋氏做得更夸张一些。

如果谢柔惠去了维护一下谢柔淑，宋氏应该就会少惩罚一些谢柔淑。

谢柔嘉也跟着点点头，很赞同这个意见。

"那是应当的。"谢柔惠也点点头，一手拉着谢柔嘉，一手被谢瑶挽着向外走去，"四妹妹是妹妹嘛。"

谢柔嘉连连点头。

姐姐就是这样，不仅对她，对家里的姐妹也一向都很维护。

想到这里谢柔嘉又有些怅然，如果梦里姐姐在，谢柔淑也许就不会嫁得那么早那么远，谢柔淑一定会来跟姐姐哭诉，姐姐也一定会维护她的亲事，只可惜梦里的姐姐换成了自己。

那时候她虽然听到丫头们私下说谢柔淑因为亲事哭闹，似乎也来找过自己，但当时她躲在内宅里，根本就不敢见人，更别提再去维护谁。

谢柔嘉不由握紧了谢柔惠的手，姐姐要一直在，姐姐在，那噩梦里的一切才不会变成真的。

三房的宅院就在花园西侧，看到谢柔惠一行人过来，门口的仆妇吓了一跳，如同见了真凤凰一般接过来。

"我的大小姐，您怎么亲自来了？"

她们的视线却在谢柔惠和谢柔嘉两个人身上转来转去，犹豫不定，但脸上的热情以及话语的欢喜、恭维丝毫没有迟疑。

谢柔惠没让她们难堪。

"我们来看看四妹妹。"她主动开口说道。

妇人们才松口气，将热情专注地对准了谢柔惠，一面往里请，一面早有人跑着去禀告三夫人。

谢柔惠一行人才穿过一道门，就见宋氏疾步迎过来了，走动得快速，白纱裙角飞扬，头上戴着的步摇乱晃。

"惠惠，你怎么来了？"她一迭声地喊道，"下了学没回家吗？热不热？渴不渴？饿不饿？"

为了表现自己对谢柔惠的爱护，她没有丝毫的迟疑，伸手握住了走在最前边的女孩子的手。

"婶母。"谢柔嘉嘻嘻一笑，"我是嘉嘉。"

宋氏笑意微微一滞。

"嘉嘉，你也过来了？好些了吗？"她口中话语没有半点生涩，流畅而出。

"婶母，我们是来看柔淑的。"谢柔惠接过她的话说道。

宋氏脸上的笑顿时飞了。

"别看她，这个没用的东西，惠惠，以后离她远点，仔细带坏你。"她竖眉说道，拉住谢柔惠的手，再次笑意满眼，"天也不早了，今日在婶母这里吃饭吧？做你最爱吃的。"

谢柔惠才要说话，屋里一阵嘈杂，有几个小丫头慌里慌张地跑过来了。

"夫人，夫人，四小姐她……"她们喊道。

宋氏转头竖眉。

"她怎么了？"她喝道。

小丫头们吓得站住脚。

"四小姐，四小姐，要寻死……"她们低头怯怯地说道。

宋氏呸了声。

"人都出来，不许看着她，让她去死。"她说道。

谢柔惠忙伸手拉住宋氏。

"婶母，别这样说四妹妹。"她说罢，抬脚就向内走去。

谢柔嘉自然忙跟着，谢瑶和谢柔清也随即跟上。

"惠惠。"宋氏在后喊道，"你别理她。"

谢柔淑的院子有些逼仄，东府里的人越来越多，但房屋扩建却有些难了，当然只是地方小，其内的布置摆设依旧奢华。

谢柔惠走进院子的时候，就听其内唰啦一声脆响，一个梅瓶跌碎在她们视线里。

这是一个白瓷折花纹梅瓶，跌碎在一片五彩碎瓷中格外显眼。

"邢窑的梅瓶。"谢瑶侧头对谢柔清说道，"你们东府也不多吧？看来四妹妹真是气得不轻了。"

气得更不轻的是宋氏，看着台阶下的一片狼藉，她脸色铁青。

"来人来人，给我绑上，送柴房去。"她喊道。

谢柔淑从屋子里冲出来。

"不用绑，我自己去。"她哭道。

说罢果然向外冲去。

谢瑶和谢柔清忙去拦住她，谢柔惠则拉住了宋氏。

"你自己丢人还有理了？"宋氏气得手抖，指着谢柔淑喊道。

"婶母，四妹妹没有丢人，你别怪四妹妹了。"谢柔惠说道，"四妹妹年纪小，当初是我让她跟我去学堂的，您要怪，就怪我吧。"

宋氏闻言立刻收起了脸色，带着几分不安。

"我的儿，哪里就怪你了？"她急急说道，一面抚着谢柔惠的肩头，"难为你对她这么好，可惜她不争气，倒让你没了面子。"

谢柔惠摇头疾步走到谢柔淑身边，揽住她的肩头。

谢柔淑顿时哭得更大声了。

"没有没有，四妹妹一直学得很好。"谢柔惠说道，拍着谢柔淑。

"学得好还能背不过书被先生赶出来？"宋氏说道。

"我背得过！"谢柔淑喊道。

"你怎么背得过？你背得过你还跑？"宋氏恨恨地说道，伸手戳她的额头，"你就是个蠢笨的，就是没用的。"

母亲是真的戳，就像刚才真打一样，骂也是真骂，看看那眼里的嫌弃是真的嫌弃。

　　谢柔淑的眼泪再次涌出来，被母亲戳得头一歪，看到一旁大眼睛水汪汪地看着她的谢柔嘉。跟这个揽着自己的被母亲恨不得捧在手心的女孩子一模一样。

　　那个女孩子是全家的宝，谁都不能惹，但并不是长着一样的脸就也能得意洋洋了！

　　"都是因为她！"谢柔淑喊道，伸手指着谢柔嘉，"她故意给我捣乱，我才背不下去的。"

　　谢柔嘉愣住了。

第二十四章
谁　错

院子里一阵安静。

大家的视线不由得落在谢柔嘉身上。

"我没有。"谢柔嘉忙说道。

"你这个惫懒的东西。"宋氏抬手就打了谢柔淑两下，"你自己没用，还怪别人！"

"没有，就是她，就是她！"谢柔淑喊道，哇的一声哭了，"就因为她是惠惠的妹妹，我就活该被欺负。"

宋氏还要打，谢柔惠忙拦住。

"嘉嘉。"她看向谢柔嘉，带着几分无奈又不安，"你……"

"姐姐，我没有跟四妹妹捣乱，我当时是给她提个开头……"谢柔嘉忙说道。

话音未落，谢柔淑就尖叫一声打断了她。

"你看你看，她自己都承认了。"她喊道。

大家的视线便又移到谢柔嘉身上。

"不是啊，我只是提醒你开头几句，我看你背不来。"谢柔嘉忙说道，"我没有笑你，给你捣乱。"

"我自己背得过干吗要你提醒！"谢柔淑喊道。

谢柔嘉有些哭笑不得，不知道该说什么。

"四妹妹，其实这事没什么的，二妹妹是背过了。"谢瑶开口说道，"可是就算你背不过，先生也不会怪你的，最多明日再背就是了，你不用赌气。"

宋氏一听，自从分辨出谁是谁之后就再没多看谢柔嘉一眼的视线顿时落在谢柔嘉身上。

"二小姐都背过了？"她喊道，抬起手又给了谢柔淑两下，"你这个没用的，你是越学越倒退了！你的饭都白吃了！"

谢柔淑抱着头哭起来。

"我背得过，背得过。"她喊道，甩开母亲的手，"发虑宪，求善良，足以谀闻，不足以动众。就贤体远，足以动众，未足以化民。君子如欲化民成俗，其必由学乎！"

院子里再次安静下来，所有的视线都看向谢柔淑。

谢柔淑一面抬袖子擦泪，一面抽抽搭搭地背书。

"……古之教者，家有塾，党有庠，术有序，国有学……"

女声虽然磕磕绊绊，但字句却是没有间断。

真的背得过！

看着众人脸上惊讶的神情，谢柔淑的眼泪退去了，她站直了身子。

就说了她背得过，就说了她是被人欺负才丢了脸。

"……善歌者，使人继其声；善教者，使人继其志。其言也，约而达，微而臧，罕譬而喻，可谓继志矣……"

女声越发地朗朗流畅，与此同时众人的视线由谢柔淑身上转到谢柔嘉身上，神情也变得复杂。

余晖在院子里消失，原本站在院子里的人已经坐到了屋子里。

"你还是没用，你背得过，别人说你两句，怎么就背不下去了？"宋氏抬手戳着谢柔淑说道。

话和动作没变，但语态神情已经不似先前了。

"是啊！是啊！都是我的错，怎么都是我的错！"谢柔淑喊道，恨恨地看着谢柔嘉。

谢柔嘉没有理会她，她已经看出来宋氏不生气了，既然如此这件事就过去了，反正自己问心无愧，谢柔淑愿意怎么说就怎么说吧。

她看了看外边的天色。

"姐姐，我们该回去了。"她提醒道。

谢柔惠下了学还要跟谢大夫人学丹女的技能。

"谢柔嘉，你就这样走了？"谢柔淑喊道。

"行了，四妹妹。"谢柔清粗声说道，"既然背得过，就明日去给先生认个错，再背一遍，这件事就过去了。"

"要去跟先生认错，谢柔嘉也得去。"谢柔淑说道，自从当众背下来之后，她的底气大增，越发认定自己这次丢脸就是谢柔嘉的缘故。

都是她害自己丢脸，要丢脸一起丢。

"关我什么事！"谢柔嘉说道，对谢柔淑这样的无理取闹有些不高兴了，"我说了我没有做鬼脸骂你。"

"谢柔嘉！"谢柔淑喊道。

宋氏忙按住她，带着几分警告地让她在椅子上坐稳，自己则含笑看向谢柔惠。

"原来你过来没和你母亲说啊，你晚上还有功课呢，我也不留你了，你快回去吧，等改日休息了，婶母再请你吃饭。"她说道，又看谢瑶和谢柔清，"也让你们费心了，到时候一起过来。"

谢柔惠等人便站起来施礼告退。

"别怪四妹妹了。"谢柔惠说道，"婶母你也亲耳听到了四妹妹背得很好。"

宋氏笑着点头。

"那都是你教得好。"她说道，抚着谢柔惠的肩头，又转头呵斥谢柔淑，"还不快谢谢你姐姐，特意为了你来的。"

谢柔淑其实也没想到谢柔惠能亲自来看自己，虽然她常常自诩是谢柔惠的亲堂妹，但在学堂里并没有谢瑶和谢柔清那般和谢柔惠走得近。

这个脸面，明日能抵消到学堂要受到的一部分嘲笑。

"谢谢姐姐。"她真心诚意地说道。

谢柔惠对她笑了笑。

宋氏亲自送她们出门，不过自始至终都没有多看谢柔嘉一眼。

谢柔嘉也不在意，经过梦里的事，她也不喜欢这个三婶，觉得她对谢柔淑太无情、太狠心了。

连自己的女儿都不在乎，她又能对别人多好？

出了三房的门，谢柔清和谢瑶与她们告辞。

"瑶瑶，我跟你去你家一下。"谢柔惠想到什么喊住谢瑶。

谢瑶看着她，虽然有几分不解，但并没有询问。

"我上次要借的书。"谢柔惠说道。

谢瑶看着她，露出几分恍然的笑。

"好啊。"她说道，挽住了谢柔惠的胳膊。

"嘉嘉，你先回去吧。"谢柔惠说道。

谢柔嘉哦了声。

"那我跟母亲说一声。"她说道。

谢柔惠点点头，看着谢柔嘉走开了，才和谢瑶向另一边走去。

谢柔清还站在原地。

"三小姐，大小姐要做什么？"丫头忍不住低声问道。

谢柔清笑了。

"她是大小姐，她喜欢做什么就做什么，只要她高兴。"她说道。

"你姐姐去瑶瑶那里了？"

谢大夫人问道。

谢柔嘉点点头，由两个丫头洗手净面，换上家常衣裳。

"小姐，尝尝。"江铃端着一碟切好的果子，捡起一块。

谢柔嘉张口由她喂进去。

"怎么今天回来这么晚？"谢大夫人坐下来问道。

谢柔嘉从江铃手里接过碟子走过去倚在谢大夫人身边。

"母亲，您尝尝。"她说道。

谢大夫人笑着张口吃了，又推她。

"热，别挨着我坐。"她笑道。

谢柔嘉反而坐下来抱住谢大夫人的胳膊，又问母亲今日去了哪里见了谁，谢大夫人一一答了，没有再问为什么回来晚了。

谢柔淑的事又不是什么光彩事，没必要到处说。

谢柔嘉松口气笑嘻嘻地接着和母亲一起吃水果。

"母亲，我今日在学堂背下整篇的书呢。"她说道。

谢大夫人笑了。

"嘉嘉没有白用功。"她说道，揽住女儿的肩头，"所以你知道了吧？天下无难事只怕有心人，以后遇到事不要惊慌害怕，都没什么大不了的。"

母亲身上有淡淡的香气真好闻。

谢柔嘉再靠近母亲一些，认真地点头聆听。

母女二人依偎说笑，一碟果子没吃完，谢柔惠就回来了，一同进来的还有宋氏。

"大嫂，我亲自送惠惠回来。"宋氏一进门就大声说道。

谢柔惠伸手拉她，带着几分不安地喊婶婶。

宋氏握住她的胳膊，不让她说话。

"惠惠回来晚了，不是贪玩了，您可别怪她。"她接着说道。

谢大夫人有些不解地看着她，谢柔嘉也放下手里的碟子站起来。

"怎么了？"她口中吃着果子含糊问道。

姐姐不是去谢瑶那里了？怎么和三婶一起回来了？

宋氏就叹口气。

"是我家淑儿不争气。"她说道，"在学堂丢了人，反而还要惠惠来安慰。"

谢大夫人笑了。

学堂里的这些女孩子多，小性子也多，时不时地闹出一些别扭。

"她是姐姐，这是该做的。"她笑道。

"是啊，惠惠真是个好姐姐。"宋氏说道，视线看向谢柔嘉，"她最怕姐妹们生分，先是来探望淑儿，又替嘉嘉来向淑儿赔礼。"

替我向淑儿赔礼？

赔什么礼？

谢柔嘉嘴里含着果子停下，瞪圆眼睛看过去。

谢大夫人的面色也肃重起来。

"嘉嘉？"她扭头看向谢柔嘉，"怎么今天回来这么晚？"

这是适才问过的话，但此时此刻谢大夫人再次问出来，口气可跟适才不一样了。

谢柔嘉心里咯噔一下。

"母亲，我……"她忙开口要说话。

"大嫂，你别怪嘉嘉，小孩子们嘛，难免口角意气。"宋氏抢过话说道，一面将事情说了，又笑，"说到底还是淑儿不好，要是背得熟，怎么会被一笑就忘了。"

谢大夫人看向谢柔嘉，眉头微微皱起。

"所以你适才不敢和我说你为什么回来晚了？"她说道。

"我才没有！"谢柔嘉忙摇头道，"我没有冲她做鬼脸和笑她，是她自己当时背不下去了。"

"是，是。"宋氏忙说道，一面上前来拉住了谢柔嘉，"嘉嘉，姊母已经和淑儿说了，她也认错了，你别再往心里去，上次她在学堂提邵铭清闹你，我也罚她禁足了，你也别生她的气了好不好？"

这话说的，好像她是因为上次邵铭清的事而对谢柔淑生气，所以还是说她这次是故意捣乱让谢柔淑背不了书的。

什么跟什么啊？

"我才没有。"谢柔嘉喊道，甩开宋氏的手，"说了没有了，你怎么不听？"

宋氏有些尴尬地握住被甩开的手。

"谢柔嘉。"谢大夫人竖眉沉声喝道，"你怎么跟长辈说话呢？自己做了错事，还有理了！"

她做什么错事了？

谢柔嘉看向母亲，瞪圆眼。

第二十五章
相　信

屋子里的灯又添了几盏，布菜的丫头们退了下去。

"所以淑儿背不过是因为嘉嘉？"

谢文兴一面挽着袖子，一面走出来看着已经坐在餐桌边的妻女问道。

谢大夫人要说话，谢柔嘉抢着先开口了。

"不是。"她说道，放下手里的碗筷，"父亲，是她自己背不下来的。"

"可是她背得下来！"谢大夫人一拍桌子喝道。

"有些人就是这样，一紧张就会忘，淑儿她可能在先生面前太紧张了。"谢文兴忙说道，在谢柔嘉身边坐下。

谢柔嘉连连点头。

"是，是。"她说道。

"是什么是！"谢大夫人竖眉说道，"你没跟她说话吗？"

"母亲。"谢柔嘉委屈地说道，"我都说了，我跟她是说话了，可是我是跟她说前两句。"

"你说的这个，柔淑说的可不是。"谢大夫人说道。

"母亲，您干吗信她不信我？"谢柔嘉委屈地说道。

"信你？"谢大夫人哼了声，"我问为什么回来晚了的时候，你为什么不敢说？还找话岔开？"

竟然因为这个被母亲怀疑了！明明她是好心。

"我是担心谢柔淑丢人，背不过书又不是什么光彩的事。"谢柔嘉急急地说道。

谢大夫人哼了声。

"背不过书有什么丢人的,被人欺负了才丢人吧?"她说道。

母亲怎么不信她呢?

谢柔嘉急得要站起来,谢文兴按住她。

"好了好了。"他笑道,"先吃饭,先吃饭。"

"是啊,没事了。"谢柔惠也说道,看看母亲又看看谢柔嘉,"我已经跟四妹妹说开了。"

听到谢柔惠说这个,谢柔嘉更是着急。

适才宋氏说了,原来谢柔惠根本就不是去谢瑶那里拿书,而是掉头回去给谢柔淑道歉了。

"姐姐,你干吗跟她道歉?明明就是她自己的事。"她说道。

谢柔惠神情有些不安。

"没有没有,我没说你错,我安慰下四妹妹,我真没有说你……"她说道。

"你就不该去。"谢大夫人打断她说道。

谢柔惠神情一僵,垂下头。

不管怎么说,这到底是自己引起的事,姐姐不该被母亲责备。

"母亲,不关姐姐的事。"谢柔嘉忙开口喊道。

谢大夫人已经接着说话了。

"你就该让她自己去!"她说道。

谢柔嘉讪讪的。

"不管谁去,事情已经这样了。"谢文兴拍了拍桌子,"吃饭!"

谢大夫人看他一眼。

"夫人,请食。"谢文兴又笑着施礼。

谢大夫人被他逗笑了,看着丈夫的眼神,再看看一个垂头不安一个满脸委屈的女儿,这满桌的佳肴也变得没了味道。

"吃饭吧。"她说道,重新拿起筷子。

席间恢复了以往的安静,但却并没有以往那般的气氛愉悦。

吃过饭谢大夫人带着谢柔惠进了书房,屋子里剩下谢文兴和谢柔嘉。

谢柔嘉怏怏地转着江铃递过来的茶。

看起来，母亲和姐姐都认定是她捣乱谢柔淑才背不过书的，这个谢柔淑怎么这样？

早知道就不该好心地提醒她几句开头，倒成了把柄。

怎么跟姐姐和母亲说她们才会信呢？

"嘉嘉，你不会真的还因柔淑上次的事生气吧？"

正乱乱想着，耳边传来谢文兴的笑问。

"当然没有。"谢柔嘉说道，将手里的茶放下，抬头看着谢文兴，"父亲，您也不信我吗？"

"没有，我信你。"谢文兴笑道。

灯光下父亲的神情坦然，没有半点的敷衍。

谢柔嘉乱糟糟的心突然就安顺了下来，要说什么似乎又不知道该说什么，最终她嗯了声重重地点点头。

"有理不在声高，有什么话，慢慢说，遇到什么事，也别急。"谢文兴说道，"你看你跟你姊母争执，再有理也是先失了理，这印象让人先入为主，你母亲可不就生气了？"

谢柔嘉点点头。

"父亲，我记住了。"她说道。

谢文兴笑着点点头。

"你真的都背下来了？"他又问道。

"真的真的，父亲不信，我再给您背一遍。"谢柔嘉说道，一面从椅子上站起来，大声开始背书。

谢文兴含笑端坐，捧茶的丫头停下脚步，两边的打扇的丫头们动作更加轻柔，江铃站在木香身边，听得眼睛亮亮的。

谢大夫人和谢柔惠走出书房刚迈进院门就听到屋内传来谢柔嘉的笑声。

"真亏她还能笑得出。"谢大夫人摇头说道。

"母亲，妹妹没事了。"谢柔惠笑道，"您不用担心了。"

谢大夫人吐了口气。

"她还用我担心？看她过得多好。"她说道。

谢柔惠嘻嘻笑着伸手拉着母亲的衣袖。

谢大夫人转头看着她。

"我是担心你。"她说道,"你这样总是护着她可不行,她犯了错,就该她认错,你替她怎么行?只会惯得她越来越不懂事。"

谢柔惠再次笑了,握紧了母亲的手。

"我只是想让妹妹高兴些。"她说道,又点点头,"我记下了,母亲。"

谢大夫人露出笑容,伸手抚了抚她的肩头。

"还好你懂事。"她说道。

"妹妹也懂事的。"谢柔惠说道。

谢大夫人笑意更浓,没有再说话,抬脚上台阶。

丫头们掀起门帘,屋内正在下棋的父女二人看过来。

"回来了?"谢文兴说道。

谢柔嘉站起来,喊了声母亲。

谢大夫人没理会她,进来坐下,接过丫头捧来的茶。

"父亲母亲,时候不早了,你们歇息吧。"谢柔惠说道,冲谢柔嘉招招手。

谢柔嘉哦了声,走过来将手放到她手里,跟着施礼。

谢大夫人嗯了声,谢文兴笑着点点头,看着姐妹二人手牵手被一群丫头拥簇着走出去。

"我问过了,没什么大事。"谢文兴笑道,"小女孩子们争闲气呢,淑儿呢,你也知道,往日就跟嘉嘉好争个高下,一看嘉嘉背得那么好,就想做得更好,一紧张慌了神反而背不上来了。"

"说得你跟亲眼看到似的。"谢大夫人说道,"嘉嘉说的吧?"

谢文兴笑着点头。

"你女儿说的是真的,人家女儿说的就是假的?"谢大夫人说道,"你可真是越来越像我母亲了。"

谢文兴哈哈笑了。

"我知道,嘉嘉在学堂惹事不少,以前呢,她做了错事会哭会生气,但是从来没有争辩过。"他接着说道,"但这次,她可是一直都在否认。"

"是啊，还学会狡辩了。"谢大夫人哼了一声说道。

"狡辩？"谢文兴笑眯眯说道，"谢大丹主您的女儿，还需要狡辩吗？"

就算是真打了人骂了人欺负了人，又如何？

谢大夫人愣了一下。

"上次柔淑惹了嘉嘉生气，所以这次嘉嘉给她捣乱没背过书，这件事又算什么大事？嘉嘉就是做了又如何？"谢文兴接着说道。

是啊，又如何？谢家长房的女儿吃了亏出口气又如何？

"可是她不承认，她说什么也不承认，我想，谢大夫人的女儿，还不至于敢做不敢当吧？"

谢大夫人握着茶杯没说话。

"母亲，我没有！"

"母亲，您干吗信她不信我？"

也许，真是错怪嘉嘉了？

听着室内谢大夫人沉默无声，站在窗沿下的谢柔嘉露出了笑。

父亲母亲还是信她的。

谢柔嘉慢慢地向后退，却见身旁的姐姐还站着没动。

"姐姐。"她凑近谢柔惠的耳边，低声唤道。

谢柔惠似乎受了惊吓，猛地一抖向后退去，脚下的石头发出咯吱声响。

谢柔嘉忙拉住她，看着窗棂内透出的光下谢柔惠有些僵硬的面容。

"姐姐？"她忍不住喊道。

谢柔惠忙摇头，笑着拉住她的手。

"没事，没事。"她低声说道。

"你们两个！"

屋内传出谢大夫人的喝声，窗户被推开了。

谢柔惠忙拉住谢柔嘉。

"快走快走。"她说道。

谢柔嘉咯咯笑了，握紧姐姐的手跑开了。

"怎么样？我就说别担心嘛，母亲不会生气的。"谢柔惠说道。

因为跑着，她的声音有些颤颤的。

谢柔嘉咧嘴笑着点点头，停下脚抱住谢柔惠的胳膊。

"谢谢姐姐。"她说道，"要不是你提议偷听，我今晚肯定睡不好了。"

谢柔惠笑了，看着她一刻又收了笑。

"嘉嘉，你怪我吗？"她说道，"我错怪了你，还去给四妹妹道歉。"

谢柔嘉摇摇头。

"没有。"她笑着说道，"我知道姐姐你是为了我好嘛，不想我和四妹妹在学堂闹个没完。"

谢柔惠含笑看着她没说话。

"姐姐，你放心。"谢柔嘉摇着她的手说道，"我不会跟她闹的。"

谢柔惠点点头，伸手抚了抚谢柔嘉的脸。

"好，嘉嘉真是我的好妹妹。"她含笑说道。

第二十六章

用 心

　　谢柔嘉说到做到，第二日到了学堂果然没有和谢柔淑再争执。

　　谢柔淑站在先生面前低着头认错，也并没有说自己是因为谁捣乱才没背过书。

　　当然，不在先生跟前说，不代表谢柔淑私下不说。

　　"我这都是看在惠惠的面子上才不跟她计较。"谢柔淑对围着自己的女孩子们哼声说道。

　　"惠惠去看你了？"有女孩子咬着手帕好奇地问道。

　　谢柔淑几分得意。

　　"是啊。"她说道，"惠惠安慰我，还替那丫头给我道歉。"

　　那丫头自然是指谢柔嘉，谢柔淑已经不再用"二小姐"称呼她了。

　　"惠惠对你真好。"便有女孩子半羡慕半嫉妒地说道。

　　这个谢柔淑除了沾着长房嫡亲兄长血脉的缘故外，还有什么可值得人多看一眼的？

　　要长相没长相，要脑子没脑子，偏偏能得谢柔惠如此看重。

　　谢柔淑看着大家的神情心里更得意，不过这时候该说什么话，母亲已经提着耳朵教了她一晚上了。

　　"是惠惠人好。"她说道，"她是不想我们姐妹生嫌隙。"

　　这话没有人反对，大家纷纷点头。

　　"不过说到底，她是为了那丫头好。"谢柔淑还是不忘说出自己的心里话，挑眉看向另一边。

　　谢柔惠正对谢柔嘉叮嘱什么，谢柔嘉嗯嗯地点头。

"妹妹做错事，姐姐不忍心责怪妹妹，又担心别人责备妹妹，所以只有她这个当姐姐的来给妹妹收拾烂摊子，有这样的好姐姐，我要是再闹岂不是跟那妹妹一样不懂事了？"谢柔淑仰着下巴哼声说道。

谢柔惠拉着谢柔嘉从一旁走过，听见这句话带着几分不悦喊了声"四妹妹"。

谢柔淑哼了声。

"敢做不敢让人说啊？"她说道。

"做没做，你心里比谁都清楚。"谢柔嘉说道，"我心里也清楚，你随便说，我不害怕。"

说罢拉着谢柔惠大步走过去，将谢柔淑的不满抛在身后。

"你们看到没？她就是这样张狂！"

听着传来的谢柔淑的声音，谢柔惠蹙眉不安。

"不用理她。"谢柔嘉说道，"她爱怎么喊就怎么喊去。"

"可是你又没做过那些事。"谢柔惠摇头说道。

谢柔嘉挽住她的胳膊。

"父亲母亲还有姐姐都知道我没做过，你们都信我喜欢我，对我来说就足够了。"她说道。

谢柔惠看着她笑了。

"好。"她说道。

姐妹两个挽手而行。

"父亲今日没在家，你不如和丫头们去花园玩吧，一个人闷。"谢柔惠说道，"我和母亲学完了就去找你。"

"不。"谢柔嘉摇头，嘻嘻一笑，"姐姐不用担心我闷，我去找祖母玩。"

祖母？

谢柔惠愣了一下。

且不说谢柔嘉从来不喜欢接近祖母，就说祖母一天到晚醉醺醺的，又喜怒无常，找她有什么玩的？

该不会是……

吃过饭，看着谢柔嘉带着一群丫头呼啦啦地出了院子，谢柔惠有些心不在焉。

"惠惠。"

母亲的声音从头顶传来，同时肩头上一痛。

谢柔惠惊醒，看着母亲竖眉沉脸，收回戒尺。

"怎么回事？"她问道，"难道你不知道念巫经最要紧的是专心吗？"

谢柔惠低头应声是。

"怎么了？吃饭的时候就心不在焉的？"谢大夫人问道。

"没事，大概是有些累吧。"谢柔惠对母亲歉意地吐吐舌头。

谢大夫人笑了，将戒尺放在桌子上。

"你可从来不说累。"她说道，"除非为了别人才会拿自己做掩护，说吧，嘉嘉是不是又惹事了？"

"没有。"谢柔惠忙摇头，又坐直了身子看着母亲笑，"近日在学堂四妹妹倒是说话挑衅了，可是嘉嘉没有和她吵闹，反而笑嘻嘻的。"

"是吗？她听到四妹妹挑衅还笑嘻嘻的？"谢大夫人笑着问道，有些惊讶，"那还真是不像她。"

"母亲，您吃饭时也看到了，嘉嘉很高兴，吃过饭还高兴地找祖……自己玩去了。"谢柔惠笑着忙说道，说到最后一句咽了口水，又笑着接着说下去。

谢大夫人脸上的笑没了。

"自己玩去了？"她问道，"不是回房去了吗？"

"回房也是自己玩啊。"谢柔惠嘻嘻笑道。

谢大夫人将戒尺啪地敲在桌子上，谢柔惠肩头微微一抖。

"嘉嘉没怎么，就是今晚去祖母那里玩了。"她说道，"我怕，我怕她吵到祖母，这个时候，祖母应该休息了。"

谢大夫人吐口气。

"你是担心这个吗？"她说道，"你知道你妹妹什么样，我这个当娘的难道还不知道吗？"

说到这里对外高喊一声"来人"。

书房外站着的丫头们听到谢大夫人的声音很惊讶，因为涉及秘技，谢大夫人的书房任何人都不许靠近的，更别提现在在授课中让人进来了。

屋子里又传出一声喊叫，与此同时书房的门被拉开了。

大丫头乐巧再也不敢迟疑忙疾步过来。

"你去老夫人那里，看看二小姐在做什么，说了什么。"谢大夫人说道，"如果二小姐缠着老夫人说不该说的话，你立刻来回我。"

乐巧心里明白了，低头应声是忙转身就走。

"二小姐又闯祸了？"

接到乐巧打的手势，跟过来的丫头忍不住低声问道。

要想从老夫人那里打听到二小姐说了什么可不是一个人能办到的，乐巧看着跟上来的三个丫头摇摇头。

"不知道。"她低声说道，一面疾步而行，"夫人看起来很生气。"

"还能怎么样？别忘了如今门上都已经传到的不许邵家少爷进门的话。"另一个丫头低声说道。

那次的事谢柔嘉认了错受了罚，但引起吵闹的那句不许邵家少爷进门的话却依旧传下来了。

"二小姐的病才好，受不得刺激，老夫人说了还是让避一避。"上边传话的人这样说道。

虽然说得很婉转，但大家都不是傻子，自然明白这到底还是应允了谢二小姐那句不让邵铭清进门的要求。

而这一切，惩罚了女儿的谢大夫人没有半点反应，似乎不知道一般。

可见二小姐在老夫人面前说话是很管用的。

"四小姐刚刚和二小姐在学堂闹了一场，该不会四小姐从明日起就也不能进咱们这边的门了吧？"有一个丫头低声说道。

邵铭清不过是出现在二小姐的噩梦里，就先是被抓破了脸，又接着被禁止上门，四小姐可是光天化日下真真切切地和二小姐吵了一架呢。

"那要真是这样，可就闹大了。"

"夫人肯定要生气的。"

丫头们一面窃语，一面疾步如飞。

"夫人生什么气？"

有声音忽地从前边传来，几个丫头吓得哎了声停下脚抬头看去，见不知什么时候路上站着一个人。

夜色已经蒙蒙，还未点灯，但大家第一眼就认出这是谢大老爷。

谢老夫人的院子里比以往似乎亮堂了几分，谢大老爷远远地就听到里面传出的嬉笑声。

院门大开着，红通通的灯笼照着屋内一群丫头婆子围着一个小姑娘。

小姑娘正踢毽子。

手拎起了裙角，缀着大红流苏的绣花鞋一下一下地将鸡毛毽子踢起，随着毽子的飞动，她抬头低头，耳边的小金坠子也如同毽子般上下飞舞，灯下小姑娘面色白里透红，大大的眼睛闪闪亮，不时地发出咯咯的笑声。

"……十三，十四……"

周围的丫头们大声地数着，其中江铃的声音最大。

伴着一声"二十"，斜斜飞出的毽子落在地上。

"小姐小姐，这次二十个，二十个。"江铃高兴地喊道，跑过去把毽子拿起来，"比刚才多五个。"

谢柔嘉立刻挣开正给她擦汗的木香，跑到在竹椅上坐着的谢老夫人身边。

"祖母，祖母，我长进了，长进了。"她说道，摇着谢老夫人的胳膊，"您说话算话。"

站在门外看着才露出笑意的谢文兴一僵。

又是说话算话，嘉嘉她又让老夫人答应她什么了？该不会真的是针对谢柔淑的事吧？

"……您快起来踢毽子……"

谢柔嘉的声音紧接着传来，谢文兴舒了口气。

谢老夫人身上带着酒意，但并没有像以往那样昏昏睡去，而是睁着醉眼在笑。

"你祖母老了，哪里踢得动？"在另一边坐着的谢老太爷哈哈笑道。

谢老夫人横了他一眼。

"我虽然比你大一岁，也敢保证你不能动的时候，我还能动。"她哼声说道，一撑扶手，"嘉嘉扶我起来。"

原本摇着她胳膊的谢柔嘉却没有动，神情有些呆呆的。

祖母其实说得不对，在梦里祖父还能动的时候，祖母就先去了。

"老夫人，我来扶您。"江铃说道，扶住了谢老夫人的另一只胳膊。

这才让谢柔嘉回过神，她忙也扶住，谢老夫人已经笑着站起来。

"来，祖母给你踢毽子，想当年，祖母踢毽子说第二，没人敢说第一。"她说道。

"我知道我知道，我听人讲过，老夫人能让毽子一日绕身不坠。"江铃点头说道。

谢老夫人看着她哈哈笑。

"你这丫头伶俐，看赏。"她说道。

旁边立刻有丫头笑吟吟地给江铃递过来一袋子钱。

江铃也不客气接过施礼大声道谢。

"听说二小姐要来老夫人这里玩，怪不得大家都争着抢着要来呢。"她笑嘻嘻地说道，"老夫人又可亲又阔绰。"

谢老夫人更是大笑，木香虽然嗔怪她说得粗鄙，但也跟着忍不住笑了，心里又有些感叹，没想到一向阴阳怪气、古古怪怪的老夫人竟然也这么爱笑。

站在门外的谢文兴也笑了，看着那个歪着头在灯下嘻嘻笑的女孩子，神情更加柔和，笑意在眼底散开。

第二十七章

观　望

"去玩了？"

谢大夫人听了丈夫的话，皱眉重复问道。

一旁的谢柔惠松口气。

"是啊是啊，嘉嘉就是说去找祖母玩了。"她说道。

谢大夫人看她一眼。

"你快回去睡吧，明日还要上学呢。"她说道。

谢柔惠应声是，冲谢文兴施礼。

谢文兴含笑点点头，看着她走出去。

"是玩啊。"

谢柔惠听着父亲的声音在后传开。

"……踢毽子，翻绳，又是吃又是喝，母亲那里跟过年似的。"

"她这是干什么？"

"我问她了，嘉嘉说觉得母亲那里太冷清了，所以想要陪母亲玩。"

"哈！她想要干什么？"

"讨母亲欢心啊。"

"我知道她要讨母亲欢心，她为什么要讨母亲欢心？"

谢文兴笑了。

"就是讨母亲欢心。"他说道，"身为子女，讨亲长欢心还要有理由吗？"

谢大夫人听懂了他的意思，再次皱眉。

"我看她不仅讨了母亲的欢心，你的也讨了。"她说道，"你就继续护着她吧，等闹出兄弟成仇的事你就开心了。"

谢文兴哈哈笑了。

"嘉嘉都说了不会跟淑儿再闹，她也不会去讨好母亲来对付淑儿出气，她说了就是想要陪母亲玩。"他说道。

"你信啊？"谢大夫人哼声说道。

"我信啊。"谢文兴笑道。

谢大夫人横了他一眼，起身向内室走去。

"阿媛，嘉嘉是个懂事的孩子，你怎么就是不信呢？"谢文兴说道，"你好好想想她这些日子的行为，可真有不妥的吗？"

谢大夫人停下脚。

"她是有几次失态，那是因为病了，而且事后她认识到自己的错，也认了错，还有这次跟淑儿口角，除了坚持不承认自己有错外，她也并没有再跟淑儿吵闹不休。"谢文兴接着说道，"也知道认真背书，也知道去长辈膝下尽孝，这明明是好事，你怎么会非要想她是不安好心呢？"

是啊，这样想的话好像真的是……

"阿媛。"谢文兴含笑摇头，"你对嘉嘉是不是有点苛刻了？"

苛刻吗？

"那要看看才知道是我苛刻了，还是她有心胡闹。"谢大夫人哼声说道。

谢文兴笑了。

"好啊，那就走着瞧。"他说道，"敢不敢打赌？你赢了我任你处置，你输了，任我处置……"

"去你的……"

屋子里父母的嬉闹声传来，走到院门口的谢柔惠又回头看了眼，丫头们低着头纷纷退出，屋子里的灯一点点熄灭。

"有些事，我真有些想不明白。"谢柔惠忽地说道。

走在她身旁的木叶侧头看过来。

自从出了谢大夫人的院子，谢柔惠就一直沉默着。

"大小姐，什么事？"她忙问道。

此时她们已经迈进了院子，院子里的灯笼也灭了几盏，昏昏暗暗地充满了夜的安宁。

谢柔惠没说话，抬起头看向屋子。

正厅的灯跟谢柔嘉屋子里的相比暗了很多。

"嘉嘉还没睡？"她问道。

迎接的丫头们含笑施礼。

"二小姐在读书。"一个说道。

谢柔惠不说话了，看着那边窗子投出的坐着的小小身影，似乎正在提笔又似乎正在看书。

"大小姐要去看看吗？二小姐是懂事了，可别用功太过，伤了眼就不好了。"木叶笑道，抬脚向谢柔嘉的屋子走去。

谢柔惠却迈步向自己的屋子而去。

"我先去洗漱了。"她说道。

木叶的脚步一顿。

大小姐不去吗？以往大小姐回来总是先要见了妹妹才去洗漱的。

她不敢迟疑忙又转过身跟过来。

"你们去和嘉嘉说一声，别看太晚了，小心明日起不来。"谢柔惠又笑嘻嘻说道。

丫头们含笑应声是。

"奴婢亲自去说，大小姐放心吧。"木叶笑道，看着谢柔惠被人拥簇着进了净房，她则迈进了谢柔嘉的卧房。

谢柔嘉已经散了头发，穿着袄裙坐在罗汉床上，盘膝翻着一本书，旁边江铃歪着头举着灯，木香看着小丫头们添驱蚊香放纱帐。

"二小姐还在读书呢？"木叶说道。

"不是，不是。"谢柔嘉说道，"我在想别的事。"

"别的事？"木叶不解地问道。

"说是要找……"木香笑道。

话没说完就被江铃打断了。

"小姐说不要告诉别人。"她忙说道。

木叶一怔。

这是她第一次听到这种话，两个小姐自从生下来就在一起，虽然说各自指派了丫头，但其实大家都混在一起不分你我。

别人？她是别人啊？

"江铃！"木香拉下脸喝道。

"不是不是。"谢柔嘉摆手笑着说道，"是要保密，我要找一些东西做些事，不过之前不能让人知道。"

木叶笑了应声是。

"时候不早了，二小姐早些睡，再要紧的事也不能熬坏了身子。"她说道。

没有再问什么事。

谢柔嘉点点头。

"我知道，我找完这本书就睡。"她说道，看着木叶又想到什么，"姐姐回来了吗？"

木叶点点头。

"去洗漱了。"她说道，"特意叮嘱我来让二小姐你快些睡呢。"

谢柔嘉笑了。

"快些睡，不许再看了，一会儿大小姐亲自来催你。"木叶笑道，一面转身告退。

木叶走出来却见厅堂的灯熄灭了，她愣了一下，再看谢柔惠屋子里的丫头们正退了出来。

"大小姐歇息了？"她走过去低声问道。

丫头们点点头。

睡了啊，不过来和妹妹说话了吗？

木叶看了一眼谢柔嘉这边，窗棂上小姑娘的身影摇摇晃晃。

廊下的灯笼又灭了几盏，院子里没有人再走动，陷入了夜的静谧。

"哎呀哎呀。"

厢房丫头们的屋子里忽地传来低低的呼痛声，很快声音就消失了。

江铃只散了半边头发，穿着小衣，被木香拧着耳朵拎进来。

"姐姐姐姐，我又怎么了？"她委屈地说道。

木香松开她，竖眉沉脸。

"你怎么跟木叶说话呢？"她低声喝道。

江铃伸手搓着耳朵。

"我怎么了？"她说道。

木香再次伸手，江铃忙捂着耳朵跳开了。

"你别仗着二小姐对你另眼相看，就没大没小，你怎么跟木叶大呼小叫的？"木香气道。

自从那次噩梦事件后，谢大夫人将江铃提成三等丫头在谢柔嘉身边贴身伺候，这如同外院少爷们的书童，专陪着玩儿以及跑腿使唤的，跟掌握着小姐们吃穿用度的贴身大丫头们是不能比的。

"我是怕姐姐你不听小姐的话。"江铃说道。

木香抬手，江铃忙跑开了。

"你可真厉害！我不如你，以后还请江铃姐姐你多多指教。"木香说道。

江铃嘿嘿笑了。

"是我错了，不该不信姐姐你。"她说道，跑回来在木香跟前，将头伸过来，"姐姐你打我出气吧。"

木香吐了口气，用手捶了她一下。

"去睡吧。"她说道。

江铃笑嘻嘻地应声是跑出屋子了。

江铃的床在另一边的屋子里，还不够资格跟木香等人一个屋子里住。

此时屋子里在另一边梳头的丫头放下篦子转过身。

"木香姐，这个江铃可真够厉害的。"她说道，"她可没把你放在眼里，你听她刚才的道歉，那叫道歉吗？"

江铃刚才认错，认的是截断木香的话，而不是对木叶不客气的态度。

"你看，你说让她走她就走了，根本就不在乎你还生气不生气。"那丫头接着说道，"我敢保证，下次再遇到这情况，她还会这样的。"

木香吐口气，伸手拔下发簪。

"我知道。"她说道，"我已经看明白了，这个江铃，眼里只有二小姐一个人。"

说到这里她又笑了。

"说得好像我们眼里还有别人似的。"她对那丫头说道。

"我知道你的意思。"那丫头笑道，起身走到床边，"她的眼里只有二小姐的喜怒哀乐，也不分对错，只要二小姐说的她都听，二小姐要做的，她都觉得好，除了二小姐外，是非，对错，规矩，尊卑，别的人的喜怒，都不在乎。"

木香吐口气，坐在自己的妆台前。

"这种人最能得主子欢心，尤其是年纪小的少爷小姐，又爱玩又还不太懂事，哪里架得住这种哄？"那边丫头一面铺床一面接着说道，"看起来是忠仆，其实最是祸害，这种人外院不知道发卖了多少。"

木香一下一下地梳头。

"这个江铃现在还动不得。"她说道。

"我知道，是怕二小姐再犯病。"丫头说着，躺在床上，摇着扇子，"所以姐姐你别生气，她这般张狂，谁看不到啊？蹦跶不了几天。"

但愿尽快吧，她总觉得二小姐的确好像是懂事多了，但还是有哪里怪怪的跟以前不一样了。

木香放下篦子吹灭了灯。

"哎，二小姐到底要做什么呢？还谁也不告诉？"黑暗里响起问声。

"不知道，连我都没说，回来就开始要书，要的还是医书。"

"二小姐现在真是有点猜不透了，我们想着她会往西，她偏偏往东，还好每次结果都还不错。"

"既然结果是好的，那就别担心，说明二小姐心里还是有谱的，快睡吧。"

问答到此结束，里外归于安静。

天光微微发亮的时候，谢柔嘉跑出屋子。在院子里将一把谷粮扔给孔雀的谢柔惠转过头，对她招手笑。

谢柔嘉笑着跑过去。

"在祖母那里玩了什么？"谢柔惠问道，将一把谷粮递给她。

谢柔嘉扔给篱笆圈中的孔雀，一面详细地答了。

姐妹两个挽着手说笑着看孔雀，天光更亮。

"小姐，快梳头吧，该去夫人那里了。"木叶站在廊下笑道。

谢柔嘉将手里最后一点谷粮高高地扬起，引得孔雀们叫着争抢，咯咯的笑声在清晨的院内回荡。

"别调皮，快走吧。"谢柔惠含笑说道，抚着谢柔嘉垂在身后的长长的头发。

谢柔嘉点点头拉着姐姐的手向屋内跑去。

日子又恢复了平静，谢柔嘉上学没有偷懒迟到，没有答不上来先生的问题，没有写不完功课，也没有跟谢柔淑争吵。

谢柔嘉下了学吃过饭依旧去谢老夫人这边，踢毽子、说笑玩闹一个时辰，吃了宵夜糖水告退。

谢大夫人没有等到不许三房谢柔淑上门的消息，没有等到三房有人被老夫人叫去训斥的消息，反而得到三夫人给老夫人请安时说话讨了老夫人开心被赏了一匣子首饰的消息。

"打开匣子真是珠光宝气满室生辉，三夫人都没舍得收进库房，搂着睡了一夜。"

下人传出来的话有些夸张，但谢大夫人心里明白自己母亲赏出的肯定是极好的东西，而母亲赏东西也肯定是真要赏，并不是欲擒故纵或者明夸实贬。

"要不，是二小姐抱怨四小姐对她不好，所以老夫人就笼络一下三夫人，让四小姐对二小姐好一点？"有丫头猜测说道。

谢大夫人哈哈笑了。

"瞎说什么！"不待谢大夫人说，旁边的其他丫头就笑着摇头，"老夫人怎么会去讨好别人！"

别人不喜欢老夫人，老夫人只会让他更不喜欢自己。

二小姐真要抱怨了四小姐，老夫人就绝不可能赏给三夫人一匣子首饰，只会用这匣子首饰砸破三夫人的头。

既然现在三夫人的头没有被砸破，那也就是说二小姐没有告状抱怨。

"夫人，看来这次您和大老爷打赌要输了。"大丫头掩嘴嘻嘻笑。

女儿没让自己失望，这种打赌输得心甘情愿，而赌筹彩头也让人心甘情愿……

谢大夫人的脸微微红了一下，摇着扇子轻咳一声。

"还不一定呢，看看再说。"

尽管谢柔嘉在家里、学堂都安安稳稳的，但关于她的议论还是散开了。

谢二小姐刁蛮任性，因为做噩梦就不许表哥上门。

谢二小姐横行霸道，在自己住的院子里养孔雀，嘎嘎的怪叫也不管吵到别人，住在一个院子的谢大小姐眼底都青了。

谢二小姐嫉贤妒能，为了不让四小姐比她背书背得好，故意使坏害四小姐背不过书。

谢二小姐惹下麻烦从来不管，全要姐姐谢大小姐善后，谢大小姐忍着让着，还替她向人赔礼道歉。

"她才不会认错，现在还四处说是我背不过书呢。"

被一群女孩子围着的谢柔淑愤愤地说道。

"我背不过吗？你们问问惠惠、瑶瑶，她们都听到了。"

身后有脚步声响，大家回头看去，见穿着月白衫、桃红裙子的女孩子快步而行。

女孩子们一阵安静，所有的视线都盯在她身上，想要努力地分辨出到底该热情地迎上去，还是……

女孩子很快走近。

"呸。"她忽地对着谢柔淑发出这个声音。

女孩子们顿时哄的一声知道这是谁了。

"谢柔嘉！"谢柔淑跳脚喊道。

谢柔嘉已经快步走开了，学堂外她的丫头们接过来，其中一个还冲这边的谢柔淑也做了一个呸的动作。

"真是有什么主子就有什么下人。"谢柔淑喊道，"你们看，多嚣张。"

女孩子们纷纷点头。

"四妹妹。"身后又有声音传来。

众人回头看到长得一模一样的小姑娘走过来，穿的也几乎是一样，只不过衫是红的裙子是白的。

这要是搁在一起走来，大家肯定又分不清。

"惠惠。"

异口同声的声音同时响起，人也涌过来，谢柔淑费了好些力气才站到谢柔惠身边。

"惠惠，你看看那丫头。"她抱怨着，伸手指着早已经不见了人影的谢柔嘉。

"不是都好了吗？你不要和她闹了。"谢柔惠含笑说道。

"我没跟她闹，是她先骂我的。"谢柔淑说道，看着大家，"你们都看到了。"

女孩子们有的点头，大多数则装作没听到。

毕竟谢柔嘉是二小姐，还有个很爱护她的姐姐，不是人人都像谢柔淑敢随意地得罪她，谢柔嘉的坏话私下说说可以，当着人家姐姐的面她们还是不敢的。

谢柔惠不跟自己的亲堂妹翻脸，可不保证不跟别的堂姐妹翻脸。

"谁让你挡了她的路了！"谢柔惠还没说话，谢瑶笑吟吟地先说道。

"二小姐可是急着去老夫人那里呢。"

老夫人！

在场的女孩子们更安静了几分。

谢老夫人对于这些年纪的女孩子来说是老怪物一般可怕的存在。

"你还跟她闹，你就不怕她告你一状？"谢瑶笑嘻嘻地接着说道。

谢柔淑眼中闪过一丝惧怕，但在这么多人面前是绝对不能示弱的。

"我才不怕呢，我就等着她也让我跟邵家表哥一样不能再进家门。"她哼声说道。

"别胡说，嘉嘉不会的。"这时谢柔惠摇头说道。

"好了好了，明日不上学，有的是时间玩，都快回去吧。"谢柔清闷声说道。

女孩子们便急忙地互相告辞，三三两两结伴散开了。

谢柔淑嘀嘀咕咕的也只得跟着走。

"最近二小姐天天都去老夫人那里啊？"谢瑶问道。

谢柔惠点点头。

"现在连晚饭也在祖母那里用了。"她笑道。

"这么说又去缠着老夫人了，不再做你的小尾巴了。"谢瑶笑道，一面挽起谢柔惠的胳膊，"二小姐这是怎么了？"

谢柔淑听见了哼了声。

"能怎么啊，缠着老夫人得到的好处更多呗。"她说道，"缠着惠惠，能让邵表哥不进咱们家门吗？"

谢柔清瞪了她一眼。

"说什么呢！"她说道。

"我说得不对吗？有老夫人做靠山她心想事成。"谢柔淑说道，"老夫人就是比惠惠厉害嘛，老夫人能让邵表哥不进门，惠惠，能让表哥进门吗？"

谢柔惠的脚步一顿。

第二十八章
提 议

哎哟一声。

谢柔淑撞到了谢柔惠的身上，小队伍微微地混乱。

谢柔惠微微弯身提了提裙子。

"没事没事。"她说道。

什么事？

谢柔淑探头去看，谢柔清已经伸手推了她一下。

"你踩到惠惠的鞋了。"她说道，"只顾着说话，就不能看着点路。"

是吗？好像是吧。

谢柔淑往后挪，又忙低头去看谢柔惠的鞋子。

"没事吧？没事吧？"她紧张地问道。

谢柔惠放下了裙子笑着摇头。

"快走吧。"她说道，挽住谢柔淑的手。

谢柔淑欢喜不已又有些感慨。

"惠惠，你真好。"她说道，不忘提到另外一个人，"要是换作那丫头，肯定要踩我一脚才罢休。"

"嘉嘉怎么会？你别乱说。"谢柔惠笑道。

谢瑶和谢柔清落后一步，看着谢柔淑小碎步跟着谢柔惠。

"怎么不会！她就是那样的人！"

"惠惠，你的鞋子有没有踩脏？我让我母亲给你做一双鞋吧。"

谢柔惠回到谢大夫人这里，丫头们便忙去传晚膳。

"嘉嘉又在祖母那里吃饭吗？"她看着只摆着三副碗筷的桌案说道。

谢大夫人坐下来。

"是啊，在你祖母那使劲闹呢。"她说道，"折腾着厨房做这个做那个。"

"嘉嘉不是馋嘴的，一定是为了让祖母喜欢。"谢柔惠笑着说道。

谢文兴从室内走出来，闻言也说声是。

谢大夫人哼了声。

"你们一个好父亲一个好姐姐，就我是个恶人。"她说道。

谢柔惠掩嘴咯咯笑。

"你不是恶人，你只是不知道。"谢文兴坐下来说道，顿了顿筷子，"你要是看到嘉嘉让厨房做的什么菜就不会这么说了。"

"做的什么菜？"谢柔惠好奇地问道。

"戒酒的菜。"谢文兴说道。

戒酒？

谢柔惠一怔，旋即笑了。

"嘉嘉是想让祖母戒酒啊。"她说道。

原来如此啊，谢大夫人摇摇头。

"还是胡闹。"她说道。

谢老夫人嗜酒的毛病家里很多人想过法子让她戒掉，但根本就没成效，反而让谢老夫人嗜酒越发厉害了，以酒代饭已经很多年了。

那么多名医术士都没办法做到，她一个孩子家做几顿饭菜就能做到？

"这是嘉嘉的孝心。"谢柔惠嘻嘻笑道，"祖母没有白疼她。"

"但愿不是白疼她。"谢大夫人说道，端起碗筷。

"现在已经不是白疼。"谢文兴说道，"丫头们说，老夫人至少晚上睡前的酒少了一些，原来她拉着母亲玩闹，又哄着母亲喝甜汤，就是为了这个。"

"玩玩闹闹、喝喝甜汤就能管用，你可真是把你女儿当神仙了。"谢大夫人呸了声，"吃饭吧。"

谢文兴哈哈笑了，不再说话，拿起碗筷。

虽然如此说，谢大夫人的嘴边到底浮现一丝笑意。

谢柔惠低着头慢慢地吃饭。

谢柔惠回到院子的时候，谢柔嘉已经洗漱过了，正坐在客厅里翻书，江铃和两个小丫头守着，端茶、倒水、铺纸、磨墨。

看到谢柔惠，她高兴地喊了声姐姐。

谢柔惠坐下来看她写的纸，上面是誊抄的药膳的名字。

"用之前还是要拿给家里的大夫看一看。"她说道，"吃的东西可不敢随意，若不然好心也变成恶果。"

谢柔嘉点点头，又有些懊恼。

"姐姐，你也知道我要做什么了？"她说道。

"在这家里什么能瞒得过父亲母亲？更何况还是事关祖母的。"

"母亲父亲姐姐，你们知道也没事，不过千万别让祖母知道。"谢柔嘉忙又说道。

"为什么？让祖母知道你的孝心不好吗？"谢柔惠笑道。

"不行，让她知道的话就有了戒心，心里有了准备，那些药膳的功效就大打折扣了。"谢柔嘉摆手说道。

谢柔惠咯咯笑了。

"好姐姐，你一定要替我保密。"谢柔嘉抱着她的胳膊说道。

谢柔惠被她摇得笑了。

"替你保密，有什么好处？"她笑道，捏着谢柔嘉的鼻头，"以后要听姐姐的话。"

"我一直都听姐姐的话。"谢柔嘉说道，"现在听，以后也听，永远都听。"

绝不要梦里的事发生，绝不能再听不到姐姐的话。

姐妹正挤在一起说笑，门外有丫头们进来了。

"二小姐，宵夜送来了。"一个丫头笑吟吟地说道。

宵夜？

谢柔惠和谢柔嘉停下说笑看过来，神情都有些惊讶。

"是大夫人让送来的。"丫头笑道。

药膳虽然是膳，但对于小孩子来说到底是味道不太好。

母亲是在担心她吃不好。

自从因为不许邵铭清进门闹了一场后，母亲对她的态度严厉了很多，但还是这么关心她。

谢柔嘉从罗汉床上跳了下来。

"摆上来摆上来，我饿了。"她大声说道。

丫头们应声是，江铃跑去摆桌子，木香亲自接过宵夜。

"姐姐，来，咱们吃吧。"谢柔嘉说道。

谢柔惠含笑起身，却向外走去。

"我不饿，你吃吧。"她说道。

"不饿也吃一点点，是母亲让人送来的呢。"谢柔嘉说道，端过木香盛好的汤盅捧到谢柔惠面前。

汤盅内米粥晶莹、软香扑鼻，谢柔惠沉默地看着。

"真不吃。"她说道避开一步，伸手扶着自己的腰，"我最近好像胖了些，马上就要学跳舞了，我不能多长肉的。"

再过一个月，她们将要开始为后年的三月三祭祀做准备了，要学习唱歌跳舞击鼓。那一场三月三祭祀与别的不同，那时候谢柔惠年满十三岁，将要作为下任丹女第一次正式亮相。

这不仅是谢柔惠一生中最重要的时刻，也是谢家极其重要的时刻。

谢柔嘉自然知道对于丹女来说保持完美身形的重要性，她忙收回汤盅。

"没有没有，姐姐你一点儿都没胖。"她说道，却不再劝了。

谢柔惠笑了笑。

"你快吃吧，母亲的心意呢。"她说道，抚了抚谢柔嘉的肩头，"我去洗漱了。"

谢柔嘉点点头。

"小姐小姐快来，都是你最爱吃的。"江铃在那边大声地说道。

"啊，真是太幸福了，我真是心想事成、万事如意啊。"谢柔嘉长出了一口气感叹着。

心想事成、万事如意。

谢柔惠回头看了一眼，灯下的女孩子低头接过丫头喂的一口汤羹，咯咯地笑起来。

谢柔惠也笑了笑，转身迈出了厅堂。

一个小丫头迎面跑过来。

"大小姐现在要洗漱吗？稍等等，二小姐才洗完，水还没好……"她笑嘻嘻说道。

跟往常一样，姐妹两个共用一个净房，总是有先有后，凑到一起便难免有人要稍等一等，谢柔惠从来都是礼让妹妹、自己等的那个。

只是这一次小丫头的话还没说完，谢柔惠抬手给了她一耳光。

小丫头猝不及防被打得脚步一个趔趄叫出来。

廊下木叶正和两个丫头吩咐什么，院子里几个丫头在说笑着熄灭灯笼，这突然的声音让大家都一愣，转过来就看见那小丫头捂着脸后退。

发生什么事了？

"你踩着我了。"谢柔惠弯身嘶嘶吸凉气。

原来如此。

丫头们纷纷涌过来。

"你怎么看路的！"有人斥责那小丫头。

小丫头跪在地上连连叩头呜咽。

"大小姐，你没事吧？快拿灯来！"有人大声地喊道，盖过了丫头呜咽说出的话，也没人要听她说什么。

谢柔嘉也从屋子里跑了出来。

"姐姐没事吧？"她拉着谢柔惠焦急地问道。

木叶和木香已经要扶着谢柔惠进屋子。

"脱了鞋袜看看。"

"拿些膏药来。"

谢柔惠看着乱哄哄的丫头们忙嘘声。

"没事没事。"她说道，"别吵了，把妈妈吵来就别安生了。"

她说着话站直了身子，推开丫头们瘸拐了两步就站稳了。

"好了，没事了没事了。"她说道，"大家都散了吧。"

谢柔嘉不放心要跟去看看脚面，谢柔惠无奈只得任她跟进来。

看着褪了鞋袜露出的白嫩的脚上半点印子也没有，大家才松口气放了心。

"快去吧，宵夜都凉了。"谢柔惠笑着推谢柔嘉。

谢柔嘉是嘴里咬着银勺子跑出来的，一时紧张竟然到现在还捏在手里，闻言嘻嘻笑着点头，才回去了。

那边热水此时也放好了。

"把脚好好地泡一泡。"木叶说道，扶着谢柔惠。

谢柔惠嗯了声迈进净室。

院子里已经恢复了平静，适才的小丫头已经被两个大丫头扯了出去，隐隐地听得夜风里传来呜咽声。

"我没有……"

声音很快就消失了，夜色沉沉静谧。

谢柔清鱼竿一甩，一尾鱼带着水花跃出水面。

"嘉嘉又去祖母那里尽孝了？"她问道，随意地将鱼竿递给丫头。

丫头们忙将鱼儿解下放进一旁的盆里。

谢柔清旁边的水盆已经有三条鱼儿游来游去，紧挨着她的谢柔惠的盆里空空的。

谢柔惠似乎没听到，坐在小几子上握紧鱼竿一动不动。

"肯定啊。"站在山石下看着小丫头替自己钓鱼的谢柔淑立刻说道，"讨好祖母能心想事成，她乐此不疲，指不定现在正算计谁呢。"

谢柔惠将鱼竿猛地抖了抖，在湖岸上敲出啪嗒的声音。

湖水里荡开一圈圈波纹，隐隐可见其内有鱼儿快速地散开。

谢瑶和谢柔清都看向谢柔惠，面色微微惊讶。

"别说嘉嘉了。"谢柔惠皱眉说道，"外边都把她说成什么了！她以后还怎么见人啊。"

谢柔清和谢瑶移开视线没有说话，谢柔淑则喊了起来。

"那怎么能怪别人，谁让她做出那些事呢！"她不高兴地说道，"邵表哥难道不是她打伤的吗？邵表哥难道不是她亲口说不许上门的吗？你就会护着她，要想她名声好一点，那就给表哥道歉，把表哥请回来。"

谢柔惠看向她。

"这样就行了吗？"她问道。

谢柔淑反而一愣。

"什么？"她怔怔问道。

"你说把邵家表哥请回来啊。"谢柔惠眨着眼睛认真问道。

我……我……说的吗？

谢柔淑张张嘴，脑子里想了想。

"行啊。"谢瑶放下鱼竿高兴地说道，"四妹妹这法子好。"

是啊，谢柔淑脑子一转，谢柔嘉的名声好不好她才不关心，只是谢柔嘉这么讨厌邵铭清，闹出这么多花样就为了不让邵铭清上门，那如果邵铭清偏偏又进来了，可以想象谢柔嘉会是什么表情。

谢柔淑兴奋起来。

别的人不敢忤逆谢老夫人请邵铭清，但同样身为谢家大小姐的谢柔惠却能。

这办法真是太好了！一定要撺掇大小姐办成这件事！

"对啊，我这办法一定行。"她看着谢柔惠重重地点头。

第二十九章

去 见

谢柔嘉一睁开眼就找姐姐,谢柔惠在院子里看着两个婆子喂孔雀。

"起个名字,这个叫大花,这个叫二花。"她对着婆子说道。

两个婆子笑着点头应声是。

"大小姐喜欢让它们叫什么就叫什么。"她们讨好地说道。

谢柔嘉跑出来问谢柔惠今日做什么。

谢柔惠摸摸她的头说谢柔淑有篇功课不会请她去讲讲。

"她不能问她的哥哥啊?"谢柔嘉嘀咕一句,但想到谢柔淑梦里的命运,对她刻意地讨好姐姐也就不太反对了。

不管怎么说,也是一条年轻的生命啊。

"嘉嘉一起去吗?我们一起写写字。"谢柔惠说道。

"不。"谢柔嘉立刻摇头,虽然她不介意谢柔淑和姐姐交好,但她自己不想和谢柔淑走近。

以前怎么样记不太清了,但现在她看得很清楚,谢柔淑不喜欢她。

"我去祖母那儿扎花灯。"她接着说道,"等八月十五,我要自己做花灯。"

谢柔惠笑着叮嘱她别伤了手,姐妹俩便洗漱梳头,手挽着手去母亲那里用饭,谢柔惠说了二人的安排。

"父亲也要出门吗?"她又问道。

谢文兴点点头。

"和你二叔去璧山。"他说道,说到这里还看了眼谢柔嘉。

璧山邵家,邵铭清的家就在璧山。

谢柔嘉低着头大口大口地吃饭，丝毫没有反应。

谢文兴稍微松口气，不再说话，一家四口低头安静地吃饭。

吃过饭在外院听管事们回过话，就有人来说"二老爷备好车了"，谢文兴带着小厮向外边走去，才穿过夹道就听见后边脚步响。

"父亲，父亲。"

谢文兴惊讶地回头，见谢柔清和一个女孩子小跑而来，这是嘉嘉还是惠惠？他一时也有些怔怔的。

"父亲，扎花灯没意思，我和三妹妹一起跟您和二叔去璧山玩吧。"女孩子说道。

是嘉嘉啊。

就说扎花灯那种需要耐性的事她怎么玩得了呢？谢文兴笑了，不过旋即又皱眉。

去璧山？

"我们可以去文庙前看舞狮子，您还记得我小时候去看过的舞狮子吗？"谢柔惠说道。

谢文兴看着女儿笑着点头。

"狮子也不是天天舞。"他笑着说道，"不过到时候让你二叔给董家馆说一声，咱们看一场舞狮子。"

他话音未落，两个女孩子便高兴地拍手说好。

看着欢呼雀跃的女儿，谢文兴也笑了，自从嘉嘉病好了之后有好几个月没有出门了，是该出去转转了，他转身吩咐小厮去备车。

谢二老爷看着坐上车的两个女孩子。

"别去你外祖家。"他低声叮嘱谢柔清。

谢柔清笑着点点头。

"我知道了父亲，放心吧，我就陪着嘉嘉在城里玩。"她也低声说道。

谢二老爷这才放心地和谢文兴坐上一辆车先行，两个女孩子单独坐一辆，后边还有婆子丫头坐一辆，在护院的拥簇下驶出谢家大门。

"惠……"谢柔清放下车帘，看着一旁的女孩子低声唤道，话出口又停下，"我也要装作不知道吗？"

"当然。"谢柔惠说道，看着谢柔清嘻嘻一笑，"我装得像不像？"

谢柔清苦笑。

"其实我都从来没分清过你们。"她嘀咕道。

谢柔惠笑着挽住她的胳膊。

"不过，我还是谢谢你。"谢柔清说道。

"不对，应该是我谢谢你啊。"谢柔惠掩嘴笑道。

谢柔清摇头。

"尽管你是为了嘉嘉着想，可是这样做，也算是解了铭清表哥的难堪。"她说道。

谢柔惠嘻嘻笑，抱着谢柔清的胳膊歪头看她。

"三妹妹，你对你这个表哥很看重啊？"她说道，"大表哥都没得过你几句好话呢。"

她在"大表哥"三个字上加重了语气，表达了两个表哥的地位不同。

邵铭清是庶子，而且生母还是被赎身脱了籍的烟花行人，这小妾没福气，进门生下孩子没多久就病死了，邵大老爷虽然是个商人，但也是个多情种，为这逝去的小妾洒了不少泪，还把这孩子抱去给邵大太太亲自养着。

这也算是邵铭清的福气，尽管如此，到底不能跟邵大太太亲生的孩子一样。

"大表哥又用不着我说好话。"谢柔清说道。

那倒是，多少人还等着邵大少爷说好话呢。

谢柔惠噗嗤笑了。

"我小时候去舅舅家玩，他们都笑我。"谢柔清接着说道，看着摇摇摆摆的纱帘外的景色，"只有铭清表哥不笑我。"

谢柔惠哦了声恍然，但又有些不以为然。

"也许是他不敢笑你呢。"她说道。

谢柔清长得再不好看，也不是谁都能取笑的。

谢柔清摇摇头。

"他不是不敢，他是不。"她说道，嘴边浮现一丝笑，"五表哥说，他和我一样，所以我们谁也不笑谁。"

他和谢柔清一样？

谢柔惠不由瞪眼看着谢柔清，虽然才见了一次，但邵铭清的相貌让人过目不忘，当然谢柔清也是让人过目不忘，但这两种不忘的感觉是截然不同的。

一个让人惊艳，一个让人惊吓，哪里一样！

不过这样看来，这个邵铭清一定很会哄女孩子，这样更好，她这次来就是让他哄自己的。

谢柔惠叹口气。

"原来他对三妹妹这样好。"她点点头，"那我更要替嘉嘉来跟他道歉了，不然伤害的可不是一个人。"

"就怕嘉嘉她会很生气。"谢柔清也叹口气说道。

"怎么会？"谢柔惠说道，握住谢柔清的手，"咱们是为了嘉嘉好。"

谢柔清笑了。

是啊，为了她好，所以她们有什么错？

"那咱们再说一遍，到时候这样行不行……"她压低声音说道。

车里两个小姑娘凑近窃语。

璧山邵家也在说起谢家表妹的小时候。

这是一座阔朗的院子，石榴树，葡萄架，精巧堆砌的水池里欢快游动的锦鲤，无一不彰显着积年的富足安详。

葡萄架下或坐或站着七八个少年人，伴着唰啦一声响，骰子在木板上咕噜噜地转动着。

"谢家表妹小时候啊，比现在还难看呢。"穿着一件石青夏衫的十五六岁的少年说道。

"是啊，十四哥，你还记得祖母说要是不知道的人见了，都不信是姑姑的女儿。"在他身后的少年立刻点头说道。

"这都是因为他们谢家。"穿石青夏衫的少年说道，"咱们家哪儿有这样丑的！"

他说这话时抬起头看着对面坐着的人。

此人比他小一二岁，穿着月白夏衫，此时正专注地看着木板上转动的骰子，那双本就明亮的眸子随着骰子的转动而越发流光溢彩。

"看看咱们十七弟。"他忍不住伸手摇着扇子笑着说道，"长得多好看，那些什么花魁红牌都比不上呢。"

少年们哄笑起来。

"是啊是啊。"有人跟着附和，"真不知道那谢家的小姐怎么没看上十七弟呢？"

"谢家的小姐今年才十一岁吧，年纪太小，还不懂美丑。"也有人故作认真地说道，又看着这少年，"铭清，你别难过，再等两三年，那谢家小姐得后悔死。"

少年们再次哄笑。

"六。"

在这笑声里，清亮的声音有些突兀，喊得众人的笑声都有些破碎了。

"我升转了。"邵铭清说道，伸手将一枚棋子挪动到棋盘正中，"我赢了。"

他说罢抬起头一笑。

笑得四周的人有些目眩，又有些气恼，大家纷纷低头去看骰子，再三确认之后才不甘心地认输。

"给钱，给钱。"邵铭清丝毫不在意众人的不悦，笑着伸手说道，"别赖账啊，别哭穷，咱们家的少爷们可不缺这个钱。"

这话让气恼的少年们又失笑了。

"你不是邵家的少爷吗？怎么一副很缺这个钱的样子！"石青衫少年气笑道，"每次都巴巴地追着我们要。"

邵铭清对他一笑。

"十四哥。"他说道，"这可不是钱，这是彩头，意义不凡呢。"

邵十四少爷哈哈笑了。

"一个升官图赢了十个钱，就意义不凡了？"他说道，一面摆摆手，"邵铭阳，拿钱拿钱。"

站在他身后的少年忙应声是解开钱袋子认真地数了十个钱递给邵

铭清。

"拿着拿着，恭贺十七少爷高升。"他说道。

大家再次笑起来，纷纷掏钱。

"真是的，每次玩彩选都是你赢。"

"下次不跟你玩了。"

大家嘀嘀咕咕地抱怨着，邵铭清一概不计较，高高兴兴地收钱。

不管什么时候都是一副高兴的样子，说话做事也不顾别人高兴不高兴，真把自己当大太太生的了。

邵铭阳就是看不惯他这样子。

"十七弟这么聪明，既然谢家小姐看不上，就去考状元喽。"他便笑嘻嘻地说道。

他这话刚出口便有人喊一声笑了。

"那还不如去给人当女婿容易些。"一个少年怪笑道。

大家都是一起上学的，邵铭清的书读得如何大家心里都清楚，明明看上去聪明伶俐，吃喝玩乐也都精通，偏偏读书不开窍。

再看看大太太亲生的几个儿子学业有成，可见谁养的不管用，还是谁生的做定数。

戏子生的就是花架子一个，中看不中用。

少年们再次哄笑起来，这大概就是他们跟这小子玩什么都容易输，但却不管玩什么都会叫上他的缘故吧。

图个乐嘛。

邵铭清也跟着笑，将彩头一收。

"那可不一定。"他说道，看着说话的人，"那要看去当谁的女婿，这话哥哥可别乱对人讲，若不然真是失了邵家少爷的脸面，难道要让人说咱们邵家连个儿子都养不起要送给人家当女婿吗？"

同样是赘婿，但给谢家当赘婿还是给别的人家当，意义完全不同。

如果有谁真敢当着邵大老爷的面说让邵铭清去给谢家之外的人家入赘，不，别说是邵大老爷喜爱的邵铭清，就是随便一个无足轻重的庶子，这都无疑是打邵大老爷的脸。

将儿子给人招赘，那是活不下去的人家才会选的路，难道他们邵家沦落到这种地步了吗？

邵大老爷不给他一个耳光才怪呢。

那人面色尴尬，同时又有些恼怒。

这个邵铭清，就是这样仗着大老爷大太太喜爱才目中无人。

"好了，我该去给母亲读经书了，哥哥们，下次再玩。"

不待他们再说什么，邵铭清一施礼，拿着钱摇摇摆摆离开了。

"你看，就会讨好太太。"

"跟个娘儿们似的，一天天厮混在太太跟前，不是读经书就是抄经书，还给太太捯饬脂粉呢。"

"果然是戏子生的狐媚样。"

冷嘲热讽乱乱而起，邵铭清很快抛在身后。

"太太才忙完家事，正看着两个婆子对账。"有小厮跟他说道。

"那咱们从花园这边走，摘些花，再过去正好。"邵铭清说道。

小厮颠颠应声是，先跑去到花园里找婆子们摘花去了。

邵铭清慢悠悠地晃过来，看着溪边的垂柳，忍不住顺手用力地抓住一扯，初秋的柳叶纷纷而落，落了他一头一身。

有女声噗嗤笑了。

邵铭清立刻看向一旁。

"谁？"他说道。

山石后有人探出身来，日光下小姑娘明媚一笑，耳边小小的赤金坠子熠熠生辉。

"邵家表哥，你真调皮。"她说道。

邵铭清眯起眼睛，看着眼前的人似乎又回到了那日。

那个小姑娘张牙舞爪地扑过来。

第三十章
相　瞒

邵铭清又打量这女孩子两眼。

不对，也不能说她就是那个女孩子。

谢家长房的大小姐二小姐是一对双生花，他不仅早听说过，那日也亲眼见到了。

只是因为那个小姑娘太凶猛所以印象深刻，一见就想到她了。

这不可能是那个小姑娘，那一日她像一只发了狂的猫一般挂在自己身上，不管不顾地死命地抓挠……

邵铭清忍不住抬手抚了一下脸。

因为年纪小，伤口愈合得好，此时脸上只留下浅浅的疤痕，不仔细看也看不出来，不过当时的样子真够吓人的，父亲为此气得在家里破口大骂，如果不是祖母拦着就要去谢家问罪了。

想到这里他又笑了，那个小姑娘跟他似乎有泼天的大仇，当时谢大老爷一个大男人都几乎拦不住她。

虽然后来说是谢二小姐病了，且含蓄地暗示中邪了。

但他觉得就算是中邪魔障了，那般深刻的仇恨也不可能就此消失，果然后来谢家大老爷不再登门，然后又传来了谢老夫人亲口下令不许他进谢家的话。

"何止不让进谢家的门，是连彭水县都不让进。"

"真不知道他怎么冲撞那谢家的小姐了。"

"真是白费了大老爷和太太的一番苦心。"

"就说养个废物嘛。"

邵铭清摇摇头，甩去这些日子萦绕耳边不绝的碎语。

这不可能是那个小姑娘。

"十七哥。"

又一个声音响起来，让邵铭清回过神，看着谢柔清从那小姑娘身后走出来。

"三妹妹。"那小姑娘掩嘴嘻嘻一笑，"我好像把表哥吓到了。"

邵铭清笑了走上前去。

"清妹妹，你怎么来了？"他说道，看了眼谢柔惠，施礼，"谢小姐。"

不管大小姐还是二小姐，总归都是谢小姐。

谢柔惠笑了。

"是我让三妹妹陪我来的。"她说道，一面也走出来，站在邵铭清面前屈身施礼，"我来给表哥赔礼。"

邵铭清忙还礼。

"不敢当，不敢当。"他说道，"赔礼从何说起！"

谢柔清有些不耐烦。

"行了，有话就直说吧，谁心里也明白赔的什么不是。"她说道，"嘉嘉，你既然肯来了，就有个自愿的样子，别好像我们谁逼你似的，要是这样，还不如不来呢。"

嘉嘉？

虽然女子的闺名不外传，但作为亲戚，邵铭清倒是知道谢家大小姐名柔惠。

相貌一样，但名字不一样，那就只能是另外一个。

真的是那个小姑娘？

邵铭清难掩惊讶地看着谢柔惠。

谢柔惠却似有些羞涩，低下头，揉着手帕屈身施礼。

"我那时候犯病了，病好了之后，又拉不下面子来认错，又怕以后别人再说这件事怪丢人的，所以就又说了不让表哥你上门的话。"她低着头说道，说到这里再次施礼，"表哥真是无辜受屈了。"

邵铭清在她说的间隙就忙还礼，听她说完更是连连施礼。

"使不得，使不得。"他说道，"妹妹也说了，是因为病了。"

"病了也是错了。"谢柔惠抬起头认真说道，"我是该认错的，表哥要是这样说，就是不原谅我了。"

是啊，她们认错了，你如果不接受，那就是你的错了。

邵铭清哈哈笑了，站直了身子。

"好，既然妹妹亲自来给我道歉，那我们就干戈化玉帛。"他说道，一面指了指自己的脸，"也算是不打不相识了。"

这个人真挺有意思的。

谢柔惠展颜笑了。

"怪不得三妹妹总说表哥你人好呢。"她说道，"表哥你说话真痛快，毫不做作。"

邵铭清几分恍然，看着谢柔清，含笑的眼神变得更柔和。

原来是因为她啊。

"不是三妹妹逼我的。"谢柔惠掩嘴嘻嘻笑，似乎看出了邵铭清的心思，"三妹妹只是告诉我，这件事不是表哥你不再出现在彭水，就能不让人提起的，真的要想不被人说，让这件事成为过去，就只有面对它，我向表哥认错，表哥原谅了我，这件事就过去了。"

邵铭清看着她露出几分疑惑。

"真是奇怪。"他说道。

谢柔惠神情一怔。

奇怪吗？

邵铭清看着她一笑。

"妹妹这么聪明剔透的人，怎么会生病啊？"他说道。

谢柔惠咯咯笑了，谢柔清也笑了。

笑声在花园里响起，惊动了很多人，远远的杂乱的脚步声传来。

"太太，太太，表小姐在这边。"

"快告诉谢大老爷，找到了，找到了。"

站在一起的三人闻声看过去，见一群人疾步而来。

"一定把舅母和大伯父吓坏了。"谢柔清说道。

谢柔惠嘻嘻一笑。

"那我去给他们道歉。"她说道。

"你还道歉道上瘾了。"谢柔清说道，先抬脚迎过去，"这次是我的错，瞒着舅母和大伯父，道歉也该是我。"

谢柔惠笑嘻嘻地跟上去，邵铭清站在原地看着两个跑开的小姑娘，也笑了。

今天这事，真有些意外。

今天这事，感到意外的可不止邵铭清一个人，且不说热闹的邵家，坐车回转的谢文兴一路上看"谢柔嘉"的眼神都似乎不认识自己的女儿了。

因为谢柔清和谢柔惠两个偷偷从舞狮场里跑到邵家，所以两个人被分开不许坐一辆车了。

"不是偷偷。"谢柔惠笑着分辩，"是我要三妹妹带我去邵舅舅家的铺子看新妆花，遇上了家里的婆子，这才跟着去的，不是让人去和父亲您说了吗？"

"少托滑。"谢文兴说道，伸手戳她的头，"跟你爹我耍心眼！"

谢柔惠嘻嘻笑不说话了。

"嘉嘉，你真的不怕邵铭清了？"谢文兴问道。

虽然在邵家已经把事情说过一遍了，但谢文兴还是觉得很意外。

"不怕啊。"谢柔惠说道，"一来这是梦，二来有父亲母亲还有祖母护着我，我干吗要怕他啊？"

谢文兴笑了，还没说话，谢柔惠又忙拉住他的衣袖。

"不过父亲，要说怕我其实更怕让祖母伤心。"她说道，带着几分哀求，"这件事你可千万别让祖母知道，祖母为了我说了不让邵表哥上门，我转头先是给母亲认错，又去跟邵表哥认错，倒让祖母里外不是人了。"

谢文兴含笑点点头。

"那你打算一直瞒着祖母？"他问道。

"我会跟祖母说我病好了，然后让祖母亲自邀请邵铭清来家里玩。"谢柔惠说道。

这样的确是全头全尾了。

谢文兴点点头。

"好。"他说道，"既然这是嘉嘉的事，那就交给嘉嘉你自己来做了。"

"谢谢父亲。"谢柔惠高兴地说道。

马车停在夹道，谢柔惠跳下车，看着后边的谢柔清也下了车。

"父亲，我和三妹妹去瑶姐姐家了。"谢柔惠说道。

谢文兴皱眉。

"跑了一天了，不累吗？"他说道。

"不累。"谢柔惠笑嘻嘻地说道，和谢柔清挽手向西府而去。

谢文兴摇摇头，谢二老爷走过来。

"大哥，您累了吗？"他问道，"那新矿的事我们明日再说？"

"不累不累。"谢文兴忙说道。

说罢二人对视一眼，都哈哈笑了。

"大哥请。"谢二老爷笑着伸手做请。

谢文兴挽住他的手。

"一起一起。"他说道。

不管怎么说，今日的事真是让人高兴啊，二人再次大笑着向内走去。

听得身后的大笑，谢柔惠回头看了眼。

"你和叔父说了吗？"她低声问谢柔清。

谢柔清点点头。

"按照说好的都说了。"她说道。

谢柔惠吐了口气，合手念了一句。

"谢天谢地，这一天没白费功夫。"她说道。

二人很快来到西府，西府显然早有人已经叮嘱过，看到她们两个过来，坐在门前的两个小丫头一个立刻掉头向内跑去，一个则迎接过来。

"小姐。"她施礼说道。

谢柔惠对她笑了笑。

"玩得还好吧都？"她问道。

而此时那个丫头一口气跑进了谢瑶的院子，厅堂里坐着的三个小姑娘正在下棋。

"不好玩不好玩。"谢柔淑说道，将手里的棋子扔在棋盘上，再也忍不住不耐烦，"总是输，不好玩。"

谢瑶不以为意也放下棋子，转头看一旁坐着摇着扇子的小姑娘。

"惠惠，你呢？还要玩吗？"她问道。

谢柔嘉哦了声，姐姐是好性子，又喜欢下棋，这时候肯定会答应的，可是她实在是不喜欢下棋，要是真下棋，也一定会露出马脚。

她忍不住抬头看看天色。

姐姐也该回来了吧？

上午她才到祖母那里就被姐姐叫出来，原来姐姐听说谢柔清要出门玩，她特别想去。

"嘉嘉，你也知道，我没什么机会出门。"她说道，带着几分向往。

是啊，姐姐因为身份重要，为了避免意外很少出门。

"等我满十三岁后，我就天天在外边玩，把你们说过的那些都玩个遍。"

谢柔嘉还记得姐姐曾经这样满怀憧憬地说过，只是可惜姐姐没有过得了十三岁，而这个愿望也最终没有实现。

想到这里她心酸不已。

"好好。"她连连点头，"姐姐你去吧，你装作是我，跟三妹妹去玩吧。"

于是二人更换了一样的衣裳，互换了身份。

还好谢柔淑不会的那篇功课她在梦里学过，勉强给她指点下来，而谢柔淑对姐姐一向尊敬讨好，并没有半点质疑，接着谢瑶又来找她们玩，一开始看到谢瑶她还有些忐忑，怕被这个年长一些的姐姐看出来，结果大家只是坐在园子里钓鱼，也不用太多说话，真是太好了。

就是这下棋有些为难，还好她仗着姐姐的身份推辞了也没人为难嘲笑她。

正要想着找什么借口再推辞，抬眼就见一个小丫头跑进来，她的眼睛不由一亮。

这是谢柔清的小丫头。

小丫头对她做了一个手势。

太好了！谢柔嘉高兴地站起来。

"你干吗？"谢柔淑问道。

"我，更衣。"谢柔嘉说道。

谢瑶和谢柔淑便不理会了，谢柔嘉忙站起来，刚走过门口就咦了一声。

"你们回来了！"她大声说道，人向外跑去。

院子里的丫头们还没回过神，就见两个小姑娘手拉手站在一起，还高兴地转了个圈。

这一转圈，站在跟前的谢柔清都花了眼，更别提跟出来的谢柔淑和谢瑶。

"你们怎么穿一样的衣服啊？"谢柔淑不满地说道，"这还怎么分得清你们谁是谁啊？"

两个小姑娘都笑了，对视了一眼。

"我先去更衣。"谢柔惠挤挤眼睛说道。

谢柔嘉点点头，伸手要去挽一旁谢柔清的手。

适才姐姐进门时就是这样的。

谢柔清却避开了，先向屋内走去。

"真是累死了。"她粗声粗气地说道，"你们呢，玩得还好吧？"

"我们也要累死了。"谢柔淑哼声说道。

说完她笑了，谢瑶和谢柔清也跟着笑了，连向净房走去的谢柔惠也回头嘻嘻笑。

站在门前落了单的谢柔嘉看上去有些孤零零的。

是啊，真是有点累呢，装别人的确是很累，虽然在梦里她装了十年，但还是不习惯。

还好，现在不用装了。

她也跟着咧嘴笑了。

第三十一章
问　心

一阵秋风吹过，窗前的一丛绿竹发出唰啦啦的声音，桂花的香气也在屋子里更浓烈地散开。

几个挨着窗户的小姑娘忍不住深深地吸了口气。

"让小丫头捡些晒干，冬日还能有香气呢。"一个小姑娘举着书挡着脸低声说道。

"厨房里做了桂花饼。"另一个小姑娘也做着相同的动作低声说道，"我吃了四个呢。"

后边的小姑娘就噗嗤笑了，抬脚从桌子底下踢她。

"馋死你，吃那么胖，等过了八月十五你还能跳舞吗？"她说道。

"不是还有半个月嘛，半个月饿一饿就能瘦下来。"那小姑娘哼声说道，微微转头瞥了后面小姑娘一眼，"可是半个月要长高一点就做不到了。"

那小姑娘个子矮，闻言羞恼，将手里的书一放。

啪的一声戒尺响。

吓得三个人忙端正坐好，不敢再说话。

先生继续眯起眼。

"下一个。"他说道。

"凡音之起，由人心生也。人心之动，物使之然也。感于物而动，故形于声。"

一个清清亮亮的女声便响起来，竟然听起来也感觉香香甜甜的。

几个小姑娘看过去。

"大小姐的声音真好听。"一个喃喃说道，满眼的羡慕。

"二小姐。"旁边的人低声说道。

那小姑娘愣了一下。

"我知道，二小姐和大小姐的声音一样。"她哼声，"只是只有大小姐才能背书背得这么好听。"

那人嗤笑了一声。

"跟你说了，这是，二小姐。"她说道，"大小姐适才背过了。"

不会吧，又错了？

那小姑娘愕然地瞪大眼睛看过去，站着的小姑娘前边还有一个一模一样的小姑娘坐着，谢柔惠的座位是在前边，那这个果然是谢柔嘉了。

真是的，原来在学堂里这姐妹两个还是很好分辨的，那个写字好、背书好、总能回答上来先生提问、永远不慌不忙的就是大小姐，一目了然清晰可辨，不知道从什么时候起，那个二小姐竟然也能做到如此了。

"凡音者，生于人心者也；乐者，通伦理者也。是故知声而不知音者，禽兽是也。"

屋子里声音还在继续。

"哎，背多了，这段还没学呢。"有人低声说道。

这话让更多的人把视线落在谢柔嘉身上，这一看大家的视线就移不开了。

端手而立的谢柔嘉脊背挺直，明亮的秋光萦绕在她四周，谢家大房的孩子们相貌，尤其是女儿们，绝对称得上美人，不知道是不是真的因为大巫的血脉，像谢柔清那样的意外也就只会出现在其他房里头。

不过以往谢柔嘉美也是美，但还没有到让大家觉得移不开眼睛的地步。

此时看，倒也不是因为她的相貌多美，而是一种说不上来的味道，或者是那端正的身形，或者是那莹亮的神采，或者那绕梁三日不绝的声音，总之似乎有千千万万条丝线将大家的视线勾住。

谢柔惠的脸上也在笑，只是笑得有些虚浮起来。

一旁的谢瑶忽地轻咳一声。

　　"又没让背这些。"她低声说道。

　　谢柔嘉如同梦中惊醒，停下来。

　　对啊，此时的学堂里《乐记》才学了两章，她在梦里是都学了，竟然不自觉地背多了。

　　"显摆什么啊。"谢柔淑嗤了一声说道。

　　谢柔嘉有些讪讪地看了眼先生，先生睁开眼看着她。

　　"嗯。"他点点头。

　　是称赞的嗯，还点了点头！刚才就连姐姐也只得了一个嗯。

　　先生没有责怪她背多了，没有认为她是故意显摆或者挑衅，而是夸赞！

　　真是奇怪，以前的她怎么会觉得先生总是对人冷嘲热讽很是讨厌呢？明明这么和蔼可亲。

　　谢柔嘉忍不住笑了，对着先生郑重地施礼坐下来。

　　"下一个。"先生接着说道。

　　学堂里的背书继续，不过没有谢柔嘉适才那么吸引人了，大家看书的看书，躲在书后低声说话的说话，看窗外发呆的发呆。

　　课很快结束了，女孩子们高兴地说笑着结伴走出学堂。

　　"嘉嘉，你可真用功啊。"谢柔淑自然不肯放过谢柔嘉，"多背过几章书，比我们都厉害了啊。"

　　"四妹妹瞧你说的，用功难道是坏事吗？"谢瑶笑道，"二小姐用功读书是好事啊。"

　　"没有没有。"谢柔嘉忙说道，有点不好意思。

　　她其实也没多用功，至少比不得姐姐那般用功，只是因为在梦里这些书都学过，所以事半功倍。

　　"那也得看用功是为了什么！为了显摆啊？"谢柔淑哼声说道。

　　谢柔嘉看向她。

　　"你是一向很喜欢显摆，只是不用功。"她说道，"还不如为了显摆用用功呢。"

　　这些日子虽然二人没有再闹起来，但口舌上的针锋相对一直没少，只是一向说得多的谢柔淑也没讨到几次好，谢柔嘉不是对她置之不理，就是猛地砸过来一句话噎她个半死。

"谢柔嘉！"谢柔淑跺脚喊道。

谢柔惠忙要相劝，谢柔嘉已经先跑开了。

"姐姐我先走了。"她只扔下一句。

谢柔淑气得连连跺脚。

"你们看她，你们看她，就会欺负我。"她喊道。

谢瑶摇着手帕子笑。

"这欺负啊，果然是相对的，谁厉害谁就能欺负谁。"她说道。

"当然是啊，她不就是仗着惠惠所以才欺负我吗？"谢柔淑没好气地喊道。

"那我替她向你道歉。"谢柔惠说道，声音有些不耐烦。

谢瑶和谢柔清对视一眼，谢柔淑也看出谢柔惠心情不好了。

"我，我没有怪惠惠你。"她讪讪地说道。

谢柔惠又冲她笑了。

"没有没有，嘉嘉做错了，我会说她的，你别生气。"她说道。

谢柔淑哪里敢生气？忙点头。

谢瑶挽住谢柔惠的胳膊。

"你院子外的桂花开得好，走，去让婆子给我折两枝。"她说道。

谢柔惠被她拉着先行两步。

谢柔淑松口气，没敢再跟上去。

"看，惠惠都被谢柔嘉带累得脾气不好了。"她嘀咕道。

两个婆子小心地折下两枝长长的桂枝，捧到在铺了绣垫的石头上坐着的两个小姐身前。

"拿着吧。"谢瑶看了眼摆摆手说道。

身后的丫头忙接过。

谢柔惠看着桂花树出神，谢瑶抬胳膊撞撞她。

谢柔惠回神看她。

"累得很吧？"谢瑶又笑道。

是啊，累啊，比起同龄的女孩子，她要学的太多了，谢柔惠舒口气。

"不累。"她说道。

谢瑶笑了。

"就要熬过去了。"她说道。

谢柔惠知道她的意思。

过了八月十五，歌舞鼓乐的新课程就要开始了，这种四书五经写字的课对她们这些满十岁的女孩子来说就要结束了。

大家熬了三四年，终于要熬出头了，不用背书写字，可以轻轻松松快快乐乐地唱歌跳舞了。

学一年唱歌跳舞鼓乐，就满十三岁了，到时候她就可以肆意地享受她的人生了。

"高兴什么啊？"她笑了，说道，"那些课才是真辛苦呢，到时候就该哀号一片了。"

"笨的活该辛苦些。"谢瑶笑道，又搭上谢柔惠的肩头，"反正我知道惠惠你不会太辛苦，这些都是你拿手的。"

"瑶瑶，你也很厉害的。"谢柔惠笑道。

两个小丫头跪下来举着茶点捧过来，谢瑶伸手拈起一块放进嘴里，一面用手帕掩着，一面看向身后。

"嘉嘉没回来吗？"她问道。

"二小姐去老夫人那里了。"木叶忙含笑道。

谢瑶哦了声。

"倒是有恒心。"她说道，端起茶喝。

"瑶瑶。"谢柔惠看着面前盛开的桂花树忽地说道，"我背书的时候，也有那么好看吗？"

"好看吗？好看吗？"

谢柔嘉将手里的花灯举起来，对着日光转动，一面问道。

丫头们都挤着看。

"好看好看。"大家乱乱地喊道。

谢柔嘉笑着不说话，继续认真地端详，确认之后才点点头。

“嗯，我也觉得很好看。”她笑道，一面站起身来向屋内跑去，“祖母，祖母。”

屋子里传出咣当一声。

谢柔嘉有些惊讶地看着一个丫头有些慌张地去捡落在地上的小铜壶，神情躲闪，而谢老夫人也正伸着手去抓一旁的茶壶。

“祖母，您又不喝我给您熬的茶了！”她说道。

见被识破，谢老夫人干脆也不装了，让小丫头滚滚滚。

“祖母，姜茶对您身子好。”谢柔嘉说道。

谢老夫人拿起酒壶哈哈笑了。

“嘉嘉的孝心，祖母知道了，这些日子你做的事，我都明白。”她说罢，抬手喝了一大口。

“祖母，不是孝心不孝心。”谢柔嘉坐在她的身边，看着祖母，“我是真为了您的身子好。”

谢老夫人看着她一笑。

“都是为了我的身子好。”她说道，“那我的心呢？”

第三十二章

倔 强

都是为了我的身子好，那我的心呢？

谢柔嘉被说得一愣。

什么意思？

"不喝酒是说能让我身子好。"谢老夫人笑道，晃着手里的酒壶，"可是不喝酒啊，我这心里不痛快呐，就没人关心关心这个吗？"

谢柔嘉拉长声调哦了声，这就和小孩子嫌苦不爱吃药一样，她笑嘻嘻地坐过来拉住谢老夫人的胳膊。

"良药苦口利于病。"她说道，"难道药不好吃，就为了让人开心就不劝人吃药吗？祖母，您这是不讲道理了。"

谢老夫人哈哈笑了。

"你祖母我这辈子都没讲过道理。"她说道，"我的儿，我知道你的好心了，别再每天陪着我吃饭，折腾那些吃的喝的。"

谢柔嘉就去看旁边的丫头们，丫头们忙摆着手笑。

"二小姐，不是我们说的。"她们笑着说道。

"这怎么瞒得住？我又不是傻子。"谢老夫人笑道。

那倒也是，每天吃饭劝吃劝喝，还偷偷地拿走酒壶，就是小孩子也看明白她要干什么了。

谢柔嘉拉着祖母的胳膊摇头。

她想要祖母身子好一些，虽然不知道在梦里祖母逝世是不是因为姐姐的死，但她的身子因为喝酒垮了是不争的事实。

虽然再三说服自己那是梦，但随着距离噩梦里那些事发生的日子越来越近，她的心里就越不安。

她想做点什么，也必须做点什么。

"我不是为了让祖母知道我的好心，我就是想要祖母少喝点酒。"谢柔嘉说道。

谢老夫人啧了声。

"说了半天还不是嫌弃我喝酒？"她伸手推谢柔嘉，"我又没让你来我这里，去去，离我远点儿，你们对着我献殷勤，还不是为了你们的名声？"

谢柔嘉被从罗汉床上推下来。

"才不是。"她说道，"祖母，您身子不好了，心里怎么会好？您想做什么就做什么，可不一定就能开心。"

您想做什么就做什么，可不一定就能开心。

这句话听到谢老夫人耳内，她握着酒壶的手不由一僵，原本带着笑意的眼浑浊起来。

这一辈子她身边的人只会也只敢和她说，只要她开心，想做什么就做什么，就连父母也不例外，只要开心，做什么都行。

这是她第二次听到有人和她说这句话。

"这是你想做的事吗？"

她的耳边似乎响起咆哮声。

是。

她也似乎看到久远的时光里那个姑娘倔犟地挺直了脊背。

"那你开心了？"

你开心了？开心了吗？

看着眼前渐渐消失远去的人，纵然隔着一辈子般遥远的距离，谢老夫人也觉得一阵窒息。

我就是很开心，我就是很开心，用不着你来质问我，用不着你来质问我。

"你给我滚出去！"她厉声喝道。

似乎这样才能吐尽浊气，大口大口地呼吸。

这陡然的喝骂，让屋子里的丫头们扑通跪下来，伏在地上抖得如同筛糠。

谢柔嘉也呆住了，眼泪立刻在眼眶里打转，脸上火辣辣的似乎被狠狠地打了一耳光。

屋子里安静得落针可听。

这声音自然也传到了外边，正裁纸的江铃撒腿就往内跑，木香和另外一个丫头眼明手快地将她抱住。

"老夫人，我们小姐……"江铃张口就要喊。

木香掩住她的嘴。

"老夫人发脾气的时候，可不敢冲进去，要不然老夫人就更生气了。"一旁谢老夫人的丫头白着脸颤声说道。

"好好的，怎么就生气了？"木香颤声说道。

那丫头看她一眼苦笑一下。

"老夫人不就是这样嘛。"她低声说道。

老夫人的脾气就是这样，喜怒无常，不知道什么会让她高兴，比如前一段被赏了一匣子首饰的三夫人，就连三夫人自己都不知道，同样，也不会知道哪句话会惹恼她。

她高兴了就高兴了，不高兴了可不管对方是谁，也不分大人小孩，这也是家里的小孩子们不敢来她跟前的缘故。

这一段时间二小姐太受宠了，大家竟然都忘了这一点，看来老夫人还是那个老夫人，只是突然被这样喝骂的二小姐可还受得了？

木香担忧地看着门口，似乎已经看到谢柔嘉哭着跑出来。

"把我们小姐吓病了，我……"江铃挣脱，大声地喊道。

木香和另外的丫头吓得同时死死地堵住她的嘴。

谢柔嘉的确想立刻掉头跑出去，就像在梦里看着父母厌恶的眼神的时候那样，消失在所有人眼前。

她梦醒后这几个月都过得快乐幸福，所有人都宠着她爱护着她，这样突然被人骂真是让她差点儿晕过去。

好害怕，害怕，她忍不住地发抖，快躲起来，快躲起来，躲起来就安全了。

可是，不行，那时候是她做错了事，大家厌弃她是应该的，就连她自己也是厌恶自己，但现在她没有做错什么，她是为了祖母的身子，不管祖母高兴还是不高兴，喝酒，就不是什么好事。

不能因为理直气壮，不好的事就可以当作好事，她就该认错害怕。

"不。"谢柔嘉说道，也大声地喊出来。

满屋子的丫头惊讶地抬头，便看到那个被老夫人指着鼻子骂的二小姐不仅喊出了不，还向罗汉床上坐去。

没有哭着跑出去，也没有惊慌地站好了辩解，更没有嘻嘻笑着对老夫人撒娇，而是坐到了床上。

丫头们都瞪圆了眼，忘记了害怕。

"不什么不？"谢老夫人浑浊的眼里闪过意外，口中喝道。

谢柔嘉却不说话就坐在床上。

有丫头颤抖着想要去拉她。

"二小姐，快给老夫人认个错……"她颤声说道。

"不。"谢柔嘉打断她说道，"我又没有错。"

丫头吓得白着脸说不出话来。

"那你是说我有错了？"谢老夫人瞪眼喊道。

"明知不好还做就是错。"谢柔嘉说道。

就好像明知道姐姐去江边抓鱼玩水有危险，她却没有阻止，反而还跟着去，就是有错。

而这个错的结果太惨重了。

谢柔嘉的眼泪如雨而落。

"果然还是哭了，"跪在地上的丫头们心里说道，"不过，柔嘉小姐还是没有站起来或者跑出去，而是稳稳地坐在床上哭。"

谢老夫人看着背对着自己的小姑娘，虽然抬手抹泪但却依旧坐得端正，突然忍不住想笑。

"又不是我让你来我这里的，嫌弃我喝酒，离我远点啊。"她说道。

"不。"谢柔嘉依旧说道。

谢老夫人呸了声。

"不，不，不，看这小犟牛。"她说道，"我懒得理你。"

她说罢，翻个身面向里，果然不理会谢柔嘉了。

丫头们愕然地抬头你看我我看你，再看着罗汉床上一个抹泪一个面向里的二人，屋子里诡异地平静。

"出什么事了？"坐在饭桌上的谢老太爷终于忍不住问道。

他的视线在谢老夫人和谢柔嘉身上转了转，虽然大家一如既往地食不言，但这感觉很不对啊。

谢柔嘉和谢老夫人似乎都没听到他的话，一个低着头认真吃饭，一个则端着一碗茶汤慢慢地喝，这让谢老太爷看起来有点尴尬，但这也没什么，谢老太爷早已经习惯了。

他又转头看向一旁侍立的丫头们，丫头们一脸为难。

家主没发话，这些丫头哪里敢跟他嚼舌根？

谢老太爷摇摇头，继续吃饭。

其实他是冤枉丫头们了，因为丫头们也不知道这算什么事。

老夫人是发脾气了吧？是的。

二小姐挨骂了吧？是的。

但现在这是什么状况？好像二小姐也没有道歉，谢老夫人似乎也没有在意。

那这件事到底是收场了没？又是怎么收的场？

难道是丫头期期艾艾地进来问是否摆饭，然后老夫人说摆，然后两个人都坐到饭桌前，以吃饭收场？

屋子里安静地吃饭，外边木香也在告诫江铃。

"不许乱嚷，不许乱说话。"她压低声音呵斥道。

江铃被两个大丫头死死地按着。

"姐姐，我不嚷了，你放开我吧。"她说道。

木香冷笑。

"我才不信你。"她说道。

"姐姐，你不信我，还不信二小姐吗？"江铃说道，"这都没事了，我还嚷什么？"

没事了？

木香愣了一下。

"是啊，没事了，咱们二小姐这么厉害，又没有吃亏，我还嚷什么？"江铃嘻嘻笑道。

秋日的天色黑得早，吃过饭院子里就开始点亮灯笼了。

晚饭后也一如既往，祖孙三人坐在院子里说话。

"祖父，您看我做的好看吧？"谢柔嘉举着手里的花灯问道。

谢老太爷点点头。

"好看好看。"他笑着夸赞，"嘉嘉学得可真快。"

"等十五花灯节的时候我给祖父您做一个。"谢柔嘉说道，又补充一句，"专门给祖父做一个。"

谢老太爷哈哈笑，一旁躺在摇椅上似乎睡着的谢老夫人哼了声。

谢柔嘉又认真地问谢老太爷喜欢什么花什么颜色，祖孙两个热闹地说笑。

"时候不早了，该回去了。"

门外也传来笑声，谢文兴走进来。

谢柔嘉起身施礼，谢老太爷则头一歪装睡去了。

丫头们捧来茶汤，谢文兴一面吃了一面和谢老夫人说些生意的事，谢老夫人半听半不听，接过的茶汤没有放下，而是慢慢地吃完了。

谢文兴并没有发现异样，吃完茶汤带着谢柔嘉施礼告退了。

看着父女二人离开，谢老太爷又醒过来坐直了身子，转头对着谢老夫人哈哈地笑了。

"我知道了。"他说道。

谢老夫人被他吓了一跳。

"知道什么？"她没好气地瞪他一眼。

谢老太爷看着她笑，伸出手点了点。

"你和嘉嘉吵架了！"他说道，"你们，这是在闹别扭！"

谢老夫人哼了声。

"我说呢，怎么看着别扭，原来是这样。"谢老太爷接着说道，又看着谢老夫人，"真是没想到，也有人敢和你闹别扭，还闹得这么理直气壮。"

说到这里，他更好奇了。

"真是稀奇，嘉嘉是怎么做到让你觉得理亏的？"

谢老夫人大怒。

"你才理亏呢！"她呸了一声。

虽然似乎没发生一样，但这件事第二日还是传开了，该知道的人自然都知道了。

"祖母发脾气了？"谢柔惠转过头问道。

木叶点点头，又忙嘘声。

"还好没闹起来，老爷不让说了。"她低声说道，又叮嘱，"你可千万别去问二小姐，万一没面子……"

她做了一个哭的动作。

谢柔惠笑了。

"我知道。"她说道。

"大小姐最让人放心了。"木叶笑道，施礼退了出去。

谢柔惠提着笔又放下，对着外边叫了个小丫头。

"你去请示老夫人，说我想十五灯节前后在花园里办个赏灯会，请家里和亲戚们的姐妹兄弟来玩。"她说道。

虽然母亲已经当家做主，但老夫人还在，名义上的丹主还是她，小姐要办灯会请人来，自然要老夫人同意，不过对于这种事，老夫人肯定不会阻拦。

小丫头应声是忙去了，果然不多时就回来了。

"老夫人说小姐自便。"她说道。

谢柔惠点点头，嘴角含笑提起笔。

"姐姐，你在做什么？"谢柔嘉从外边探头进来问道。

"我打算办个灯会，准备写帖子呢。"谢柔惠笑嘻嘻说道，一面招手，"来，帮我一起写。"

办灯会也是家里每年都有的事，毕竟姐姐不能出门看灯，所以在家热闹。

谢柔嘉应声是忙进来了，提起笔想到了邵铭清。

他也算是亲戚吧？

不过，姐姐知道自己不喜欢他，一定不会请他，这种事根本就不用跟姐姐特意说。

"我给谁写？"谢柔嘉将面前的帖子摆好高兴地问道。

第三十三章

顺 从

谢柔惠将一沓请帖拿给谢大夫人看。

"你自己做主就是了。"谢大夫人不看，说道。

想请什么人来家里玩这种事谢柔惠绝对可以自己做主，就跟谢老夫人说的，不喜欢谁就不让谁来。

"嘉嘉也帮着写了好多。"谢柔惠又举着一摞对母亲笑。

"给她找点事做，免得去跟你祖母闹。"谢大夫人说道，"给她两天好脸色，就不知道天高地厚了。"

说完了到底担心，问谢柔嘉在干什么。

"在屋子里做功课写字呢。"谢柔惠说道。

谢大夫人面色缓和。

"让她写完了过来吃点心。"她对丫头说道。

丫头应声是忙去了，不多时又回来了。

"二小姐写完字了，去老夫人那里了，说吃过午饭再过来。"她说道。

去老夫人那里了？

谢大夫人和谢柔惠都有些惊讶，昨晚又是骂又是哭的，竟然还会去谢老夫人那里？

谢老夫人显然也很惊讶，看着坐在屋子里拿着剪子裁纸的谢柔嘉。

这丫头竟然又来了，还一副什么都没发生过的样子。

"这次我要自己画。"谢柔嘉对丫头们说道。

围着她一起做花灯的丫头们乱乱地应声是，又开始找笔墨纸砚，屋子里莺声燕语花团锦簇。

"闹得我屋子里成什么样子！"谢老夫人说道。

丫头们都不敢说话也不敢动了，谢柔嘉似乎没听到。

"画嫦娥奔月。"她接着说道，又喊着丫头拿这个拿那个，又说渴了要喝水。

丫头们怯怯地看了一眼一旁坐着的谢老夫人。

谢老夫人拉着脸没说话。

丫头们便胆子大了起来，依着谢柔嘉的话动作，屋子里再次恢复了热闹。

站在门外的江铃冲木香得意地一笑。

"怎么样？"她低声笑道，"我说没事吧。"

木香看她一眼没说话，江铃笑嘻嘻地跑进屋子里，木香伸手没拉住。

"老夫人。"

江铃没有去谢柔嘉身边，而是跑到谢老夫人身边。

"您要不要吃茶？厨房熬好了茶汤。"

又跟谢老夫人说厨房做了什么饭，都是老夫人和小姐爱吃的。

谢老夫人闭着眼不理会她，任凭她唧唧喳喳。站在门外的木香忍不住掩面，觉得自己这辈子在主人跟前都做不出这么丢人的行为。

饭桌上谢老太爷无心吃饭，拿着筷子看看谢老夫人又看看谢柔嘉，眼中满是笑意。

一旁的丫头手里拿着酒壶迟疑，谢老夫人伸手，瞪了那丫头一眼。

"祖母。"谢柔嘉起身先抢过来酒壶。

谢老夫人啧了一声。

"我不发火你还真不怕了？"她说道。

谢老太爷哈哈笑了。

"嘉嘉，别闹了。"他说道，"知道你的好心，只是，这真不是一天两天就能改了的。"

谢柔嘉端着酒壶斟了一杯酒。

"那就慢慢来。"她说道，将酒杯捧给谢老夫人，"一天两天改不了，那就三天四天，五天六天，慢慢地来，总比什么也不做要好。"

谢老太爷看着她哈哈笑了。

"嘉嘉，你是怎么了？"他说道，带着几分好奇，"怎么突然这样管起你祖母了？"

家里人对谢老夫人是很敬重，但敬重的另一个结果就是远之，含饴弄孙的事谢老夫人自然不会做，绕膝嬉戏的事子孙也不会做，这个二小姐以前也是如此，并没有特别亲近的时候，要说亲近，也就是谢老夫人那次因为邵家那个孩子的事护着她。

不过这对谢老夫人来说不算什么，换作是任何一个子孙，谢老夫人都会这样做，只不过没有孩子会像谢柔嘉这样不仅接受了，还得寸进尺地要求谢老夫人不许那孩子上门。

想到这里，谢老太爷忍不住又笑了，还带着几分幸灾乐祸。

那京城的秀才常常看不起他们谢家教养孩子的法子，说骄纵无礼，看看他养出来的孩子，也没看到多有礼。

"因为我想要祖母和祖父长命百岁。"谢柔嘉说道，看着谢老夫人，"想要祖母身体好好的，想要祖父开开心心的，想要永远都这样跟着祖母和祖父在一起吃饭。"

谢老太爷脸上的笑便有些凝固。

这话其实也没什么，孩子们都会说这样恭维的好听话，只是在谢家这种话很少见，尤其是面对自己的时候。

谢老夫人伸手。

"谁想跟你在一起吃饭？找你爹娘去。"她没好气地说道。

对于谢老夫人的不高兴，谢柔嘉没有半点害怕，将酒杯塞给谢老夫人，自己抱着酒壶。

谢老夫人握着酒杯瞪眼。

"每天少喝一点，这行了吧？"谢柔嘉说道。

"行了行了。"谢老太爷打圆场笑道，又伸手推谢老夫人，"你又不是小孩子，少喝一口又能怎么样？快别跟孩子闹了。"

谢老夫人顺着收回手。

"怎么倒成了我闹了？"她说道，将酒杯一饮而尽，再次伸出手。

谢柔嘉又倒了一杯。

"就这点儿了，不能喝了。"她说道。

谢老夫人瞪眼要说话，谢老太爷先开口。

"不喝了不喝了，嘉嘉快坐下，吃饭吃饭。"他笑眯眯地说道，又指着桌子上的菜，"来，嘉嘉最爱吃花椒鸡了。"

丫头们都笑着给谢柔嘉布菜。

谢老夫人哼了声。

"我怎么就招了这个犟牛过来了？"她嘀咕道，看着手里的酒杯，到底没舍得一饮而尽，慢慢地喝。

真是奇了，当这件事传到谢大夫人耳内时，她忍不住摇头。

"看来母亲也有被人拿捏无奈的时候。"她说道，说到这里又停顿了一下，"只是别被拿捏得做不好的事就行了。"

谢文兴哈哈笑了。

"被拿捏是因为母亲知道这是嘉嘉的孝心，如果换作别的心，那就不一定了。"他说道，"难道母亲是那种不辨是非的人吗？"

谢大夫人笑了。

"是非吗？"她意味深长地说道，"对母亲来说，那有什么用，她只要高兴就行了，要不然当初庞家小姐……"

她说到这里轻咳一声不再说了。

"总之，嘉嘉现在让我又喜又忧。"她接着说道，"她好像比以前懂事了，但又变得特别执拗，说要干什么就非要干什么。"

"执拗的也不是什么坏事嘛。"谢文兴笑道。

谢大夫人看向他。

"要是执拗的是坏事呢？"她问道，"执拗的是她不该要的不该闹的事呢？"

谢文兴看着她。

"阿媛，说到底，你总是从心里防着嘉嘉。"他说道。

谢大夫人叹了口气。

"阿昌哥，我不得不防，以前从来没有这种事，实在是太像了，有时候，我甚至会半夜惊醒，想着当初是不是记错了，不是惠惠是姐姐，嘉嘉是姐姐。"她说道。

谢文兴笑了。

"所以你有时候对嘉嘉严厉有时候又宠溺，防备着她又觉得愧对她。"他说道。

谢大夫人伸手按住额头。

"阿媛。"谢文兴握住她的手说道，"你把这丹主看得太重了。"

谢大夫人甩开他的手。

"阿昌哥，没有人能把这丹主看轻。"她说道，"这种日子就跟皇帝似的。"

她说着看向谢文兴。

"有人会觉得皇帝的位子无所谓吗？"

谢文兴哈哈笑了。

"这话在家里说说就好了，千万别出去说。"他说道。

谢大夫人白了他一眼，意思是她又不是傻子。

"皇帝的位子坐上去就没人愿意下来。"她接着说道，"但是皇帝的位子也不是谁都能瞎想的，因此也不是人人都有这个烦恼，所以我才想让嘉嘉知道……"

"所以我们才应该让嘉嘉知道另一种生活也很精彩。"谢文兴接过话说道，拍了拍谢大夫人的手，"对嘉嘉宠溺，让她知道有父母姐姐的呵护，她的日子过得多么幸福。"

谢大夫人看着他。

"而惠惠呢，我们让她知道当上丹主这种责任不是为了别人，是为了她自己，就算背负着责任，她也能自己决定自己的日子怎么过。"谢文兴接着说道，"相比来说，惠惠付出得更多，更不容易，让嘉嘉也看到，要想得到那个位子，得付出多少，她就不会羡慕姐姐，她只会心疼姐姐的不容易，也更知道自己要过的生活也很幸福。"

谢大夫人点点头。

"要是真如此那自然是好。"她说道，"所以我才一直担心嘉嘉不懂事，担心她看不到自己有的，只看到自己没有的。"

"不会。"谢文兴摇头笑道，"嘉嘉现在真不一样了，她真的懂事了，你放心吧。"

他的话音刚落，门外有丫头急匆匆进来了。

"夫人，夫人不好了，二小姐和大小姐打起来了。"她喊道。

打起来了？

谢文兴面色一僵，而谢大夫人则猛地站起来，面色铁青。

"出什么事了？"她喝道。

花园里，邵铭清看着跌坐在自己脚下的小姑娘，再看站在眼前这个一模一样的小姑娘。

"邵铭清，谁让你来的！"

那小姑娘喊道，张牙舞爪，如同被激怒的小公鸡。

这个才是她，邵铭清心里透亮了，下次他不会认错了，他的嘴角浮现一丝笑意。

第三十四章

冲 突

谢柔嘉看到了邵铭清脸上的笑，觉得自己都要疯了。

今天是家里办的灯节的第一天，接到帖子的表亲姐妹兄弟们，家里的堂姐妹兄弟们都应约陆续而来。

灯会在花园里，谢家的下人们已经将采买的各色上等花灯悬挂，来观灯的兄弟姐妹也各自带了花灯，偌大的花园里到处都是花灯，画舫已经装饰一新，等着晚上的夜游赏灯。

灯会不只是观灯，还有灯谜以及作诗写字，好让年轻的少年男女们展示自己的才华。

谢柔嘉自己做好了几盏灯，而且还写了灯谜，带着丫头们来花园里挂起来，还没走到灯谜的地方，就见两个小丫头提着灯在前边跑。

"这些都是大小姐要的吗？"

"大小姐要写灯谜。"

两个人一边跑一边说话。

姐姐也在写灯谜了？不是说去找谢瑶商量晚上的游戏？这么快就回来了？

谢柔嘉高兴地加快脚步，让姐姐看看她的灯谜去。

当她带着人转过树丛花木，跟着那两个小丫头来到湖边的小亭子，就看到谢柔惠和谢瑶坐在其内，正提笔写什么，旁边站着一个少年，低着头看她们写字，谢柔惠不时地抬头，似乎在询问他的意见。

谢柔嘉一开始都没注意这个少年，她的眼里满满的都是姐姐。

"姐姐，你也要写灯谜了吗？"她大声喊道，向小亭子快步走去，手里提着自己做的灯。

听到这声音，谢柔惠和谢瑶立刻转过身来，神情惊愕。

谢柔嘉没有注意到她们的神情，高兴地上前。

"姐姐，我给你做的灯，你把灯谜写在这个上面吧。"她说道，一面低头看自己手里的灯。

她这次一共做了五盏灯，祖母祖父、父亲母亲，还有姐姐的。

"你别过来。"谢柔惠喊道，人也有些慌张地跑出来。

谢柔嘉一怔站住了脚，有些不解地抬起头看过去，这一眼就看到了那个转过身的少年。

这少年长身玉立，日光下面白如玉。

邵铭清？见鬼了！

这是谢柔嘉的第一个念头，他怎么会在这里？

真是见鬼了，这是谢柔嘉的第二个念头，他果然还是出现在家里了。

"来人啊！"谢柔嘉喊道，声音带着几分癫狂。

"快来人啊，快来人啊，快把他赶走，赶走啊。"

"嘉嘉，嘉嘉。"谢柔惠抱住了她，急切地安抚着，"是我带他来的，是我带他来的，你别害怕。"

谢柔嘉已经听不到她的话了，满耳嗡嗡声，心跳如擂鼓，觉得被人困住，不由分说地挣开。

谢柔惠就这样被推倒在地上。

"邵铭清，谁让你来的！"谢柔嘉挥舞着手里的花灯喊道。

不，不管是谁让他来的都不行。

"谁让你来的都不行！你给我走，快走！"她嘶声喊道。

谢瑶似乎已经被吓傻了，看着跌坐在地上的谢柔惠发出一声尖叫。

"惠惠，惠惠。"她喊道，跌跌撞撞地跑过来，"你没事吧？"

两边同样吓傻的丫头们一窝蜂地拥上来，有人乱乱地去搀扶谢柔惠，有人去安抚谢柔嘉，还有人跑到邵铭清面前。

"不管谁让你进来的，吓到我们小姐就不行，你快走，快走。"江铃竖眉叉腰喊道。

赶过来的木香听到这句话差点儿晕倒，怎么才错眼离开二小姐这么一会儿，就闹成这样了！

"嘉嘉。"谢柔惠从地上起来，一手抚着自己的手，一面再次冲过来拉住谢柔嘉，"都是我不好，都是我不好，我请表哥来的，你别生气，你别生气。"

姐姐怎么会请他来？姐姐绝对不会请他来，一定是他花言巧语哄骗进来的。

谢柔嘉将手里的花灯举着向邵铭清砸去。

"你快滚，你快滚！"她骂道。

谢柔惠抬手阻拦，花灯砸在她的手上。伴着谢瑶又一声尖叫，谢柔惠又跌倒在地上。

"手破了，手破了。"谢瑶喊道，扑过去就开始哭，"快来人，流血了，流血了。"

打到姐姐了！

谢柔嘉一个激灵，忙扔下花灯喊姐姐要去察看，但有人拦住了她。

"拉住二小姐，二小姐被吓到了。"木香竖眉喊道。

丫头们还在愣愣的。

"别让她伤到大小姐。"木香又喊道。

当这句话说出来，所有人都醒悟过来，不管是大小姐还是二小姐的丫头，她们所受的第一条规矩就是大小姐为尊，决不能让人伤到大小姐，不管那个人是谁。

七八个丫头纷纷拥住了谢柔嘉，将她向后带去。

"我看看姐姐怎么样，姐姐。"谢柔嘉挣扎喊道，但她越挣扎丫头们越将她抓得紧。

江铃扑了过来。

"你们干什么！快放开二小姐。"她拉扯着喊道。

远处有更多的人闻声跑过来，看着跌倒被谢瑶捧着流血的手哭的谢柔惠，再看被丫头们死死拉住围住的大声喊姐姐的谢柔嘉，有的人惊呆了，有的人则跟着大喊大叫，花园里乱成了一团。在这一片混乱中，引发这一切的邵铭清始终安然而立，神情不骄不躁不急不慌，就好似一个局外人一般。

谢大夫人的院子里跪了一片丫头仆妇，噤若寒蝉。

"大夫人，上过药了。"

家里的大夫躬身说道。

"骨头没事。"

谢大夫人看着谢柔惠，谢柔惠已经重新梳了头换了衣裳，但脸上泪痕未干，神情不安，两只手都被包裹着，看上去有些吓人。

"母亲，真没事，就是擦破了一层皮。"她站起来忙说道，似乎为了表示没事，还举起手要晃动。

旁边的丫头们吓得忙拦着。

谢大夫人起身向外走去，谢柔惠推开丫头们跟上去。

"母亲，真不关嘉嘉的事，是我自己跌倒的。"她在堂中跪下来说道。

听到这声音，院子里跪着的人们忍不住抬头，便看到那个小姑娘用裹着纱布的手拉住谢大夫人的裙角，看上去楚楚可怜。

屋子里此时也坐满了人，谢老夫人一拍桌子。

"这的确不关嘉嘉的事。"她喝道。

伴着喝声，院子里的丫头仆妇们再次纷纷低下头，不敢多看一眼，耳边只有谢老夫人的咆哮。

"谁让姓邵的那小子来家里的？难道不知道嘉嘉见了他就会发狂吗？"

谢柔惠叩头大哭。

"是我，是我，祖母，这次的事都怪我。"她哭道。

"不关大小姐的事。"谢柔清哑着嗓子说道，跑出来跪下。

"是我求惠惠这样做的，因为我不忍让表哥因为这样一件事在家备受冷眼。"

二夫人邵氏闻言大怒，扬手就给了谢柔清一巴掌。

"备受什么冷眼？是缺吃还是少穿了？光鲜的邵家少爷，哪里用你可怜！"她喝道，气得手不停地连连打过去，"嘉嘉难道不可怜？才好了又被引得犯病！我打死你这个不知轻重好歹的东西！"

谢柔清也不躲任凭邵氏打，谢柔惠跪行过去挡着。

"婶娘，不关三妹妹的事，是我自己要这样做的。"她哭道。

邵氏怕伤了她的手只得停下。

"惠惠，你快起来，你就会护着妹妹们。"她跺脚急道。

谢柔清和谢柔惠抱着大哭。

"哭，哭，哭有什么用？做了就做了，有什么可委屈的？"谢老夫人没好气地喝道，"哭哭啼啼的，跟谁学的！嘉嘉被关在祠堂都没哭，你们哭什么哭！"

谢大夫人看着谢柔惠。

"惠惠，到底为什么？"她沉声问道，"你难道不知道你妹妹怕什么？"

谢柔惠哭着点头。

"是我不好，是我不好。"她只是说道。

一直躲在人后的谢柔淑再也忍不住了，这次要是再让那嘉嘉得逞，以后这家里可真让她横着走了。

再说，这件事明明是她的主意，虽然惠惠揽到自己身上，但她也不会傻到就认为自己真的撇清了关系。

看看谢柔清多聪明，主动揽责，怪不得她能和惠惠这么要好呢。

谢柔淑一咬牙跑出来。

"不关惠惠的事，惠惠是为了嘉嘉好。"她喊道。

屋子里的视线都看向她。

宋氏更是吓了一跳，不过女儿是为谢柔惠说话，她便没有言语。

"嘉嘉不讨人喜欢，被人说好些难听话，惠惠不想她被人这样说，我……"谢柔淑接着说道，话到嘴边到底有些心虚，"我、我们就想不让别人说，就想让别人看到嘉嘉的好，因为最初是邵表哥的缘故，所以就请了邵表哥来家里，好让大家看到嘉嘉不是那种人，我们知道嘉嘉害怕，所以本来都是避着嘉嘉的，可是没想到还是被嘉嘉撞到了，惠惠也不想这样的，惠惠那么护着嘉嘉，怎么会故意吓她？"

原来如此啊，屋内的人都摇摇头，这些孩子真是孩子的念头，又天真，又可笑，又让人无奈。

"不，不，这都是我的不对，你们都别说了，都别说了。"谢柔惠哭道。

"就是你不对。"谢老夫人喝道,"被人说,被人说怎么了?谁敢说,你就该大耳光刮他去!这才是护着你妹妹呢,你瞧瞧你这出息,还为了让别人不再说是非,说他们就说,算什么东西,值得放在心上,瞧你这心眼,还不如嘉嘉呢。"

不如嘉嘉?!

这句话一出口,一旁的谢大老爷心里咯噔一下暗道不好,这可是戳中了谢大夫人心底最大的忌讳。

"母亲,事情不是这样的。"他忙说道,但还是晚了一步,站在下首的谢大夫人猛地看向谢老夫人。

"母亲说得对。"她打断谢文兴,淡淡说道,又看向谢柔惠,"被人说了怕什么?做了就做了,哪里来这么多因为这个因为那个的?"

谢大夫人也这样说,满屋子安静下来,谢柔淑和谢柔清也不敢哭了。

完了完了,看来就算谢柔惠出面也撼不动谢柔嘉了。

谢柔惠小脸白白地看向谢大夫人,又低下头应声是。

"给我起来。"谢大夫人又说道,竖眉,"你给我记住,这家里谁都能跪,你不能跪。"

谢柔惠又猛地抬起头,似乎有些不可置信。

"阿媛。"谢大老爷出口喊道。

谢大夫人却不给他说话的机会,而是看着谢柔惠。

"起来,整理好仪表,去招待你请来的客人。"她说道,"不管什么原因,不管为了什么,你想要谁来,谁就可以来,你想要怎么样,就怎么样,没有对不起谁,也不用为了谁,谁也不能责问你。"

谢柔惠惊愕地张开了嘴。

屋子里的人也都愣住了,谢老夫人一拍桌子。

"谢媛,你这话什么意思?"她喝道。

谢大夫人转过头看着她。

"母亲,当年您就是这样告诉我的,您说这是什么意思?"她说道,"难道您的意思是要让惠惠去给嘉嘉认错吗?要让谢家的大小姐以后做什么都要看别人的眼色吗？谢家的大小姐连请个人做客都要上下问候周到才行吗？"

谢老夫人面色一僵。

"母亲，如果您认为谢家大小姐该这么做，您还是丹主，我听您的。"谢大夫人看着她一字一顿说道。

屋子里鸦雀无声，似乎连呼吸都停止了。

看着满堂的目光，看着还跪在地上的谢柔惠。

这是谢家的大小姐啊，那个骄傲的高高在上的谁都不能斥责半句的谢大小姐啊。

谢老夫人瞪眼看着谢大夫人，面色铁青，握着扶手的手用力。

"阿媛，这不是一回事。"谢文兴说道。

"阿媛和老夫人说话，什么时候轮到你插嘴了！"谢老太爷立刻瞪眼喝道。

"也轮不到你插嘴！"谢老夫人竖眉喝道。

谢老太爷讪讪的，不说话了。

"我知道你的意思。"谢大夫人看着丈夫，淡淡地说道，"只是现在有两件事必须我当着众人的面给个定夺，第一，惠惠被打了，是不是她的错？"

谢柔惠忙摇头，但看着母亲严厉的面容张张嘴没敢说出话来。

"第二，惠惠随意请人来做客，是不是她的错？"谢大夫人说道，看着谢文兴，神情不容置疑，"这两件事今日如果不说个明白，我想，大家日后只怕会糊里糊涂的。"

她说着话伸手拉起谢柔惠，转身看着谢老夫人。

"母亲，她是不是错了？"她说道，"我听您的。"

第三十五章
小 事

仲秋的祠堂已经有些森森阴寒，谢柔嘉起身的时候差点儿摔倒，她忙半蹲下，一面揉着膝盖头一面向门边挪去。

"我能出去了吗？"她拍着门喊，"我能出去了吗？"

门外响起小丫头有些无奈的声音。

"二小姐，还不能。"

"那我姐姐怎么样了？她的伤怎么样了？"谢柔嘉又忙问道。

"二小姐，奴婢也一直在这里，不知道。"丫头无奈地说道。

她不是因为被关在这里而着急，而是担心谢柔惠，当时她被丫头们拦了起来，再后来母亲来了，她只在人群缝里看到谢柔惠血淋淋的手，就被仆妇拎到祠堂里关起来了。

姐姐先被她推倒在地，又被灯笼打，灯笼上的竹篾子割破手是很厉害的。

想到这里谢柔嘉再次拉门。

"让我去看看姐姐，让我去看看姐姐。"她喊道。

祠堂沉重的门被她晃得发出响声，外边的小丫头们都快哭出来了。

"二小姐，您别闹了，等夫人发话自然会让您出去的。"她们说道。

她不是怕在祠堂关着，她只是想要去看看姐姐。

谢柔嘉更加用力地晃门。

"你们去和母亲说，我只是去看看姐姐，看完了就还回来。"她喊道。

小丫头们没人敢去，只是劝着二小姐别闹，到最后干脆连劝都不劝了，任凭谢柔嘉晃门只当没听到。

谢柔嘉将门狠狠地晃了两下无力地坐下来，眼泪忍不住掉下来。

她竟然又伤到了姐姐……

"小姐！"

门外陡然传来声音，谢柔嘉一下子从地上跳起来，死死地扒住门。

"江铃！"她破涕为笑，大声地喊着。

就知道江铃总是会陪在她身边的。

门外起了争执，但很快江铃还是来到门前。

"小姐，您别怕，您别怕。"江铃拍门说道。

"江铃江铃，姐姐怎么样？"谢柔嘉急急问道。

"我也不知道。"江铃说道，"我也被关起来了，我刚跑出来。"

当时她闹得最欢，不等大夫人来，木香木叶就让人把她拉下去了。

"那你快去，快去问问。"谢柔嘉急急说道，"问问姐姐怎么样了，伤得多重。"

江铃应声是，掉头就跑了。

主仆二人没有哭没有闹，甚至都没有说找谁求情，来得突然去得干脆，倒让小丫头们不知所措。

此时谢大夫人的屋子里，有人笑着打破了僵持。

"什么对呀错呀的。"一个中年美妇摇头说道，"现在大家是在说惠惠的伤，别的事都不算事。"

她说着话拉过身旁的谢瑶。

"只要惠惠没事，我们才都没事啊。"

谢瑶流泪点头，看着谢大夫人喊伯母。

"吓死人了，只要惠惠没事，别的都不是事。"她哭道。

这母女二人的话让众人都反应过来。

"是啊，是啊，谢天谢地，总算是没事。"

大厅里乱哄哄地热闹起来。

谢老夫人握紧的手松开，面色木然地站了起来。

"没事就都散了吧。"她冷脸喝道。

屋子里立刻安静下来，所有人都低头应声是。

谢老夫人抬脚迈步，堂中站立的人忙站开让路，院子里忽地一阵热闹。

"……把她给我拦住！"

伴着一个管事娘子的喝声。

"冲撞了老夫人大夫人，你们谁担得起！"

伴着她的这句话，原本还放不开手脚只怕惊动屋里人的仆妇丫头们便都拼了命地扑上来，有人狠狠地一踹，跑在前边的江铃就叫了一声栽倒在地上，不等在地上滑到停下，四五个人就狠狠地将她压住。

"我只是来看看大小姐，二小姐实在是担心大小姐。"江铃呜呜地喊道。

两个仆妇伸手捂住她的嘴。

谢老夫人等人已经站在了廊下，当听到"二小姐"三个字，大家的面色便有些复杂，视线不由在谢大夫人和谢老夫人身上转了转。

二小姐现在被关在祠堂了，这是来向老夫人求援了吧。

这二小姐可是深受谢老夫人宠爱的，上一次为了她下了不许邵铭清登门的口令，那么这一次会怎么做？

看着谢老夫人等人，仆妇们心里更发慌，扯着江铃就要下去，谢大夫人却开口唤住了。

"让她说。"她淡淡地说。

仆妇们立刻应声是放开了江铃，但江铃还没说话，谢柔惠先开口了。

"母亲，母亲，妹妹知道错了。"她哀求道，"她也被吓坏了的，现在没事了，快让她出来。"

谢大夫人没有理会她，只是看着江铃。

"说，你家小姐让你来说什么？"她说道。

江铃叩头，又抬头看着谢柔惠。

"大小姐，大小姐您的伤怎么样？"她急急问道。

谢柔惠忙摇头，谢大夫人替她开口。

"伤得不重，没有伤到骨头，只是擦破了皮。"她说道。

站在人后的谢柔淑忍不住撇撇嘴。

"干吗说得这样轻松？流那么多血多吓人，擦破皮才更疼呢。"她嘀咕道，"伤得不重，就可以求情了吗？"

宋氏头也不回地给了她一胳膊肘。

"给我安生些。"她低声呵斥道。

谢柔淑缩头不敢再说话。

"是啊是啊，我真的没事的。"谢柔惠跟着急急说道，伸出伤手拉住谢大夫人的衣袖，带着几分哀求喊了母亲。

"真的吗？"江铃却在这时激动地喊道，跪行着向前咚咚爬了几步，好更近地看看谢柔惠，认真地仔细地看看她的手，"真的吗，大小姐？没有伤到骨头！"

"没有没有。"谢柔惠说道，为了表明真的没事，她举起手在身前用力地挥动，"你看，活动自如。"

看到她挥手，谢瑶发出一声惊叫。

"快别乱动！"

"哎呀，你这孩子！伤口破了怎么办！"

顿时很多人都大声地喊起来，谢大夫人也忙伸手拦住谢柔惠。

"她是伤得不重，但也是伤了，真是可笑！"谢柔淑喊道，"你这贱婢，想干什么！"

她的话音未落，就见江铃叩了两个头，然后起身向外跑了，转眼就没了影子。

谢柔淑张大嘴有些怔怔的，其他人也显然没回过神。

干什么？怎么就跑了？怎么不哭着认错求原谅？难道真的只是来问问大小姐伤得如何？

谢大夫人眼里闪过一丝错愕，那边谢老夫人哼了声抬脚迈步，并没有说半句有关谢柔嘉的话就这样走出去了。

院子里有些诡异的安静。

"好了，好了，没事了，大家都快回去吧。"谢大夫人含笑说道。

众人忙笑着应和，院子里气氛活络轻快起来。

"晚上的花灯会还要办，孩子们都来了。"谢大夫人接着说道，"只是惠惠就不便去了。"

她的视线转向谢柔清、谢柔淑。

"清儿，淑儿。"她说道，"你们就代替你们的姐姐招呼客人们。"

谢柔淑的眼睛陡然亮了，连连点头，谢柔清也点头应声是。

"还有瑶瑶。"谢大夫人又看向谢瑶，对着她旁边的妇人笑道，"弟妹，我得借瑶瑶过来，让她也帮忙。"

那妇人是西府二老爷谢德忠的妻子黄氏，闻言笑了，将女儿谢瑶往谢大夫人这边推。

"我这女儿我知道，有什么事大嫂您尽管放心交代就行。"她说道。

谢柔淑撇撇嘴。

"哪儿有当娘的这样夸自己的女儿的？"她嘀咕道。

嘴里虽然这样说，眼里却掩不住的羡慕，不知道被这样当众夸赞是什么样的滋味啊。

随着众人的散去，院子里再次安静下来，只剩下谢大夫人一家三口。

"母亲。"谢柔惠带着几分怯怯地开口。

"带大小姐回去歇息。"谢大夫人没有看她说道。

院子里跪着的几个丫头便颤颤地起身应声是。

"怎么伺候大小姐你们都知道吗？"谢大夫人问道。

这几个丫头不是木叶等人，而是陌生的面容。

"是，奴婢们知道。"她们齐声说道。

谢柔惠还想说什么，谢大夫人看向她。

"你如果想让我放心，那就好好地歇息，最快地养好伤，安安稳稳的，这就是给我的最大宽慰。"她说道。

谢柔惠眼里含泪看着母亲点点头，一众丫头仆妇忙拥着跟随而去。

"木叶她们受完罚了吗？"谢大夫人又问道。

谢柔惠受了伤，谢柔嘉打了人，作为她们身边的丫头们，不管身份大小在场没在场，一概家法处置。

一个仆妇忙答是。

"按吩咐杖十，如今都抬下去，由大夫们上药了。"她说到这里迟疑了一下，"只是那个叫江铃的丫头，跑了没抓住，还没来得及行刑，我这就带人去抓她受刑。"

那个丫头啊。

谢大夫人想到适才的事，突然觉得有些意兴阑珊。

"算了，别管她了。"她说道，"你们且去忙今晚的灯会吧，这才是要紧事。"

仆妇们齐声应是低头退了下去。

回到屋里，谢大夫人疲惫地坐下来闭上眼，谢文兴走过去帮她轻轻地按揉肩头。

"阿媛。"他开口说道。

"阿昌哥，我知道你要说什么。"谢大夫人打断他说道，"但是，今日她能为一个邵铭清，明日就会为了丹主之位与她姐姐打闹。"

谢文兴嗨了声。

"阿媛，你这是扯远了，我都说了这是两回事。"他急道。

"这不是两回事。"谢大夫人睁开眼睛看着他，"一而再再而三，让她得寸进尺，必然越求越多，今日的事，必须这样做，是时候让她知道，在这家里，不是她说了算，而是惠惠说了算。"

她说罢闭上眼转身向内，显然是不想再谈。

谢文兴轻叹一口气。

"可是，阿媛，这件事，是惠惠有错在前啊。"他低声说道。

谢大夫人猛地坐起来。

"错？她有什么错？"她竖眉喝道，"为了维护嘉嘉的声名，为了让伙伴们接纳她，这是错了吗？或者说，阿昌也觉得惠惠如果像母亲说的那样谁敢说惠惠就打谁才是对吗？"

谢文兴哑然，又失笑。

"阿媛，你这就是胡搅蛮缠了。"他笑道。

谢大夫人哼了声再次躺下。

"不是我在胡搅蛮缠，是你的嘉嘉在胡搅蛮缠。"她说道，"你别来劝我了，还是想法子让嘉嘉明白自己错在哪里吧。"

这就是谢家的大小姐啊，倔强不讲理，谢文兴摇摇头，在她身边坐下来。

"好，我知道了，你放心，我去教她。"他说道。

"真的？"

隔着厚厚的门板，谢柔嘉高兴地喊道。

"是真的。"门外传来江铃的声音，"大小姐还举起手给我看了，大夫人也说了，只是擦破了皮，没有伤到骨头。"

太好了，没有伤到骨头，太好了！

谢柔嘉高兴地握紧了手，转身冲祖宗的牌位咚咚地叩头。

"谢谢先祖们保佑。"她连连说道。

可是，姐姐到底是受伤了，受了惊吓，还受了疼。

谢柔嘉叹口气，一脸的懊恼自责，深吸一口气再次冲牌位端正地跪好。

"我错了，都是我害的姐姐，我愿意受罚。"她合手看着密密麻麻的牌位说道，"先祖们一定要保佑姐姐平安无事。"

听着门内嘀嘀咕咕的声音，江铃抹了把鼻子倚门坐下来，一旁的小丫头们满眼惊恐地看着她手上的血。

"你，你……"她们忍不住结结巴巴，"这是被打的吗？"

听说大小姐和二小姐身边的丫头仆妇都被杖刑了，没个七八天下不了床，看看这个丫头鼻子嘴边都是血，身上也滚得烂糟糟的。

江铃再次伸手抹了抹鼻子，嘶嘶吸了几口凉气。

"没事，我是跌倒了摔的。"她浑不在意地说道，咧嘴笑，"小姐放心了就好。"

咧开的不知道磕碰了牙还是唇的满是血的嘴更是吓人，小丫头们扯扯嘴角带着几分嫌弃地避开了。

第三十六章
安　排

午后的院子里传来几声孔雀叫，谢柔淑只觉得眼前的纸让她头晕，忍不住将笔重重地放下，这声响惊动了屋子里的其他人。

"你干什么？"谢柔清瞪她一眼说道。

低着头正看厨房送来的晚宴单子的谢柔惠和谢瑶也看过来。

"不想帮忙就别写了。"谢瑶说道，"又没人逼着你。"

虽然她们还没到学习当家理事的年纪，但当涉及女孩子们自己办的聚会时，家里人也多多少少让她们自己来安排。

谢柔淑的确不想干，但她也知道如果自己真不干才是犯傻呢，家里多少姐妹眼巴巴地等着过来帮忙呢。

"不是啊。"谢柔淑眼珠转了转，伸手一指外边，"孔雀叫得吵死了。"

似乎为了印证她的话，院子里孔雀再次叫了几声。

"你们听你们听。"谢柔淑忙喊道。

"少找借口。"谢柔清粗声粗气说道。

谢柔惠笑了。

"四妹妹还小，家里的兄弟姐妹好多都没认全呢，让她排座次是难了些。"她伸手道，"让我来吧，我虽然不能写字，让丫头们写就是了。"

谢柔淑高兴得拍手。

"惠惠最好了。"她喊道，一面站起来，"我来给你们端茶倒水。"

屋子里的丫头们便都笑了。

"那我们倒成了摆设了。"她们笑道。

谢瑶停下笑。

"不过说起来，这孔雀还是先送出去的好。"她说道，"你现在在养伤，要休息好，在这里是吵了些。"

"不用。"谢柔惠笑着摇头。

"这次听我的。"谢瑶按住她的胳膊，带着几分不容置疑，看向丫头们，"我想先把孔雀送园子里养着，等惠惠好了再接回来，要去跟大夫人说一声吗？"

一个丫头笑着施礼。

"是我们疏忽了。"她说道，"这种事不用请示大夫人，我们就能做主，我这就去安排。"

院子里很快一阵杂乱，旋即就恢复了安静，趴在窗边的谢柔淑深吸一口气。

"清爽多了。"她说道，"早就该这样，以前你大度，丫头们纵容，把嘉嘉惯成这样。"

"行了，就你最聪明，快过来倒茶。"谢柔清说道。

谢柔淑嬉笑着应声是，丫头们也笑着说不敢，屋子里笑语嫣嫣气氛融融，而院子里有两个丫头却正一脸为难。

"这些都是二小姐做的？"一个丫头问道，看着另一个丫头手里拎着的四个花灯。

"是啊，不知道该不该还挂上去。"那丫头低声说道。

这是两盏荷花灯两盏如意灯，分别是送给老夫人老太爷大夫人大老爷，还有大小姐的，只是那一盏在上午被用来打向大小姐时摔烂了。

两个丫头最终犹豫不决请示到谢柔惠这里，看着她们拎进来的花灯，屋子里的人都有些惊讶。

这四盏灯做得精巧，比外边买来的也不差，这么短的时间那丫头真的做出来了？还做得这样好。

"买来的吧？"谢柔淑哼声嘀咕道。

"还是不要送去了。"谢瑶说道。

"可是这是嘉嘉的心意。"谢柔惠说道。

"既然是心意，那什么时候送都可以。"谢瑶笑道，"现在老夫人大夫人都在气头上，反而送过去不好，待过了这几日吧。"

谢柔惠点点头。

"先收起来吧。"她对丫头们说道。

华灯初上，谢家的花园里挂满了花灯，水中有画舫，岸边有戏台，恍若神仙地，谢氏一族以及邻近的亲族的少男少女，还有被抱在怀里的小娃娃们穿梭其中，笑语喧天。

在这其中除了代替谢柔惠做主人招待的谢家三个小姐外，最引人注目的就是邵铭清。

邵铭清坐在画舫上，身边围绕着几个同年纪的少年，所过之处无数人投来目光，明明暗暗中指指点点。

邵铭清既没有惶恐也没有不安，带着笑跟身边的人赏灯。

"邵家表哥可会作诗？"有人问道。

此时船上已经铺展笔墨供大家吟诗作对作画。

邵铭清正从丫头手里接过一盏酒，听到问话，他端着酒杯转过头。

"哦，我不会作诗。"他微微一笑说道。

说出这句话时，画舫正经过湖中的琉璃灯塔，因为来的都是少年男女，为了避免有人喝多了轻狂，灯会上供的酒都是果子酒，用的是透亮的水晶杯，这一瞬间琉璃灯下映照着邵铭清手里鲜艳的酒水投射在他的脸上，四周的人只觉得炫目。

"……什么都不会也足够了。"有人忍不住喃喃说道。

另一艘画舫上谢柔淑也看呆了，虽然还没到情窦初开的年纪，但对美的喜爱却是不分年龄的。

"快叫表哥过来，叫表哥过来。"她忙催着谢柔清喊道。

谢柔清瞪她一眼，但还是依言冲那边招手，画舫靠了过来。

邵铭清接住船娘递来的桨一步跳过来，画舫晃晃悠悠引得小姑娘们娇声喊叫，不过看向邵铭清的目光却没有半点责备。

"你在哪里吃的席？怎么戏台那边没看到你？"谢柔清问道。

"我和他们在桥边吃的。"邵铭清笑道，跟谢瑶、谢柔清一一见礼。

"表哥表哥，我家的花灯好看吧？"谢柔淑急忙问道。

邵铭清点点头。

"名不虚传。"他说道。

"那要多谢我，要不是我你也……"谢柔淑带着几分得意说道，话没说完就被谢柔清推开了。

"关你什么事！"谢柔清粗声粗气地说道。

"是我想到的办法。"谢柔淑不服气地说道。

邵铭清哈哈笑了，对着她们施礼。

"多谢妹妹们惦记。"他说道。

谢柔淑高兴地受了礼，不过她没忘叮嘱一句："最要谢的是大小姐。"

"只是可惜，大小姐一心筹办的灯会，自己却看不了。"谢瑶说道。

"真可怜。"谢柔淑点点头。

邵铭清也点点头。

"是啊，真可怜。"他说道，抬眼看向四周这一派灯火璀璨花团锦簇的景象。

夜晚的祠堂更安静阴森，廊下挂着的灯也昏昏不明，但这种安静并没有持续多久，很快又被噔噔噔的脚步声打破了。

"二小姐二小姐，从西边能看到花园的灯会呢。"江铃对着门缝高兴地说道。

"好看吗？好看吗？"谢柔嘉忙问道。

"好看！"江铃挥着手说道，也不管谢柔嘉看不看得到她的比画，"简直跟滚了一盘子珍珠似的，漂亮得不得了。"

"不知道我的灯挂在哪里了。"谢柔嘉带着几分憧憬说道，又想到什么忙问，"我写的灯谜你送过去了没？"

江铃点头说递出去了。

"不知道有没有人猜得出。"谢柔嘉笑嘻嘻说道。

"我偷偷混进去看看？"江铃说道。

谢柔嘉忙喊住她。

"这个不急，过后再问就是了。"她说道，想了想，"不如你偷偷去看看木叶木香姐姐她们吧，原本都能去看灯会的，结果挨了打受了罚，你去给她们讲讲灯会的样子，让她们也高兴高兴。"

江铃有些不情愿。

"我还想给小姐您讲呢，小姐您也看不到，还惦记她们。"她说道。

"姐姐也看不到啊。"谢柔嘉说道，想到姐姐因为伤关在屋子里，不由叹口气，"我也没心思看。"

说罢又催着江铃快去看看木叶她们，江铃这才应声去了。

噔噔噔的脚步声散去，祠堂恢复了安静，谢柔嘉慢慢地走回正堂中，看着长明灯下那密密麻麻的牌位跪了下来。

江铃说母亲让邵铭清留下来了。

邵铭清还是开始踏入他们家了，跟梦里的事越来越贴近了，那明年姐姐……

谢柔嘉打了个寒战，看着牌位。

不，不，绝不能。

她俯身跪拜，将头贴在冰凉的地面上，一下一下地磕着。

先祖保佑，先祖们保佑姐姐，保佑姐姐。

谢家的花灯撤下，彭水城里的花灯也撤下来，中秋就这样过去了，谢家的孩子们的假期也结束了。

看着谢柔惠走过来，廊下的丫头们纷纷施礼。

"大小姐来了。"她们对内急忙说道。

谢柔惠迈进室内，看到谢大夫人已经在饭桌前坐下。

"没哭也没闹？"她正说道。

谢大老爷挽着袖子点点头。

"这三日都在祠堂，跪半日，写半日字。"他说道，"江铃在祠堂，虽然也偶尔说话，问的都是惠惠的伤如何，丫头们的伤如何，除此外，没有说过其他的。"

谢大夫人拿起筷子拨了拨眼前的菜。

"母亲，我就说，嘉嘉知道错了。"谢柔惠忙说道，"快让嘉嘉出来吧，她也吓坏了。"

谢大夫人沉吟一刻。

"让她搬出去如何？"她说道。

谢大老爷和谢柔惠吓了一跳。

"阿媛！那你让嘉嘉还如何在家里立足！"谢大老爷皱眉说道。

打伤了姐姐被关祠堂是应该的，但如果被赶出家门，那意义可就不同了。

"母亲，不要啊。"谢柔惠立刻跪下来流泪哀求道。

"我是说让她不跟惠惠住一起了。"谢大夫人说道，看着这父女二人有些失笑，"你们想什么呢，我怎么会把她赶出去！"

谢大老爷和谢柔惠松了口气。

"可是，嘉嘉从小就跟我在一起，自己住习惯吗？"谢柔惠又带着几分担心说道，"不如过一段再分开吧。"

谢大夫人摇摇头。

"有些事她必须习惯了，不能再等了。"她说道。

第三十七章
自　选

祠堂沉重的门被四个小丫头合力推开，明亮的日光洒进来。

"二小姐二小姐，大老爷来接您了。"江铃高兴地喊道。

谢文兴站在台阶下，看着从祠堂里风一般冲出来的小姑娘，准备好迎接一场委屈的哭诉。

"父亲。"谢柔嘉几乎是跳下台阶冲过来。

喊出这句话，小姑娘的眼圈都红了，下一刻就该眼泪啪嗒啪嗒的。

谢文兴伸手抚上她的头。

"姐姐怎么样？"谢柔嘉抬起头急急地问道。

谢文兴收回手，伸到谢柔嘉面前。

"这里在地上擦破了皮，这里是被灯笼砸破了，这里是扎了毛刺。"他认真地在自己的手上指点着。

谢柔嘉掉着眼泪点头却没有说话。

"我知道嘉嘉不是故意伤了姐姐的。"谢文兴接着说道，说完了又觉得有些奇怪，这句话好似应该是谢柔嘉自己说吧。

谢柔嘉摇头。

"不管是不是故意，我都伤了姐姐。"她说道。

在梦里不也是这样吗？她没有拉住姐姐，她没有力气了，她松开了手，眼睁睁地看着姐姐沉到了河底，这不是她故意的，可是那又如何，姐姐死了，姐姐死了。

谢文兴接过丫头们递过来的手帕给她擦眼泪。

"好了好了，你知道错了就好了。"他说道，"姐姐知道你不是故意的，不怪你的。"

谢柔嘉擦泪点头。

"我去给姐姐赔罪。"她说道。

谢文兴迟疑了一下。

"嘉嘉，你知道错在哪里了吗？"他问道。

"我不该为了邵铭清而去伤姐姐。"谢柔嘉说道。

这不是挺清楚的？谢文兴笑了，再次伸手摸了摸谢柔嘉的头。

"那以后邵铭清是你姐姐的客人，你会生气吗？"他问道。

谢柔嘉毫不犹豫地摇头。

谢文兴突然有些不知道说什么了，好像什么都不用说了。

"还有嘉嘉，因为你姐姐要养伤，所以想让你搬出去住。"他干脆直接地说道。

谢柔嘉毫不犹豫地点头。

谢文兴再次哑然一刻，伸手抚了抚她的头。

"好。"他说道，"你想住哪里？"

"住哪里都行，父亲和母亲安排就是了。"谢柔嘉说道，再次擦了擦眼，"父亲，我想先去看看姐姐，然后再去向母亲赔罪。"

谢文兴还能说什么？笑着松开手说了声"去吧"，看着谢柔嘉如同小兔子一样跑开了。

"小孩子就是好。"他忍不住摇头说道，"前一刻还能哭得天塌了的事，转眼就能变成不值一提的小事了。"

这样看来反而是他们这些大人把有些事太当回事了。

"那是因为大人和孩子看事的立场不同。"谢大夫人说道，"不是因为事情本身，事还是那个事，只不过看事的人不同罢了。"

谢文兴笑着应声是。

"在你眼里看起来很严重的事，在嘉嘉眼里反而无足轻重。"他说道。

"小人不知天命而不畏也，借着无知才能做出无畏的事。"谢大夫人说道。

"不不，夫人，我说的是也许在你眼里很重要的惠惠的权威，其实

323

嘉嘉并没有想要冒犯。"谢文兴笑道,"在她眼里,真的心心念的是她的姐姐。"

谢大夫人沉默一刻,适才她已经听过谢文兴描述见到谢柔嘉的事,跟她想象的完全不同,而这几日谢柔嘉在祠堂也安稳得很,既没有哭也没有去求老夫人,这孩子的行事真是让人猜不透。

说她懂事吧,她疯疯癫癫的瞎胡闹,到了敢打伤姐姐的地步,说她疯癫不懂事吧,她又听话得让人什么都不用说。

谢大夫人伸手掐了掐额头。

"我生的这是什么孽障!"她叹气说道。

谢文兴伸手帮她按着头。

"阿媛,我还是那句话,你太紧张了,你看重的事,其实嘉嘉根本就没有那个念头。"他说道,"嘉嘉眼里只有惠惠这个人,而不是惠惠是丹主,她纵然跟惠惠有争执吵闹,那也是所有的姐妹都会有的那种争执吵闹,而不会是因为身份地位。"

谢大夫人闭着眼没有说话,身子慢慢地放松下来。

"夫人、老爷。"门外传来丫头的声音,"大小姐和二小姐去老夫人那里了,吃过晚饭再回来。"

去做什么?

谢大夫人的身子顿时绷紧,谢文兴伸手按住她。

"这么闹了一场,自然该去给母亲赔礼。"他说道,"姐妹两个挽手而去,开开心心,你爱护我关心你,母亲看到了才能安心。"

谢大夫人吐了口气。

"她说,搬到哪里都行?"她说道,端起一旁的茶杯,"你有没有告诉她,母亲那里不在'哪里'的范围之内。"

此时坐在谢老夫人屋子里的谢柔惠看了一眼一旁正开心地吃着丫头们端上来的瓜果的谢柔嘉,再看闭目养神的谢老夫人。

"祖母,让嘉嘉来和您做伴吧。"她笑嘻嘻地说道。

谢老夫人闭着眼嗯了声。

"嘉嘉想来吗?"她说道。

谢柔惠大喜，忙冲谢柔嘉使眼色。

适才她们姐妹在屋子里哭哭笑笑说了好些话，谢柔惠也告诉了谢柔嘉母亲要她们分开住的事。

"是因为我的伤，我的手不能动，所以多了很多人伺候，又要吃药，母亲觉得我们挤在一起住不方便。"谢柔惠举着自己的手强调，"等我好了，你再搬回来。"

如果住到祖母这里，就不算是自己单独住，也没有理由永远在这里住着。

"到时候我的伤好了，又过去了一些时日，跟母亲一说，就会让你搬回来了。"谢柔惠说道，"况且你不是一心要帮着祖母戒酒？住到她那里再合适不过。"

谢柔嘉摇头说不。

"不用担心，我来跟祖母说。"谢柔惠坚定地说道。

现在她果然说了，谢柔嘉忙放下手里的瓜果。

"不，不。"她忙说道，"祖母，我不来打扰您。"

谢老夫人呵呵笑了，依旧没睁开眼。

"祖母。"谢柔惠带着几分哀求喊了声。

"不打扰，谁能打扰了我啊。"谢老夫人懒洋洋地说道，"想来就来吧。"

谢柔惠高兴地看向谢柔嘉，示意她快道谢，谢柔嘉忙起身走过来。

"祖母，我知道不打扰您，可是我已经这么大了，不能在您这里挤着了。"她说道，"而且，我已经想好要住哪里了。"

想好住哪里了？

谢柔惠惊讶地看着她，谢老夫人也睁开了眼。

"盛芳阁？"

听到谢柔嘉的话，谢大夫人有些惊讶地脱口而出。

谢柔嘉点点头，秋日吃晚饭的时候天已经黑了，屋子里点亮了灯，她在灯下让丫头展开一幅画卷。

这是谢文兴闲来无事勾画的谢家园景图，囊括了谢家大宅三湖五园十四亭阁二十八楼台三十六四季胜景，至今尚未完工。

"别弄坏了你父亲的画。"谢大夫人皱眉提醒，又嗔怪谢文兴不该惯着她什么都玩。

"本就是画着玩的，怎么玩都是玩。"谢文兴浑不在意笑道。

谢柔嘉笑着对父亲道谢。

"母亲，您看，就是这里，就是摘星湖这边。"她在画卷上指着说道。

这是家中花园里最小的一个水景，所处的地方位置最高，又假山林立，所以叫作"摘星"，而且所处位置也偏僻。

原本以为谢柔嘉就算同意搬出去，也必然是在现在的住处附近，没想到她竟然选中了这里。

"怎么去那里住？又远又偏，怪冷清的。"谢柔惠忙摇头说道。

"可是那里有温泉。"谢柔嘉说道。

巴郡多温泉，谢家如今的大宅最初就是为了泡温泉而建，后来被谢家先祖购置扩建绵延，虽然温泉不如百年前那般繁盛，但还是留了一泉眼，就在摘星湖。

"想要泡温泉，在哪里也能，不用非住到那边去。"谢柔惠还是摇头说道。

"姐姐，我就想住这里。"谢柔嘉说道，"等到了冬日，姐姐可以搬来。"

"到了冬日，你姐姐更不得闲。"谢大夫人说道，打断了她们的争论，再次看着画卷上的位置，"你喜欢就住那里吧。"

谢柔嘉高兴得对母亲道谢。

既然谢大夫人开口了，谢文兴和谢柔惠也不再说话了。

"我去安排人收拾那边。"谢文兴说道，转身就要去书房。

"父亲，我帮您。"谢柔惠说道，又冲谢柔嘉使个眼色，跟着父亲离开了。

屋子里剩下谢大夫人和谢柔嘉二人。

"母亲。"谢柔嘉低头跪下说道，"您别生我气，我知道错了。"

谢大夫人叹口气伸手拉起她。

"嘉嘉，我不生你的气，你也别怪我，有些事你应该知道，惠惠是你的姐姐，但她还是未来的丹主。"她说道，"对你姐姐，有些事你能做，有些事你不能做。"

谢柔嘉点头。

"母亲，我知道。"她说道，"我这次不该在人前让姐姐这样难堪，母亲罚我罚得对。"

谢大夫人看着她，体会到谢文兴说的那种似乎有很多话要说但又觉得没什么可说的感觉，伸手拉谢柔嘉在自己身边坐下。

"你这不是什么都懂吗？怎么还总是做出一些让人着急的事呢？"她说道。

"因为我害怕。"谢柔嘉喃喃说道，说到这里又忙抬起头，"不过以后我不会了，母亲，您放心。"

谢大夫人点点头。

"只要你听你姐姐的话，你要做什么，想要什么，我都依你。"她含笑说道。

谢柔嘉眼睛一亮。

"真的吗？"她问道。

"当然。"谢大夫人毫不犹豫地说道，说完又带着几分狐疑地看向谢柔嘉。

谢柔嘉冲她嘻嘻笑。

"哦，原来你这么听话还是有所求啊。"谢大夫人恍然，皱起眉头，这个女儿啊，"你又想做什么？"

第三十八章
主 意

谢柔嘉抱住谢大夫人的胳膊。

"我想自己改建我要住的院子。"她说道，将头靠在母亲的身上。

"这话不用跟我说，跟你父亲说去。"谢大夫人说道，"还有什么？"

谢柔嘉笑着摇头。

"没了。"她说道。

谢大夫人失笑，伸手戳她的头。

"现在不说，以后再说可就不答应了。"她说道。

"真没了。"谢柔嘉笑道，"能这样抱着母亲说话就足够了。"

真是不知道这孩子是真的乖巧还是装的，若不然怎么才让人高兴就又闹出事来，看着依偎在身边的女儿，欢喜、依恋是半点不做假啊。

也许，自己真是对她太苛刻了。

谢大夫人伸手抚摸她的肩头。

"那这几日你就在我这边住吧。"她说道。

谢柔嘉高兴得欢呼。

"母亲，我觉得我真幸福。"她说道。

"她说什么？"

一阵风卷着落叶从窗前飘过，趴在书桌上的谢柔淑听到旁边传来的话，猛地抬起头来。

"二小姐说，这日子真幸福。"谢瑶笑道。

"幸福？"谢柔淑拔高声音喊道。

屋子里散落着的玩闹说笑的女孩子们都看过来。

谢柔淑浑不在意。

"她是不是傻了啊?"她说道,"还幸福!她都没觉得丢脸吗?"

被谢大夫人当着全家人的面斥责有错,又被赶出谢柔惠的院子,谢柔嘉在谢家已经成了一个笑话。

"换作我,就跳进碧瑶湖里淹死算了。"谢柔淑拍着桌子。

"你丢脸的事也不少,也没见你跳一次。"谢柔清说道。

谢瑶咯咯笑了。

"三姐。"谢柔淑瞪眼喊道,"我可没有像她那样讨人嫌!"

谢柔清没理会她,看向门外。

"幸福的人来了。"她说道。

三人看过去,谢柔嘉迈进门来。

屋子里说笑的女孩子们只是看了她一眼,说笑都没停也没人理会她。

谢柔惠还在养伤,她的手至关紧要不容半点疏忽,所以学堂暂时不来了,这两日来学堂的都是谢柔嘉一个人,大家也不用小心地分辨大小姐二小姐了。

"谢柔嘉。"谢柔淑喊道。

谢柔嘉看都没看她一眼,径直坐下来,展开书就开始提笔写字。

"你看她那样。"谢柔淑气道。

"别没事找事。"谢柔清闷声说道,"马上就要学打鼓了,被先生打了手板,就麻烦了。"

"我怎么会被先生打手板!"谢柔淑瞪眼说道。

"功课要是只有你没写完,不打你打谁?"谢柔清说道,再次看向谢柔嘉那边。

谢柔嘉放下手里的笔,正端详自己写的字,神情认真又愉悦,显然她自己很满意。

先生也一定会满意。

这才几天,她就成了先生眼里的好学生。

"不过是因为惠惠没来罢了。"谢柔淑哼声说道。

谢瑶和谢柔清没有说话。

惠惠在的时候，其实也已经这样了，她怎么就变成这样了呢？怎么就好像什么也惊扰不了她似的。

"她不在乎了。"谢瑶喃喃说道。

"不在乎什么？"谢柔淑不解地问道。

"脸面。"谢柔清说道。

脸面？

谢柔淑哦了声。

"可不是不在乎脸面了？不知羞不知耻的。"她哼声说道。

谢瑶、谢柔清说话压低了声音，但谢柔淑一直拔高声音似乎就怕别人听不到。但不管她说什么，坐在位子上的谢柔嘉一眼都没多看她，只是看自己的书、写自己的字。

"下了学我们去看看惠惠吧。"谢瑶说道。

谢柔清点点头，谢柔淑自然不会不去。

"我给惠惠抄一份先生讲的经义。"她急忙说道。

不过等到了谢柔惠那里，谢柔淑看到先一步进来的谢柔嘉将本子摆到了谢柔惠的案头，看着抄写得秀气工整的经义，她咽回去了那句"别带坏了惠惠的功课"。

这要是都能带坏，那她的就更不能看了。

木叶带着丫头们奉茶。

"木叶姐姐，你快别动手了。"谢瑶忙说道。

木叶含笑施礼。

"木叶，你没事吧？"谢柔清逮到了机会忙说道，看着木叶的腿，"我看还没好，走路还不稳呢，真是可怜。"

木叶等人的伤已经好得差不多了，所以都回来当差了，但走路还是有些不利索。

虽然这是人人皆知的事，但被当着面提起来还是有些羞惭。

"是奴婢该罚。"木叶低头说道。

"什么叫你该罚啊，都是飞来的横祸。"谢柔淑哼声说道，看向一边站着的谢柔嘉。

谢柔嘉似乎没听到。

"姐姐，那我去玩了。"她说道。

看着谢柔嘉走了出去，谢柔淑好似一拳打在水里觉得气闷。

"你看她目中无人的样子。"她抱怨道。

谢柔惠笑了笑。

"嘉嘉是不和你闹。"她笑道。

"她还在大伯母那里住着？"谢瑶插话问道。

谢柔惠点点头。

"嘉嘉可真厉害，总能哄得大伯母高兴。"谢瑶笑着说道。

是啊，明明前脚对她生气，后脚就让她住到自己身边了，真不知道这个谢柔嘉怎么蛊惑的谢大夫人。

谢柔淑愤愤不已。

"大伯母怎么就这么信了她？"她说道。

谢柔惠低头看着自己的手，纱布已经解下，手上的疤痕正在愈合。

"别是故意赖着不肯走，到时候哄好了大伯母就又来缠着你了。"谢柔淑接着说道。

"不会，嘉嘉可喜欢新挑选的院子了。"谢柔惠抬头含笑说道，"都是自己布置的，又新挖了池子，引温泉水。"

"温泉水？"谢柔淑惊讶地喊道。

她自然也知道温泉水，冬日里小丫头们隔个两三日就给她抬来洗澡用。

不过现在谢柔嘉挖池子引温泉水到她的院子里？

"那我们以后就不能用了？温泉水全归她了？"谢柔淑喊道，"这也太霸道了吧！"

"我又没说不让别人用。"谢柔嘉说道。

谢大夫人在院门口停下脚，回头看着谢柔嘉。

她们刚去看了谢柔嘉的院子，别的倒也罢了，只是院子里的大池子真是让人吓了一跳。

"谁要用就去你院子里抬水，跟你打招呼是吧？"她说道，又转头看谢文兴，"你倒真按她说的胡来了。"

"母亲母亲，您不是答应我让我自己来修我的院子吗？"谢柔嘉嘻嘻笑道。

"那你也太贪心了。"谢大夫人说道，"泡温泉建个海棠花池也足够了，你这是要挖个湖啊。"

哪儿有那么夸张，谢柔嘉哈哈笑了。

"母亲，我不是为了泡温泉？"她说道，"我是为了……"

她说到这里迟疑了一下。

"母亲，我想学游水。"

游水！

那是山民渔妇才学的，哪儿有闺阁小姐学这个的。

果然是胡闹！

这孩子一出一出的都是些什么念头！

谢大夫人竖眉。

"母亲，您还记得我说过我做的那个噩梦，姐姐溺水了吧？"谢柔嘉抢着先开口说道。

又是那个梦！

哪个小孩子没做过噩梦？别说小孩子，就是大人也常常做一些稀奇古怪的梦，梦就是梦，醒过来就过去了，怎么这孩子还念念不忘的。

谢文兴也皱起眉头，和谢大夫人对视了一眼。

"我因为做那个梦，所以害怕才不喜欢邵家表哥。"谢柔嘉不待父母开口就接着说道，"这一次我因为害怕伤到了姐姐，又后悔又难过，然后我突然发现，真要接受邵家表哥上门，好像也不那么害怕了。"

所以……

谢大夫人看着她。

"我除了害怕邵家表哥，还害怕水。"谢柔嘉说道，"所以，我想我怕水，我就去接触水，去学会游水，这样，我就不会害怕了。"

谢文兴和谢大夫人还没说话，身后响起笑声。

"说得好。"有男声爽朗笑道。

"五叔！"

谢柔嘉没有回头就高兴地喊道，转过身果然看到正迈步走近的谢文俊，但下一刻她就停下了脚，目光落在谢文俊身后。

背光而行来的少年人越发显得眉清目朗。

邵铭清！他怎么来了！不，他来了不稀奇，母亲为了维护姐姐，已经将邵铭清奉为姐姐的客人，那么他来谢家自然不稀奇。

这是她已经预料到的事，只是，他怎么和五叔在一起了？

在梦里，就是邵铭清用丹药让五叔吃了毒发而亡的。

谢柔嘉不由攥紧了手。

五叔如今掌管着东北线的丹砂销售，东北线便包括着京城，邵铭清跟五叔走得近了，早晚会跟京城搭上关系的。

在梦里是不是就是这样开始的？

"怕什么就要直面什么，绝不能逃避，只有面对它才能战胜它。"

谢文俊的声音在耳边响起，谢柔嘉回过神来。

没错，不能逃避，也躲不开，比如邵铭清还是来到谢家了，那么姐姐溺水的事极有可能也会发生。

靠别人也没用，没有人能阻止得了邵铭清的到来，所以也必须做好到时候拦不住姐姐的准备。

那么就只能靠她自己了，她自己学会游水，当真的一切无法阻止地发生的时候，她就不会像梦里那样除了吓傻就没有别的可做了。

谢柔嘉深吸一口气对着谢文俊点点头。

"嘉嘉做得很好。"谢文俊笑道，"我这次回来给嘉嘉带了好东西，原本想现在给你，不过看来等你搬家那日再送最合适。"

"文俊，你又乱给她买东西，她什么都不缺。"谢大夫人说道。

"不值钱，不值钱，就是个小玩意儿。"谢文俊笑道，想到什么，又看身后安静站着的邵铭清，"我在二哥那里遇到铭清，这孩子小小年纪倒是算得一手好账。"

看吧，果然引起五叔的注意了！

谢柔嘉警铃大作。

这小姑娘如果有毛，此时已经全身都奓起来了。

邵铭清简直忍不住要笑。

"叔叔谬赞了，我是跟着母亲瞎学的。"他说道。

邵铭清从小被养在邵大夫人跟前，谢大夫人和谢文兴自然知道，闻言点点头。

"快进屋来坐吧。"谢大夫人说道，"刚回来？生意怎么样？"

这是要谈正事了，谢柔嘉施礼告退，看着三个大人向屋内走去，邵铭清也跟着抬脚迈步。

"母亲。"谢柔嘉喊道。

大家都停下看向她。

"我请邵表哥去看看我的新院子吧。"谢柔嘉笑嘻嘻地说道。

害怕什么就直面什么，躲着邵铭清倒不如让她和邵铭清多在一起玩。

谢大夫人想到适才的话，点了点头。

"也好，你姐姐的伤还没好，你陪着你表哥玩吧。"她说道，又带着几分警告，"好好招待客人，不许胡闹。"

谢柔嘉高兴地点点头

"邵表哥。"她说道，"这边请。"

邵铭清含笑施礼。

"表妹请。"他说道。

无论如何也不能让邵铭清在父母和五叔前讨喜，那么就让自己来看住他吧。

谢柔嘉抬起头转身迈步而行，邵铭清对谢大夫人等人再次施礼，跟了上去。

第三十九章
敢 说

谢柔嘉出了谢大夫人的院子就径直向西而去。

身后跟着的丫头们面面相觑。

谢柔嘉的院子可不在西边，谢柔嘉脚步如风，丫头们不敢停留小步跑着跟上，邵铭清不紧不慢地跟着。

该拿这个家伙怎么办呢？

谢柔嘉此时此刻脑子翻来覆去地想，吓唬他肯定是没用，搞不好还要被他去母亲跟前告一状，讨好他？

谢柔嘉猛地站住脚，回头。

邵铭清停下脚，看着她微微一笑。

在梦里他害得她的亲人或被毒死或自尽或秋后待决家破人亡的时候，是不是也是带着这样的笑？

谢柔嘉只觉得一口气憋在胸口，让她几乎要昏厥，她攥紧了手，牙齿咬得咯咯响。

丫头们看到她的样子顿时都慌了，正想说些什么，有人先叹口气。

这一声低低的长叹传入谢柔嘉耳内，就好似她自己叹气一般，这让她胸口的憋闷散去了不少。

"真可怜。"邵铭清说道。

谢柔嘉竖眉看向他。

"可怜什么？谁可怜？"她说道，"你已经是我姐姐的座上客了，你还可怜什么？"

邵铭清噗嗤笑了，又忙忍住。

"不是，我是说妹妹你可怜。"他正容说道，"妹妹不喜欢我，却还要强颜欢笑地来招待我，真是怪可怜的。"

谢柔嘉瞪眼，他想……

"妹妹放心，我不会去告状的。"邵铭清摆手说道，"我也有不喜欢却不得不应酬的人，我明白妹妹的感受。"

谢柔嘉失笑。

不喜欢的人不得不应酬的感受，和看着不共戴天的仇人在眼前却不能食其肉饮其血的感受能一样吗？

"你明白？"她说道，"你不明白！"

邵铭清不说话了。

丫头们心惊胆战地看着二人，做好了谢柔嘉扑过来打人的准备。

谢柔嘉却最终只是咬住了下唇。

"你跟我来。"她说道，转身迈步。

小丫头上前靠近谢柔惠低声说了几句话，谢柔惠的脸色一变。

"怎么了？"谢瑶忙问道。

谢柔清和谢柔淑也放下手里的茶看过来。

"邵表哥来了。"谢柔惠说道。

"表哥来了？"谢柔清高兴地问道，站了起来，"怎么没听到消息？"

"太好了，今晚我们在园子里摆宴吧。"谢柔淑忙跟着说道，"还请上次的杂耍来。"

"先别说这个了。"谢柔惠说道，也站起来，"表哥遇上了嘉嘉，现在跟着嘉嘉走了。"

三个姑娘都惊讶得站了起来。

"天啊，不会打起来了吧？"谢柔淑喊道。

"有母亲看着，应该不会。"谢柔惠说道。

"不是被嘉嘉带走了吗？大伯母不看着，可说不准。"谢柔淑说道，"快走快走，我们去看看。"

谢柔惠点点头向外走，却被谢瑶拉住了。

"你别去了。"她说道。

"我的手已经好了。"谢柔惠说道。

走在前边的谢柔清也反应过来了。

"对对,你可别去,这才好了,要是再被谢柔嘉打了就糟了。"她说道。

"嘉嘉不会的,说了上次是意外了。"谢柔惠摇头说道。

"才不会是意外,你忘了当日谢柔嘉那癫狂的样子了?真是吓死人了。"谢柔淑说道,"你可千万别去,我们去就行了,我们三个呢,豁出去被打伤拦住她就是了。"

木叶也站了出来。

"大小姐,您还是别去了,您的伤才好,夫人叮嘱过别出门的。"

她自然不可能说谢柔嘉如何如何。

"再过几日就要上鼓乐舞课了,可不敢再有闪失。"她垂目说道。

谢柔惠停下了脚。

"那你们有话好好说,别吓到嘉嘉。"她带着担忧说道。

谢柔淑嗤了一声。

"谁还能吓到她啊,她不吓到别人就谢天谢地了。"

谢家秋日的庭院里也不尽是衰败,枯草落叶已经被及时地扫去,菊花、木芙蓉、桂花盛开,一如春夏般花团锦簇。

谢柔嘉站在桂花树下,用脚踩着落在地上的桂花一下又一下。

丫头们站在一边,有意无意地围着她,另一边邵铭清也看着桂花树,似乎在研究这老树承载了多少风雨春秋。

此时她们已经在这里站了足足一盏茶的工夫了。

"我有个丫头。"邵铭清忽地开口说道。

自从谢柔嘉那句"跟我来"后,他们就没再说过话,这突然没头没尾的一句让丫头们都不解地看过来。

邵铭清看到那一直低着头的小姑娘也抬起头,她的眼睛又大又亮,尤其是在看到自己的时候,就好像被陡然点亮的灯火,这就是跟另外一双一模一样的眼睛的区别。

她看到他,是真的看到眼里,而别的人,仅仅是看到了他而已,他们的眼里没有光。

"我有个丫头，会游水。"邵铭清说道。

谢柔嘉恍然明白了他的意思。

"她是我父亲从江水里捞出来的，当时她爹娘都淹死了，只有她还活着。"邵铭清接着说道，"你要不要？我送给你。"

难道谢家找不出一个会游水的丫头吗？谁稀罕他的！

谢柔嘉哼了声转过头，便看到了一群人走过来。

"谢柔嘉！"其中一个喊道。

谢柔嘉皱眉，看着走近的谢柔淑等人。

"你别欺负表哥！"谢柔淑接着说道。

谢柔嘉低下头看也不看她一眼。

"表哥，你怎么来了？"谢柔清高兴地问道。

"五叔叔正好从家里过，跟父亲说了生意的事，顺便让我来彭水盘账。"邵铭清笑道。

这也就是说让邵铭清开始接触家里的生意了，谢柔清的笑意从眼底散开，可见舅舅家是要重用邵铭清了。

"表哥真能干，我的哥哥们都是十六岁才让做事的。"谢柔淑一脸崇拜地说道。

"我这算什么做事？不能跟谢家哥哥们比，我只是替父亲跑跑腿罢了。"邵铭清笑道。

瞧瞧多会说话，既捧了谢家的少爷们，又表现了自己的懂事孝心。

看看这些小姑娘高兴的样子，就凭他这张会讨人欢喜的嘴，如果在母亲父亲叔叔伯伯们身边肯定会受看重。

谢柔嘉用脚尖狠狠地碾着土，余光看着被谢柔清三人围起来的邵铭清。

"表哥不用谦虚，我们都懂的。"谢瑶笑道，一面伸手做请，"走走，这是好事，我们给表哥贺一贺。"

"对，对，大小姐也说了，在园子里摆一桌。"谢柔淑点头说道。

"大小姐"三个字让谢柔嘉猛地抬起头。

谢瑶这三人跟姐姐最要好，要是邵铭清跟她们玩一定会被带到姐姐跟前。

"邵铭清。"她喊道。

那边说话的四人都看了过来。

"还去不去啊?"谢柔嘉深吸一口气,挤出一丝笑问道。

邵铭清第一次看到这么真的假笑,差点儿喷笑。

"去哪儿啊?"谢柔淑不高兴地问道。

"去看我的新院子。"谢柔嘉说道,再次冲着邵铭清笑,"还去不去啊?"

"那有什么可看的?不去。"谢柔淑说道。

邵铭清含笑施礼。

"我答应二妹妹了,不去不合适。"他说道。

谢瑶笑了。

"说起二妹妹的院子,我们也都没看过呢,正好一起去。"她说道。

这些日子为了给谢柔嘉布置院子大兴土木,家里很是热闹,不知道修整得如何奢华。

"对对,表哥,我们一起去。"谢柔淑忙又点头说道。

他们一起迈步,谢柔嘉却没有动。

"对不住。"她说道,"我只请了邵铭清。"

什么?

谢瑶三人愕然停下脚。

"谢柔嘉!"谢柔淑喊道,"你什么意思?"

"就是不让你们去的意思。"谢柔嘉说道。

她还真敢说出来!

谢柔淑涨红了脸,就连一向泰然的谢瑶也面色有些尴尬。

"邵铭清。"谢柔嘉再次喊道,冲他摆摆头,转身就走。

"别理她!"谢柔淑对邵铭清喊道。

邵铭清对她表达歉意地笑了笑。

"言而有信,言而有信。"他说道,又对谢柔清安抚地一笑,越过三人跟了上去。

谢柔淑气急地抬脚跟上。

"你们要是敢跟来，我就敢把你们赶出去。"谢柔嘉又回头说道。

这句话让谢柔淑迈出的脚钉在了地上不动了。看着扬长而去的谢柔嘉，谢柔淑气得几乎晕厥。

"你们看她！你们看她！"她尖声喊道，气得乱跺脚，"我就跟去看她能把我怎么样！"

"她能不要脸面不知羞耻，四妹妹你也能吗？"谢瑶说道。

谢柔淑顿时气结。

有些事谢柔嘉能做，她不能做，这世上的事偏偏就是这样无情。

"你表哥干吗听她的！他不去，我就不信她敢再跟他闹！"谢柔淑转头又冲谢柔清气道，"有大小姐在，怕她什么！"

谢柔清抬手推了谢柔淑一下，她长得粗壮，力气也大，谢柔淑又小一岁，又没有提防，被推得哎呀一声摔倒在地上。

四周的丫头们吓了一跳，谢柔清的丫头神情坦然，谢柔淑的丫头则带着几分胆怯要上前却又不敢。

"你受了她的气，不敢把她怎么样，就来拿我表哥做筏子，你把谁当傻子呢？"谢柔清竖眉喝道。

谢柔淑又怕又羞又气，坐在地上哭了起来。

"我没有。"她只懦懦地哭道。

谢瑶含笑蹲下来。

"惠惠和嘉嘉刚刚因为邵家表哥闹过，如今表哥都知道要顺着嘉嘉，不让她们姐妹生隙，你怎么能搬出惠惠来故意挑衅嘉嘉呢？"她笑吟吟说道，摇头啧啧，"你这样岂不是和嘉嘉一样不懂事了？"

谢柔淑哭得更厉害了。

"我没有，我，我只是怕表哥被嘉嘉欺负了。"她哭道。

"不过是委屈一些，算不上什么受欺负。"谢柔清说道，"倒是你，再敢拿我表哥当靶子，我饶不了你！"

说罢转身而去。

"四妹妹，你可不能像嘉嘉那样任性哦。"谢瑶笑吟吟说道，站起来释然而去。

一旁谢柔淑的丫头们这才围上来扶的扶，擦眼泪的擦眼泪。

"小姐可不敢这样哭，回去大人要骂的。"

真是不公平，谢柔嘉闹了那么大的乱子只不过被罚跪祠堂，出来了竟然还被娘亲、爹哄，一句换院子，家里就能大兴土木，而她在外受了气回去却要被母亲骂。

谢柔淑一把推开丫头们。

"滚滚滚。"她哭喊着跑了。

谢柔嘉倚着栏杆转过身，看到邵铭清正认真地看院子里堆砌的山石。

其实对园景构建，谢柔嘉没什么感觉，在她看来石头就是石头，堆砌得再精美也没什么意思，对这个院子里她唯一在意的就是要修好的大池子。

可以让她学游水的池子。

"妹妹这院子真好。"邵铭清说道，收回视线看向谢柔嘉。

谢柔嘉哦了声。

邵铭清便不说话了，又转头去看另一边正被几个仆妇洒扫的花圃。

"走了半日了，该坐下来请表少爷喝茶不？"

谢柔嘉听到身后有丫头低声地说话，她不由站直了身子。

是啊，她这根本就没有招待客人的样子，自己闷头走，任凭身后的人跟着，不主动说话，对方主动说，她也是五句答两句，更别提什么茶水招待。

这样不行，这样的话邵铭清肯定更愿意去跟谢瑶她们玩，那样就会有机会混在姐姐跟前了。

她得留住他。

谢柔嘉深吸一口气看向邵铭清，邵铭清察觉她的视线，转头对她微微一笑。

"表哥说的话还作数不？"她问道。

邵铭清看着这小姑娘做出几分可爱的神情，只是那一双眼睛实在是瞪得太圆了，咄咄之气盖过了努力做出的示好之情。

"什么话？"他故意装作不懂问道。

"送我丫头的事啊。"谢柔嘉笑嘻嘻说道,"表哥不会后悔了吧?"

邵铭清哈哈笑了。

"怎么会,君子不食言。"他说道。

君子!他这种忘恩负义的小人也配称君子!

不食言!

谢柔嘉手扶着栏杆用力,几乎掐断了指甲。

"那表哥以后来我家只和我玩好不好?"她挑眉说道。

这个小姑娘脸上无一处表情不在喊让他有多远滚多远,嘴里却说出这样的话,也真是难为她了。

"好啊。"邵铭清嘴角扬起一丝轻笑,毫不犹豫地点点头。

第四十章

能 为

九月末，谢柔嘉搬进了新院子，谢大夫人专门为谢柔嘉举办了新居宴，谢柔淑等人也第一次踏进了谢柔嘉的新居。

这个院子并不大，站在窗前一眼能看到门口，一阵风吹过，屋子里响起嚓嚓叮叮的细碎声音。

谢柔淑抬头看着月洞门上垂下的珠帘，颗粒饱满、圆润的珍珠在日光下晃动，闪闪发亮。

用这样的珍珠做的簪子、发箍，都是极其珍贵轻易不会拿出来用的，而在谢柔嘉这里就这样随意地挂在门上，风吹日晒的。

造孽啊。

谢柔淑心里说道，从珠帘子上收回视线，又落在屋子里的摆设上，入目一片花团锦簇，红的黄的粉的秀凳，美人椅罗汉床上亦是铺设着精美的刺绣垫子，窗台上摆着一溜的兰花，垂着翠绿的叶子。

这丰富热闹的颜色堆满了屋子，一眼看去乱七八糟没个正经归置，但这乱乱的别有一番风味。

"这些好东西，被她这样胡乱地摆弄，真是糟蹋了。"谢柔淑说道。

"千金难买我高兴。"谢瑶说道，在美人椅上坐下来，神情透出几分愉悦，显然眼前的一切让她很享受，"只要高兴了，就没什么糟蹋不糟蹋。"

那也得看是谁了，有的人就是想糟蹋也没这个机会，谢柔淑想到自己不过是摔碎了一个白瓷瓶，母亲就将她屋子里值钱的东西都收走了，就剩下一些字画，还不是名人的字画，是她父亲哥哥们的字画，简直丢人得不能让别人进门来做客。

谢柔淑一点儿也不想看这室内了，干脆走到门边看着外边，外边小小的院子里站满了人在热闹地说笑。

"这院子有什么可看的？"她说道，"一个个的稀罕得跟进了皇宫似的。"

谢柔清也走过来看向门外。

"这不是院子有什么可看，这是要给大伯母面子。"她说道。

此时院子里谢大夫人携着谢柔惠谢柔嘉走出来，立刻被人围起来。

谢柔淑的视线乱转。

"那个穿绿衣服的是嘉嘉。"谢柔清给她指点说道。

谢柔淑皱眉。

"这个才是吧。"她说道，视线落在谢大夫人身边穿着粉色衣裙的小姑娘身上，这小姑娘正被一群人围着热情地说笑着什么。

相比起来那个穿绿衣裙的倒显得几分被冷落。

有惠惠在的时候，谁会多看谢柔嘉一眼啊。

谢柔清没说话，谢瑶也走过来，忽地冲外边那个穿绿衣服的女孩子招手，女孩子看到了，含笑走过来了。

"怎么样，这里还不错吧？"她迈进门笑盈盈地问道。

谢柔淑没敢说话，又不敢不说话，只得将视线看向四周装作再次鉴赏这里怎么样。

谢瑶直接挽起这女孩子的胳膊。

"大伯母要给嘉嘉做面子，这里自然是极好的。"她说道，"只是，有点太奢华了。"

谢柔惠笑了。

"只要妹妹高兴嘛。"她说道，"毕竟第一次自己住。"

这个真是谢柔惠！那个竟然是谢柔嘉！

谢柔淑有些不可置信地看向门外，院子里那小姑娘众星捧月一般。

"大伯母是觉得上次她受委屈了吧？"谢柔清粗声粗气道。

受委屈？

谢柔淑恍然，旋即气愤不已。

"她受什么委屈！挨打的是惠惠，受伤的是惠惠。"她喊道，"她受什么委屈？"

谢柔惠忙冲她嘘声，还好院子里的说笑热闹，谢柔淑的话根本就没人理会。

"也不知道怎么哄的大伯母。"谢柔淑接着说道。

"哪里用哄，这是应该的。"谢柔惠摇头说道。

谢柔淑还要说什么，谢柔嘉从外边跑进来。

"姐姐，开宴了。"她说道，拉住谢柔惠的手，"我们快去吧。"

谢柔惠含笑点点头。

"走吧。"她对谢瑶三人说道。

"姐姐，你看到我给你留的房间了没？"谢柔嘉拉着谢柔惠的手，一面走一边说道，"你三五日的也要来这里住。"

走在后边的谢柔淑听到这句话撇撇嘴，谢瑶忽地用胳膊撞了撞她。

"你看。"她说道，看向一个方向。

那是一个紧挨着屋后的新建的木廊，四面有着高高的围栏，看起来很古怪。

"那就是她的温泉池。"谢瑶低声说道。

谢柔淑哼了声没说话。

到时候她就要来这里打水，看她能如何！

"你知道，五叔送给她什么贺礼吗？"谢瑶接着说道。

又不是送给我的，我怎么知道！

"你仔细看。"谢瑶低声说道。

谢柔淑再次看过去，视线落在木廊檐上，不由啊了一声停下脚。

天啊，她看到什么！夜明珠！廊檐上竟然挂着四颗夜明珠！

白日里也发着柔亮光彩的夜明珠，可想而知晚上的时候会是怎么样的光彩夺目。

"昼视之如星，夜望之如月。"谢瑶轻声念道。

"这，这，这不会是……"谢柔淑结结巴巴问道。

这么大的夜明珠就是在谢家也很少见的，竟然就这样拿来挂在廊下了！

"这是五叔叔给的贺礼。"谢柔清在后说道。

五叔叔竟然也这样宠她！为什么？凭什么？

就因为她是二小姐吗？就因为她是谢柔惠的嫡亲妹妹吗？

谢柔淑恨恨地跺了几下脚。

真是气死了气死了。

自那日后谢柔淑开始将夜明珠挂在了嘴边。

伴着鼓槌的一声响，谢柔嘉挥动衣袖，袖子甩出一个漂亮的弧度，但下一刻她要迈出的脚步却一个交错，谢柔嘉踉跄着坐在了地上。

屋子里响起哄笑，谢柔淑的笑声尤其大。

坐在地上的谢柔嘉红了脸，但并没有羞恼，而是也跟着讪讪地笑了。

她太久没有跳舞了，都忘了怎么跳了。

"有了夜明珠，人也不会变成夜明珠般闪闪发亮耀目。"谢柔淑在一旁阴阳怪气地笑说。

谢柔嘉没理会她，站起身来对先生施礼。

站在一旁的授舞的先生摇摇头。

"腰没力气，多练吧。"她说道，将手中的鼓槌再次一敲，"下一个。"

谢柔嘉忙起身让开位置，看着谢柔惠走上前来。

屋子里的笑声顿时都没了，所有人的视线都指向场中，似乎连呼吸都停止了。

谢柔惠亦是先挥动了衣袖，相比于适才大家做得僵硬生疏，她的动作流畅而自然。

巫祝仪式的舞蹈简单却并不好跳，每一个动作都要做到精致漂亮诱人。伴着先生或急或缓的鼓点，谢柔惠或急摆如柳或闲庭信步，屋子里的人看得呆呆的，脑子里反复只有"好看"这一个念头，而谢柔惠跳了什么怎么跳的反而没了印象，直到鼓点停下还没回过神。

"舞，巫，就是如此。"女先生说道，视线沉稳地扫过众人，"让人看得沉迷，沉迷于舞的震撼，而不会为单单某一个动作感到绚丽。"

她的视线又在谢柔惠身上，满意地点点头。

谢柔惠含笑施礼。

"有些人就算没有夜明珠，本身也会如夜明珠般耀眼。"谢柔淑在一旁又低声说道，看着谢柔嘉。

谢柔嘉看都没看她，只是一脸崇拜地看着谢柔惠。

这可不是母亲单独教授姐姐的，只有当先生教完了基本功，母亲才会单独教授姐姐舞蹈。

姐姐能跳得这样好，就是天分。

这一次她一定要看到姐姐在三月三祭祀上大放光彩。

女先生将手里的鼓槌放下。

"大家自己练习今日的课，一会儿我来检查。"她说道。

伴着这句话，屋子里的小姑娘们都发出一声哀叹，乱七八糟地坐到木板地上。

"累死了，还要检查啊。"

"我的脚都酸了。"

大家纷纷抱怨道。

"我说吧，老学究的课不用上了，大家不要这么高兴，这鼓乐舞蹈课才是最可怕的。"谢瑶笑道，一面给谢柔惠递过手帕。

"多练就好了。"谢柔惠笑道，接过手帕擦汗，"等练熟了，就不辛苦了。"

谢柔淑哀号一声。

"说得容易啊。"她说道。

谢柔惠笑着伸手拉她。

"做得也容易啊。"她说道，"妹妹快起来，再坚持一会儿就不觉得累了，越休息反而越累。"

谢柔淑摇头不肯，站在一旁的谢柔嘉则连连点头。

"姐姐说得对。"她说道，"我这就接着练。"

她说完就走到一边，开始认真地练习舞步。

谢柔惠神情一滞，拉着谢柔淑的手也松开了，正要半推半就起来的谢柔淑跌坐在地上，有些愕然地抬头。

"快起吧，看看人家二小姐。"谢瑶伸手抓住她，用力地一拉。

谢柔淑的视线便落在谢柔嘉身上,这小姑娘神情认真,动作没有丝毫的偷懒,额头鼻尖上汗珠滚滚。

瞎积极什么!装给谁看呢!真是讨厌鬼!

"瓦砾就是瓦砾,擦得再亮也不会变成夜明珠。"谢柔淑愤愤说道。

谢大夫人的屋子里响起一阵阵痛呼。

"哎呀呀,别揉这里,疼疼疼。"谢柔嘉喊道。

两个小丫头忙换了地方。

谢大夫人看着趴在罗汉床上的谢柔嘉笑着摇头。

"不就是跳了几天舞?哪儿有那么累!"她说道,看向一边端坐着喝茶的谢柔惠,"你姐姐就没事。"

谢柔惠忙放下茶碗。

"母亲我也累的。"她说道。

"少替你妹妹打幌子。"谢大夫人笑道。

"母亲,其实是妹妹很用功的缘故,她练习了好久呢。"谢柔惠说道。

谢大夫人显然一脸不信。

"小姐小姐。"江铃从门外跑进来,高兴地喊道,"邵家少爷把人给您送来了。"

这话让谢大夫人和谢柔惠都愣了一下。

送什么?

"那个丫头啊。"江铃说道,"邵家少爷答应二小姐,要送一个丫头给她,现在人来了。"

那个会游水的丫头!

谢柔嘉高兴得起身。

"你怎么跟邵家表哥要人?你的使唤人不够吗?"谢大夫人皱眉问道。

"没有,是邵家表哥主动送我的。"谢柔嘉笑嘻嘻道。

谢大夫人将信将疑。

"真的真的,邵家表哥跟我玩得可好了。"谢柔嘉说道,做出痛心疾首的样子,"邵家表哥人真好,我以前怎么把他当坏人呢!"

说到这里，她怕被母亲再问出破绽，扔下一句"我先走了"，忙跑开了。

谢大夫人摇摇头笑了。

"看来邵铭清已经哄好她了。"她说道，一面站起身来，"我们去开始学祭词吧。"

抬头却见谢柔惠神情惊愕，似乎愣神。

"惠惠？"她问道，"怎么了？"

谢柔惠回过神忙摇头起身。

"我也很惊讶呢。"她笑道，拍了拍心口，"不过，妹妹和邵表哥和好了，我也就放心了。"

"这都是你的功劳。"谢大夫人含笑说道，伸手抚了抚她的头。

谢柔惠垂下头。

"是妹妹懂事了。"她说道。

院门外跑着的谢柔嘉却又突然停下脚。

"邵铭清也来了吗？"她问道。

江铃摇摇头。

谢柔嘉点点头。

"江铃，你注意点，只要邵铭清来咱们家了，你一定要告诉我。"她叮嘱道。

江铃没有问为什么，应声是，重重地点点头。

第四十一章
心 虚

　　谢柔嘉来到自己的院子里，迈进门就见一个小丫头站在廊下，八九岁的年纪，穿着粗布衣衫，挎着一个小布包，又瘦又小。

　　"这么小？"谢柔嘉惊讶地脱口而出。

　　院子里站着的丫头们纷纷施礼，那小丫头便也转过身来，跪下来就叩头。

　　"才九岁。"木香说道。

　　才九岁啊，谢柔嘉再次打量这小丫头，行不行啊？

　　"你叫什么？"她问道。

　　"水英。"小丫头答道。

　　这什么鬼名字啊……

　　"邵铭清给你起的？"谢柔嘉问道。

　　水英点点头。

　　难听死了，谢柔嘉撇撇嘴。

　　"你真会游水啊？"她问道，一面示意水英起身，抬脚向屋内走去。

　　水英却没有起身。

　　"我家少爷不说谎。"她抬起头看着谢柔嘉说道，小小的脸涨红。

　　谢柔嘉愣了一下停下脚，江铃抬手就打了水英肩头一下。

　　"你倔什么？"她喊道，"我家小姐不过就是随口问一句，跟问你叫什么名字一样的意思，根本就不是质疑你家少爷，你气什么气？问都不让别人问一句？真正有本事的人难道还怕别人问吗？你是不是心虚啊？"

这劈头盖脸的一顿骂让小丫头目瞪口呆，一句话也说不出来。

谢柔嘉哈哈笑了。

"她新来咱们这里心里害怕紧张也是难免的。"她说道，"行了，快起来吧，我也不问了，你也不用说了，会不会的让我看看就知道了。"

水英低头应声是站起来。

"来吧，我带你去你的屋子换衣裳。"木香含笑拉起她，又瞪了江铃一眼，"你跟一个小孩子计较什么！"

江铃嘻嘻笑。

"小孩子，也要讲道理嘛。"她说道，"她维护她的少爷，我自然要维护我的小姐。"

看着江铃噔噔噔地跑进去了，木香无奈地摇头拉着水英。

"你别害怕，她就是嘴厉害，人是很好的。"她轻声细语说道，一心宽慰安抚这个邵家表少爷送来的丫头。

因为这个邵家少爷，谢家闹出了多少事！如今二小姐终于想明白不再闹了，而邵家少爷也一心讨好小姐，可不能再闹翻了脸。

"我不害怕。"水英说道，小脸绷得紧紧的，"我谁也不怕，少爷说了让我来就是教谢小姐游水的，别的事都不用在意。"

木香笑得更欣慰了，还好还好，邵家少爷跟大小姐一样是个明事理的。

"不过。"她停顿一下，微微弯身看着水英，"要称呼谢'二小姐'。"

扑通一声响，小丫头跃入水中溅起水花，如鱼般地向对面游去。

"哎呀，她还真是会。"江铃高兴地说道。

而站在一边的谢柔嘉神情则有些怔怔的。

这长长的满是温泉水的池子，今日她也是第一次见，盛满水的池子跟空空的池子看起来感觉真不同了。

水面波纹荡漾，伴着人的游动发出哗啦的水声，谢柔嘉只觉得心慌意乱，有些难以呼吸。

冰凉的水，无处不在，却什么都抓不住，只要落进去就再也逃不出，太可怕了。

唰啦一声响，脚下的水池里探出一个人头。

谢柔嘉尖叫一声向后退去，撞到木围栏上，坐在了地上。

"小姐！"江铃忙跑过去。

另一边的木香等两个丫头也急忙围过来。

独水英还站在水里，顶着一头湿淋淋的头发看着。

"我没事，我没事。"谢柔嘉颤声说道。

"都发抖了。"木香急道，伸手揽着她。

"都是你啊，突然冒出来，吓到小姐了。"江铃对着水英喊道。

水英没说话低下头。

"不怪她不怪她。"谢柔嘉说道，一面用力地站起来，"我是，太累了。"

"今天小姐练了好久的舞呢。"江铃点点头说道。

再累也不会突然惊叫，这种拙劣的谎话根本就瞒不过木香，不过她还是很高兴，小姐被这丫头吓到了，却并没有生气斥骂，赶着丫头走或是迁怒到邵铭清身上，反而替这丫头开脱，可见是不生气。

"刚开始练舞都很辛苦的，小姐在这池子里泡一泡，早些歇息的好。"木香说道。

在这里泡一泡。

谢柔嘉看向温泉池，光洁的白玉砌的池子，绿莹莹的水，微微地荡出波纹一圈一圈……

她忙移开视线。

"我还是去屋子里吧。"她说道。

这都是小事，木香忙让小丫头们打水，和江铃扶着谢柔嘉走了出去。

水英站在水里看着离开的人，木木的小脸猛地向水里倒去，发出的响声让还没走出去的丫头吓了一跳，回头便见水英仰面浮在水面上，慢慢地轻松地滑动着，如同一片浮萍。

"倒成了她玩儿的地方了。"丫头们摇头说道。

夜色渐渐沉沉，院子里陷入了安静，温泉池上的夜明珠发出明亮的光芒，好似四个月亮。

"江铃，江铃。"

谢柔嘉掀起帘子小声地喊道。

昏昏的室内响起脚步声。

"怎么了？"披衣过来的木香不安地问道。

江铃在她身后举着灯，灯下照着谢柔嘉微微发白的脸。

"我，我的腿还是疼。"她迟疑了一下说道。

"我给小姐揉揉。"江铃说道，将灯放下来坐在床上。

"还是疼啊，找大夫来瞧瞧吧。"木香说道。

其实并不是腿疼，她是害怕，一闭眼就看到梦里的自己在水里无助地看着姐姐沉向水底。

"不用不用。"谢柔嘉忙说道，"江铃给我揉腿就好了，木香你快去睡吧。"

江铃也点头，木香这才将信将疑地举着灯退了出去。

"……这样好点了吗？"

江铃一边揉着一边问着。

身边有个人陪着就好多了，谢柔嘉趴着点点头，看着室内的夜色。

"……跳舞这么累啊？看起来很轻松呢……"

耳边回荡着江铃的话，谢柔嘉有一句没一句地答着，不知过了多久渐渐地闭上了眼睛。

看着睡着的谢柔嘉，江铃停下手，却没有离开，而是在床边坐下来仔细地看着谢柔嘉的脸，只要她的眉头一皱，就立刻伸手拍抚她的胳膊。

"小姐不怕，小姐不怕，江铃在呢。"她嘀嘀咕咕地说道。

谢柔嘉在枕头上挪了挪头，沉沉地睡去了。

第二日，木香还是请了大夫来，谢柔嘉跳舞跳得腿疼的消息还是传了出去。

"真是装腔作势的！"谢柔淑大声说道，一面抻拉自己的腿脚，"根本就没有多练，跟咱们一样，偏偏就她疼得要找大夫。"

"她也没说假话，本来就疼嘛。"谢柔惠说道，伸手捶自己的腿，

"我也疼得很呢。"

"惠惠，你不用护着她，她没用了，扶不起来的。"谢柔淑说道，"疼，谁都疼，我也疼，你们呢？"

她看着四周问道。

四周或坐或站的姐妹们闻言纷纷点头。

"疼啊。"

"我昨晚都没睡好。"

听着四周的话，谢柔淑得意地冲谢柔惠挑眉。

"就她大呼小叫闹得人人皆知。"她说道，"不想来就明说嘛……"

她的话音未落，就听到外边有人重重地咳了一声。

谢柔淑吓了一跳，抬头看着谢柔嘉走进来。

"我来了，你又要说什么？"她看着谢柔淑问道。

此时谢柔淑坐在地上，站着的谢柔嘉颇有几分居高临下的气势。

"是不是要说我又来这里装样子啊？"她接着说道，"装样子又怎么了？你就是装样子也装不出我这般好。"

谢柔淑涨红了脸就跳起来。

"谢柔嘉！"她喊道，却因为腿疼一个趔趄差点儿摔倒。

谢柔惠忙起身拉住谢柔嘉，那边谢柔清也扶住谢柔淑。

"好了好了，闹什么闹？"她没好气地喊道。

"她先找事的！"谢柔淑气道。

谢柔嘉被谢柔惠拉着没有再理会她。

"怎么又来了？不是让你休息吗？"谢柔惠一脸担忧地说道，"我也跟母亲说了，母亲同意了，不会怪你的。"

"没事。"谢柔嘉笑嘻嘻地说道，"大夫说了，越休息好得越慢，继续跳舞的话反而很快就不疼了。"

这样吗？四周的女孩子们都投过好奇的目光，还有人忍不住问出来。

"是啊，大夫这样说的。"谢柔嘉认真说道。

"那，要注意些什么吗？"有女孩子又问道。

"说跟日常一样就可以，不用刻意多练也不用因畏惧少练。"谢柔嘉笑道，"大夫还给了一些药，可以用来泡澡，说能缓解酸疼，等下了学你们让丫头们来我这里拿吧。"

从搬新居以来谢大夫人的态度大家都可以看出谢柔嘉受到的恩宠，特意为谢柔嘉开的药草，必定是名贵又极其管用的。

而且难得这个脾气不好的二小姐竟然如此大方，小姑娘们顿时都高兴起来，更多的人围了过来，才站稳的谢柔淑差点儿被人挤倒。

"干什么啊！"她气得喊道，看着那些人围着谢柔嘉询问甚至还有人道谢。

还给她道谢！

以前主动跟她说话就是对她不错了！

这些眼皮子浅的家伙！犯得着讨好她吗？就算是想要药草，给谢柔惠说一声不就好了！她谢柔嘉算什么东西啊！

谢柔淑气得再次跺脚，谢瑶和谢柔清则对视一眼，看着被小姑娘们不自觉挤到的站开的谢柔惠。

"惠惠，我们开始练习吧。"谢瑶笑着招手说道，"反正我们用不着药草。"

谢柔惠微微一笑，垂下视线越过这些姐妹走开了。

第四十二章

高 兴

舞蹈课结束，屋子里的姑娘们在地上东倒西歪叫苦连天。

"看起来这么美的舞，学起来竟然这么痛苦啊。"

"我现在真是怀念那老学究。"

"不学也可以啊。"谢柔淑说道。

这话一出，便引得其他女孩子翻白眼。

抱怨归抱怨，打脸就过分了。

"虽然苦，可是不白苦啊。"有人接过话说道，"苦是为了自己，学到手了就是自己的，先苦后甜嘛。"

这话说得就合适了，大家扭头看去，见一个女孩子站在一旁，正弯腰继续练习着动作，烧着地龙的屋子里暖意浓浓，她薄薄的衣衫贴在身上，额头上的汗水密密一层。

大家都休息的时候还不休息，这么用功自律，当然是谢柔惠了。

谢柔淑立刻不说话，其他的女孩子则纷纷笑着点头，还有几个站起来跟着她一起练习。

"惠惠说得对。"她们说道，"辛苦都是为了自己，不该抱怨。"

谢柔嘉嘻嘻笑了没有说话。

"好了，嘉嘉，今天就到这里吧，该回去了，也不能急于求成。"

有同样的声音说道。

女孩子们一愣忙扭头看去，便看到另一边一个坐在地上的一模一样的女孩子，谢瑶陪坐在她的身边。

认错了！

女孩子们顿时有些讪讪的。

怎么会犯这种错误呢？她们以前分不清的时候可不会提着名字喊。

"好。"谢柔嘉说道，停下练习，跑到谢柔惠身边。

谢柔惠站起来含笑给她擦了擦汗。

"你的腿还疼呢，小心点。"她说道。

谢柔嘉笑着点点头，姐姐最关心她了。

姐妹二人换了衣衫，携手走出学堂。

"明日休息，你们要做什么？"谢瑶在后问道，"去钓鱼还是来我家打牌？"

"我要在家睡一天。"谢柔淑说道，一面揉着自己的肩。

"打牌吧。"谢柔惠说道，摇了摇谢柔嘉的手，"可以歪着坐着，也不累。"

谢柔嘉点点头。

"对对，打牌好，输了还能受罚。"她眉飞色舞地说道。

谢柔淑嗤了声。

"还没说请你呢。"她嘀咕道。

谢柔清瞪她一眼，谢柔淑不敢再说话，自从被谢柔清打了一次后就更怕她了。

夜色蒙蒙的时候，谢柔惠从母亲的书房离开，她独居的院子里丫头们立刻忙碌起来。

"这是什么？"谢柔惠看着浴池里棕黑色的散发着浓浓药味的水，皱眉问道。

"这是能缓解酸疼的药草。"木叶含笑说道，"二小姐让人送来的。"

谢柔惠笑容淡淡。

"可是，我不酸疼。"她说道。

屋子里的丫头愣了一下。

"不管疼不疼，总是好的。"一个大丫头笑道。

谢柔惠转头看着她。

"可是，我不喜欢这味道。"她说道，微微蹙着眉头。

那丫头愣了一下。

"那换了换了。"木叶忽地说道，一面伸手搀扶谢柔惠，"小姐，您先再等一下。"

谢柔惠没有说话转身走出去了。

屋子里的丫头们还呆呆的。

"还发什么呆，快换了！"木叶低声喝道。

丫头们这才慌乱地忙碌起来。

"反正要等一会儿，不如去看看嘉嘉在做什么。"走出来的谢柔惠想到什么说道。

木叶笑着点头，亲自拿来披风。

"吃饭的时候，她还嚷着疼呢。"谢柔惠说道，系上披风向外走去，"看看她现在好点了没。"

四五个小丫头提灯前后拥簇。

"二小姐也太娇气了。"木叶笑道。

"不娇气了。"谢柔惠笑道，"再喊疼也没有缺课。"

"那就是为了喊疼而疼了。"木叶笑道。

前后的丫头们也都笑起来。

"二小姐还是那样调皮。"她们笑道。

说说笑笑弯弯绕绕，很快来到谢柔嘉的院子。

看到谢柔惠，打开门的丫头吓了一跳，忙要通禀，被谢柔惠拦住。

"我自己进去吧。"她说道，"嘉嘉在做什么？睡了吗？"

"没有，二小姐在练舞呢。"丫头说道。

练舞？

谢柔惠脚步一顿。

屋子里谢柔嘉手一松有些狼狈地翻滚了过去，坐在地上看着的江铃哈哈大笑。

"小姐，跳得好难看。"她笑道。

木香呸了她一声。

"你懂什么！"她说道。

谢柔嘉坐在地上也在笑。

"江铃懂，先生说了，舞就是这样，好看就是好看，不好看就是不好看，就是一眼看到的感觉。"她说道，"我没翻好，先生翻得可好看了。"

说到这里她又嘀咕一句："这个原来就没学好。"

"原来？小姐原来学过吗？"江铃问道。

梦里自然学过，虽然母亲没让她出席十三岁的三月三祭祀，但之前她还是学了很久，只是学了之后也没用过。

那时候这个动作她就没学好。

谢柔嘉摇摇头，手撑地站起来。

"来，我再来一遍。"她说道。

谢柔惠从窗前收回视线。

"小姐……"木叶低声说道。

谢柔惠却冲她摆摆手，转身蹑手蹑脚地向外走去。

"别打扰她了，让她好好练吧。"谢柔惠低声含笑说道。

木叶应声是，对院子里的丫头们做了个叮嘱别出声的眼神，又看了一眼谢柔嘉的屋子，小姑娘舒展的身影投在窗上更显得修长而柔美。

几个动作做完，谢柔嘉躺在地上不动了。

"好了好了，今天就到这里吧。"木香说道，"这比读书还要辛苦呢。"

"能辛苦真好。"谢柔嘉躺在地上笑道。

江铃笑着去搀扶她，外边有丫头进来。

"小姐，水英问今晚学游水不？"她问道。

游水啊……

谢柔嘉的身子僵了僵。

"今天太累了，要不明天吧。"她说道。

这种事根本就不需要询问别人意见，丫头应声是退了出去。

"药草煮好了，快去泡一泡。"江铃说道。

谢柔嘉点点头高高兴兴地进屋子里去了。

站在温泉廊里的水英看着走来的丫头。

"水英啊，你下去歇着吧，小姐今天不游。"她说道。

水英看着那边的屋子绷紧了脸。

第二日谢柔淑早早地就来到了谢瑶家。

"今天怎么换了丫头了？"谢瑶笑道，看着谢柔淑身边的面生的丫头。

谢柔淑带着几分小得意。

昨日她回到家憋足了劲，挑了最擅长打牌的丫头，到时候让这丫头站在后边指点着，非要让那谢柔嘉输惨了不可。

"我母亲新给我的。"她说道。

谢瑶笑了笑没有再问，外边丫头进来说谢柔惠和谢柔清来了。

"谢柔嘉呢？"谢柔淑看着外边，确认谢柔惠和谢柔清进来后没人再进来。

谢柔惠一边解下披风一面笑了笑。

"她不来了，去陪老夫人了。"她说道。

什么？

"她怎么这样？没说请她她说来，说要来又不来。"谢柔淑气道，"她真是目中无人啊！"

谢瑶笑了，吩咐丫头们摆桌子准备打牌。

"那又怎么样？"她说道。

还真不能把她怎么样！这真是让人气闷。

谢柔淑气呼呼地坐下来，转念又有些欢喜，反正不管怎么样，今天也能赢一把了。

"还有。"谢瑶抬手指了指站在谢柔淑身后的丫头，"你去帮忙捣些药茶来。"

谢柔淑啊了声。

"我哥哥新给我的，喝了皮肤特别好。"谢瑶却已经不理会她了，对谢柔清和谢柔惠笑嘻嘻说道。

谢柔惠和谢柔清笑着点头，见谢柔惠都点头了，谢柔淑也不敢说什么，只得让那丫头去了，自己蔫蔫地开始打牌。

而此时在谢老夫人屋子里，谢柔嘉也正玩牌。

"祖母祖母，放下放下。"她喊道，伸手抓着谢老夫人要收回的手。

"我看错了，换一张不行啊？"谢老夫人说道。

"不行，不行。"谢老太爷说道，眯着眼看自己手里的牌，"快放下，快放下。"

谢老夫人不情不愿地放下来。

"我赢了我赢了。"谢老太爷喊道。

旁边的丫头们忙凑过去看他的牌，高兴地附和。

谢老夫人嗤了声将牌扔下。

"不就是几个钱，瞧你那样。"她说道。

"钱跟钱可不一样。"谢老太爷笑道，指着丫头们去数钱。

丫头们笑成一片。

"你这丫头，为什么不跟你姐姐去西府那边玩打牌去？"谢老夫人问道。

"她们不喜欢我，我也不喜欢她们，我干吗要让自己不高兴啊！"谢柔嘉说道，整理着自己手里的牌。

"说得好像我这里多喜欢你似的。"谢老夫人哼声说道。

谢柔嘉笑嘻嘻地没理会，一面看手里的牌，一面想到什么。

"祖母，您可是输了三次了。"她说道，扭头看一旁的丫头，"今天和明天老夫人的酒就停了。"

丫头已经摸准了老夫人的脾气，闻言也不看谢老夫人，笑着屈膝应声是。

谢老夫人将手里的牌扔在桌子上。

"真是的，我干吗要让自己不高兴啊！"她瞪眼说道，"你走，走。"

谢柔嘉和谢老太爷没理会她的话，同时都高兴地探头去看老夫人扔在桌子上的牌。

"哦，这次该我赢了。"谢柔嘉笑道。

"怎么会，肯定是我赢了。"谢老太爷笑道，一面看自己的牌。

谢老夫人又急慌慌地将牌拿起来。

"这局不算，不算。"她说道。

屋子里笑声一片，江铃却从一旁溜了出去，院子里一个小丫头正怯怯地等着。

"门上的小雀儿说，邵家少爷来了。"她低声说道。

"现在在哪儿？"江铃问道。

"在二老爷家。"小丫头低声说道。

江铃解下钱袋扔给她，小丫头欢喜地抓着钱袋道声谢跑了。

谢柔嘉侧耳听江铃说了话，手里的动作一停。

"他来了？"她说道，看着江铃。

江铃点点头。

谢老夫人和谢老太爷也看过来。

"你去带他到院子里，等着我。"谢柔嘉说道，一面继续看手里的牌，"等我赢够祖母三天的酒就回去。"

谢老夫人哈的一声笑了。

"那你这丫头还是回去告诉那人，别等了，一个月后再来吧。"她说道。

屋子里的人又哄地笑起来，江铃也笑着退了出去，噔噔噔地向二老爷的院子跑去，迎面就见两个丫头带着一个少年人慢悠悠地走来，正是邵铭清。

"表少爷。"江铃忙喊道。

邵铭清笑了。

"好了，你们不用送我了，正巧遇到这丫头了。"他对那两个丫头说道，又看着江铃，"你们小姐在不在？"

江铃也高兴地笑了。

"在，我们小姐就是让我来请表少爷的。"她说道。

邵铭清笑着点点头。

迈进谢柔嘉的院子，邵铭清四下打量。

"住进来有了人气，跟之前又不太一样了。"他含笑说道。

江铃笑着应声是。

"少爷。"她说道，"您在这里随便看一看，二小姐在老夫人那里，一会儿就回来了。"

邵铭清笑着点头，果然四下慢慢地转着看起来。

"你们两个守着门。"江铃叫过两个小丫头低声吩咐，"别让他跑出去。"

这叫什么事!

两个小丫头瞪大眼,但鉴于江铃在二小姐身边的地位,她们听话地点点头,乖乖地去门边一左一右地站着,江铃这才心满意足地去跟着邵铭清。

看了前院后院,江铃引着邵铭清在廊下坐。

廊下摆着一把美人摇椅,铺着牡丹锦绣垫子,旁边挂着一溜的鸟笼,初冬的日光下安静又温暖。

邵铭清撩衣坐在摇椅上。

"少爷喝什么茶?"江铃问道。

"你家小姐常喝的就行。"邵铭清说道。

江铃应声是转身去煮茶,邵铭清就坐在摇椅上,先是对着笼子里的鸟吹了几声口哨,觉得日光照得刺眼便闭上了眼,椅子摇摇晃晃的。江铃端着茶过来发现邵铭清竟然睡着了。

丫头们面面相觑。

"睡着了更好,也不用费心看着。"江铃说道,让小丫头们取了毯子来给邵铭清搭上,自己则也在一旁坐下。

谢柔嘉从谢老夫人那里心满意足地回来迈进门就看到了这一幕。

廊下一个少年躺在美人摇椅上,身上盖着花织毯,闭目睡得安稳,嘴角还挂着一丝笑,另一边丫头江铃坐在蒲团上一下一下地打着瞌睡,廊上笼子里的鸟儿也都似乎睡着了悄然无声。

他倒也睡得着!也不看看这是什么地方!

谢柔嘉吐出一口气,思忖再三没有让人惊动。

"让他睡吧,反正我也没话跟他说。"她低声说道,抬脚向屋内去了。

木香有些无奈地摇摇头。

"不知道表少爷今日还走不走?"

在屋子里,木香问道,看着谢柔嘉解下外衣,只穿着家常衣。

"晚上留表少爷吃饭吗?"

谢柔嘉撇撇嘴。

"他家离这里又不远。"她说道。

木香笑而不语。

"小姐，水英要见您。"小丫头进来低声说道。

水英？

谢柔嘉哦了声，是不是想要见见她的少爷啊？她便抬脚穿过后门来到温泉廊。

水英就住在温泉廊旁边的耳房，看到谢柔嘉她忙跟过来。

"你要见你家少爷吧？去见吧，没事的。"谢柔嘉说道，蹲下来用手撩温泉水。

"我要跟少爷回去。"水英说道。

谢柔嘉愣了一下回头看她，这才看到水英怀里抱着一个小包袱，就跟她来的那日一样。

"你胡说什么？"木香嗔怪道。

水英小脸绷紧。

"你骗人。"她说道，看着谢柔嘉，"你根本就不想学。"

谢柔嘉愕然。

"我没有，我真想学的。"她说道。

水英看着她。

"你骗人。"她依旧说道，"你害怕水，你根本不会学的。"

怕水……

谢柔嘉猛地站起来。

"我没有！"她说道。

水英看着她，猛地抬脚冲过来，伸手将谢柔嘉一推。

伴着一声尖叫，水声扑通，谢柔嘉跌入水中。

这一切发生得迅雷不及掩耳，等木香回过神，谢柔嘉已经在水里惊叫扑腾。

温泉廊里尖叫声划破了天际。

邵铭清猛地睁开眼，还有些分不清眼前身在何处，人已经跃起循声向温泉这边奔来。掉下的毯子落在江铃身上，同样被惊醒的江铃陡然被罩住吓得也是几声尖叫。

邵铭清冲进了温泉池，就看到几个丫头坐在地上哭叫，三个人在水里扑腾，一个是水英，一个是丫头木香，而另一个则是谢柔嘉。

水，水，到处都是水，谢柔嘉觉得自己不断地下沉，她胡乱地挥着手，脸上不知道是水还是眼泪。

姐姐，姐姐。

她哭着喊着，张开口就有水灌进来，声音被呛了回去。

她睁不开眼，不能呼吸。

姐姐，拉住姐姐啊，不能让姐姐沉下去。

她用力地伸手，想要握住什么，却始终徒劳，忽地有一只手握住了她的手腕。

抓住了！抓住了！

她立刻将另一只手伸过去，死死地抓住这只手。

"不能松开，不能松开。"她哭着喊道。

"不松开，不松开，别怕，别怕，我不松开。"有声音在耳边大声说道。

江铃冲进来，看到木香被水英扶住立在水里，而浑身湿透的小姐死死地抱着邵铭清的手，就像一只落水的猫，被他从水里拎出来。

第四十三章

不 怕

谢柔淑一溜小跑，在她身后是谢瑶拉着谢柔惠。

"你别急，别急，肯定没事的。"谢瑶说道。

谢柔惠一边跑一边哭，迈进了谢柔嘉的院子，脚步踉跄差点儿被门槛绊倒，一旁的丫头们惶惶地搀扶。

"大小姐，大小姐快别哭了，二小姐没事。"她们忙说道。

谢柔惠不理会她们哭着向屋内而去。

"我就该拉她一起来。"她一面大声哭道，"不，不，她说不来玩儿，我就该留在家陪她玩儿。"

一心要看热闹的谢柔淑第一个冲进了屋内。

屋子里只有谢老夫人夫妇还有谢大夫人，谢大老爷出门没在家。

一个大夫正在给她们回话。

"……嗓子呛到了，可能会哑几天。"他说道。

谢柔淑闯进来打断了他的话，屋子里的人都看过来，三人的神情都有些阴沉，谢柔淑吓得站住不敢动了，还好谢柔惠随后进来了。

"嘉嘉怎么样了？嘉嘉怎么样？"她哭道。

屋子里的气氛便活络起来。

"没事，跌到水里吓了一吓。"谢大夫人说道。

谢柔惠哭着向屋内而去，谢柔淑和谢瑶忙跟着。

谢柔嘉穿着家常衣坐在床上，两个丫头正给她擦头发，江铃和木香一个捧蜜饯一个端着药。

谢柔淑看到她发白的脸，又是激动又是紧张。

肯定吓坏了吧？该，让她挖什么温泉池，挂什么夜明珠！贪心，老天爷是要给报应的！

"嘉嘉。"谢柔惠哭着过去，拉住了谢柔嘉的手。

谢柔嘉激灵一下，看着谢柔惠。

"姐姐。"她喊道，握住谢柔惠的手。

声音有些沙哑。

"都怪我。"谢柔惠哭道，"我不应该让你一个人玩儿。"

谢柔嘉伸手抱住她。

"姐姐，都怪我，都怪我。"她哭道，"我当时是害怕了，我是害怕了。"

当时姐姐跌进河水里，她本该立刻伸手拉住的，可是她当时害怕没有上前，反而后退了一步，就是这一步，让她失去了救起姐姐的机会，等她再伸手已经拉不住姐姐了。

谢柔嘉放声大哭。

她不该啊，不该害怕啊。

屋子里的哭声让外边的人都涌进来。

"嗓子呛到了，快别哭了，坏了嗓子可就糟了。"谢老夫人说道。

闻听此言，谢柔惠忙忍住眼泪。

"快别哭，快别哭。"她劝道。

哄了好一会儿，谢柔嘉才停下来，木香忙喂药。

"吃了药养得好好的。"她说道。

是，养得好好的，她一定要好好的，谢柔嘉接过药碗咕咚咕咚一口气喝了。

"蜜饯。"江铃忙捧上蜜饯。

大夫说吃药还是少用蜜饯，影响药效，谢柔嘉手一摆，不用。

看着她这么听话，屋子里的人反而不知道该说什么了。

"到底怎么回事？"谢柔惠擦泪问道。

谢大夫人看向谢柔嘉。

"是啊，到底怎么回事？"她问道。

她得到消息赶来，院子里丫头们乱成一团，看到谢柔嘉湿淋淋的紧紧抓住邵铭清的样子，显然是从水里刚出来，虽然不知道具体经过，但结果显而易见，谢大夫人二话不说就要把这院子里的丫头们都拿下，抱着邵铭清的手怎么拉都拉不开的谢柔嘉却哭着不让，问她怎么回事又哭得上气不接下气说不出来。

"别刺激到她，等会儿再说这些下人的事。"谢老夫人说道。

所以接下来就是忙着让大夫来，哄劝安抚谢柔嘉松开了邵铭清，擦洗换了衣裳，到现在也才刚开口问发生了什么事。

听到大夫人问出这话，忙着给谢柔嘉擦头发的江铃似乎根本就没听到，神情也没有变化，木香的脸更白了几分，身子颤颤的。

虽然她现在脑子蒙蒙的，甚至已经记不起事发那一瞬间的情况，但其实心里还是明白是怎么回事的。

是那个叫水英的丫头把小姐推下水的。

以往小姐们自己不小心受了伤，跟着的丫头还要被罚，更何况这种伤主子的丫头，那是死罪难逃的。

上次的杖刑才好了，这一次估计她后半辈子就下不了床了。

木香低下头，想哭却又不敢哭，脑子里一片空白，眼底一片绝望。

谢柔嘉抬手擦了擦眼泪。

"我不小心在水里滑倒了。"她说道，"呛了几口，就慌了，吓坏了，结果更站不住了。"

此言一出，木香有些不可置信地抬起头，她听错了吧？

谢大夫人却是一副早就料到的神情。

"就知道是你自己胡闹。"她说道，"学什么游水。"

谢柔嘉低着头不说话。

"也是她笨。"谢老夫人哼声说道，用手比画一下，"才没过腰的水也能吓成这样！"

"看你以后还玩不玩。"谢大夫人说道，转过头，"当差的……"

"当差的江铃木香，还有水英都是有功的。"谢柔嘉抢过话头大声说道。

谢大夫人愣了一下。

有功？

"要不是她们及时拉住我，我就真呛死了。"谢柔嘉说道，看向木香，"木香都不会游水，还跳下来，自己差点儿也淹到。"

木香的眼泪如雨而落。

"是奴婢没看好小姐。"她叩头说道，"奴婢死不足惜。"

"这次二小姐万幸没事，每个人罚一个月例银，以儆效尤。"谢大夫人说道，自然看出谢柔嘉有心维护这些丫头，她也不想女儿再受刺激。

屋子里的丫头们都忙跪下叩头道谢，谢了大夫人又谢二小姐。

此时听到消息的西府东府的女眷们也都过来了，谢大夫人怕吵到谢柔嘉，便带着人散去了。

坐在哥哥院子里听到这边传来消息的谢柔清松了口气，紧握的手放了下来。

一旁的邵铭清笑着冲她施礼。

"干什么？"谢柔清说道。

"吓到妹妹了，给妹妹赔罪。"邵铭清说道。

谢柔清又好气又好笑。

"哥。"她沉默一刻说道，"吓到的是你才对。"

邵铭清哈哈笑了。

"没有没有，真没吓到我。"他说道。

正说着话，谢柔淑和谢瑶也过来了。

"表哥，你怎么这么倒霉啊。"谢柔淑说道，伸手拍着心口，"不过是到她那里坐了坐，就遇到这事。"

"你以后不用讨好她去，来了直接找我。"谢柔清也闷声说道。

邵铭清只是笑没有说话。

"这也不算倒霉啊。"谢瑶笑道，"这次多亏了表哥才及时地救起了嘉嘉，大夫人说要好好谢谢表哥呢。"

"谁知道呢，嘉嘉那脾气，说不定还要埋怨表哥看到她的狼狈而记恨表哥呢。"谢柔淑哼声说道。

"是大夫人说了表哥有功，表哥就有功。"谢瑶笑道，"还有，表哥今日不走了吧，大小姐说了要谢谢表哥，晚上特意为表哥摆宴席。"

邵铭清笑着施礼。

"不巧，我今日须得回家去。"他说道。

听闻此言谢瑶三人都愣了一下，下意识地看了看天色。

现在走的话到家就晚了，以往邵家的人来留宿是很常见的。

"住一晚也没什么吧？"谢柔清说道。

邵铭清却坚持地摇头。

"我跟母亲说了会回去的。"他说道。

听他提到舅母，谢柔清便不再坚持了，亲自送邵铭清出去。

"真是不知趣。"谢柔淑不高兴地说道，"他没听到是大小姐要请他吗？他母亲，他母亲知道如果是大小姐留他，也会高兴地让他留下来的。"

谢瑶看着远去的邵铭清若有所思。

"真是无趣。"她也说道，撇撇嘴。

快要走到二门口时谢柔清停下脚。

"表哥。"她闷声说道，"你不用怕她们姐妹生嫌隙而去故意讨好谢柔嘉的。"

邵铭清回头笑了。

"我没有啊。"他说道。

谢柔清看着他。

"哥哥你也知道，只要让大小姐高兴就可以了。"她说道。

邵铭清点点头，笑着应声"是啊"。

谢柔清没有笑，盯着他。

"那你为什么故意避开大小姐呢？"她问道。

"我没有啊。"邵铭清一脸惊讶地说道，"我有吗？"

又笑。

"妹妹想多了，我真是要赶回去的。"

谢柔清将信将疑。

"母亲这几日犯了旧疾，我和姐姐们商量好了要给母亲抄一卷经书去供上，不能耽搁的。"邵铭清正容说道。

邵铭清虽然学习不好，但写得一手好字，尤其是抄经的字最好，舅母也的确喜欢让他抄经。而舅母喜欢的事，邵铭清自然不能推辞。

谢柔清这才信了。

"不过，表哥你真不该送给谢柔嘉丫头。"她又叹口气说道，"她本就看你不顺眼，有你的丫头在她手里，指不定想出什么法子作践，然后怪罪到你身上。"

"她不会的。"邵铭清哈哈笑道。

辞别谢柔清，翻身上马奔出谢家大门，日光已经西斜。

"少爷，您为什么真要赶回去？经书您已经快要抄完了。"小厮不解地问道，在"真"字上加重语气，"赶夜路多辛苦。"

"因为我喜欢啊，我喜欢，就是真的要赶回去。"邵铭清说道，也在"真"字上加重语气。

这个少爷也是任性，小厮摇摇头不再问了，将手里的马鞭扔给邵铭清，邵铭清伸手接住，倒吸了口凉气。

小厮吓了一跳，以为打到了邵铭清忙询问。

邵铭清掀起衣袖，露出手腕上几道抓痕，渗出血丝。

"少爷！"小厮吓得喊道，"这是怎么弄伤的？"

"被那小丫头抓的。"邵铭清笑道，带着笑看着伤口，似乎在观赏什么精美器物般开心。

小厮也知道谢二小姐差点儿溺水是少爷及时救起来的，但真不知道少爷竟然还受了伤。

溺水的人力气大，且拼命抓挠，伤人是很常见的。

"怎么没让大夫瞧瞧？"小厮心疼地说道，"这种伤口最疼了，别再留下疤。"

说到疤，小厮不由看邵铭清的脸，夕阳的余晖下，紧挨着鬓角的地方，比肤色略深的一道疤痕还是很清楚的。

少爷真是倒霉，这才见了这谢家二小姐几次，就落得一身疤了。

"留就留喽，有什么打紧？"邵铭清笑道，浑不在意地垂下衣袖，一甩马鞭，马儿疾驰混入街上的人潮中远去了。

夜色渐渐蒙上谢家的大宅，白日的风波已经沉寂，一切又恢复了安静。

水英已经在温泉廊外跪了好久了，木香看着她。

"其实，我也没想到你能逃过这一劫。"她叹口气说道，旋即又竖眉，"不过这是小姐宅心仁厚，不是你不该罚。"

水英只是跪着不动，任凭木香训斥，自始至终都没有说一句话，也没有求饶哭泣。

木香觉得这个丫头真的不能留了，思忖间有脚步声传来，木香忙停下说话，带着几分警惕地转过身。

"谁？"她问道。

既然谢柔嘉说她们这些丫头有功，那当时发生的真实情况就不能让别人知道。

"木香姐姐。"江铃说道。

木香松口气，待看到江铃扶着谢柔嘉走过来，又紧张起来。

"二小姐，您怎么出来了？"她忙过去扶住问道。

谢柔嘉高高绾起了头发，穿着贴身的里衣，下午睡了一觉，此时在灯笼和夜明珠的照耀下脸色好了很多。

谢柔嘉没说话，径直走到温泉池边。

"小姐。"木香忙跟过去伸手拉住她。

一朝被蛇咬，她真是害怕了，甚至想劝着小姐把这池子填了。

谢柔嘉却坐下来将脚伸进温泉里，在木香还没反应过来的时候人也随之站了进去，木香吓得叫了声。

谢柔嘉冲她做个别担心的眼神，慢慢地在水里转了身，看向一旁还跪着的水英。

"你看，我不怕了。"她说道，微微一笑，"你现在能教我了吗？"

第四十四章
追 问

一阵寒风吹过，树上蔫蔫的叶子唰啦啦响，廊下的丫头看着一群人从门外涌进来，其中一个女孩子裹在大红织金斗篷里，只露出一双明亮的大眼睛。

"二小姐来了。"丫头们齐声说道，有人迎接施礼，有人打起了厚重的门帘，院子里一阵热闹。

屋子里暖意如春，谢柔嘉松开了裹紧斗篷的手，露出其内的桃红小袄银白裙子。

"母亲吃饭了没？"她问道。

谢大夫人放下手里的书。

"你又起晚了没吃饭？"她皱眉说道。

谢柔嘉还没说话，谢柔惠冲她招手。

"母亲吃过了，我还没吃。"她说道，又让木叶去传饭。

谢柔嘉高高兴兴地坐在了谢柔惠身边。

"你早早起来不是为了练舞而不来吃早饭，是为了等这睡懒觉的人吧？"谢大夫人对谢柔惠说道。

"没有，真是练舞。"谢柔惠笑道，"难道我没练吗？丫头们都看到了呢，我可没有骗母亲。"

"是啊，小姐真练舞了。"木叶笑道。

谢大夫人只是笑没有再说话，丫头们鱼贯而入，早饭显然是已经备好了。

谢柔嘉一面拿起筷子，一面感叹。

"冬天真是冷啊，竟然比北边的冬天还要冷。"她说道。

"北边？"谢柔惠转头看她，"咱们这里比北边还要冷？"

谢柔嘉点点头，停下手里的筷子。

她刚嫁到镇北王府的时候就是冬天，长途跋涉外加思念故土，看着外边大雪茫茫一片，以为自己一下车就会被冻死，没想到并没有她想象的那样冷，她还亲手抓起了一团雪，比起刺骨的河水，凝聚成团的雪捧在手里反而似乎有些暖意。

又或者是她的人和心因为不见天日常年感受的都是阴冷，所以才会有这样的错觉吧。

"你怎么知道北边的冬天冷不冷？"谢柔惠的声音在耳边响起，"你又没去过。"

谢柔嘉回过神嘻嘻笑了。

"我听五叔叔说的。"她说道。

谢柔惠哦了声。

"听别人说到底不如自己看得真切。"她说道，"等将来咱们亲自去看。"

"不。"谢柔嘉脱口喊道。

这突然拔高的声音让大家都愣住了，谢大夫人也皱眉看过来。

"我不想出去，我就想在家待着，哪里都不去。"谢柔嘉忙接着说道。

谢柔惠笑了。

"又不是现在就去。"她笑道。

"以后也不出去。"谢柔嘉说道，"我一辈子也不要离开爹娘姐姐，不离开家。"

小孩子们都爱说这种话，谢大夫人摇摇头。

"吃饭，有什么话吃完再说。"她说道，敲了敲桌面。

谢柔嘉冲谢柔惠嘻嘻一笑不再说话低头吃饭。

因为天气冷，女孩子们的上课时间推后了很多，谢柔惠和谢柔嘉携手来到学堂时，屋子里已经有鼓声此起彼伏。

谢柔淑坐在地上将面前的小鼓推开了，看着双手叹口气。

"都糙了。"她说道，"学这个干什么啊？"

"学这个为了掌握节奏。"谢瑶说道，看到进来的谢柔惠和谢柔嘉忙摆手。

两个小姑娘都看过来，其中一个冲她笑了笑，却没有走过来。

自从谢柔嘉那次溺水之后，谢柔惠就自责没陪着谢柔嘉，所以现在除了跟大夫人学功课外，和谢柔嘉形影不离。

"那么高的水池。"谢柔淑说道，伸手比画一下，"就吓死了？真是笑死人。"

谢柔嘉溺水的事已经成了谢柔淑时刻挂在嘴边的笑谈。

"也不知道她还能做什么。"她撇撇嘴说道。

话音刚落，学堂里就响起一连串鼓声，节奏明快有力，所有人都循声看去。

那女孩子坐在地上神情轻松地拍打着小鼓，因为室内温暖，大家都只穿着家常衣衫，为了方便打鼓，袖子都被束起来，露出白玉般的手臂。

白色的手臂，黑色的小鼓，红色的衣衫，在众人的眼里形成了明亮的画面。

"惠惠真厉害。"谢柔淑带着几分艳羡喃喃说道。

鼓声却在这时乱了，屋子里响起女孩子们的可惜声。

"姐姐，我这里还是打不好。"谢柔嘉笑道，看着一旁的谢柔惠。

什么？又认错了？

谢柔淑愣了一下，视线移动，这才看到另一边坐着的一模一样的女孩子。

谢柔惠微微一笑，伸手拿过谢柔嘉的小鼓，轻快流畅的鼓声倾泻而出。

"这才是惠惠打的鼓呢，我说刚才怎么听起来不太对味。"谢柔淑忙说道。

谢瑶看也没看她一眼。

"那你也认错了。"她说道。

谢柔淑脸红了一下。

"别说四妹妹了，我适才都认错了。"谢柔清走过来坐下，看着那边打鼓的谢柔惠，视线最终落在谢柔嘉身上。

她看着谢柔嘉，而谢柔嘉的视线则黏在谢柔惠身上，专注认真，似乎除了姐姐四周的一切都视而不见。

"越来越亮眼了啊。"谢柔清说道。

谢柔淑忙跟着点头。

"对对，惠惠越来越好看了。"她说道。

谢柔清没有说话，视线依旧看着谢柔嘉。

一阵杂乱的脚步声后十几个下等丫头抬着几面大鼓进来了，屋子里的女孩子们顿时热闹起来。

这就是祭祀上会用到的大鼓，竖立在祭台四周，到时候除了祭台上的谢大小姐，擂鼓的姑娘们就是最亮眼的。

大家纷纷让开地方，看着粗使丫头们在屋子里摆放，谢柔淑趁机站到谢柔惠身边跟她讨好地说话，谢柔嘉走开几步，打量这些鼓。

鼓不是新制的，其上雕绘着谢家的徽记，她忍不住伸手摸了摸。

"小心，别砸到脚。"有人说道。

谢柔嘉后退一步，看着身旁说话的人。

这是一个十四五岁的粗使丫头，见谢柔嘉看过来，她低头施礼。

"二小姐。"她说道，"架子还没搭好，还不稳。"

谢柔嘉哦了声再让开一步，又察觉什么，看向这丫头。

"你能认出我是二小姐？"她问道。

屋子里这些天天在一起学习的姐妹们还不一定能一眼就认出她，这个第一次见的粗使丫头怎么就认出来了？

或者不是第一次见？

谢柔嘉看着这丫头，这丫头也抬起头看她。

"二小姐忘了奴婢了。"她说道，又忙低下头，"奴婢是槐叶。"

槐叶！

谢柔嘉恍然。

"你是袁妈妈的女儿。"她说道，惊喜地上前一步。

"嘉嘉。"

身后传来谢柔惠的声音，谢柔嘉忙转过头。

"姐姐，是槐叶。"她高兴地对谢柔惠招手。

谢柔惠有些怔怔的。

"谁？"她问道，一面抬脚走过来。

"是袁妈妈的女儿。"谢柔嘉说道。

袁妈妈是谢柔惠的奶妈，因为她们姐妹从小一起长大，所以跟谢柔嘉也很亲近，可惜袁妈妈在谢柔惠十岁的时候，夜晚吃醉酒不小心跌落湖水里淹死了。

谢柔惠为此还大病一场，谢柔嘉想起来自己当时也跟着哭了好几天。

谢柔惠的脚步一顿，旋即又加快脚步走了过来，看着槐叶。

"槐叶？"她说道，眉间几分惊讶，"你怎么在这里？"

槐叶原本也是谢柔惠身边的丫头，只是因为袁妈妈死后，谢柔惠情绪不稳，见到槐叶就哭，谢大夫人无奈只得将槐叶送去别的地方，转眼快要两年了，竟然在这里见了。

"是啊，我还以为母亲把你送出去了呢，原来你还在家里啊。"谢柔嘉高兴地说道。

槐叶此时却有些惶惶的。

"奴婢在库房，今天人手不够，所以才来帮忙的。"她说道，一面施礼，"奴婢这就出去了。"

她说罢竟然转身就向外跑去。

谢柔嘉愕然。

"槐叶。"她喊道抬脚要跟上。

教授打鼓的女先生此时进来了。

"都站好，三人一面鼓。"女先生说道。

谢柔嘉只得停下脚，看着槐叶跌跌撞撞地跑出去了。

"她一定是怕姐姐你想到袁妈妈伤心。"她对谢柔惠说道。

谢柔惠挤出一丝笑。

"她和你说什么了？"她问道。

"什么也没说啊。"谢柔嘉说道。

"什么也没说吗？"谢柔惠再次问道。

"没有，她就认出我了，跟我打招呼，我都没认出她，然后就叫姐姐你。"谢柔嘉说道，"姐姐，槐叶竟然做了粗使丫头啊，要不我们把她……"

谢柔惠却拉着她的手，打断了她的话。

"她认出你了？"她问道，"认出你什么？"

"没什么啊，就是她认出我是二小姐嘛。"谢柔嘉笑道，想要握住姐姐的手，却发现姐姐力气很大，竟然没抽回手来。

"她……"谢柔惠惊讶地说道。

话没说完，那边的先生敲了下鼓，咚的一声打断了她们。

"上课了，不许说话。"她喝道。

谢柔惠回过神忙松开谢柔嘉，冲先生歉意地施礼，谢柔嘉也忙站好。

"总是拖累惠惠挨训。"谢柔淑在后撇撇嘴嘀咕道。

冬日里有些萧条的院子里不断地响起鼓声。

"小姐。"江铃从门外探进头，"邵家少爷来了。"

谢柔嘉懒洋洋地哦了声，手下不停。

"让他进来吧。"她说道。

邵铭清走进来，看到那女孩子依旧坐着打鼓，眼皮都没抬一下，他也没有说话，径直走到窗边。

"在姑父那边吃了一些烤肉，有些渴了，泡些解腻的茶来。"他说道。

一旁的丫头应声是。前几次这个少爷在屋子里指使丫头的时候，丫头们还会看一眼谢柔嘉等她的指使，现在大家已经不再看谢柔嘉了，施礼应声依言而去。

"表少爷昨日来的吗？"木香问道。

"不，早上刚到。"邵铭清说道，在几案前坐下，随手抽出一卷书。

原本想找话说的木香便不言语了，丫头们捧茶进来，木香亲自给他斟茶便退到了一边。

屋子里谢柔嘉认真地打鼓，似乎根本就没看到有客人在，而客人则坐在几案前，喝着茶看着书，既不感到受了冷落也没有被鼓声吵到。

真是难以理解他们这算是什么。

木香摇摇头。

一盏茶之后，屋子里的二人还是没有交谈，门外有丫头跑进来。

"大小姐来了。"

谢柔嘉立刻放下手里的鼓，邵铭清也放下手里的书站起来。

"那我就告辞了。"他说道。

谢柔嘉哦了声，高兴地迎接迈进门的谢柔惠。

看到邵铭清在这里，谢柔惠有些惊讶。

"表哥来了。"她说道。

"是，替我父亲跑腿。"邵铭清笑道，对谢柔惠施礼。

"正好我们今日没课，表哥留下来一起吃饭吧。"谢柔惠笑道。

邵铭清施礼。

"多谢妹妹，只是我该告辞了，今日还要赶回去。"他说道。

谢柔惠哦了声点头笑了笑。

"那下次吧。"她说道。

邵铭清再次施礼告辞走了出去，谢柔嘉绞着垂下的小辫子站在廊下相送，见邵铭清回头冲她笑着摆摆手。

谁想送你！谢柔嘉嗖地转过身，看着谢柔惠。

"姐姐，你跟母亲学完了？累不累？你晚饭想吃什么？"她一迭声地问道。

谢柔惠笑着拉下她的绞着辫子的手。

"我还怕你闷，原来有表哥在。"她说道。

他在不在，我都不闷，不过这话不能说，要宽慰姐姐，不让姐姐为自己担心。

"是，我跟表哥玩得很好，姐姐别记挂我。"谢柔嘉仰起笑脸说道。

谢柔惠抚了抚她的肩头。

"嘉嘉。"她挽住谢柔嘉的手，一面转身向屋内走去，一面想到什么问道，"那天，槐叶还和你说了什么？"

第四十五章

有 心

槐叶？

谢柔嘉愣了一下，已经过去两天了，姐姐又问这个。

"没了，就说了那几句话。"她说道，有些不解地看着谢柔惠，"姐姐，你有事吗？"

谢柔惠叹口气摇摇头，挽着她迈进屋子。

"我没想到槐叶竟然去库房做事了。"她说道，"我原以为母亲让她去外院做事了。"

当时母亲有没有这样安排，谢柔嘉已经想不起来了，毕竟她有了梦里十年的记忆，大家看起来一年前的事，对她来说就是十一年前，十一年前发生的事她几乎已经记不起来了。

不过依槐叶的身份，如果去外院做个管事丫头，自然比内院库房要好得多，虽然都是丫头，但外院迎来送往将来能混个管事娘子，而内院库房可就泯然众人，看她那日被使唤来送鼓，无疑就被当作粗使丫头了。

姐姐和她不一样，她是吃奶妈的奶长大的，而姐姐则是吃母亲的奶，尽管如此，奶妈也是陪伴姐姐最多的人之一，姐姐和奶妈一向很亲，不然奶妈去世姐姐伤心成那样？看着奶妈唯一留下的女儿沦为粗使丫头，姐姐心里一定很难过。

"那跟母亲说，让槐叶回来好了。"谢柔嘉说道。

谢柔惠点点头。

"我也正是这样想的，可是又怕她怪我。"她说道，蹙起眉头叹口气，"毕竟当初是因为我她才被送走的。"

原来姐姐是担心这个！

谢柔嘉笑了。

"怎么会！姐姐你想多了。"她说道，一面拉着她就走，"现在就去跟母亲说让槐叶回来。"

谢柔惠忙拉住她。

"你先别急着跟母亲说，我还是想问问她。"她说道，"你想想，当初袁妈妈突然过世，留下她一个，本就孤苦慌乱，偏偏那时候又因为我母亲赶走了她，你想想她这一年多的日子肯定不会好过。"

作为大小姐的奶妈，在家中地位很高，有这样的母亲，槐叶自然地位也不低，在丫头们中她就相当于大小姐，突然之间娘死自己被驱逐，地位一落千丈，一切都发生在转眼间，这种滋味肯定不会好受。

谢柔嘉叹口气，手不由得再次握住了头发。

这种滋味啊……

梦里的她也感受过，就好像一下子被人打蒙了，眼前的一切都变得混沌不清，心里狂喊着这是梦，是噩梦，无数次地期望睡一晚睁开眼醒来父亲还疼她，母亲还爱她，姐姐还在冲她笑着招手……

谢柔嘉觉得有些窒息，眼泪如雨而落。

"嘉嘉？你怎么了？"谢柔惠吓了一跳，忙摇着她问道。

还好，她的噩梦终于醒了，虽然熬了十年，噩梦还是醒了。

谢柔嘉吸了吸鼻子，抬手擦泪。

"我是觉得，槐叶知道姐姐想让她回来，一定会很开心的。"她说道。

对槐叶来说，这也算是噩梦终于醒了，才一年多，还不晚，还不晚。

谢柔惠噗嗤笑了，抬手捏了捏她的脸。

"你这眼泪真是多，像是要把一辈子的眼泪都流完似的。"她说道。

"流完了才好，以后就不会哭了。"谢柔嘉说道，搂着谢柔惠的胳膊。

谢柔惠舒了口气。

"那就这样办。"她说道，又想到什么，推了推谢柔嘉的头，"不过，你先别说，别跟母亲说，也别跟槐叶说。"

谢柔嘉点点头。

"好，我听姐姐的。"她说道。

她答得这样痛快，让谢柔惠又笑了。

"我是想我先见见她，跟她说一说，看她到底怎么想。怨我也好，不怨我也好，听她亲口说一说，弄明白她到底是想跟我回来，还是有别的想法，我也好心安，也希望我不会强迫为难到她。"她主动给她解释说道。

"姐姐想得真周到。"谢柔嘉点头说道。

谢柔惠笑着抚了抚她的头。

"你记得哟。"她说道，"可别私下悄悄地去见她，让她先知道。"

谢柔嘉再次连连点头。

而与此同时，谢瑶、谢柔清、谢柔淑在路上看到了邵铭清，不过只是一个背影。

"邵表哥又来了！"谢柔淑眼尖最先看到，伸手指着喊道。

邵铭清在家里吃的午饭，谢柔清自然知道，不过看着邵铭清离开的方向皱起了眉头。

"又去二小姐那里了？"谢瑶在一旁似笑非笑地说道，"表哥真是偏心，只跟二小姐玩，连和我们多说几句话都不肯啊。"

"哦。"谢柔淑撇撇嘴，"讨好二小姐呗。"

话音才落，她就打个激灵忙向一旁躲去。

谢柔清瞪眼看着她。

"哎哎我是说邵表哥为了不让嘉嘉闹事去哄着她讨好她也真是辛苦了。"谢柔淑一口气说道。

谢瑶咯咯笑了，谢柔清瞪了她一眼收回视线，谢柔淑松了口气。

"表哥这样做也是为了惠惠，不枉惠惠请他上门给他挽回面子。"她又补充一句，"嘉嘉不闹了，惠惠也就安心了。"

谢柔清的面色更舒缓了几分。

"只是。"谢瑶说道，"丫头们说惠惠去陪嘉嘉玩了，怎么表哥反而告辞离开嘉嘉那里了？三人一起玩，不是才好吗？"

"肯定是嘉嘉把他赶走了呗。"谢柔淑说道，带着愤愤不平，"嘉嘉多霸道啊，霸占表哥，又霸占了惠惠，呼之即来挥之即去，她想怎么样就怎么样，谁敢说什么？害得惠惠别说跟我们一起玩，在学堂连跟我们多说句话都不敢。"

谢瑶转头看着她，忽地伸手一推。谢柔淑提防着谢柔清，却没有提防谢瑶，哎呀一声后退几步，差点儿摔倒。

"你干吗？"她喊道。

"这都怪你。"谢瑶看着她笑眯眯地说道，"谢柔淑，就是因为你，惠惠才不能跟我们玩了。"

谢柔淑瞪大眼睛不解地看着她。

"什么？"她说道。

谢瑶伸手又推了她一下。

"不是吗？"她笑眯眯地说道，"嘉嘉不喜欢你，你总跟着我们，她就不跟我们玩了，而她不跟我们玩，惠惠为了她就也不能跟我们玩了，所以，你还是别跟我们一起玩了。"

谢柔淑被推得又后退一步，听了这话又是气又是羞，哇的一声大哭着跑了。

看着她哭着跑了，谢瑶若无其事地将手收回斗篷里。

"这么冷的天，我不逛了，先回去了。"她闲闲地说道。

谢柔清嗯了声，自始至终她都没理会这二人的事，似乎也根本就没看到谢柔淑哭着跑了，谢瑶走开，她也抬脚疾步而去。

谢柔清是在家门外追上邵铭清的。

"你今天还要走吗？"她问道。

邵铭清笑着点点头。

"表哥，你是因为舅舅必须回去呢，还是因为我们家必须回去？"谢柔清问道，"你以前可从来不这样，你到底躲着谁？"

邵铭清哈哈笑了。

"我躲谁啊？我只是自己想回去了而已。"他说道。

谢柔清看着他。

"刚才你见到惠惠了吧？"她问道。

邵铭清点点头。

"她留你了吧？请你吃饭了吧？"谢柔清又问道。

邵铭清再次点点头。

"那你为什么不留下？"谢柔清说道，"表哥，难道你来谢家，不是为了她吗？"

邵铭清这次没有点头，看着谢柔清笑了。

"她让我来又不是为了我。"他说道，"那我为什么要为了她？"

第四十六章
理　直

她让我来不是为了我，这句话的意思，谢柔清很明白。

那次谢柔惠邀请邵铭清来家里，的确不是为了邵铭清。

就好似谢柔淑要鼓动邵铭清不去讨好谢柔嘉，看似是为邵铭清打抱不平，其实不过是想要挑衅谢柔嘉，邵铭清不过是被拿来做筷子。所以谢柔清毫不客气地推倒谢柔淑给她一个教训，但那是谢柔淑，或者说不管是对家里任何一个姐妹，她都能也敢这样做，除了谢柔惠。

家里的姐妹从小到大都知道绝不能惹到谢大小姐，谢大小姐的话都要听，一定要让谢大小姐高兴。

所以，谢柔惠说要邀请邵铭清来家里，大家就欢欢喜喜地陪她去做，至于这么做是为了谢柔嘉的名声，又或者为了别的什么，她们并不在意，她们只需要在意的是谢大小姐愿意以及高兴做这件事就够了。

"惠惠这么做，对表哥也没坏处啊。"谢柔清沉默一刻说道。

虽然这么做主要出自谢柔惠为了自己高兴，但在那种时候将邵铭清请回谢家，邵铭清并没有什么损失，反而重获机会，在邵家备受重视。

邵铭清哦了声笑着点点头。

"是啊。"他说道，"所以我跟她道谢了。"

"那你对惠惠为什么这么疏离？"谢柔清问道。

"有吗？"邵铭清惊讶道。

谢柔清看着他不说话，邵铭清就笑了。

"我只是不热情而已。"他笑道，笑罢又正容，"妹妹是希望我去讨好大小姐吗？"

如果可以，谁愿意去讨好别人啊？尤其是表哥这样的，从小到大就看够了别人的脸色。

"我就是希望表哥将来不用讨好别人。"谢柔清叹口气。

所以当得知邵家有意让邵铭清跟谢柔惠成亲时，她觉得对邵铭清来说，这是一个绝好的机会。

讨好一个人，总比讨好很多人要好，更何况，她相信表哥一定能让谢柔惠喜欢自己，就像谢大老爷那样，能跟谢大夫人并肩而立，而不是像谢老太爷那样低声下气被呼来喝去。

可是现在看来，表哥似乎并不愿意。

"不讨好别人就是随心所欲，不用将来，我现在就能这样。"邵铭清笑道。

谢柔清沉默一刻。

"那你干吗去讨好谢柔嘉？"她问道。

邵铭清嘻嘻一笑。

"讨好她？我更没有。"他说道，"讨好她可没用。"

"那你……"谢柔清更加不解地问道。

邵铭清伸手拍了拍谢柔清的头，打断她的话。

"小丫头，你放心吧，我做事自己心里有分寸。"他说道。

邵铭清笑着离开了，但谢柔清想了一晚上都没放下心，直到来到学堂也没精神，鼓也没兴趣敲，舞也没心思跳。别人心里清楚，她自己心里也清楚，就凭自己的模样，三月三的祭祀肯定选不上，她之所以上学堂不过是为了谢柔惠，虽然她还有一点喜欢打鼓。

谢柔清将鼓拉过来，轻轻地拍了拍。

站在比人还高的大鼓前，挥舞着双槌，敲出激烈的鼓声是多么让人激动的事。

学堂里来的人越来越多，小姑娘们更换了衣裳，或者热身或者说笑，但直到打鼓先生进来，作为主角的谢柔惠还是没来，同时没来的还有谢柔嘉以及谢柔淑。

打鼓先生很生气。

"去问问怎么回事，不想来就不用来了。"她说道。

谢柔清却想到了什么，看向谢瑶。谢瑶似乎没听到先生的话，侧身正跟一旁的女孩子们低声说笑。

"她不想去学堂关我什么事？"

而此时谢柔嘉也很生气，已经到了上学的时间，她和姐姐却被拦在了母亲的屋子里。

宋氏带着几分不安。

"嘉嘉你别生气，婶母没说什么，你别生气。"她说道，"淑儿她比你小一岁，不懂事，你多担待些。"

"婶母，到底是怎么了？"谢柔惠问道，"淑儿怎么好好的不去上学了？"

说到这里，她又忙补充。

"我可以做证的，嘉嘉这些日子都跟我一起，并没有跟四妹妹吵闹过。"

有些话宋氏这个长辈就不好说了，她叹口气，身旁的丫头扑通跪下来。

"四小姐说，因为二小姐不喜欢她，不让大小姐跟她玩，别人也都讨厌她不和她玩了，所以，所以她不想去上学了。"丫头叩头说道。

什么跟什么啊！

这个谢柔淑，自己都已经躲她远远的了，她怎么还来找事！

谢柔嘉跳脚。

"她胡说八道，我什么时候说过这话！"她喊道。

"你给我站好了。"谢大夫人喝道。

谢柔嘉看向母亲。

"母亲！"她委屈地喊道。

"母亲，婶母，这真没有。"谢柔惠急忙说道，"嘉嘉真没有这样说过。"

"是啊是啊，大嫂，我不是这个意思。"宋氏说道，抬脚踢那丫头，

"滚下去，谁让你乱嚼舌头的！你家小姐不听话，你不劝她，反而跟着胡闹什么！"

丫头哭着叩头说"不敢"。

"大嫂，我就是来跟您商量一下，不让淑儿去上学了，反正她也学不好。"宋氏又说道，"突然不去吧，又怕别人误会什么，所以来跟大嫂您说一声。"

谢大夫人摇头。

"什么叫她学不好？"她说道，"她小孩子不懂事，你也跟着不懂事啊？"

宋氏讪讪的。

"惠惠，你跟着你婶母去，带着淑儿去上学。"谢大夫人说道。

谢柔惠应声是，宋氏慌忙推辞，谢柔惠挽住了她。

"快走吧，婶母，先生脾气很不好，现在说不定已经在发火了。"她说道。

宋氏半推半就的，任她拉着出去了。

谢柔嘉撇撇嘴抬脚迈步。

"你给我站住！"谢大夫人喝道。

谢柔嘉站住脚，谢大夫人却没看她，转头问丫头。

"惠惠这段时间没跟淑儿玩吗？"她问道。

丫头迟疑一下。

"自从上一次二小姐落水后，大小姐就只陪着二小姐了。"她说道，忙又补充一句，"况且大小姐的功课越发地多，倒是没和其他的姐妹走动。"

"母亲，是姐姐心疼我，我可没有故意缠着姐姐陪我。"谢柔嘉忙说道。

谢大夫人没理她，看着丫头。

"我听说嘉嘉落水前，瑶儿本是邀请姐妹们去家里玩打牌的？"她问道，"嘉嘉没去，而是自己跑到老夫人那边打牌回来才落水的？"

谢柔嘉落水后，得到消息的谢柔惠哭着一路跑回来，连连自责自己不该扔下谢柔嘉一个人去打牌，亲眼看到、听到的丫头不少，都传遍了，也就是从那时起，谢柔惠就只陪着谢柔嘉玩了。

丫头低头应声是。

"这是姐姐心疼我，碍着她什么事啊！"谢柔嘉又插话说道。

谢大夫人瞪眼看向她。

"你是不是不喜欢跟她玩？"她问道。

站在门外廊下小心侧耳听到这里的木香心里打个颤。

大小姐一向维护二小姐，如果二小姐流露不喜欢跟谢柔淑玩的意思，大小姐肯定就会不跟她玩，至少这一段时间不会，那这么说还是二小姐的不是……

"是啊。"谢柔嘉的声音没有丝毫的迟疑从屋内响亮地传出来。

木香心里叹口气。

屋子里的谢大夫人则竖眉。

"所以还是你不让你姐姐跟她玩的？"她说道。

"没有啊。"谢柔嘉说道，没有丝毫的不安，"姐姐跟她玩我没意见，我只是自己不跟她玩罢了。"

谢大夫人一拍桌子。

"你还说不是你撺掇你姐姐！"她喝道。

侍立的丫头打了个哆嗦，谢柔嘉神态依旧。

"不是啊。"她说道，"这怎么叫我撺掇姐姐了？是姐姐爱护我才要陪我的。"

"你还理直气壮了？"谢大夫人气笑了。

谢柔嘉看着母亲，皱眉似乎有些不解。

"我不喜欢她，为什么不能理直气壮？我只是不和她玩，又没有打她骂她。"她问道。

谢大夫人愣了一下。

外边侧耳听的木香也愣了一下。

"我不喜欢她，难道非要装作喜欢她和她一起玩，然后大家都憋着气这样才好吗？"谢柔嘉接着说道。

是啊，这样，好像也不对啊。

谢大夫人有些怔怔的。

"姐姐是心疼我，也是为了四妹妹好，所以姐姐不强拉着我去和她玩，不然我们两个憋着气在一起玩，到时候吵闹起来，姐姐也会为难。"谢柔嘉说道。

是啊，跟不喜欢的人在一起玩，的确是很容易吵闹起来。

谢大夫人虽然从小到大没遇到过不喜欢自己的姐妹，但围绕她的姐妹中却是不少这样的，如今都出嫁当娘了，难得回家聚一聚，还有不少拌嘴的。

"只不过姐姐就那么点儿时间，功课又多，因为我落水姐姐才特意多陪我一些。"谢柔嘉撇撇嘴说道，"真不知道她就为此闹个什么！姐姐爱和谁玩是姐姐的自由，跟她玩她就高兴，不跟她玩，她就闹啊？把姐姐当什么人了？"

是啊，大小姐跟你玩是你的福气，大小姐不跟你玩了，你该诚惶诚恐小心谨慎，一哭二闹三上吊的什么意思？要挟吗？

谢大夫人吐口气，握着茶碗没说话。

谢柔嘉看着母亲的脸色，探头嘻嘻笑。

"母亲，那，我去上学了。"她说道。

谢大夫人将茶碗重重地搁在桌子上。

"好好的怎么就不喜欢她了？一家子姐妹为什么不能一起玩？"她竖眉喝道。

谢柔嘉摊手。

"她不喜欢我，我自然也就不喜欢她喽。"她说道，"谁知道为什么，有些人天生就互相不喜欢吧，大概是上辈子有仇吧。"

谢大夫人气笑了，伸手戳她的头。

"我看你跟我才是上辈子有仇。"她说道。

在梦里她就像过了一辈子，那也相当于是上辈子吧，谢柔嘉只觉得心被戳了一下，梦里母亲待她就跟仇人一般，自从姐姐死了后，连一句话都不再跟她说。

谢柔嘉伸手抱住谢大夫人的胳膊，埋头在她的肩头，泪水滑落。

"才不是！"她哽咽道，"才不是，我最喜欢母亲，我最喜欢母亲。"

谢大夫人被她这突然的动作吓了一跳，听到她哭了更是惊讶，又有些哭笑不得。

这丫头在外人面前飞扬跋扈的，一说到爹娘姐姐就软得跟糖似的，一热就化了。

谢大夫人觉得自己的心也有点怪怪的，跟化了似的。

"好了，不是说迟到了吗？还不快去！"她嗔怪道。

看着谢柔嘉一溜小跑出了屋子，木香忙赶着小丫头们快跟上。

"小姐小姐，夫人不生气了，那以后不跟四小姐玩就理直气壮了，这是不是就跟戏台上唱的奉旨查案一样？"

听着江铃一边跟上一边笑嘻嘻说的话，木香哭笑不得。

还奉旨查案，什么跟什么啊？你这叫什么，奉旨不跟人玩吗？

不过，好像也是这个理啊。

想想适才二小姐的一番话，四小姐这次真的是无理取闹了，跟二小姐吵架倒没什么，但竟然敢试图要挟拿捏大小姐，这对大夫人来说就不能容忍了。

这一下四小姐可真的是没人和她玩了。

学堂里已经敲完一节鼓，谢柔惠拉着谢柔淑也进来了，先给先生赔罪，旋即就被女孩子们围了起来，唧唧喳喳地询问。

谢柔淑自然添油加醋地将事情说了一遍，这些日子谢柔惠的确不和谢瑶等人一起了，大家都看在眼里。

"原来是这样啊！"女孩子们唧唧喳喳地说道，又是惊讶又是不平，"怎么能这样呢？也太霸道了吧。"

谢柔淑点点头，又得意又委屈地拉着谢柔惠。

"惠惠最好了。"她说道，"只是总是让她受夹板气。"

"那你以后听话些，别总是让惠惠为难。"谢瑶笑吟吟地说道。

谢柔淑眼神躲闪地低下头，谢柔惠笑着摇了摇她的手。

"那你听我的话，等下了课你要跟我过去，与嘉嘉和好。"谢柔惠叮嘱道，"以后也不能再这样吵闹了。"

"对啊，嘉嘉刚落水受了惊吓，再被大夫人罚的话，肯定很生气，会更不喜欢你的。"谢瑶说道，"你可长点心吧。"

她受罚是活该，凭什么怪我？谢柔淑哼了声抬起头。

"好啊，我跟她道歉，那也得她接受啊。"她说道。

话音才落，就听得身后有人咳了声。

"你跟我道歉，我接受啊。"

众人闻声惊讶地看过去，见已经换了练鼓服的谢柔嘉一面挽着袖子走过来，见大家看向她，她仰起下巴。

"谢柔淑，道歉吧。"

谢柔淑涨红了脸。

"你，你，你怎么来了？"她结结巴巴地问道。

谢柔惠面色也是同样惊讶。

"嘉嘉，母亲她……"她问道。

"姐姐不用担心。"谢柔嘉不待她说完就笑道，将鼓槌在手里挽个花，"母亲说我没错。"

此言一出，屋子里的女孩子们神情皆变。

大夫人说她没错，那有错的……

视线瞬时都落在谢柔淑身上，还有人慢慢地退开几步，谢柔淑并未察觉，气愤得跺脚。

谢瑶的视线始终看着谢柔嘉，神情难掩错愕。

"那真是，太好了。"她喃喃道。

第四十七章
气 壮

这件事对谢柔嘉来说根本就不算事，现在的生活对她来说实在是幸福得恨不得满地打滚。

"撞到了撞到了。"江铃蹲在地上咯咯笑着说道。

木香掀起帘子走进来，看到穿着白色中衣红色裤子的谢柔嘉正在地上铺的大红地毯上打滚，滚得又快，眼瞧着到了床边。

"小蹄子还笑，还不快拦着。"木香喝道。

江铃这才笑着去搀扶，谢柔嘉已经坐起来了，双髻滚散了，乱乱地垂着。

"可是不用上学了，小姐可是放开了玩了。"木香嗔怪道，拿过篦子来给谢柔嘉梳头。

新年越来越近，学堂的课已经停了，劳累一年的姑娘们终于可以彻底地放松了。

"才不是玩呢。"江铃说道，"小姐说了这也是练舞呢。"

"我可没见过大小姐这样练舞。"木香说道，解开了谢柔嘉的头发。

"姐姐去哪里了？"谢柔嘉问道。

"大夫人在和大小姐打鼓呢。"木香说道。

对于别的女孩子来说不上学可以休息玩耍，但谢柔惠却不行，过了年距离丹女初次祭祀就只有一年的时间了，谢柔惠的功课更加紧张。

过年了，十二岁了，距离夏日落水不到半年了。

谢柔嘉的身子不由得绷紧了。

"不用梳了。"她说道，"我去游水。"

木香举着篦子。

"这一上午都没停了，歇息一会儿吧。"她说道。

"不累不累。"谢柔嘉说道，自己抬手胡乱地将头发绾起来，就向后边去了。

江铃忙拿着斗篷跟上，一面大声地喊水英。

木香看着乱乱的屋子摇摇头，含笑唤了小丫头进来收拾，刚走到廊下就见披着大红斗篷的邵铭清带着两个小丫头进来了。

"表少爷今日怎么来了？"她忙施礼问道。

"来给姑姑送年礼。"邵铭清说道。

两个丫头打起帘子，木香引着他走进去。

"我们小姐去游水了。"她说道。

邵铭清嗯了声，径直向东边的厢房而去，小丫头接过他解下的斗篷。

"少爷带的什么？"木香看着邵铭清的两个丫头。

两个丫头正将两个包袱放在地上。

"一些书。"邵铭清说道，指了指厢房的书架，"摆上去吧。"

两个丫头便应声是，自去摆放书。

木香有些想笑。

"是给小姐送的年礼吗？"一个小丫头低声问道。

"小姐又不看书。"木香低声笑道，"这是表少爷自己拿来看的。"

邵铭清来谢柔嘉这里，谢柔嘉也不招待他。他也不用招待，每次都是各自为安，邵铭清喝着茶将谢柔嘉书架上本来就不多的书都看完了。

小丫头忍不住瞪眼。

"那表少爷是把这里当自己的书房布置了。"她说道。

木香站在客厅里隔着珠帘看向这边，邵铭清已经坐在椅子上，晃悠悠地握住一卷书，冲着窗边挂着的鸟儿吹了声口哨。

自从结束了四书五经的课后，小姐就不怎么进书房了，这椅子摆的位置，书桌上的笔墨纸砚，还真都是邵铭清按照自己的习惯摆放的。

"给表少爷上茶和点心。"木香吩咐道，自己则转身来温泉廊。

温泉廊里江铃正坐在池水边一面泡着脚，一面和水英说话。

"你看小姐是不是游得越来越好了？"

"你看小姐游得这么远了。"

水英一概没有理会，只是看着水里正乱扑腾的谢柔嘉。

"小姐，邵家少爷来了。"木香说道。

谢柔嘉哦了声，也不知道听到还是没听到，继续拍打着水面。

"小姐学得真快。"木香称赞道，又看着水英，"水英学会游水用了多久？"

水英坐在水池边，手绞着湿了的衣角。

"一天。"她说道。

江铃和木香都惊讶地啊了声。

"这么厉害啊。"她们说道，"你怎么学会的？快教教小姐，让她也一天学会。"

水英转头看向她们。

"我爹娘淹死了，我就学会了。"她说道。

江铃和木香愕然，一时竟不知道该说什么。

"我不知道想要游水是什么感觉，我是不想游水，我不想游，但必须会游，我怕水，但必须不怕它，所以我就学会了。"水英看向池水中，那个女孩子正带着几分狼狈地在其中游动着，"你家小姐，一天可学不会。"

听到廊里的动静，邵铭清放下手里的书，隔着两道珠帘几乎看不清那边的人影。

"我正月里就不过来了。"他说道。

听得那边女孩子哼了声。

邵铭清笑了笑。

"哦，对了，你五叔想要我来帮他的忙。"他又说道。

话音才落就听得珠帘的响动声，以及丫头们的低呼声，穿着粉蓝袄银白裙、散着发的谢柔嘉脚步飞快地掀起珠帘冲了出来。

"不行，不许去。"她竖眉说道。

邵铭清用手里的书挡住了脸。

"是,是,不去。"他说道。

"小姐,头发还没干呢。"木香急道,"仔细着凉,那就不能跟夫人老爷大小姐一起过年了。"

和爹娘姐姐一起过年是很要紧的事,谢柔嘉忙转身回卧房。

"不许去我五叔叔那里帮忙。"她再次叮嘱一声。

"知道了。"邵铭清说道,放下手里的书,看着谢柔嘉垂在身后随着走动晃晃悠悠的如同瀑布般的黑亮的头发。

"我告辞了。"他提高声音说道。

谢柔嘉头也不回地冲他摆摆手。

这样不行,谢柔嘉又停下脚,自己待他也不算好,现在他为了讨好自己不让自己生气所以才这么听话,但随着他来得多,家里的人对他越来越熟悉,自己对他的影响也会越来越少。

虽然他这次说不去五叔叔那里帮忙,但如果别的人再让他帮忙呢?到时候他答应了,自己再去闹,只怕就没那么容易说服众人了。

想到这里她又转过身。

邵铭清已经走到了门口,两个小丫头打起帘子。

"表哥。"谢柔嘉放柔声音喊道。

邵铭清带着几分惊吓转过身看着她,谢柔嘉挤出一丝笑,对他屈身施礼。

"表哥过年不过来了?那就先给表哥问个过年好。"她说道。

邵铭清噗嗤笑了,一面侧身还礼。

"表妹客气了。"他说道,说着话还不停地笑。

这笑就跟看穿了她似的,谢柔嘉有些恼火。

"我要说,表哥你别去我五叔叔那里帮忙,还有更好的地方呢,你等着我给你安排。"她说道。

邵铭清点点头。

"是,是,我知道了。"他说道,抬脚就迈出门。

谢柔嘉追了出来。

"小姐不行,外边冷。"木香和江铃一左一右拉住她。

谢柔嘉只得从门帘缝里看向外边。

"你记住了没有啊？"她问道。

"记住了，你放心。"邵铭清笑道，看着帘子后那小小的脸。

我放心才怪呢，谢柔嘉叹口气，要是真让我放心，你就不该出现在我的眼前。

"你让人去看看姐姐的功课结束了没。"她对木香说道，"结束了我去找姐姐玩。"

是时候开始叮嘱姐姐不要玩水了。

木香点点头应声去安排了，江铃继续给谢柔嘉烘头发，木香没多久就进来了。

"大小姐的功课结束了，可是没在屋子里，说是出去了。"她说道。

"去哪里了？"谢柔嘉问道。

木香摇摇头。

"这个没问。"她说道。

"我去母亲屋子里等她。"谢柔嘉说道，催着江铃给自己梳头。

相比于温暖如春的小姐们的室内，此时位于大宅西侧的库房所在，阴寒无比，库房外偶尔有揣手缩头的奴仆们疾步跑过。

低矮的四面透风的屋子里才点燃的火盆又熄灭了。

"这炭都没法用啊。"一个丫头抱怨道，"槐叶，你到底懂不懂什么叫炭啊？"

槐叶看着炭盆苦笑一下。

她怎么不懂？曾经谢家大小姐屋子里用什么炭，她就用什么炭。

"我再去要些吧。"她说道，站起身来。

"算了，你别去了，什么事你都干不好。"那丫头嗤声说道，眼珠转了转，伸手抓起搭在床板上的一件墨蓝斗篷，"你的斗篷借我用用。"

槐叶忍不住伸出手抓住斗篷一角。

这是自己留下的唯一的一件好东西了，整个冬日就靠它熬过去了。

"怎么？舍不得啊？"那丫头挑眉粗声粗气问道。

槐叶的手慢慢地松开了。

"怎么会，劳烦姐姐受冻跑一趟了。"她讪讪地说道。

那丫头哼了声，带着几分得意地将斗篷小心地裹上，脸上露出激动的神情，急忙忙地跑出去了。

屋子里似乎更冷了几分，槐叶叹口气，慢慢地坐在了炭盆前，不知道过了多久，门发出咣当一声。

"姐姐回来了？"她忙起身回头。

门是被人打开了，但站在门口的人却不是走出去的那个丫头。

屋子里光线有些暗，一时间看不清门口的人。

"槐叶，你就住在这里啊？"柔柔清清脆脆的女声带着惊讶问道，人也迈进来，让开了门口，室内顿时明亮起来。

槐叶可以清楚地看到这是一个裹着粉红撒花风毛斗篷的女孩子，随着迈步她伸出手掀开了帽子，露出娇俏的面容。

槐叶不由上前一步，旋即又停下脚。

"……您……"她张张口最终发出一个声音，"您怎么来这里了？"

家里的丫头们基本上都分不清大小姐和二小姐，在没有提醒的状况下突然见了，便统一称呼为小姐。

而槐叶明明张开了口，且还迈上前一步，分明是有什么称呼要脱口而出，但却生生咽了回去，所以才拉长了声调冒出一个不伦不类的"您"。

女孩子的笑更浓了几分。

"我怎么不能来了？"她说道，"槐叶姐姐，我那天见了你，就一心记挂着呢。"

她说着话再迈几步站在了槐叶面前。

槐叶看着她。

"您，您……"她结结巴巴说道，垂下头要下跪，"奴婢不敢当。"

女孩子伸手扶住她，没让她跪下去。

"我？我怎么了？你怎么就不敢当了？"她笑嘻嘻问道，"槐叶姐姐，你以为我是谁？你怎么称呼我'您'了？"

第四十八章
年 关

　　槐叶穿得有些单薄，只有一个袄子，还短了露出半个手腕，眼前这个女孩子伸过来的手就扶住了她的手腕。

　　才从锦绣厚实的斗篷里伸出的手暖暖的软软的，这种感觉还有些熟悉，一年前她还常常握着这双手小心地擦洗然后涂上香膏。

　　"小姐的手真好看，白白嫩嫩的。"她还会拉着这双手笑吟吟地说道。

　　"哎，槐叶，你的手这么凉。"女孩子的声音在耳边惊呼。

　　槐叶忙收回手后退一步，低下头。

　　"这里好冷啊。"女孩子并不在意，收回手环视四周皱眉说道，"槐叶，你快跟我回去吧。"

　　槐叶吓了一跳抬起头，眼中带着几分惊恐，女孩子又转过身来，明亮的眼睛安静又直直地看着她。

　　"二、二小姐。"槐叶咬住下唇，结结巴巴说道，"这，这不行。"

　　二小姐？

　　女孩子嘴角扬起。

　　"槐叶，你怎么认出我是二小姐的？"她带着几分惊讶好奇地问道。

　　槐叶看她一眼低下头。

　　"那天，我听到别人称呼您。"她说道。

　　女孩子哦了声没有说话。

　　"我本不该和您说话的。"槐叶又忙说道，抬起了头。

　　大约是说了几句不再那么紧张，她的声音虽然还颤颤的，但流利了许多。

"要不然也不会惊动大小姐。"她说道,"大小姐见到我是不是又不好了?"

女孩子笑了。

"没有没有。"她说道,"姐姐也过问你了呢,所以我特意来看看你。"

槐叶低头施礼。

"谢谢小姐们惦记。"她说道,"奴婢挺好的。"

"这叫什么好啊。"女孩子笑道,摆了摆手,"槐叶,我去跟姐姐说接你回去。"

槐叶忙摆手说不,女孩子不由她说已经转身向外走去。

"你别担心,回去也好……"她停下脚回头一笑,"去别的地方也好,交给我来安排吧,总不会再让你这样。"

槐叶跟上几步,看着那女孩子疾步出了门,张张口最终垂下了手。

"多谢……二小姐。"她跪下俯身叩头。

风卷着残叶打着旋飞过,木叶忙将兜帽给谢柔惠戴上。

"她把我认作嘉嘉呢。"谢柔惠转头看着她笑说道。

"她哪里敢想到是您来看她了?"木叶笑着说道。

当初袁妈妈不在了,大小姐大病一场,把一家子都吓个半死,当看到谢柔惠见到槐叶就哭,唯恐哭出个好歹来,所以急忙把人送走了。

槐叶也被告诉不许出现在大小姐眼前,所以这一年多大家都几乎忘了还有这个人了。

谢柔惠笑了笑。

"她只记得嘉嘉,在学堂里就一眼认出了嘉嘉呢。"她说道。

一眼就认出?

她们这些常跟在小姐们身边的人,死死地记住小姐们今天穿的衣裳梳的头,才能一眼就认出吧。

槐叶怎么可能啊?

"在学堂听到别人喊了吧。"木叶笑道。

"她也这么说。"谢柔惠笑着说道。

肯定是,木叶笑着点头。

谢柔惠点点头，伸手将帽子拉了拉，又回头看了一眼。

她真的没认出自己吗？学堂里，真的是听到别人称呼才分清的吗？

"姐姐回来了！"

谢柔嘉亲自打起帘子高兴地说道。

"你去哪里了？这么冷的天。"

谢大夫人看着谢柔惠冻得有些发红的脸。

"别总出去乱走。"她说道，"病一场功课就要积攒很多。"

谢柔惠低头应声是，握住了谢柔嘉递来的手，冲她笑了笑。

"事情办好了。"她低声说道。

谢柔嘉有些不解，谢大夫人皱眉。

"又什么事？"她问道。

谢柔惠拍了拍谢柔嘉的手，走到谢大夫人身边坐下。

"母亲，我想再要个丫头。"她笑嘻嘻地说道。

谢大夫人还没说话，谢柔嘉恍然大悟了。

"哦，姐姐，你是去……"她说道。

谢柔惠忙冲她摆手。

"去做什么了？"谢大夫人说道，看着谢柔嘉，"你又撺掇你姐姐干什么了？"

"不是嘉嘉撺掇我。"谢柔惠摇着母亲的胳膊，"母亲，我想要槐叶回来。"

槐叶？

谢大夫人竟然一时没想到是谁。

"袁妈妈的女儿。"谢柔嘉提醒道。

袁妈妈！

谢大夫人想起来了，旋即竖眉看着谢柔嘉。

"她怎么回事？怎么又跑到你姐姐跟前了？是不是你引她过来的？"她喝道。

"没有没有。"谢柔惠忙说道，"没人引她，就是那天刚好看到了，她也没故意跑来跟我说话，跟着一群粗使丫头搬东西呢，看到我就跑了。"

谢大夫人将信将疑，只看着谢柔嘉，谢柔嘉冲她嘻嘻笑，连连点头。

"真的，我都没认出来是槐叶呢。"她说道。

谢大夫人瞪她一眼。

"去，那边坐着写字去。"她说道。

谢柔嘉笑嘻嘻地依言去窗前的罗汉床上坐着写字了。

"你见她不难过了？"谢大夫人拉过谢柔惠问道。

谢柔惠点点头。

"不是为了你妹妹？是自己真不难过了？"谢大夫人又问道。

谢柔惠笑了再次点头。

"袁妈妈刚不在的时候，我想她，所以不敢见到跟她有关的人，见到了心里就特别难过。现在呢，我也想她，但见到跟她有关的人，反而觉得很亲切。"她说道，拉着谢大夫人的胳膊，"母亲，我是真想让槐叶回来了。"

谢大夫人这才点点头。

"只要你高兴。"她笑道，说到这里又叹了口气，"袁妈妈不在已经快要一年半了啊。"

谢柔惠点点头。

"母亲还记得袁妈妈的样子吗？"她问道。

"我当然记得，别说是她带你这么大，当初也是她捧着你们两个到我跟前，吓我一跳呢。"谢大夫人笑道。

谢柔惠很惊讶，抓紧了谢大夫人的胳膊。

"母亲，袁妈妈不仅是我的乳娘，还是稳婆吗？"她问道。

"是啊，你不知道吧？"谢大夫人笑道，带着几分追忆，"当时怀你们两个的时候，只说身子重，你祖母还笑我吃得多，没想到竟然生下一对双生儿。我还记得袁妈妈在产房那一声'还有一个'，真是吓蒙了一群人。"

出生时候的事，谢柔嘉没有听人说过，在梦里姐姐死了后，更没人和她提以前，她握着笔听得津津有味。

"然后呢？然后呢？"她问道。

谢大夫人看她一眼。

"然后袁妈妈就拎着……"她说到这里停顿一下。

眼前似乎又浮现了曾经的场景。

大汗淋淋好似自己生产的年轻妇人面色苍白，手里紧紧拎着一个光溜溜的刚分娩的婴儿。

"还、还有一个！"她尖声喊道。

那时候自己已经又疼又累人都迷糊了，被这一声喊得打个激灵，努力地睁开眼。

两个？

天啊，怎么会是两个？

"有女儿吗？有女儿吗？"她挣扎着问道。

伴着她的询问，身下又产下一个，谢大夫人脱力倒在床上，晕晕地看着另一个稳婆将又一个脏兮兮的婴儿拎了起来，啪啪两声，猫儿一般的哭声在室内响起。

"女儿！又一个女儿！"

两个女儿？双生女儿？

谢大夫人只觉得头晕目眩，但她不得不清醒，因为有人在重重地打她的肩头。

"夫人，夫人，你看清楚，这个是大的，这个是大的。"年轻的妇人托着一个婴儿递到她眼前。

这才生出的孩子，都一个样，她怎么看清楚啊？

谢大夫人用力地睁开眼却最终倒回去。

"袁妈妈，你这个，你这个就是大的，你记住了，抱紧了，别放手。"她说道，伸出手指着年轻妇人怀里的婴儿。

年轻妇人连连点头。

"是，夫人，我抱紧了，我不会撒手的。"

"夫人，我好好地都看一遍，看得清清楚楚，记得清清楚楚。"

耳边妇人的话渐渐模糊，谢大夫人陷入昏迷。

"袁妈妈就怎么样？"有人摇着她的胳膊问道。

谢大夫人回过神，眼前室内明亮，旁边一个女儿，再远一点又一个一模一样的女儿，此时都眼睛亮晶晶地看着她。

这两个女儿就要十二岁了，女童稚憨之气渐渐褪去，窈窕少女之态初现。

竟然一转眼都这么大了。

"袁妈妈啊。"谢大夫人伸手抚了抚谢柔惠的头，"就拎着你，看着露出头的你妹妹，吓得差点儿把你扔在地上。"

谢柔惠咯咯笑了，谢柔嘉也嘿嘿笑了。

"袁妈妈真是没福气。"谢大夫人叹口气说道，"什么都好，就是贪杯。"

谢柔惠眼圈红了。

"都怪我那日没劝住妈妈少喝几杯。"她说道。

谢大夫人噗嗤又笑了。

"关你什么事？"她说道，"她要喝，你劝得了今日，还能劝得住明日？眼前劝住了，人后你能管住？况且那日别人都喝了没事，只有她……"

她叹口气摇摇头。

"这都是她的命啊。"她说道，又拍了拍谢柔惠的头，"好了，你要是再这样自责，那槐叶我是不能送到你跟前了，将来你要做的事、做的决定还多得很，如果你动不动就自责，那可就寸步难行了。"

谢柔惠忙站起身来点点头。

"是。"她说道，"我记下了。"

"太好了，母亲同意让槐叶回来了！"谢柔嘉高兴地喊道。

谢大夫人瞪她一眼。

"以后有什么事，你直接跟我说，不许再撺掇你姐姐。"她说道。

"是。"谢柔嘉也站起身，大声说道，"我直接撺掇母亲。"

谢大夫人呸了声笑了，谢柔惠也笑了。

谢文兴就在这笑声里迈进门，看着温暖室内的相依说笑的妻女，笑容也不由得散开。

"这么高兴啊？"他笑道。

谢柔嘉喊着父亲高兴地来迎接他。

"您回来了！"

谢文兴笑着点头。

"要过年了嘛，我怎么能不回来？再忙也要过年。"他笑道。

啪啪的声音在庭院里此起彼伏地响起。

廊下挤得满满的女眷们发出惊呼笑声。

待篝火里的竹子烧尽，一群小厮涌上来，开始在院子里摆放烟花。一开始只是小厮们，很快不知道哪个年轻人带头，谢家的少爷们好几个跑出来，就连五老爷谢文俊也跟着在其中。

"五叔五叔。"谢柔嘉站在谢柔惠身边挥手喊道。

话音未落，有一溜的烟花已经点燃了，伴着响声喷出五色斑斓的火花，足足有一人高，院子里陷入一片喧腾。

谢柔嘉和谢柔惠一左一右被谢大夫人搂在怀里，笑着看着眼前的火树银花。

"嘉嘉，惠惠。"

烟花起伏中，谢柔嘉看到谢文俊冲她招手。

"敢不敢放烟花？"他笑着问道。

"你少勾引孩子们作怪。"谢大夫人嗔怪道。

"去吧，女孩子也能玩啊。"谢文兴则笑道。

她从来没玩过，谢柔嘉挣开谢大夫人就向院中跑去。

"我来我来。"她说道。

三步两步下了台阶，身后江铃笑嘻嘻地跟着，穿过一众少爷小厮奔到谢文俊身前。

谢文俊将一根长长的香烛递给她，指着地上摆好的烟花。

"点这里。"他大声说道，"别怕。"

谢柔嘉笑着点头，看着谢文俊。

"我不怕。"她也大声说道，接过香烛一手提着裙子，弯身点燃了烟花。

江铃笑着抱住她，二人看着一串银火噌噌冒起，发出尖叫的笑声。

"姐姐。"谢柔嘉激动得脸通红，扭头冲廊下招手。

隔着此起彼伏的火树银花，看到谢文兴谢大夫人在廊下并肩而立，谢柔惠倚在谢大夫人身边，听到她的喊声，三人都笑吟吟地看着她。就在这时有人点燃了大烟花，伴着砰砰两声震响，两个大烟花直冲夜空，如莲花般绽放，整个院子都变得明亮起来。

谢柔嘉看得呆住了，听着满耳的欢笑，看着面前的璀璨。

"就像做梦一样。"她喃喃说道。

从来没有做过这么美的梦啊。

不，不对，这不是梦，这是事实，这是现在。

她仰起笑脸，再次冲廊下的父母姐姐挥手。

谢柔惠也冲她挥手，在高高低低的五光十色的烟花的映照下，如同夏花一般明艳。

第四十九章

生　辉

进入二月下旬，天似乎一下子热起来。

学堂里女孩子穿的衣衫更薄了几分，尽管如此一堂课下来也大汗淋漓。

"我们就要这样熬到明年这个时候啊？"谢柔淑躺在地上说道。

没有人回答她，谢柔淑转头看四周，女孩子们或坐或躺，三三两两地说笑着。

而她的身边不知什么时候被空出一片地方。

这已经不是第一次了，谢柔淑的嗓子陡然火辣辣地疼，她模糊着双眼看过去，很容易就找到了被人围着的谢柔惠。

"嘉嘉这次跳得很好了，先生都点头呢。"谢瑶笑吟吟说道，看着坐在谢柔惠身旁的谢柔嘉。

"没有很好。"谢柔嘉说道，"先生只是没有再训我。"

"那就是有长进了。"谢柔惠含笑看着她，抚了抚她的肩头，"别急，慢慢来。"

谢柔嘉点点头。

"走，去洗洗了。"谢柔惠笑着拉她起来。

学堂的隔壁是一排专供女孩们洗漱的房间，跟读书写字的学堂不同，各自的丫头都能跟进来伺候，这里还有专门烧水的丫头们。

不断地有女孩子走出来，站在走廊里的丫头们各自迎接自己的小姐。

谢柔惠和谢柔嘉起身迈步，身旁身后立刻跟来一群女孩子。

"明日就不用上学了，你有空来我家玩吗？"谢瑶拉着谢柔惠的手问道。

三月三的祭祀就要到了，虽然不是丹女初任的大祭祀，但作为一年之始的祭祀也是很重要的，谢家上下都忙碌起来，教授舞蹈和打鼓的先生更为忙碌，所以女孩子们这边的课就停了。

"去不了，要跟着母亲一起准备。"谢柔惠说道。

作为下任丹女由母亲言传身教是必然的。

谢瑶点点头，转头看着走在另一边的谢柔嘉。

"那嘉嘉要来玩吗？"她笑吟吟说道，"惠惠和大伯母都忙着，你来和我们玩吧。"

跟在她们身后的谢柔淑攥紧了手。

谢瑶竟然主动开口邀请谢柔嘉了。

就是因为大夫人宠着谢柔嘉，她们就都怕了，都怕了。

这个家里，就要被谢柔嘉一手遮天了吗？

"不了。"谢柔嘉对谢瑶笑了笑，"我也出不了门。"

春天是戒酒的好时节，她要好好地看着祖母，还有邵铭清。谢家要举行三月三祭祀了，作为亲族的邵家一定会来往得更勤，邵铭清说不定还会在他们家住下，她也得看紧了他。

谢瑶笑了笑没有再问。

"惠惠你……"她继续跟谢柔惠说话，谢柔惠却紧走几步挣脱她的手，拉住了谢柔嘉。

谢瑶被挤在了后边，差点儿被绊倒。

谢柔淑哈的一声笑出来，谢瑶很快站稳，若无其事地让开一步，看着谢柔惠和谢柔嘉并肩而行。

"你在家也好，外边人怪多的，没什么意思。"谢柔惠挽着谢柔嘉的手低声说道。

谢柔嘉点头。

此时她们已经穿过了圆洞门，迈进了这边的走廊。

"小姐出来了。"等候在门边的江铃高兴地说道。

在她身旁的槐叶也忙站了起来，看着迎面走来的一群穿着一样衣衫的女孩子。

江铃停下脚，等着谢柔嘉开口招呼自己。

"……是，在家里玩也有意思的。"谢柔嘉正在回答谢柔惠的话。

谢柔惠点点头，冲江铃和槐叶这边带着几分随意地伸出手。

虽然走廊里也很暖和，但到底比不得练舞的室内，从走廊到洗漱的房间还有几步的距离，大汗淋漓的女孩子们都备着斗篷裹一下，免得受风着凉。

看到谢柔惠伸出手，槐叶忙将手里的斗篷递过来。

谢柔惠伸手系上。

"我们出来再说。"她对谢柔嘉说道。

谢柔嘉点点头。

"江铃。"她这才喊了一声。

而站在一旁的江铃也忙将斗篷给谢柔嘉披上，女孩子们各自进了洗漱的房间。

"真是累死了。"

晚饭过后回到屋子的谢柔嘉直接扑到了罗汉床上。

"小姐，那今晚还在地上滚吗？"江铃问道。

谢柔嘉趴在床上摇头，连声说不不不。

"还不快去给小姐铺床？这么累，早点休息。"木香说道。

江铃应声是，走了几步又停下。

"那小姐还游水吗？"她问道。

"舞都不跳了，还游什么水啊。"木香嗔怪道，"小姐累得很。"

江铃哦了声，谢柔嘉却撑着身子要起来。

"舞可以不跳。"她嘀咕说道，"水必须游。"

木香愣了一下。

"小姐，就歇息一日吧。"她劝道。

自从那日落水之后，小姐就真的开始游水，几乎没有停过，不管练舞练鼓再累，晚上回来也总会去游。

小姐有这么喜欢游水吗？可是她看到水的神情却一点也不像是喜

欢，就跟爹娘都被淹死的水英差不多，看着水露出的是那种杀气腾腾的表情。

既然不喜欢，为什么还非要天天游水呢？木香百思不得其解，看着谢柔嘉果然走出了屋子向温泉而去，她也只得忙跟上。

谢柔嘉站在温泉池边，懒洋洋地展开手臂。

"好累啊。"她喊道。

"累就……"木香再次忍不住说道，话音未落就听扑通一声，水花飞溅，她的话变成了一声惊呼。

温泉池中谢柔嘉已经慢慢地开始游动，江铃哈哈笑了。

等待迎接三月三祭祀的日子，谢柔嘉就如同她所预想的那样不出家门，每日给父母问安之后，就来到谢老夫人这边。

"祖母，你不去看三月三吗？"谢柔嘉问道，一面拿过摆在谢老夫人身边的酒壶。

谢老夫人伸手按住。

"不去。"她瞪眼说道。

"那么热闹祖母怎么不去看啊？"谢柔嘉问道，用力地拽酒壶。

谢老夫人也用力抓住不放。

"热闹，热闹看多了就恶心了。"她说道。

"祖母难道不喜欢祭祀吗？"谢柔嘉瞪眼问道。

丹女站在祭台上，享受众人的叩拜，沟通天地神明，是多么神圣的事！

所以在梦里她这个冒牌货根本就不敢出席三月三，母亲大概也不敢让她出席，所以才安排了她坠马伤了脚。

冒牌货不敢亵渎神明，真正的丹女自然无惧，应该很享受才对。

谢老夫人哧了声。

"喜不喜欢有区别吗？"她说道，显然不想再继续这个话题，用力将酒壶拽过来，"你快走吧走吧，在我这里混了半日了。"

谢柔嘉抱住她的胳膊，挂在她身上笑。

"不行不行。"她笑道，"祖母就喝一杯，就喝一杯。"

谢老夫人被她搂着站立不稳。

"不行，一壶一壶。"她也喊道。

"两杯两杯。"谢柔嘉笑道。

谢老太爷还没进门就听到屋子里的笑声喊声，迈进屋子就看到谢老夫人和谢柔嘉倒在罗汉床上，二人手里都还握着一个酒壶，一边笑着厮缠一边讨价还价。

"已经减到五杯了。"站在一旁笑着看的一个大丫头对谢老太爷说道，"再减一杯，老夫人就认输了。"

谢老太爷哈哈笑了，看着在床上笑闹的一老一小，许是春天到了的缘故，谢老夫人原本苍白的脸变得红润了很多，浑浊的视线也清明了些。

她正笑着，脸上的皱纹更显多了，却不再似以前枯老树皮一般。

就像她年轻的时候，仰头大笑如同盛开的牡丹般耀眼。

这样的笑，似乎半辈子没见过了。

谢老太爷不由得怔怔地出神，仿佛又看到了当年那个骑在马上挥动着鞭子如同火焰般灼目的女子。

春光短暂，一眨眼就到了三月末。

谢家上下似乎还没从三月三的祭祀疲惫中缓过来，上上下下都带着慵懒之气，又或者是初夏要到了。

女孩子们换下了有些臃肿的春装，换上了轻盈的夏装，不过进练舞堂时还是要换上统一的衣衫。

换衣衫的时候一个消息让女孩子们喧闹起来，先生宣布今日要考一考众人的舞蹈，而且不再是以前练习时的那般随意，还会配上鼓乐。

"今日真要单独考跳舞吗？"

"现在就要选明年参加祭祀的人了吗？"

"我这支舞还没练好呢。"

女孩子们激动、不安又紧张，练得好的激动地等着在人前演示，练得不好的则害怕被人嘲笑，但不管愿意还是不愿意，外边的鼓乐还是响起来了。

学堂外的平地上铺设了厚厚的垫子，四周架起了大鼓，几个乐师挥动了鼓槌。

祭祀用的舞蹈只有大鼓为伴，阴柔的舞，阳刚的鼓相和，要跳得好看的确不容易。

丫头们都闻讯挤过来兴高采烈地看着一个又一个姑娘跳舞，为自己的小姐喝彩以及嘲笑别人的小姐。学堂前变得喧闹起来，不时地爆发出喝彩声或笑声。

看着一个女孩子有些狼狈地收了姿势，下边响起了笑声，谢柔淑不由后退一步。

她跳得还不如这女孩子呢，下一个就轮到她了。

谢柔淑探头看着台阶下围着的人，这些小丫头除了敬畏谢柔惠，别的小姐可不在她们眼里，指点说笑毫不掩饰。

这么多人并不一定每个人都能跳到，只要她排在最后，应该就能避过了。

谢柔淑不由后退一步，撞上了一个人。

"你不跳吗？"这人问道，微微蹙眉，"不跳我先跳吧。"

谢柔淑大喜。

"惠惠你真好。"她忙说道，"你先，你先。"

女孩子笑了笑，没有说话径直走了出去。

外边的丫头们看到站在正中的女孩子顿时都停下说笑。

"是大小姐还是二小姐？"

低低的询问声响起，不过没人回答。乐师看到有人站好，便直接敲响了鼓，场中的女孩子展开了手臂，跃步而起，如同山林的鹿一般跳到了众人的面前，只这一个动作，原本骚乱的围观者们便凝滞不动了。

行家一出手，就知有没有。

站在一旁的先生神情肃重起来，而在另一边，谢大夫人正由几个仆妇拥簇缓步而来，远远地看到场中的女孩子也站住了脚。

"惠惠的腰力更长进了。"她微微一笑说道，"原本我还担心她撑不下一场祭祀。"

仆妇们也都看过去，场中的女孩子正随着鼓声缓慢地旋转。

这种旋转看似缓慢，却带着柔韧的力度，一圈一圈的似乎搅动着观者的心，就好像流动的水慢慢地将人卷入漩涡中，躲不开逃不去。

鼓声渐渐激越，场中女孩子的摇、扑、拍、打、转也越来越激烈繁杂。她的长发散开，随着舞动在日光下飞扬。围观者的呼吸也越来越急促，随着那女子的大幅度跃动摇晃而不由得跟着摇晃。

扑通一声，站在最前边的一个小丫头身子颤抖支撑不住，跪倒在地上。

这就是谢家巫舞的精髓，摄人心魄。

鼓声也就在此时收起，场中的女孩子旋转着卧倒在地上，匍匐而拜。

四周一片安静，旋即不知哪个带头喊了声大小姐，声音就接连而起，一大片的丫头还叩拜了下去。

这一幕并没有什么稀奇，在丹女的祭祀上，漫山遍野都是这样叩拜的人群。

"大小姐！大小姐！"

谢柔淑也大声地喊道，在她四周的女孩子们也都纷纷鼓掌叫好，远处的谢大夫人的眼神闪亮，掩不住神情的激动抬脚迈步。

在这一片喧哗中，槐叶也呆呆地看着台上。

"大小姐跳得真好，大小姐跳得真好。"江铃在身旁拍着她激动地喊道。

槐叶呆呆地摇头。

"不是。"她喃喃说道。

喧哗声乱乱地盖过了她的喃喃，没有人听到。

而这喧哗声也让匍匐在地上、剧烈喘气的女孩子醒过神来，她抬起头，似乎有些茫然。

巫舞迷观者，也迷自己，上了祭台就是巫，下了祭台才是人。

一旁的授舞先生忙疾步过来唤醒。

"大小姐。"她伸手搀扶，带着几分恭敬。

这称呼让女孩子笑了。

"不是。"她说道，一面站起来，"我不是大小姐，我是谢柔嘉。"

先生愕然愣住，伸出的手僵住了。

"姐姐让我先跳的。"谢柔嘉笑道，伸手向学堂屋子那边一指，"你看，姐姐在那里。"

随着她的一指，先生看过去，其他人也都不自觉地跟着看过去，屋门口人群分开，露出站在其中的一个女孩子。

跟台上这个女孩子一模一样的女孩子，此时正张着小口满脸惊愕。

第五十章
意 外

姐姐？

这个才是姐姐？

四面的视线瞬时凝聚，里里外外安静无声。

"姐姐。"

在这片安静中，唯有谢柔嘉的声音响亮，她从场中跑向屋门口站立的女孩子，长长的头发随着跑动晃动，就像水一般流过，打破了四周的凝滞。

所有人都似乎重新活了过来，喧哗声起。

"原来是二小姐啊。"

"二小姐跳得都这样好，大小姐肯定更厉害。"

大家期待地看向谢柔惠，谢柔嘉已经跑到她面前，带着几分激动地握住她的手。

"姐姐，我跳得还可以吧？"她问道。

谢柔惠点点头。

"好。"她说道。

谢大夫人此时也走了过来，四周的丫头们乱乱散开，学堂的女孩子们忙也过来施礼。

"嘉嘉跳的啊。"谢大夫人眼神难掩惊讶，"跳得真不错啊。"

授舞先生恭敬施礼。

"是，二小姐进步很大，原本腰身无力，现在已经没有这个问题了。"她认真说道，一面看向谢柔嘉。

这一次她的视线准确地落在了谢柔嘉身上。

虽然站在一起的小姑娘衣衫面容相同，但此时一个脸上带着汗喘息不平，就让区分很容易了。

"二小姐是怎么练的？"她好奇地问道。

谢柔嘉被问得笑了。

"没有啊，我没有特别练啊。"她笑道。

"跳了这么久怎么也得有长进。"谢大夫人含笑说道，"好了，接着跳吧，学了半年了，也该摸摸大家的底子了。"

授舞先生应声是。

"那下一个跳的……"她看向谢柔惠。

"让别的孩子先跳吧。"谢大夫人说道，"嘉嘉才跳了，惠惠再跳，怕不好。"

授舞先生应声是，忙安排另外的女孩子去跳，这个被安排的女孩子是恰好站在最前边的谢柔淑。

谢柔淑的脸当场就绿了。

跟在一个几乎跳出祭祀时巫祝之力的人之后跳舞，她就是跳出花儿来也没人看得入眼，更何况她还跳不出花儿来。

她甚至已经听到了四周的哄笑声。

"为什么不能让惠惠跳啊？"她忍不住说道。

如今也只有谢柔惠能跳得好过谢柔嘉。

"难道是怕跳不好啊？"她嘀咕一句。

谢柔清瞪了她一眼。

"你是傻子吗？"她喝道，"刚才那么多人被嘉嘉的舞所迷，再让惠惠来跳，你是希望看到家里有人神志变得不清吗？"

谢柔嘉跳舞还有小丫头看得失魂跪倒在地，如果更优秀的谢柔惠再跳，情绪还激动的小丫头们极有可能承受不住精神刺激。

四周的女孩子们闻言都哧哧地笑。

"四妹妹竟然还替大小姐担心。"

"四妹妹真是年幼心纯啊。"

也就是说她傻喽！谢柔淑的脸涨红。

"四小姐，你还跳不跳？"授舞先生迟迟不见人上来，皱眉喝道。

跳！跳，还跳什么跳！不跳被人嘲笑，跳了还是要被嘲笑！都是被嘲笑，她还不如省些力气！

"我不跳了！"谢柔淑喊道，一把推开身旁的人，哭着跑了。

女孩子们有的愕然，更多的是不屑。

"又来这套把戏。"很多人窃窃说道。

授舞先生更不是好脾气。

"不跳就不跳吧。"她说道，直接点了下一位。

这边谢大夫人等人自然也看到了。

"她又干吗？"谢柔嘉皱眉说道。

"淑儿年纪小，学这些本就是很累的，不跳就不跳吧。"谢大夫人淡淡地说道。

此言一出在场的人心里都是一颤。

谢大夫人亲自开口说让谢柔淑不要跳了，那也就是将她驱逐出学堂了。

是有很多女孩子熬不住自己主动退出，可是被谢大夫人开口赶走的，谢柔淑还是头一个。

谢柔淑在家里彻底完了。

众人心里说道。

看着谢大夫人神情淡然，再看一旁的谢柔惠微微出神，显然根本就没把这事看在眼里，更别提开口为谢柔淑说好话了。

想起上一次谢柔淑闹着不上学，谢柔惠去劝慰，谢大夫人也训斥谢柔嘉，不想这才几个月而已，谢柔淑的地位就变成这样了。

这不是因为谢柔淑得罪了谢大夫人或者谢柔惠，对这二人谢柔淑一向尊崇讨好，跟其他人一般，不一般的是她对待谢柔嘉的态度。

其实以前在学堂里对谢柔嘉态度不好的人也很多，大家吵吵闹闹也就过去了，但现在看来家里并不是只有谢柔惠不能得罪，还有谢柔嘉。

众人的视线不自觉地落在谢柔嘉身上。

丫头正踮着脚将披风披在她身上。

"不冷。"谢柔嘉扭头说道。

谢大夫人伸手给她系上带子。

"现在不冷，一会儿汗下去了就冷了。"她嗔怪道。

谢柔嘉就嘻嘻笑了，垂着手任母亲给自己系带子。

"母亲，我跳得还可以吧？"她像个讨要糖果的孩子一般问道。

谢大夫人笑着嗯了声。

"看得出没偷懒。"她说道。

"都是姐姐的功劳。"谢柔嘉说道，挽住了谢柔惠的胳膊，"姐姐那么勤奋，我怎么好偷懒。"

谢柔惠冲她笑了笑，没有说话。

一旁的谢瑶忽地走过来了。

"惠惠，你还有多余的鞋子吗？"她问道，带着几分歉意，"我的鞋底好像开了。"

她说着低头微微提起裙子，露出鞋底，旋即又放了下去。

谢柔惠点点头。

"有的，我放在洗漱间了。"她说道，视线看向一旁，却又停顿一下，"我，去给你拿吧。"

谢瑶点点头伸手。

谢柔惠看着她的手。

"姐姐，我那里也有呢，你的要是不合适就让她用我的。"谢柔嘉说道。

谢瑶忙哦了声。

"对，惠惠，你一会儿还要跳，我还是用嘉嘉的吧。"她说道。

谢柔嘉转头喊江铃去拿，谢柔惠却伸手握住了谢瑶的手。

"还是用我的吧。"她说道，"我那里好几双呢，瑶瑶以前也穿过。"

跳舞鞋子合脚最重要。

谢柔嘉哦了声不再说话了，看着谢柔惠拉住了谢瑶的手抬脚迈步。

"多谢嘉嘉了。"谢瑶扭头对着谢柔嘉笑着道谢，一面跟着谢柔惠走，迈的步子很大，一下子踩在了谢柔惠的裙角上，她不由叫了声，慌乱地要让开，却脚步更乱，竟然摔倒下去。

在前迈步的谢柔惠猝不及防被踩住了裙子，一个趔趄还没站稳，谢瑶又撞了过来，她啊呀一声摔倒在地上。

周围响起一片惊叫。

"姐姐！"谢柔嘉扑过来。

丫头们也拥了上来，急忙搀扶起二人。

谢瑶被搀扶起来了，谢柔惠却有些痛苦地没能起身，手扶着小腿。

"撞到腿了！"

"快叫大夫！"

在外边大鼓激烈的敲击中，堂前屋内乱成一团。

天色刚亮的时候，谢柔嘉就蹑手蹑脚地走进了谢柔惠的院子。

"二小姐，怎么这么早？"木叶看到她惊讶地问道。

谢柔嘉眼底一片青。

"姐姐怎么样？"她低声问道。

"大夫说了没事，歇两天就好了。"木叶笑道，"二小姐放心。"

昨日谢柔嘉也听到了大夫的话，也亲眼看了谢柔惠的腿，的确是没事，但被撞了一下肯定会很疼的。

如果不是姐姐非不让她在这里相陪，她昨晚真不想走，回去了也一晚上没睡，一大早就忙过来了。

屋子里响起脚步声。

谢柔嘉抬头看去，见竟然是谢柔惠站在了门口。

"说了没事，你看，我都能走了。"她显然刚起来，散着头发穿着里衣，笑吟吟地说道。

谢柔嘉吓了一跳。

"姐姐，你怎么下来了？"她喊道，忙跑过去。

谢柔惠笑着拉住她的手。

"不下来走走让你看，你能放心吗？"她说道。

谢大夫人也正迈进门，闻言皱眉。

"嘉嘉，你怎么又来吵你姐姐了？"她说道。

谢柔嘉一脸自责，忙扶着谢柔惠。

"你也是，大夫都叮嘱再歇息一日才下地，你还下来。"谢大夫人说道。

谢柔惠和谢柔嘉都讪讪的，二人低头对视一眼，又都笑了。

"还笑！"谢大夫人嗔怪道，"谢柔嘉，你跟我过来。"

谢柔嘉笑嘻嘻地应声是。

"姐姐，我一会儿再来看你。"她说道。

谢柔惠笑着冲她摆摆手，看着谢大夫人拉着谢柔嘉走了出去，她扶着门框站着未动，脸上的笑渐渐地凝固，然后一点点地褪去。

"小姐快进去吧。"木叶说道，伸手来扶。

谢柔惠点点头，将手搭在她的胳膊上，慢慢地挪进去。

而在院门外，谢大夫人和谢柔嘉看到了谢瑶。

"大伯母。"谢瑶施礼，声音有些沙哑，精神不振，眼圈发红，显然昨晚也没睡好。

"你这孩子，你也摔倒了，不休息还走这么远。"谢大夫人说道。

"我摔倒了也就摔倒了，可是惠惠不能啊。"谢瑶哽咽着说道。

"哎呀，你这孩子，都说了没事了，你还这样。"谢大夫人笑道，伸手抚了抚她的肩头，"还有啊，让你母亲别一箱子一箱子往这边给我送补品，不知道的还以为出什么事了呢，多大点儿的事啊，咱们谢家的孩子就经不得一点磕绊了不成？让人笑话。"

谢瑶被逗笑了，又拿着手帕拭泪。

"去吧去吧。"谢大夫人说道，"我知道你们这些小姑娘都心思重，大人说的话都不信，你自己去看看吧。"

谢瑶笑着施礼。

"多谢大伯母。"她说道。

谢大夫人拉着谢柔嘉径自去了，谢瑶这才继续向谢柔惠这边走来。

听到回禀说谢瑶来了，坐在罗汉床上看书的谢柔惠嗯了声。

"请进来吧。"她说道，放下手里的书。

木叶应声亲自去接，却又被谢柔惠叫住。

"木叶姐姐，别让屋子里有人伺候了，我和瑶瑶单独说会儿话。"

谢瑶让大小姐摔倒了，昨日已经哭得停不下来，跟二小姐一样，好容易才劝回去，这一大早也来了，可见还是少不得一场哭。

丫头们在跟前的确不好看。

大小姐就是思虑周全，尤其是总为别人着想，木叶欣慰地点点头，请了谢瑶进来。

"还疼吗？"谢瑶问道，话一出口就声音哽咽。

谢柔惠笑了笑。

"不疼。"她说道。

看，果然吧，木叶心里说道，上了茶点便带着人退了出去，屋子里只有姐妹二人对坐。

"吓坏你了吧？"谢柔惠含笑说道，拿起书有些懒懒地说道。

谢瑶点点头。

"吓死我了。"她说道，再次问昨晚睡得好不好，药吃了没。

"不用吃药，就是撞了一下，又没有伤筋动骨。"谢柔惠倚着凭几笑道，视线落在书上。

"那皮肉也是疼的。"谢瑶说道。

谢柔惠没说话，翻过一页书。

"大家都在笑我吧？"她忽地说道。

谢瑶愣了一下。

"怎么会？"她又笑道，"这有什么好笑的！"

谢柔惠依旧看着书。

"给我杯茶。"她说道。

谢瑶便起身将面前的茶给她捧过来。

"姐妹们都说来看你呢，我怕让你烦……"她一面笑道。

话音未落，谢柔惠抬手给了她一耳光。

谢瑶猝不及防手一抖，茶水泼在自己的身前袖口。

"不好笑吗？我让你帮忙了吗？谁让你撞倒我的？"谢柔惠慢慢说道，"你觉得我跳不过她很好笑吧？"

谢瑶面色涨红，手紧紧握着茶杯一动不动。

"我没有。"她低声说道，"我真是不小心，不是，不是故意的。"

谢柔惠看着她又倚在凭几上，拿起书。

“再倒一杯。”她说道。

谢瑶应声是，转身又斟了茶，小心地给她捧过来。

谢柔惠一手接过。

“不是我怕烦，是我本来没事，不用姐妹们来看我。”她笑吟吟地说道，一面喝了口茶，“我明日就去学堂了，大家到时候再看我嘛。”

说着对谢瑶举了举茶杯。

“这茶很好吃，你也尝尝。”

谢瑶笑着点点头，端起茶杯吃了口。

“真的好吃，夏日就该吃这样清淡的。”她说道，“前日我哥哥也给了我一些，吃着没有你这里的好呢。”

“哥哥们都喜欢口味重些的。”谢柔惠笑道，纵了纵鼻头，“我家的哥哥们给我送的也是这样的，我都没法夸他们，一夸就送来更多了。”

谢瑶抬袖子掩嘴咯咯笑起来。

明亮的夏日里，罗汉床上对坐的两个女孩子谈笑风生，只是其中一个女孩子脸上的红印看上去添了几分诡异。

第五十一章
旁 观

夏日易乏，吃过午饭，谢柔嘉就滚倒在谢大夫人屋子里的罗汉床上，却见谢柔惠向外走。

"姐姐你去哪里？"她忙问道。

"我回去洗一下，你先睡吧。"谢柔惠笑道。

"不是洗过了吗？"谢柔嘉问道，"姐姐很热吗？"

谢柔惠笑着应声是。

"你先睡午觉吧。"她说道。

谢柔嘉便不再问了，说了声"姐姐洗完了快些来"就躺下了。

谢大夫人迈进院子的时候，院子里只站着两个丫头，靠着廊柱打瞌睡，四下一片静悄悄。

进了屋子，罗汉床上谢柔嘉睡得正香，江铃眼睁得大大的在一旁打着扇子。

"惠惠呢？"谢大夫人低声问道。

"过了年个子都长了，一个床上睡不下，怕一起挤着睡二小姐热，所以大小姐回自己那边睡了。"丫头低声说道。

谢大夫人看着在罗汉床上摊开手脚睡的谢柔嘉，的确是一个人几乎占满了床，不知不觉女儿们都这么大了，明年谢柔惠就正式出任丹女了，她的职责也能卸一半了。

想到这里谢大夫人又皱起眉头，想到了今日听到的闲言碎语，谢大夫人站起身来。

"夫人不歇了？"丫头不解地低声问道。

"去看看惠惠。"谢大夫人说道。

谢柔惠的院子也是一片安静，廊下坐着的两个小丫头靠着墙睡得正香，谢大夫人制止了丫头唤醒她们，自己迈进了谢柔惠的屋子，却见谢柔惠并没有睡觉，而是正站在屋子里弯身下腰。

两厢一对面，都吓了一跳。

谢柔惠哎哟一声坐在地上。

擦拭过脸和手，丫头们都退了出去，谢大夫人坐下来看着谢柔惠。

"你说在自己屋子里睡，其实是为了偷偷地练舞吗？"她问道，"你不知道欲速则不达的道理吗？"

"不是，我睡不着，就跳一会儿。"谢柔惠笑嘻嘻说道。

谢大夫人看着她。

"你有没有听到有人说你其实根本就没有你妹妹跳得好，所以故意摔了跤好不跳舞这种话？"她问道。

谢柔惠脸色顿时一白，人也站起来。

"竟然有这种话？"她说道，旋即又笑了，"这是蠢话了，咱们家人多嘴杂，私下说话的多了去了，母亲可别都听进心里。"

这种道理谢大夫人自然知道。

"我自然不会听进心里，我是怕你听进心里。"她说道。

谢柔惠哦了声，看着谢大夫人，露出伤心的神情。

"我知道了，原来不是别人觉得我跳得不好，是母亲觉得。"她说道，"若不然母亲怎么会听信这种话？"

谢大夫人嗔怪地瞪她一眼。

谢柔惠笑嘻嘻地挽住了谢大夫人的胳膊。

"好了，母亲，别理会那些话，好不好的可不在别人说，而是在我。"她说道，"等我跳一场就明了了。"

谢大夫人笑着点头，伸手抚着她的头发。

"我知道你最让我放心。"她说道。

"母亲，您也累了吧，和我一起歇午觉吧。"谢柔惠笑道，"母亲陪着我，我就能睡着了。"

谢大夫人笑着说了声好。

木叶带着丫头们忙伺候谢大夫人摘去了钗环，看着谢大夫人和谢柔惠在床上躺下。

谢柔惠抱紧了母亲的胳膊，带着几分甜甜的笑闭上了眼睛，院子里外重新陷入安静。

咚咚的鼓声从学堂里响亮地传出来。

屋子里三面鼓前都站着女孩子们，一个个束着袖子，握着鼓槌用力敲击着。

一开始齐整的鼓声渐渐地出现错音，出错的女孩子带着几分懊恼退下来，退下来的人越来越多，最终只剩下了两人。

大家的视线都凝聚过来。

"真没想到谢柔清的鼓打得这么好。"有人低声说。

"总得有一样好吧？学了这么久。"也有人不阴不阳地说。

谢柔清相貌身材都不好，跳舞天生没机缘，所以她也不怎么用心学，不过打鼓却是很出众。

"那也没用。"有人说道。

还是因为相貌。

能作为大巫的随从参加祭祀，都必须是貌美的人，不一定要像谢柔惠那么美，但也不能是那种让人看了心里闪过一个"丑"字念头的人。

"不许说话！"站在前边的授鼓先生转过身，竖眉低声喝道。

女孩子们忙噤声，而鼓声也在此时停了下来。

谢柔清喘气垂下手，只觉得畅快淋漓，她看向一旁发现竟然还有一个人，这个人比她要狼狈，手里的鼓槌已经握不住了，手扶着膝弯着身子在大口大口喘气，汗水不断地滴落。

"二小姐，三小姐。"授鼓先生迈步过来，一面说道，"你们没有出错，这很好。"

谢柔清对先生道谢。

"只是还不够随心所欲，所以你们才会这么累。"授鼓先生说道。

"打鼓还能不累吗？"一旁有女孩子忍不住问道。

"那当然，所以才叫随心所欲，怎么会累？"授鼓先生四下看，视线在边上席地而坐的谢柔惠身上迟疑了一下，最终还是转开落在了还在喘气的谢柔嘉身上。

谢柔惠似乎没有察觉，依旧带着笑看着场中。

"二小姐跳舞，会觉得这么累吗？"先生接着问道。

谢柔嘉摆摆手。

"跳舞真没觉得累。"她说道，"这个打鼓太累了，出的力气大的缘故吧。"

她说着话伸手。

"快来扶我一把，我走不动路了。"

女孩子们便笑起来，果然有两三个跑过来搀扶她。

"疼疼。"谢柔嘉被人扶住了胳膊又连声喊道。

女孩子们都哈哈笑了，连一旁的谢柔清也忍不住笑了，笑出来她又是一怔。

竟然因为谢柔嘉喊疼而笑了？

这要是搁在以前不该是被大家不屑的吗？这样地矫揉造作。

"那为什么跳舞不觉得累呢？"女孩子们的说话声打断了谢柔清的出神。

"二小姐，你跳舞的时候觉得开心吗？"先生没有直接回答而是再次问谢柔嘉。

开心吗？

谢柔嘉想了想，这些舞她以前学过，但那时候学得战战兢兢，跳得也战战兢兢，是要代替姐姐尽丹女的责任的缘故吧，现在有姐姐在，她什么心思都不用费，就是纯粹为了跳舞而跳舞，这种感觉简直太好了。

"开心。"她说道。

"那是因为你喜欢，所以才开心。"先生说道，"擂鼓呢，你不喜欢才觉得累。"

"擂鼓不好玩。"谢柔嘉说道。

这话说得太直白了。

有女孩子撞了撞她的胳膊，哧哧地笑。

这是同伴之间才有的小动作，谢柔清不由再次出神，是因为谢柔淑得罪了她最终离开学堂，所以大家都怕她讨好她了吗？

"不，擂鼓也好玩。"先生笑道，"是你觉得它不好玩，所以它才不好玩的，你心里有负担了。"

她说着话招手。

"来来，看看我是怎么让它好玩的。"她说道。

女孩子们嘻嘻笑着跟着先生围过去，谢柔嘉也被人拉着。

"啊啊，别拽我胳膊，疼疼……"她大呼小叫。

"哪儿有那么疼啊，别娇气，快听先生说。"女孩子们笑着说道。

看着大家都跟了过去，谢柔清迟疑一下也跟上，学堂里席地而坐的只剩下不多的几个女孩子。

"惠惠，我们也去听听吧？"有个女孩子说道。

谢柔惠含笑点点头，手撑着地要站起来。

"不行，你才打了一次鼓，腿上还有伤呢，不能站太久。"谢瑶拉住她的胳膊说道，"在这里也能听到，不用非得站过去。"

女孩子们忙都劝着谢柔惠快坐下。

"我们让她们让开一些，让你听得看得更清楚。"女孩子们纷纷说道。

谢柔惠笑着道谢，看着女孩子们涌涌地挤过去，人群果然让开了一条路，让先生展露在谢柔惠视线里。

"看，嘉嘉跟大家玩得越来越好了。"她含笑说道，目光并没有看先生而是看着谢柔嘉。

两三个女孩子正和她低声地说笑。

"毕竟谁也不愿意当第二个谢柔淑。"谢瑶说道。

谢柔惠没有说话，低下头一下一下地敲打着面前的小鼓。

夏夜沉沉，木叶看着丫头们熄灭院子里的灯，回头见窗棂上倒映出跃动的身影。

"这么晚了，小姐还在练舞吗？"一个丫头低声问道。

"小姐越发勤奋了。"木叶说道。

"劝劝早些歇息吧。"丫头一脸不安地说道，"毕竟腿才被撞过。"

木叶一脸为难，看着紧闭的屋门。

"小姐不让打扰。"她无奈地说道。

屋子里灯火通明，立着三个大铜镜，谢柔惠旋转而过，目光落在镜子里，看到一个曼妙的女孩子。

女孩子慢慢地转动着，长发飞扬，勾人心魄。

谢柔惠的视线围绕着铜镜，舞动不停，她的腿脚灵活，半点儿没有白日里走路的小心翼翼。

如果此时有学堂的女孩子们在场的话，就会认得这便是那日谢柔嘉跳的那支舞。

谢柔惠连续几个飞跃，眼角的余光看到铜镜里同样飞跃的身影。

不，似乎有些不一样。

铜镜里的身影飞跃得那样轻松随意，人也越来越明亮。

"大小姐！大小姐！"

她的耳边响起震耳欲聋的喊声，铜镜里不再只是舞动的一个人，而是越来越多的人，乱乱地欢呼着，还有人跪拜起来。

镜子里的人舞动得越来越激烈，摇着摆动着，令人眼花缭乱心旷神怡。

谢柔惠脚下一个踉跄，舞动的脚步顿时乱了，人狼狈地摔倒在地上，喧哗声散去，铜镜里的女孩子却还站立着，居高临下地看过来，展颜一笑，犹如盛开的牡丹。

似乎一眨眼间铜镜里的人消失，浮现出跪倒在地上汗水淋漓、气喘吁吁、面色苍白的女孩子。

看上去那样地狼狈，那样地黯然。

这不是她！这不是她！她不是这样的！她才不是这样的！

她也能跳得好，她能跳得更好！

谢柔惠猛地抬脚踢向铜镜，铜镜倒了下去，砸倒了旁边的铜镜，哐当的响声接连而起。

"小姐！"

丫头们急促喊着，门被撞开了，人也惊慌失措地冲进来，看到跪倒在地上的谢柔惠，都发出惊叫。

铜镜抬了出去，谢柔惠被扶着坐在了床上，站在眼前的丫头们一个个面色依旧惊慌。

谢柔惠噗嗤笑了。

"都说了没事，是我不小心撞倒了镜子。"她笑道，一面伸手拎起裙子，"你们看看，我的腿脚真的没事。"

木叶忙上前拉下她的裙子。

"小姐，您再这样，我们真的必须告诉大夫人了。"她哽咽说道。

谢柔惠笑着点头。

"是我不对，我记下了，以后晚上不跳这么久了。"她说道，"你们都下去吧，安抚一下小丫头们，免得她们因害怕嚷出去，又是一场麻烦。"

木叶点点头应声是，带着丫头们要退出去。

谢柔惠端起茶，余光看到站在最边上低着头跟着人往外走的一个丫头，放下了茶杯。

"槐叶。"她说道，"你留下。"

已经转过身的槐叶身子一僵，站住了脚。

第五十二章

脾 气

屋子里的灯逐一地熄灭，只留下两盏夜灯。

槐叶轻轻地走到床边，放下了帐子。

"热，你给我打扇子吧。"谢柔惠说道。

槐叶应声是，拿过一旁的扇子跪下来扇动。

"你还记得奶妈以前讲过的先巫大禹治水的故事吗？"谢柔惠说道。

槐叶点点头。

"记得。"她说道。

谢柔惠便抬起头，看着槐叶嘻嘻笑。

"那你给我讲讲吧。"她说道，"小时候每天晚上奶妈都给我讲故事。"

槐叶应声是。

"……天神鲧死了三年后，大巫禹从他的肚子里跳出来，这一次禹没有去求助天帝，而是带着人自己治水……"她摇着扇子轻声细语地讲着故事，"……无支祁终于被禹杀死了，但是共工却逃脱了……"

谢柔惠似乎睡着了，槐叶的声音渐渐地停下，试探着起身。

"所以禹步很厉害，第一个就要学会。"谢柔惠突然说道。

槐叶吓得低呼一声，手里的扇子差点儿掉了。

"怎么了？"谢柔惠抬起头问道。

"我，我以为小姐睡了。"槐叶讪讪地说道。

谢柔惠不再说话了，槐叶不敢起来，慢慢地摇着扇子，屋角的夜灯越来越昏昏，夜色沉沉，万物静寂。

"槐叶，你是不是没睡好啊？"谢柔嘉问道。

此时天光大亮，她正坐在谢大夫人的屋子里吃饭，看着给谢柔惠布菜的槐叶忍不住问道。

"是，都怪我，昨晚让槐叶给我讲故事讲得睡迟了。"谢柔惠说道。

槐叶忙摇头。

"不是，不是，小姐您睡得很快，是我睡前多喝了几碗茶，结果睡不着。"她说道。

原来如此，谢柔嘉点点头，又带着几分好奇。

"是讲袁妈妈讲过的故事吗？"她问道。

"是啊，嘉嘉你还记得袁妈妈在我们小时候讲过的故事吗？"谢柔惠笑道。

谢柔嘉咬着筷子点头。

"记得，袁妈妈讲的故事最好玩了。"她说道，"不像刘妈妈就会讲野猫老虎叼小孩子。"

谢柔惠咯咯笑了，一旁坐着的谢大夫人和谢文兴也笑了。

袁妈妈不是一般的乳娘，她是谢大夫人精挑细选的，作为下一任丹女的乳娘，读书识字，尤其是对巫家故事了若指掌，为的就是在小的时候就对谢大小姐产生潜移默化的影响。

而谢柔嘉的乳娘便只是一个乳娘罢了，老实本分地伺候谢二小姐就可以了，并不要求读书识字。

"今日你们两个做什么？"谢大夫人问道。

"正要告诉母亲。"谢柔惠放下碗筷说道，"太叔祖回来了，瑶瑶邀我去家里玩，今日来了好些兄弟姐妹。"

太叔祖父，谢瑶的曾祖父谢存礼，也就是谢老夫人的叔叔，西府的太爷。

谢老夫人的母亲谢蓉只有这么一个亲哥哥，虽然不再是大房一脉，但在谢族中地位尊崇。

不过当初因为谢柔嘉的母亲选中了谢文兴为婿，让一心要邵谢联姻的谢存礼很不高兴，跟谢老夫人还发生了争执。

以谢老夫人桀骜的性格，除了死去的谢蓉，就没有人能压住她，身为长辈亲叔叔的谢存礼也不行。

所以闹得有些生分，谢老夫人和谢存礼互不见面，但下边的子孙们并没有生分，该如何还是如何。

谢存礼今年七十四岁了，妻子邵氏去世后，就干脆搬出了西府，住在了祖坟那边的宅子里，每年孩子们三番五次地相请相劝才回来两次。

谢存礼回来，谢大夫人和谢文兴自然知道且已经去看过了，闻言点点头。

"那我去换衣服了。"谢柔惠说道，一面站起来，一面冲谢柔嘉招手，"走了走了。"

谢柔嘉哦了声忙跟着起来。

姐妹二人手挽手来到谢柔惠的屋子，看着被江铃拿来的衣裳，谢柔嘉才有些蒙蒙的。

"我也要去啊？"她问道。

"当然，瑶瑶也邀请你了。"谢柔惠说道，想到什么又抚了抚谢柔嘉的头，"我知道你不喜欢跟她们一起玩，不过这次是太叔祖回来了，不过去问个安不太好。"

就是因为太叔祖才不想去，谢柔嘉梦里见这位太叔祖并不多，但印象却很深刻。

当初姐姐溺亡后，消息瞒着西府，对外说是自己溺死了，太叔祖过来看时说了句早该溺死了，说自己是谢家的孽障，早晚要引来祸事的，现在死了最好。

当时自己恨不得一头撞死在姐姐的棺椁上。

是啊，自己是孽障，太叔祖说得没错，她真的引来祸事，害死了姐姐。

"要不你就别去了。"谢柔惠又笑道，"我替你编个话圆过去就是了，太叔祖也不会计较。"

太叔祖并不是不会计较的人吧？还得让姐姐替她说好话，她不能总是站在姐姐背后了。

谢柔嘉摇摇头。

"不，我和姐姐一起去。"她说道，"我早些回来便是。"

谢柔惠笑了。

"你现在啊，总是跟我反着调来。"她伸手戳了戳谢柔惠的额头，"都不知道拿你如何是好。"

"没有，姐姐总是护着我，我也要护着姐姐。"谢柔嘉说道。

谢柔惠笑着没有说话拉着她的手。

"我们走吧，别让人等着。"她说道。

虽然是西府，但如果谢柔惠要过去，姐妹兄弟们都要等着她。

二人刚要迈步，一个丫头拿着几个本子走出来。

"大小姐，您的功课我给大夫人送去吧？"她说道。

谢柔惠啊了声一脸懊恼地想到什么。

"我还有一张没写完。"她急道，松开了谢柔嘉的手，"我这就去补上。"

又赶着木叶槐叶。

"你们先和二小姐过去。"

谢柔嘉要说什么，谢柔惠又叮嘱。

"你跟瑶瑶说一声，让她和姐妹说多担待。"

姐姐总是在外维护自己，现在也该自己维护姐姐了，谢柔嘉便咽下了"我等姐姐一起"的话，点了点头。

看着谢柔嘉迈步过来，西府院门上的婆子们欢天喜地。

虽然知道东府大小姐二小姐是双生，分不清，但她们的丫头却不是双生，大家记不住大小姐，都牢牢地记住了大小姐的贴身丫头们。

"大小姐来了，大小姐来了。"她们欢欢喜喜地喊道，有跑来迎接的，还有飞一般去屋内报信的。

谢柔嘉被喊得愕然，又有些没办法。

"竟然这么早就过来了。"迎出来的有头脸的白白胖胖的管事娘子笑吟吟地施礼，"怪不得都说大小姐最是端庄有礼。"

"端庄有礼"这个词从来不会用在谢大小姐身上，从来没有哪个端庄有礼的小姐会把一碗茶泼在自己亲叔叔的脸上。

要是搁在别的地方别的时候听这话也就罢了，但现在谢柔嘉却莫名地想到了祖母。

她总觉得这话夸了姐姐却贬了祖母。

其实祖母的行为的确让人诟病，搁在以前她也觉得祖母很可怕，但现在她心里却有些不高兴。

谢柔嘉停下了脚步，看着这妇人。

"怪不得别人说？怎么，原来你是觉得我粗俗无礼吗？"她问道。

妇人被问得一个愕然，笑容僵在脸上。

"老奴不敢。"她扑通就跪下来叩头。

谢柔嘉没有理会她抬脚继续迈步。

这一幕不过是一眨眼间，前后左右的丫头仆妇甚至都还没反应过来是怎么回事。

木叶和木香面面相觑怔怔地都还没来得及开口说话，槐叶和江铃则脚步不停地跟了上去。

看着谢柔嘉等人走了过去，那管事娘子才涨红了脸起身。

"妈妈这是怎么了？"有仆妇大着胆子一脸不解地问道。

其实管事娘子也有些蒙，被这仆妇一问才明白，自己适才虽然是随口说出那句讨好的话，但心里的确是拿了谢老夫人做对比，只是这个念头隐秘得连她自己都不自觉，没想到会触怒眼前这个小姑娘。

"大小姐的脾气还真是……"管事娘子喃喃说道，"不好"这个词却是不敢说了，"还真是大小姐脾气。"

第五十三章
假 冒

被这突然状况搞蒙的不只是这边的仆妇丫头，木叶木香也是如此，看着谢柔嘉走开了，才回过神。

"二小姐！"木叶忙大声喊道，追了上去。

这声音让前后相拥的西府的丫头婆子都惊讶地看过来。

这不是大小姐？是二小姐吗？

那站着的管事娘子脸色却更红了。

"哦，这是二小姐啊。"她嘀咕，"脾气可真是比大小姐还大。"

谢柔嘉等人已经走出去了，并没有听到她的话。

木叶跟上了谢柔嘉。

"那是三叔祖母手下管门上的董妈妈。"她说道。

谢柔嘉才不理会那妇人是谁呢，闻言只是哦了声。

木叶其实也不理会那妇人是谁，她只是要大家知道眼前的是二小姐谢柔嘉就足够了。

得知是二小姐，前后左右的丫头的态度便变得随意了许多，一路上遇到丫头婆子看到木叶在其中忙惊喜问"大小姐好"，便不用木叶开口，其他人主动提醒这是二小姐。

谢瑶已经听到禀告亲自接出来。

"过来了？我正说让人去接你。"她说道，向谢柔嘉伸手。

显然也是把她当成谢柔惠了。

来和她禀告的是门上那些径直飞奔进来的还没听到木叶提醒的丫头，自然是给谢瑶报的大小姐来了。

"姐姐让我先来，她随后就来。"谢柔嘉主动说道。

谢瑶一怔，有些惊讶。

要在人前维护姐姐，谢柔嘉心里想道。

"你知道现在姐姐的功课很多，她正赶着写完，立刻就能来了。"她又补充一句。

谢瑶自然明白她的意思，闻言笑了挽住她的手。

"惠惠让你先来的？"她问道。

谢柔嘉点点头。

"她怎么说的？"谢瑶又看向木叶仔细问道。

"大小姐要出门，想到昨日有一课没写完，忙去写了。"木叶笑道，"还请瑶小姐多担待，即刻就能过来了。"

谢瑶哦了声。

"还有大小姐说二小姐不喜欢热闹，待会儿给太叔祖问个安就好了。"木叶又说道。

姐姐细心，事事都惦记着她。

"没事，没事。"谢柔嘉忙摆手说道，"姐妹们自然要见的。"

谢瑶笑了，挽住她的手。

"你姐姐做好人，我可不能做坏人。"她笑道，"你跟我来吧。"

谢柔嘉被她拉着向前而去，径直来到了客厅，听得里面喧哗声阵阵。

几个站在门口的丫头看到了谢瑶拉着谢柔嘉，便如同一路上遇到的所有丫头那样欢喜地迎接过来。

"大小姐来了。"她们大声地喊道。

"不是，不是。"谢柔嘉忙说道。

但屋子里涌出很多人，乱哄哄地喊着大小姐惠惠的声音盖过了她的声音，谢柔嘉被谢瑶拉进了屋子里。

谢柔嘉一眼看到了坐在正中的一个干瘦的老人。

老人的视线也落在她的身上，虽然有了梦里的十年相隔，但当那视线落在身上的时候，谢柔嘉还是陡然身子僵硬。

这个孽障！耳边似乎响起那老人的喝斥声。

谢柔嘉再听不到四周的说笑，只觉得两耳嗡嗡声，恨不得掉头就走。

"惠儿啊。"苍老的声音驱散了四周的嗡嗡声，直扑进谢柔嘉的耳内。

这么亲切柔和，毫不掩饰的欢喜，跟梦里那个阴森冰冷的声音截然不同。

谢柔嘉不由抬头看去。

"惠儿快过来，我正要去看你。"谢存礼笑呵呵地说道，继续招手，"我给你带了好些好吃的好玩的。"

又喊着让人抬上来。

"太爷，两大箱子呢，抬过来屋子里都搁不下，还是直接送到大小姐院子里去吧。"有人在一旁故意凑趣笑道。

两大箱子呢！

谢柔嘉再看太叔祖的神情，老人的欢喜宠爱之情真真切切。

是啊，太叔祖对姐姐很是喜欢，作为此时家中辈分最大的老人，从来都是别人给他送礼，他不用记挂别人，但每次回来都是必然给谢柔惠一箱子一箱子地带礼物。

她想起小时候很羡慕，想着要是自己收到这样的礼物该多欢喜，但当她代替姐姐之后，看到太叔祖再送来的礼物就只有心惊胆战，没有丝毫的欢喜。

原来是自己的就是自己的，不是自己的拿到了也是受罪。

"祖爷爷，您适才还难过惠惠不来看您，您看，她刚进门就直奔您这里来了，姐妹们都顾不上一见。"

耳边忽地传来声音，谢柔嘉一愣。

惠惠？

她看向谢瑶，难掩惊讶。

她怎么骗太叔祖自己是惠惠？

"惠惠也最惦记您了。"谢瑶接着说道，"你可不能再埋怨错怪惠惠。"

说罢推着谢柔嘉。

"快，先替你姐姐哄哄太爷。"她从牙缝里挤出低不可闻的声音。

替姐姐哄哄太叔祖啊……

其实太叔祖也并不是像外边说的那样跟祖母生分，谢柔嘉记得在梦里当祖母死了后，太叔祖闻讯赶来竟然不让封棺，在灵堂跳脚指着祖母骂要她起来，就像小孩子撒泼胡闹，不愿意接受亲人的死去。

她那时候吓傻了，躲在幔帐后看着太叔祖疯疯癫癫的，但她能感受到太叔祖的悲伤，就像自己面对姐姐的死那样悲伤。

自从姐姐去世后，祖母紧接着去世，然后便是祖父，紧接着就是太叔祖去世。那几年谢族里外总是白茫茫的一片孝，人心惶惶，大人们常有拌嘴争执，小孩子们也战战兢兢，里里外外都罩上一层低迷之气。

要是这些人都能活得久一点，家里的日子就会不同了吧，兄弟们还会和睦，也不会引来外祸。

如果说姐姐还没来，太叔祖一定对姐姐很失望吧。

代替姐姐嘛……这种事也不是没干过，自己替姐姐哄哄太叔祖高兴，可比姐姐替她被父母先生责备要好受得多。

念头闪过，谢柔嘉跟着谢瑶迈步上前。

"太叔祖。"她施礼喊道。

谢存礼高兴地笑了。

"来来，坐这里。"他喊道。

原本坐在他下首的西府三老太爷谢华顺有些无奈地笑着起身让开了，三叔祖父亲自给自己让座，谢柔嘉有些惶惶的，但其他人并没有觉得如何，丫头们搬了凳子更换了碗碟请谢柔嘉坐下。

谢存礼已经一迭声地询问她这些日子吃得可好睡得可好，又感叹长高了。

虽然还是假冒谢柔惠，但此时的谢柔嘉并没有梦里那般惶惶不安，因为她知道自己只是假扮一时，而不是一世，等姐姐来了，她就是她了。

她大声地一一回答，又问谢存礼好。

"我还想去看您。"她说道。

谢存礼笑得眼睛都没了。

"你现在不能出去，等明年过了三月三，你想去哪里就去哪里，在外边住着都没事。"他叮嘱说道，"为了明年的丹女之礼，惠儿你可要好好用功。"

"祖爷爷，您这是白嘱咐了，惠惠功课好，跳舞好，什么都好。"谢瑶站在一旁抚着谢柔嘉的肩头笑道。

"那是自然，我们惠惠嘛。"谢存礼笑道，亲手夹桌上的菜给她。

谢柔嘉道谢。

"对了，铭清呢？"谢存礼忽地说道，抬头四下看，"铭清来了没？我听说铭清和惠惠玩得很好，让他过来坐。"

谢柔嘉的身子一僵。

邵铭清？邵铭清也来了吗？

谢存礼的过世的妻子也是邵家的人，算起来是老亲，如果邵铭清来也不意外。

这个家伙，来了为什么自己不知道？说了只许见自己的，果然只是嘴上说说不可信。

"祖爷爷，铭清表哥没有来。"谢瑶说道。

谢存礼和谢柔嘉都有些惊讶。

没来吗？

"不是让你们去叫他了吗？"谢存礼说道，拉下脸来。

这个样子就和梦里谢柔嘉见到的一样了，她不由握紧了筷子。

"请了，但表哥说有事不来。"谢瑶说道。

谢存礼很不高兴。

"他有什么事？来这里陪惠惠玩才是要紧事！"他说道。

邵铭清来谢家是为了什么，家里人心里都清楚，但当着孩子的面说还是很尴尬。

"爹，惠惠才十二岁。"谢华顺忍不住低声说道。

谢存礼哼了声，转头又对谢柔嘉笑。

"你铭清表哥十四岁了，他懂事，能陪你好好玩，你多叫他来玩啊。"他笑吟吟地转开了话题道。

谢柔嘉勉强地笑了笑。

怪不得在梦里邵铭清能在谢家如鱼得水，原来东府西府都看重他。

"祖爷爷，您嘱咐错了。"谢瑶忽地说道，"嘱咐惠惠没用，要请铭清表哥您得叮嘱嘉嘉。"

谢柔嘉一怔,扭头看谢瑶,谢存礼也怔了一下。

"嘉嘉是谁?"他皱眉问道。

"是惠惠的妹妹啊。"谢瑶咯咯笑了说道。

那个双生儿!

谢存礼顿时又拉下脸来。

"她算个什么东西!"他喝道。

谢柔嘉不由身子一僵,人下意识地站了起来。

早该溺死了!

这是个谢家的孽障!

死了最好!

她的耳边再次浮现那些话,谢存礼厌恶自己,不管是现在还是梦里都是如此。

"祖爷爷!"谢瑶伸手挽住谢柔嘉,一面看着谢存礼,"您别这么说,惠惠和嘉嘉最要好,而嘉嘉和表哥最要好。表哥以前来咱们家,就只和嘉嘉玩,要是嘉嘉开口,表哥一定来,那样惠惠也能……"

谢存礼顿时瞪眼。

"什么话!惠惠要和谁玩,那是看得起他,什么时候轮到看别人的面子!"他喝道。

看着大发脾气的谢存礼,谢柔嘉突然不害怕了,反而眼睛一亮。

谢存礼不喜欢自己,那如果邵铭清和自己要好,他肯定也不会喜欢邵铭清了。

除了父母姐姐,谢存礼或者其他的人怎么看自己,对谢柔嘉来说都是无所谓的。谢存礼再厌恶自己也无妨,只要他厌恶了邵铭清,那对她来说,就是大好事。

"是的,太叔祖!"谢柔嘉抬起头,站直了身子大声地说道,"铭清表哥只喜欢和嘉嘉玩,他可不喜欢我,所以我也不要和他玩。"

此言一出满屋子的人愕然,谢瑶显然也很吃惊,瞪眼看着她。

"什么?他……"谢存礼惊讶开口。

话音未落,就听外边有丫头欢欢喜喜地冲进来。

“大夫人和大小姐来了！”

大小姐？来了？又一个大小姐来了？

屋子里的人们的神情犹如见鬼一般，看看站在谢存礼身边的谢柔嘉，又看向门外。

门外谢大夫人拉着一个一模一样的小姑娘正迈上台阶，小姑娘看着门内，松开了母亲的手，高高兴兴地先跨步进来。

“太叔祖！”她大声地喊道，“我可想您了！您怎么现在才回来？”

满屋子鸦雀无声。

啪的一声脆响，谢存礼一巴掌拍在桌子上，扫落了面前的碗筷。

“岂有此理！”他竖眉喝道，伸手指着身边的小姑娘，“你这个孽障！”

你这个孽障！

终于又听到这句话了！

谢柔嘉面色发白不由自主地后退一步。

第五十四章

堪 忧

"太叔祖！"

谢柔惠被这一声骂吓得站住了脚，待看到他指着谢柔嘉，便立刻又跑向前。

"嘉嘉还小，您别生气，有话好好说。"

一声"嘉嘉"出口，大家心里更明白怎么回事了。

"二叔祖，您跟一个孩子置什么气啊？"谢大夫人迈进来皱眉说道。

虽然她不至于像母亲那样对着谢存礼泼茶水，但看到自己的孩子被这样呵斥，心里还是不高兴的，不高兴就自然表现出来了，谢家大小姐没必要掩饰自己的不高兴。

"置气？"谢存礼竖眉喝道，"这孩子竟然敢冒充长姐！"

冒充？

谢大夫人看向谢柔嘉。

这姐妹两个因为长得像，经常玩互换身份的把戏。

"孩子们闹着玩而已。"她说道，又看着谢柔嘉，"你这孩子也是胡闹，日常哄哄我和你父亲、学堂的先生、家里的姐妹也就罢了，怎么能来太叔祖跟前玩闹！"

孩子们玩，这就把事情定性了，谢存礼再生气就是跟孩子们一般见识了。

谢柔惠也揽住了谢柔嘉。

"是我让妹妹这样做的。"她说道，对着谢存礼施礼，"是我的主意，太叔祖要骂就骂我吧。"

又让姐姐替自己受过吗？

谢柔嘉一把拉开谢柔惠。

"不是，是我自己的主意，不是姐姐。"她大声说道，又回头看了眼谢瑶，"姐姐有事来晚了，怕太叔祖您不高兴，所以瑶瑶说让我假充姐姐……"

她的话音未落，就听见身旁的谢瑶啊的一声。

"嘉嘉你！"她短促地喊了声，声音又戛然而止。

但也正是这样让大家的视线都转过去，恰好看到谢柔惠冲谢瑶摆手，而与此同时谢瑶话音一转。

"是，太叔祖，都是我的错！"她说道，跪在地上低下头。

这明显是谢瑶受了谢柔惠的暗示认了，小孩子们这样的把戏小动作，对于大人们来说简直太一目了然了。

"惠儿！你竟然让你姐姐说谎！"谢存礼喝道。

谢柔惠神情惶惶地摇头。

谢柔嘉伸手拉住谢柔惠。

"没有没有，姐姐没有让瑶瑶说谎，就是瑶瑶说让我假充的，瑶瑶知道我是嘉嘉，要不然她怎么会不拆穿我！"她喊道。

所有的视线又再次转向谢瑶，跪在地上的谢瑶抬手拭泪。

"是。"她哭道，"是我干的，这一切都是我的主意，不怪惠惠和嘉嘉。"

这样说不行啊，这样说好像她还是为了姐姐故意承担的，看看大人们的神情，谢柔嘉有些着急。

"你起来啊，你好好跟大家说啊。"她说道，伸手去拉谢瑶，"我迈进门，你对太叔祖说惠惠最惦记您，让太叔祖不要埋怨错怪了惠惠，然后就让我替姐姐哄哄太叔祖。"

谢瑶被她拉住猛地提高了哭声，人也躲闪。

"是，是，是这样，我就是这样说的。"她哭着说道。

一旁一个妇人挤过来伸手抱住谢瑶。

"二小姐，二小姐，我们小姐知道错了，您别生气。"她哀求说道。

这是谢瑶的奶妈，她抱住了谢瑶，还微微转了身子将谢瑶护在怀里，将自己面对谢柔嘉，好像怕谢瑶被打到一般。

我生什么气啊！

谢柔嘉气闷，这是事实！

"你哭什么哭啊！你有什么可委屈的？明明就是你说的啊！"她大声喊道，"你好好说话！"

谢瑶似乎被吓到了，抖得更厉害了。

"二小姐息怒，二小姐息怒。"奶妈咚咚地冲谢柔嘉叩头。

场面顿时乱了。

"你给我站一边去！"谢大夫人喝道，伸手将谢柔嘉扯开，"闭嘴。"

这一声"闭嘴"是呵斥谢柔嘉，但其他人也不敢再说话了。

屋子里恢复安静。

"二叔祖，这次是孩子们胡闹了。"谢大夫人说道，又瞪了谢柔惠和谢柔嘉一眼，"还不给太叔祖认错？"

谢柔惠忙拉着谢柔嘉。

"太叔祖。"她施礼喊道。

谢大小姐身为丹女跪天地鬼神父母，并不轻易给其他人下跪。

"惠惠。"谢存礼叹口气看着她，"你这孩子，太傻了。"

谢柔惠抬头看着谢存礼似乎不解。

"太叔祖，您别生气。"她说道，"我们下次不敢了。"

谢存礼看着她摇头。

"不怪你。"他说道。

"二叔祖，您消消气，她们虽然是胡闹，但也是想让您高兴。"谢大夫人说道，"也该怪惠惠，如果她早些把功课做完，也不会耽搁出门，嘉嘉也就不用这样胡闹了。"

谢柔惠连连点头，再次冲谢存礼施礼。

"太叔祖，太叔祖，别生气了。"她说道，一面转身推谢柔嘉，"嘉嘉，快些给太叔祖赔罪。"

这期间谢柔嘉一直僵直地站着，没有说话，此时被姐姐一推便上前一步，站在了谢存礼面前。

谢柔嘉抬起头，看着面前的老人，老人原本柔和的脸在看到她之后，瞬时沉下来。

这种神情谢柔嘉并不陌生，当初姐姐死了，她站在灵堂里，看到谢存礼居高临下地看着棺椁，脸上的神情就是现在这样。

厌恶，深深的厌恶。

谢柔嘉低下头。

"太叔祖……"她低声说道。

话才开口，谢存礼就喝断了她。

"滚一边去。"他喝道。

谢柔嘉被喊得一哆嗦，眼泪就滚滚下来了。

谢大夫人也吓了一跳。

"二叔祖。"她皱眉不悦地说道，"你跟一个孩子……"

"孩子?"谢存礼打断她，喝道，伸手指着谢柔嘉，"这哪里是个孩子，这是孽障!"

自己的孩子被骂作孽障，那谢大夫人这个母亲成了什么?

谢大夫人的脸也拉了下来。

"爷爷。"

"父亲。"

一旁的人再也不敢听下去了，子女们纷纷上前劝谢存礼。

"孩子们也是好心。"

"也是怕惠惠来晚了您不高兴。"

谢存礼呸了声。

"好心?"他喝道，"假借长姐的身份来安慰我是好心，那假借长姐的身份诋毁他人，也是好心吗?你们适才没听到她说的什么吗?"

此言一出，大家愣了一下。

适才的话……

谢大夫人并没有听到，她不由看向谢柔嘉。

"这孽障，当我说让邵铭清来家里和惠惠玩时，她竟然说自己不喜欢邵铭清，不要和他玩!"谢存礼接着说道。

"嘉嘉是不喜欢铭清。"一个子女没反应过来，愣愣答道。

当初谢柔嘉为了邵铭清闹的两次不愉快大家都知道。

谢存礼呸了一声。

"她喜不喜欢有什么干系！她是以惠惠的身份和我说这句话的。"他说道，伸手指着谢柔嘉，"你说，你是何居心？你这也是为了你姐姐好吗？"

她能有什么居心？就是不想让邵铭清和谢家扯上关系。

远离邵铭清，杜绝毒丹事件，不让梦里谢家的倾覆之灾出现，让父母姐姐都安稳地活着。

这当然是为姐姐好，为了姐姐，为了爹娘，她就是拿自己的命换也毫不犹豫。

"是。"谢柔嘉喊道，抬起头脊背挺直。

"是什么是！你是为了你自己！"谢存礼瞪眼喝道。

"不是，不是。"谢柔惠忙说道，揽住谢柔嘉，"是，是，太叔祖，嘉嘉说得对，我的确不喜欢和邵家表哥玩。"

谢存礼看着谢柔惠一脸痛恨。

"你个蠢儿啊！"他说道，"你还护着她，你把她当妹妹，她可没把你当姐姐。"

胡说！

谢柔嘉瞪圆了眼睛，看着谢存礼。

胡说！

她的眼里只有姐姐，她的世界只有姐姐的喜怒哀乐，她怎么会没把姐姐当姐姐。

"……惠儿啊，太叔祖活了七十多岁了，什么人没见过，这种姐妹这种人见得多了，这种人眼睛只盯着别人，别人有的她就要抢过来，别人喜欢的她就要厌恶糟践，别人厌恶的她就会喜欢，这种人的眼只盯着别人，让别人不开心，就是他们最大的开心。"

谢存礼的声音在大厅里继续。

"……不信你问问她，她知不知道邵铭清被请家来是为了什么？"

虽然还是个十二岁的孩子，但这些事她也隐约知道了。

谢柔惠看向谢柔嘉。

"妹妹，要是喜欢和表哥玩，也没事的。"她颤声说道。

谢存礼冷笑。

"一个邵铭清无所谓，只是她今日能夺了原本属于你的玩伴，明日就能夺你更多喜欢的东西。"他说道，"你今日可以让出你的玩伴，明日也可以让出你喜欢的更多的东西。"

他说到这里视线转向谢大夫人。

"那将来她要你让出丹女之位呢？"

大厅里所有人心里都咯噔一下，视线不由转向这两个小姑娘。

一模一样的小姑娘，虽然穿着不同的衣裳，但这么一会儿已经有很多人记不清谁穿的什么衣裳，也分不清谁是谁了。

真要是换了的话……

"你胡说！你胡说！"谢柔嘉喊道，"我才不要当丹女！我才不要当丹女！"

她已经在梦里当过一辈子了，她好容易梦醒了，怎么会还想当丹女！

"二叔祖，这话，你说过了。"谢大夫人也说道，只是神情有些僵硬。

谢存礼看着跳脚的谢柔嘉，却没有瞪眼暴怒，而是淡淡一笑。

"是，你现在或许还不想，你现在不过是想跟你姐姐争抢一些吃喝玩乐。"他说道，"但，要知道，欲壑难填，进一步，就想再进一步，得到一次，就想得到更多，别的人也就罢了，丹女不可瞎想，只是你。"

他看着谢柔嘉，居高临下地打量她一眼。

"你有这个本钱。"

她是和姐姐长得像，但她从来都不想做姐姐，她只想做她自己。

谢柔嘉气得眼泪掉落。

"你胡说，你胡说。"她连连喊道。

谢存礼没有理会她，目光扫向厅内众人。

"面对这样一张跟大小姐一模一样的脸，你们可敢对她半点不敬？"

他的话音刚落，就听得外边一阵热闹。

"大小姐？大小姐？"

有两个妇人急慌慌地站定在门边，看着屋子里的人似乎被吓到了，而屋子里的人也看向她们。

"什么事？"一个妇人低声喝道。

"大小姐，适才下人不懂事冲撞了您，已经罚那婆子了，现在来给您叩头。"一个妇人惶惶说道，目光看向室内，却在谢柔惠和谢柔嘉身上打转，显然不知道哪个是哪个。

谢柔惠愣了一下。

"什么冲撞？没有啊。"她说道。

谢大夫人显然也知道，因为她是和谢柔惠一起进门的。

那下人冲撞的自然就是……

厅中的众人此时也是一脸了然，目光落在另一边没开口的女孩子身上。

"大小姐？"谢存礼冷笑一声，看着谢柔嘉，"真是好大的架子啊！"

也就是说，谢柔嘉进门显然是被当成了大小姐，才让这些下人婆子诚惶诚恐了？

而此时闹起来了传开了，大家也只会认为做这些事的人是大小姐。

"她，是她先嘲讽我祖母的！"谢柔嘉喊道，"她说……"

谢大夫人一步上前扬手给了她一耳光。

谢柔嘉余下的话被打得七零八散。

"给我滚回去！"谢大夫人竖眉喝道，伸手向外一指。

第五十五章
问 答

　　谢柔嘉是先被送回来的，跪在了谢大夫人的屋子里，而谢大夫人和谢柔惠则留在了西府。

　　"她们在说小姐您的坏话。"江铃说道。

　　木香甚至木叶都被拉下去等候发落，只有江铃不知道怎么求的被允许在谢柔嘉身边跪着。

　　"猜也猜得到。"谢柔嘉说道，跪在地上神态平静。

　　太叔祖那么厌恶自己，不说自己坏话才怪呢。

　　她伸手抚摸着脸。

　　"小姐，脸还疼吗？"江铃起身走过来说道。

　　谢柔嘉被她逗笑了。

　　这丫头也太不把别人说的话当回事了，说让她跪着呢，她一会儿给自己倒水，一会儿又起来问，跪的还没她来回走的时候多。

　　"没事，不疼。"她说道，示意江铃快跪下。

　　江铃在她身边跪下。

　　"小姐，谢瑶真是个坏人，诬陷你。"她说道。

　　谢瑶！

　　谢柔嘉放在膝上的手握紧。

　　在梦里以及到现在，她对谢瑶并没有什么特别的在意，只知道她和姐姐很要好，姐姐死了后，因为怕被人识破，借口自己被吓到，原本和姐姐亲近的人都被疏远了。

　　谢瑶和谢柔淑一样很快就嫁人，按照谢瑶在家里的地位，她的婚事一定不会像谢柔淑那样随意，但是她最后还是远嫁了。

谢柔嘉恍惚想起听丫头们聊天说是谢瑶自己坚持要远嫁的。

从此以后就再没她消息。

现在也是啊，谢瑶和姐姐要好，和自己淡淡的，基本上不说话也不来往，按理说前无怨近无仇，她为什么要这样抹黑自己呢？

虽然嘴上承认自己假充惠惠是她的主意，但那动作神情却分明表达她是冤枉的，而且还是慑于自己和姐姐的威压。

为什么啊？

是为了给谢柔淑出气吗？她跟谢柔淑有这么好吗？

谢柔嘉吐口气，忙又嘶嘶吸凉气，脸上那一巴掌还是很疼的。

江铃忙给她吹气。

"小姐，她们这么多人诬陷您，不如让我去找老夫人吧。"她说道。

谢柔嘉看向江铃，有些感叹。

江铃一直都这样啊，不管是现在还是在梦里。

小姐，您说要做什么，我来做。

她总是这样说，不管事情多么难办，也不管事后会受到什么惩罚，只要自己说了，她就不管不顾哪怕头破血流也要去做。

谢柔嘉看着她摇摇头。

"江铃，你去跪着。"她说道。

江铃哦了声听话地乖乖地跪下来。

"不用去找祖母，这事跟她无关。"谢柔嘉接着说道，"太叔祖是不喜欢我，所以，谁出来说话都不管用，祖母和太叔祖本就生分不说话，何必再闹得更难看？"

江铃哦了声。

"不喜欢就不喜欢吧，我也没想让他们喜欢我。"谢柔嘉又说道，对江铃嘻嘻一笑。

江铃也笑了。

"小姐，您不难过就好。"她点点头。

主仆二人正说话，听得外边一阵脚步乱响。

"母亲，母亲。"

谢柔惠哽咽焦急的声音也随之响起。

姐姐和母亲回来了！

谢柔嘉忙跪直身子。

"你给我回去，回你的屋子反省去！"谢大夫人的声音传来。

显然是姐姐担心自己想要给自己求情要跟进来。

谢柔嘉忍不住扭头向外看去。

"惠惠，你先回去吧，没事的。"谢文兴的声音也响起来。

父亲也回来了？

谢柔嘉高兴地看出去，家里的丹砂生意繁忙，谢文兴作为主持中馈的大老爷要操心的事很多，一个月总有十几天不在家。

首先闯入眼帘的是涌进来分列站开的丫头们，紧接着是疾步而行的谢大夫人，过了一刻才是还带着几分风尘仆仆的父亲迈步进来，显然是劝慰了谢柔惠后才进来。

谢柔嘉看着谢大夫人走进来，谢大夫人也看着她，谢柔嘉对母亲咧嘴露出讨好的笑。

这笑让谢大夫人顿时火冒三丈。

"你还笑得出来！你还笑得出来！"她抬手就打过来。

谢柔嘉抱头躲避，谢文兴紧走几步拦住谢大夫人。

"动什么手啊？有话好好说。"他不悦地说道，"你打她不过是自己出气，于事无补。"

谢大夫人恨恨地甩开手，摔珠帘子进内室去了。

"父亲。"谢柔嘉小声地喊了声，对谢文兴笑。

谢文兴有些无奈地摇摇头，伸手点了点她的头，口型说出"你啊你啊"，便跟了进去了。

谢柔嘉跪在原地看着珠帘遮挡的内室身形模糊的父母。

"你不知道她在外边多嚣张！"谢大夫人伸手指着外边喝道。

"那都是她们说的。"谢文兴忙拉下她的手说道，"嘉嘉只是性子直了些。"

谢大夫人反手打开他的手。

"这也怪我。"她说道，"我不让淑儿上学了，给她撑了腰，她在学堂里有恃无恐横行霸道。"

"我没有！"外边竖着耳朵的谢柔嘉听到了忍不住喊了声。

谢大夫人没有理会她。

"你看看她的脾气，西府的婆子笑脸相迎，错认她为惠惠夸了一句，你看她什么态度，对人家脸不是脸鼻子不是鼻子。"她接着说道。

"母亲，那婆子夸姐姐，但是讽刺祖母，根本也不是夸姐姐呢。"谢柔嘉说道。

谢大夫人啪地一拍桌子。

"就你聪明！就你心思灵巧！"她喝道。

谢文兴忙对外边的谢柔嘉做个噤声的手势，谢柔嘉不说话了。

"阿媛，你听了那边一大堆人的话，也得听听嘉嘉的话啊。"谢文兴柔声对谢大夫人说道。

谢大夫人笑了。

"好啊。"她说道，看向珠帘外跪着的谢柔嘉，"假充你姐姐是谢瑶提议的，但却是你自己也想做的，是不是？"

没想到她问这个，谢文兴皱眉。

外边的谢柔嘉沉默一刻。

"是。"她说道，"可是我是为了……"

"不用给我说为了什么。"谢大夫人打断她，"你只要跟我说是还是不是就行了。"

谢柔嘉不说话了。

"那跟太叔祖说嘉嘉喜欢邵铭清、惠惠不喜欢不跟他玩的是不是你？"谢大夫人再次问道。

谢柔嘉再次沉默一刻。

"是。"她抬起头说道。

谢大夫人慢慢地走出来。

"你原来不喜欢邵铭清是不是？"她问道。

现在也不喜欢。

谢柔嘉点点头。

"是。"她说道。

"你姐姐请他来了之后，你又喜欢和他玩了是不是？"谢大夫人接着问道。

这话听起来有些别扭，谢文兴皱眉。

"嘉嘉只是想通了，不想和姐姐生分了，所以才……"他忙说道。

谢大夫人抬手制止他。

"我说过了，我只问是不是。"她说道。

"是。"谢柔嘉答道，身子跪得挺直。

谢大夫人点点头。

"我听说邵铭清每次来咱们家，只和你一个人玩，是不是？"她又问道。

"那要去问邵铭清。"谢文兴说道。

这边谢柔嘉却没有再迟疑。

"是。"她打断了父亲的话说道。

谢大夫人点点头笑了。

"说来说去，这次的事还是为了个邵铭清。"她说道，"嘉嘉，你想要他只做你一个人的玩伴，是不是？"

谢文兴瞪眼看着谢柔嘉，眼神带着几分提醒。

有些话可不能乱说，说了你可知道结果。

谢柔嘉看着父亲。

在梦里过了十年，她不再仅仅是个十二岁的懵懂的孩子。

她自然知道母亲这些一连串的话问出来是什么意思。

就像她知道邵铭清来她们家是为了和谢柔惠青梅竹马，好占得先机将来入赘为婿。

也知道自己承认只让邵铭清和自己玩意味着什么。

姐妹争夫。

对于任何一个大户人家来说，这都是羞于启口绝不允许存在的丑事。

邵铭清有没有在她们姐妹中间周旋已经无关紧要了，只要她承认自己对邵铭清有意，那邵铭清就休想再跟谢家沾染上半点干系。

这就足够了。

"是。"谢柔嘉点点头大声说道。

谢文兴叹口气，移开视线。

谢大夫人反而没了先前的怒气，笑了笑。

"这样啊，好，母亲答应了。"她说道，"不就是一个玩伴吗？既然你看得入眼，就给你玩吧。"

谢柔嘉看着母亲，神情有些惊讶。

"不过这件事现在先不说。"谢大夫人转开了话题，"你今日假充姐姐是你自己都承认的事，所以要罚。"

她不怕罚，谢柔嘉高兴地点点头，她就怕母亲不理不问不罚她。

"我去祠堂。"她忙说道，一面起身。

"不用了。"谢大夫人唤住她，神情平静，"折腾半日也累了，你，在自己的院子，禁足吧。"

在自己的院子禁足？

她本来就不爱出门，在自己的院子禁足不跟没罚一样吗？

母亲这次怎么这样轻易就饶了她了？

谢柔嘉嘿嘿笑了，应声是。

而此时在另一边，谢柔惠正跪在谢老夫人的面前。

"祖母！"她哀求地喊道，"您帮帮嘉嘉吧。"

谢老夫人歪倒在床上，眯着眼不知道睡着还是醒着。

"祖母！"

面前小姑娘的哀求声越来越大，谢老夫人似乎被扰得不耐烦。

"她自己做的事，谁能帮她？"她没好气地说道，摆摆手，"去，去，去，该干吗干吗去。"

"祖母，嘉嘉和您最亲近了，您不帮她……"谢柔惠向前挪了几步，哀求道。

这话让谢老夫人猛地坐起来了。

"咦！"她瞪眼说道，"她亲近我是她的事，帮不帮她是我的事，有什么干系？她做她的事，我难道就不能做我的事吗？"

谢柔惠有些愕然，还要说什么，一旁的丫头再不敢迟疑忙搀扶她。

"大小姐，您快起来吧，老夫人该歇息了。"她劝道。

不由谢柔惠再哀求，半搀扶半强迫地将她带了出来。

"大小姐，您的好心老夫人知道，只是有些事，还是……"丫头低声叹息道。

谢柔惠抬手拭泪。

"那等祖母心情好一点我再来。"她哽咽说道，又拉着丫头的手，"好姐姐，你记得也要替嘉嘉说句话。"

谁敢在老夫人跟前贸然说话啊？丫头心里苦笑一声，点了点头。

谢柔惠这才带着丫头离开了。

走出谢老夫人的院子，谢柔惠就拿下了手帕，脸上泪痕未消，眼中已经半点泪光也无，她慢慢地甩着帕子。

"大小姐，大小姐。"迎面有小丫头跑来，"二小姐被禁足了。"

禁足啊，意料之中的事，丫头们听到了都叹口气。

"禁足，在哪里？"谢柔惠忽地问道。

自然是祠堂，大小姐是要去看看二小姐吗？木叶忙要劝阻，毕竟夫人才下令，就去探望会惹怒夫人的。

"在二小姐的院子里。"丫头却答道。

木叶要说的话停在了嘴边，神情惊讶。

在自己的院子里？这也叫禁足？

谢柔惠摇着帕子继续迈步，夏日的薄薄的裙边随着走动翻动如水纹。

"也是该如此。"她淡淡说道，"祠堂，本就不是随意能去的地方啊。"

看着离开了的谢柔嘉，屋子里的丫头们也退了出去，谢大夫人坐了下来。

"阿媛。"谢文兴斟酌一下开口，"嘉嘉这次的事还得再考虑考虑。"

谢大夫人点点头。

"是，嘉嘉的事，是该考虑考虑了。"她说道，眼神带着几分坚决，"不能再这样下去了。"

第五十六章
任 性

几声闷雷滚过，雨密密麻麻地洒了下来，谢柔清紧走几步，脱离了举着伞的小丫头们，先一步迈上了台阶站在了廊下。

雨水打湿了她的头发滴落下来，站在廊下穿着青色夏衫袍、头上插着青玉竹节簪的邵铭清笑着伸出手。

身后的丫头们忙递来手帕，邵铭清接过扔给了谢柔清。

"表哥，你这次要住下吗？"谢柔清顾不得擦拭问道。

邵铭清看着院子里的雨。

"表妹怎么这么狠心？"他问道，"下这么大的雨赶我走啊？"

谢柔清噗哧笑了瞪了他一眼。

"谁狠心？从去年开始，你有多久没在我们家住过了？每次只是喝完茶吃顿饭，不管刮风下刀子，你都要走。"她竖眉说道，"也不想我父亲母亲多么担心。"

邵铭清哈哈笑了，冲她施礼。

"是我任性的错。"他说道。

"那你这次是任性地要住下了？"谢柔清没好气地说道，"还是不用担心我们谢家的姐妹会缠着你一起玩了？"

如今府里已经传遍了，谢柔嘉只让邵铭清跟自己玩，不许他近其他姐妹。不过这件事闹起来后，其他姐妹绝对不会再和邵铭清玩了。

再不会有哪个姐妹来拿他做筷子闹事了，谁靠近他都担心自己反被做筷子。

让姐妹二人相争，邵铭清在谢家可是名声臭了，这从进门下人的态度就能看得出，以前是人人笑脸相迎，争先唤一声"表少爷"，现在呢，来给谢二老爷通报的人都找不到，在门房被晾了半日呢。

"是啊。"邵铭清笑道，"我终于没有用了，可以安心地玩了。"

竟然还以此为喜。

"你还笑得出！"谢柔清没好气地说道。

"正是我所欲也，如今心想事成，不该高兴吗？"邵铭清笑道。

谢柔清瞪眼看他。

虽然她已经知道邵铭清不喜欢接近谢柔惠，但以这种被泼了一身莫名其妙脏水的方式远离了谢柔惠，有什么值得高兴的？

这样可不仅仅是谢家不容他，邵家也会迁怒于他的。

想必此时邵铭清在家里的日子又不好过了。

"那你要不要去看看能让你心想事成的恩人啊？"她气呼呼地说道，"人家现在比你惨一些，你至少还能到处跑，她却被禁足不知到何时呢。"

邵铭清哈哈笑了。

"当然要去。"他说道，"我心想事成了，她也心想事成了，大家要同喜同喜嘛。"

还真是，谢柔嘉从一开始就不想让邵铭清进谢家家门，兜兜转转闹腾这么久，终于如愿以偿了。

谢柔清都不知道该好气还是好笑。

"杀敌一千自损八百，就为了不让你进谢家的门，做出这么授人以柄的事，里里外外被骂个通透，人人都讨厌她，也不知道有什么可喜的。"她没好气地说道。

"大约，人人都喜欢她，不是她所欲吧？"邵铭清一本正经地说道，"所以，人人都讨厌她，也没什么可难过的啊。"

这什么鬼道理！

谢柔清再次气结，瞪眼看着邵铭清。

"我现在觉得她说只让你和她玩也许真的是发自肺腑的。"她闷声说道，"你们两个简直都是不可理喻。"

邵铭清点点头。

"我觉得也是。"他咧嘴一笑。

谢柔嘉所在的院子在冬天树木凋敝的时候，四周山石林立所以看上去很孤零零的，但在夏日树木繁盛时又被掩映其中，也是看着孤零零的。

尤其是下雨的时候，人都躲到屋子里或者喝酒或者赌牌，更显得凄凉。

木香站在廊下看着院子里的雨忍不住再次叹口气。

距离西府那件事已经过去七八天了，但她的心始终提得高高的放不下。

这次二小姐闹得比去年灯节花园那次要严重得多，但奇怪的是大夫人并没有严厉地惩罚二小姐。

在自己院子里禁足，这真是不痛不痒，甚至她们这些丫头只是由管事娘子训斥了几句就放回来了，一下板子都没挨。

以谢大夫人的性子，事情不可能就此作罢，后边是不是还有什么更严重的惩罚等着她们？

耳边传来一阵笑声，木香回过神扭头看去，屋门悬挂的是如同云雾般的纱帘，内里的人可以清晰地看到外边，而外边的人却看不到内里。

这名贵的帘子挡住了视线却挡不住声音。

"我这就送去吧？"

"我先尝尝味道，我要是不喜欢喝，祖母肯定也喝不下去。"

屋里江铃和谢柔嘉的声音欢快地传来。

也不知道她们还怎么欢快得起来，木香再叹口气转身掀起帘子迈进去。

桌子上摆了个汤盅，谢柔嘉正用勺子舀着尝，江铃在一旁殷切地看着。

"好不好喝？"她问道。

谢柔嘉点点头。

"厨娘真不错，让她一提醒这个汤这样做果然好喝了。"她高兴地说道。

"小姐，你又让厨房做戒酒汤了？"木香问道。

谢大夫人禁足的命令传下来的同时，还给这边配了一个小厨房。当看到这些厨娘，木香心上立刻又多挂了一块石头沉下去了。

这是要长期禁足啊……

但谢柔嘉却丝毫没有惊慌，反而兴高采烈地指挥着小厨房开始折腾戒酒汤，这七八天了天天不断地给谢老夫人送去。

看着江铃提着食盒出来，木香跟上来。

"老夫人可说些什么？"她拉住江铃。

江铃嘿嘿笑。

"老夫人没话说。"她自信满满，"我每次都盯着老夫人喝完的。"

什么跟什么啊！

木香愕然地推了她一下。

"我是说二小姐的事。"她说道，"老夫人，还是不想出面和大夫人说些什么吗？"

"说什么？"江铃不解地看着她问道。

这个蠢货！木香瞪眼。

"求情啊。"她说道，"二小姐就这么着了？"

江铃哦了声抓了抓头。

"二小姐没让我说这个，二小姐只是让老夫人戒酒。"她说道。

"这话二小姐不说，你就不会说啊？"木香气道。

江铃点点头。

"当然，二小姐没说，我干吗要说？"她奇怪地问道。

真是没办法了，木香气结，还要说什么，见小丫头引着邵铭清进来了，她立刻顾不上气结，而是气闷了。

"邵家少爷！"她说道，"您怎么来了？"

邵铭清没回答她的话。

"你家小姐在吧？"他问道，问完自己又哈哈笑了，"当然在，她现在正被禁足呢。"

这是很好笑的笑话吗？

木香愕然地看着他。

"表少爷,您还是回去,您现在来这里不合适。"她冷脸说道。

邵铭清继续笑。

"不对吧,我现在来最合适吧。"他笑道,说罢抬脚迈步,越过木香,抛开撑伞的小丫头,轻轻松松地几步跳到了廊下。

谢柔嘉闻声正掀起帘子,站在门口看着他。

一个春天过后她又长高了,过年时残存的几分女童稚气已经散尽,此时面色红润,眼睛在看到他之后立刻瞪圆,腮帮子似乎也鼓了起来,就像一尾金鱼一般。

邵铭清忍不住又哈哈笑了。

"笑什么笑!"谢柔嘉没好气地喝道,"你来干什么?"

"表妹,你这过河拆桥也太快了吧,我现在没用了,你就直接赶人了啊?"邵铭清收起笑,故作惊讶地问道。

谢柔嘉眼中闪过一丝愕然,又有些复杂。

邵铭清又不是傻子,自己对他的态度哪儿有半点喜欢?可是,他却这样听话,不知道到底打的什么主意。

不管什么主意,现在他休想跟谢家的内宅扯上关系了,就算他人能干,在外边得到哪位长辈的赏识,因为有这姐妹相争的前事在,父亲母亲就绝对不会重用他。

他既然知道会有这个后果,那么又为什么听之任之?

"你既然知道,为什么还这样做?"她忍不住问道。

邵铭清一笑。

"为什么?"他说道,一面伸手掀起帘子就迈了进去,"自然是高兴啊。"

高兴?

谢柔嘉喂了声转过身,看着邵铭清径自向那边的书房去了。

高兴!

她哼了声,深吸一口气,管他什么心思,反正这辈子她会好好地看住他的!

"水英,水英。"她转身大声喊道,"我要游水了!"

这下雨天游什么水啊？

木香一脸无奈，看着晃晃悠悠向温泉去了的谢柔嘉，又看看那边屋子里拿着一本书歪倒在美人椅上的邵铭清，再回头看拎着食盒打着伞一溜小跑迈出门的江铃，这都什么跟什么啊，她有些无力地垂下头。

这事什么时候是个头啊？

"还有完没完？"谢老夫人看着江铃摆在桌子上的食盒，没好气地说道。

"好了，江铃啊，拿回去吧。"一旁的丫头忙低声说道，"二小姐的心意，老夫人知道了。"

江铃没有走的意思。

"老夫人，您既然知道二小姐的心意，那我就不会走的。"她笑嘻嘻说道，"二小姐说了让我看着您喝完。"

真是什么主子什么丫头，谢老夫人吐了口气，这都第几天了？怎么还不依不饶的？

"你家小姐，到底想怎么样？"她深吸一口气问道，"有话直说吧，别弄这些弯弯绕绕。"

江铃点点头，一旁的丫头带着几分不忍地垂下视线。

这傻愣丫头啊，那些求情的话七天前可以直着说，但拖到现在是坚决不能直着说的，说了不仅没用反而更显得心思不正，让老夫人厌恶。

"二小姐说，祖母，您别以为我关起来了，您就可以随意地吃酒了。"江铃说道，模仿着谢柔嘉说话的样子，"这是两码事，您可别想趁机混过去。"

谢老夫人和丫头们都愕然。

"什么？"谢老夫人说道，又失笑，"她说这些？这臭丫头。"

这臭丫头，心里到底在想什么啊？

"老夫人，我是答应我们小姐，一定要看着您吃完，您打我我也不会走。"江铃说道。

谢老夫人看着她，伸手端过汤盅一饮而尽，将汤盅撂在桌子上。

"走吧走吧走吧。"她说道。

江铃笑嘻嘻地取过汤盅，施礼应声是，拎着食盒颠颠地跑了。

真走了啊……

谢老夫人看着转眼跑得没影了的丫头，坐着未动。

"老夫人，摆饭吧？"大丫头小心地询问道。

谢老夫人猛地下床。

"走走走。"她说道。

屋子里的丫头都一脸不解。

走？那丫头已经走了啊。

愣神间谢老夫人已经噔噔噔地向门外走去，丫头们这才回过神呼啦啦地跟上。

"老夫人，您要去哪儿啊？"丫头们乱哄哄地问道。

因为下雨，西府二门上的婆子们都坐在屋子里赌钱，玩得正开心，听得门被咚咚地拍响。

"谁啊？"

一番推诿后一个婆子无奈地站起来，没好气地去开门。

大声的喝问后回应她的是更剧烈的拍门声。

"干什么啊？"婆子更气了喊道。

话音未落，就听门外有声音冷笑。

"敲什么敲，门不开，就给我砸了。"

婆子吓了一跳，谁啊这是？口气这么大。

她不由伸手抚上门板，门就在这时咚的一声响，竟然真的被撞开了。

婆子猝不及防，叫着摔倒在地上。

声音惊动了里面的婆子们，乱哄哄地涌出来。

"怎么了？"

"哎呀，谁把门……"

喊声在看到涌进来的人之后戛然而止。

或者打伞或者穿着雨衣的仆妇丫头让开，露出其后一个头发斑白的老妇人，手里挂着一根木杖，"咚"的一声往地上一顿。

"谢存礼！你这个不要脸的老东西！竟然敢纵容下人们骂我！我还没死呢！反了你们了！"

第五十七章

谁 错

谢大夫人得到消息急匆匆赶过来时，整个西府大大小小的都跪在院子里，谢老夫人的骂声犹自不绝。

"说什么怪不得都说大小姐端庄有礼，端庄有礼，骂谁呢？"

这话听着真古怪，什么时候"端庄有礼"成了骂人的话了？

屋子里谢存礼气得脸红脖子粗，坐在椅子上直喘气。

"不是说你呢！"他喝道，"又不是只有你一个大小姐！"

站在廊下的谢老夫人就呸了声。

"不是说我呢？那又哪儿来的这个大小姐端庄有礼？"她瞪眼冷笑。

谢存礼也气得再也坐不住，一拍扶手站起来。

"谢珊！"他喝道，"你自己也知道自己不端庄不有礼，还怪得了别人？"

两边站着的和谢老夫人一般年纪的两个老者红着脸忙搀扶。

"父亲您快坐下。"一个说道。

另一个则劝谢老夫人。

"大姐姐，有话进来坐下说。"

谢老夫人理都不理他们，冷笑一声。

"你看，你看，你承认了吧，承认让下人骂我了吧？"她说道。

"承认什么了承认！"

谢存礼气得不待儿子搀扶就坐了回去。

"一个下人，一个门上伺候的下人，张口就敢骂我，可见你们上上下下是怎么嚼念我的。"

谢老夫人喝道，伸手指着里里外外。

院子里的人立刻叩头一片叫屈。

谢大夫人听不下去了，几步上前将谢老夫人搀住。

"母亲，您不就是要为嘉嘉抱不平吗？您来和我说，来二叔祖这边闹什么？"她说道。

谢老夫人看着她。

"当然是要让他们知道他们错了。"她说道，"跟你说有什么用？"

她说完冷笑，视线再次扫过里里外外。

"连一个十二岁的女孩子都能听出在骂我，然后训斥了，我就不明白了，你们有什么叫屈的？有什么委屈的？还好意思到处嚷嚷这孩子脾气大不懂礼。"

说到这里将手里的拐杖重重地一顿。

"这到底谁脾气大不懂礼？"

两个年长的妇人急忙上前。

"大姐姐，是我们错了。"她们说道，"是我们轻狂了，大姐姐您消消气。"

谢大夫人深吸一口气。

"母亲，嘉嘉被罚，不是因为这个。"她说道，"您不用为了这个大张旗鼓地闹。"

谢老夫人哼了声。

"她为什么被罚，关我什么事？但谁骂了我，我难道要装死人吗？"她说道，"谁骂我，我就骂回去。"

两个妇人连声应是。

"大姐姐，您骂得对，嘉嘉也骂得对，我们知错了。"她们说道。

"自己犯贱被骂了，还要埋怨别人脾气大，真是没天理。"谢老夫人说道。

两个比她年纪还大的妇人面红耳赤连连应声是。

"母亲，您这还不是为嘉嘉撑腰吗？"谢大夫人气道。

谢老夫人看向她，微微仰着头。

"我当然要为她撑腰，她骂了骂我的人，是为我撑腰，怎么？我不为她撑腰反而要来骂她不成？"她说道，目光又环视院内诸人，"你们，都把眼放正些，别一看到就满脑子我为谁撑腰，先想一想我为什么要为她撑腰！你们要是想明白了，我也能为你们撑腰！"

谢大夫人还要说什么，这边的人却死死地拦着不让她说。

"老夫人说得对，这件事就是我们的不对，嘉嘉这孩子没有错。"她们乱纷纷地说道。

一群人千劝万劝，谢老夫人也骂累了抬脚要走，几个妇人又殷切地留饭。

"滚滚滚，我这里没她的饭吃。"谢存礼在屋内骂道。

谢老夫人回过头。

"二叔，您以为，我想吃您这里的饭啊？"她说道。

"母亲！"谢大夫人拔高声音喊道。

谢老夫人倒没有再争辩，转过身。

"这里，那里，这家里的饭，我都没想吃。"她说道。

听到这句话，原本要拍扶手再次站起来骂的谢存礼忽地神情一黯，带着几分颓然坐下来长叹一口气。

"给我收拾东西！我要走！"他没好气地喊道。

谢老夫人一行人呼啦啦地离开了，院子里跪着的人这才起身，老太爷老夫人们又恢复了威严，赶着子孙们散去。

"大祖奶奶不想吃家里的饭，为什么还要让她吃？"一个年幼的孩子咬着手指忽地问道。

这话让周围的人都笑了。

"因为啊，大祖奶奶如果不吃家里的饭了，咱们啊，都没饭吃了。"一个妇人说道，"咱们谢氏得上天恩赐吃这碗朱砂饭，靠的可是大小姐的血脉。"

小孩子一脸懵懂。

"你不用懂，记住就行了。"妇人笑着说道，抱起孩子。

这句话小孩子就懂了。

"我记住了。"他认真地点点头。

西府里恢复了平静，东府这边却又闹了起来。

"您不就是要给嘉嘉撑腰吗？您不就是觉得我罚她罚得不对吗？"谢大夫人站在厅堂中气道。

二夫人邵氏、三夫人宋氏一左一右地拉着她，小声地劝着有话好好说。

"你觉得你惩罚得对？"谢老夫人坐着嗤声说道。

谢大夫人深吸一口气。

"母亲，我知道，二叔祖那边的下人说嘉嘉脾气大的事，是他们不对。"她说道，"但您知道我罚她不是因为这个，而是因为……"

"因为那个姓邵的小子吧？"谢老夫人打断她，带着几分不屑，"那个老不要脸的之所以这么气愤地跳脚，不就是因为邵家那小子没被惠惠看上眼吗？没被看上眼他们自己该生自己的气，竟然还敢跟咱们闹，我骂他们不要脸真没骂错。"

二夫人邵氏有些讪讪地垂下手站后几步。

"母亲！您能不能让我把话说完？"谢大夫人气急，"要真是惠惠没看上，自然不算什么大事，可是现在是嘉嘉她假充惠惠说惠惠不喜欢。"

谢老夫人嗤了一声。

"让你说完也还是白说。"她说道，"那是嘉嘉的错吗？"

谢大夫人气急反笑。

"怎么？"她说道，"这还是惠惠的错了？"

站在屋子里的谢柔惠抬起头。

"是，祖母，母亲。"她急忙站出来说道，"是我的错，是我的错。"

谢老夫人笑了。

"你看你看是吧？"她笑着对谢大夫人说道。

"你还替你妹妹说话！"谢大夫人竖眉对着谢柔惠喝道，再转头看，向谢老夫人，"母亲您是真不懂还是假不懂？"

谢老夫人收了笑。

"你说错了，我懂，你不懂。"她说道，不再看谢大夫人，站起来看着谢柔惠，"惠儿，你妹妹假充你，你不生气是不是？"

谢柔惠毫不犹豫地点点头。

"是。"她说道，眼中含泪，"只要妹妹高兴。"

"那她喜欢邵铭清，不让他跟你玩，你也不生气是不是？"谢老夫人问道。

谢柔惠点点头。

"是。"她说道，带着几分哀求，"所以祖母和母亲不要生妹妹的气了。"

谢老夫人含笑点点头，看向谢大夫人。

"你看，惠惠自愿的，嘉嘉有什么错？"她问道。

虽然很不敬，但谢大夫人心里还是忍不住冒出一句"母亲老糊涂了吧？"

"这怎么算是惠惠自愿？"她气道，"母亲，这是惠惠为了嘉嘉……"

"对啊，她是为了嘉嘉，那不是自愿是什么？"谢老夫人皱眉说道，又打量谢大夫人，"你怎么糊涂了？"

谁糊涂啊！谢大夫人气结。

一旁的谢文兴却笑了，谢大夫人转头瞪他一眼。

"惠儿她自愿的，不管她是为了让妹妹高兴，还是为了不让妹妹受到惩罚，既然是她自愿的，那不管是假冒也好，还是邵铭清也好，都是她默许的。"谢老夫人接着说道，看着谢柔惠，"所以，嘉嘉会这样做，不是她的错，是你自己拱手相让。"

屋子里的人都是一怔。

"那是嘉嘉她非要的。"谢大夫人说道。

"她非要，她就该让吗？"谢老夫人喝道，"如果在她第一次要的时候就拒绝，第一次假冒自己的时候就斥责，现在还会这样吗？"

此言一出，大家都怔了一下。

谢柔惠伸手扶住心口，眼泪滴落。

"母亲，那是惠惠与嘉嘉姐妹情深。"谢大夫人声音变得尖厉，"难道您要让她们姐妹相争吗？您知不知道您在说什么！"

屋子里鸦雀无声，原本站在一旁相劝的邵氏宋氏都吓傻了。

"我当然知道我在说什么。"谢老夫人喝道，"是你们，是惠儿，不知道自己在干什么！不知道自己的身份！摆不正自己的位置！"

她说着话慢慢地走下来。

"姐妹情深，真的姐妹情深就该早让嘉嘉知道，什么能要，什么不能要。

"步步相让，事事相护，嘉嘉根本就不知道自己错在哪里，她把一切都当作理所当然。

"阿媛，你关她罚她骂她，她也不知道到底是为了什么，她只知道这是姐姐给她的，姐姐允许的，姐姐自愿的，你生气，姐姐不生气，事后她该怎么样还是怎么样。"

谢老夫人站定在谢大夫人身前，看着她。

"阿媛，你罚错人了。"

谢大夫人面色发白，垂在身侧的手紧紧地攥起，和谢老夫人视线相对。

谢老夫人却移开视线，向前走去。

"阿媛，我知道你从小就讨厌我，讨厌我这样不知羞耻，觉得我没脸没皮，所以，你想要教出一个端庄知礼的好女儿。"她淡淡说道，停在了谢柔惠身前，"可是，这样的端庄有礼温文尔雅，却怎么看都觉得，才是没脸没皮呢？"

没脸没皮？

没脸没皮！

"母亲！"谢大夫人喊道。

谢柔惠面色苍白，一向被赞许的女孩子再也承受不住这四个字的打击，掩面放声大哭，跪在地上。

"母亲，您太过分了！嘉嘉讨您喜欢，就可以这样羞辱惠惠吗？"谢大夫人喊道，疾步冲过来，站在谢老夫人身前，"就算您不喜欢惠惠，但您也别忘了，惠惠是谁！"

谢老夫人也看着她。

"你也不能因为喜欢你的惠儿，就这样揣测我。"她嗤声说道。

"祖母、母亲，都是我的错。"谢柔惠俯身地上大哭，"你们不要吵了。"

谢大夫人转身拉她。

"你给我起来，有你什么错？"她气道。

谢老夫人则笑了笑。

"说真的，有时候我真的忘了惠儿你是谁，我真是第一次见到你这样对大事小事都能认错、对长辈晚辈都能赔礼的大小姐，我知道的大小姐，别说没有错，就是有错也绝不会认错。"她说道。

谢大夫人看着谢老夫人，面色铁青。

"母亲母亲，今日就到这里吧，我们都明白了，余下的话改日再说。"谢文兴察觉不妙急忙奔来说道，一面伸手拉住谢大夫人。

但还是晚了一步，谢大夫人一把甩开他。

"所以母亲就可以杀了庞家小姐吗？在母亲眼里，她夺了你喜欢的人，她就该死，你杀了她也不是什么错事吗？"她厉声喝道。

谢老夫人的身子一僵。

被谢大夫人拉起的谢柔惠也愕然抬起头不可置信地看着谢老夫人。

杀人？

祖母，杀人？！

《网络文学名家名作导读丛书》已出版书目

第一辑：

辰东与《遮天》/ 肖惊鸿 著

骷髅精灵与《星战风暴》/ 乌兰其木格 著

猫腻与《将夜》/ 庄庸 著

我吃西红柿与《吞噬星空》/ 夏烈 著

血红与《巫神纪》/ 西篱 著

第二辑：

子与2与《唐砖》/ 马文运 著

林海听涛与《冠军教父》/ 桫椤 著

忘语与《凡人修仙传》/ 庄庸 安迪斯晨风 著

希行与《诛砂》/ 肖惊鸿 薛静 著

zhttty 与《无限恐怖》/ 周志雄 王婉波 著

图书在版编目（CIP）数据

希行与《诛砂》/ 肖惊鸿，薛静著 . -- 北京：作家出版社，2020.5

（网络文学名家名作导读丛书）

ISBN 978-7-5212-0916-7

Ⅰ.①希… Ⅱ.①肖… ②薛… Ⅲ.①网络文学 – 长篇小说 – 小说研究 – 中国 – 当代 Ⅳ.①I207.425

中国版本图书馆 CIP 数据核字（2020）第 059097 号

希行与《诛砂》

作　　者：肖惊鸿　薛　静
责任编辑：王　烨　袁艺方
装帧设计：天行云翼·宋晓亮
出版发行：作家出版社有限公司
社　　址：北京农展馆南里 10 号　　邮　　编：100125
电话传真：86 - 10 - 65067186（发行中心及邮购部）
　　　　　86 - 10 - 65004079（总编室）
E - mail: zuojia@zuojia. net. cn
http: // www. zuojiachubanshe. com
印　　刷：天津中印联印务有限公司
成品尺寸：152 × 230
字　　数：360 千
印　　张：30.25
版　　次：2020 年 5 月第 1 版
印　　次：2020 年 5 月第 1 次印刷
ISBN 978 - 7 - 5212 - 0916 - 7
定　　价：48.00 元